Kleine brandjes overal

Van dezelfde auteur:

Wat ik nooit eerder heb gezegd

Celeste Ng

Kleine brandjes overal

Vertaald uit het Engels door Saskia Peterzon-Kotte
en Anna Livestro

SIGNATUUR
2018

© 2017 Celeste Ng
Oorspronkelijke titel: *Little Fires Everywhere*
Vertaald uit het Engels door Saskia Peterzon-Kotte en Anna Livestro
© 2018 Uitgeverij Signatuur, Amsterdam en Saskia Peterzon-Kotte en Anna Livestro
Alle rechten voorbehouden

Omslagontwerp: © Jaya Miceli
Bewerking Nederlands omslag: Select Interface (Henk Koop)
Omslagbeeld: © Amy Bennett
Foto auteur: © Kevin Day Photography
Typografie: Pre Press Media Groep, Zeist
Druk- en bindwerk: Wilco, Amersfoort

ISBN 978 90 5672 611 9
NUR 302

Eerste druk, juni 2018

Voor de vertaling van de citaten van Eliot (*The Love Song of J. Alfred Prufrock*) op bladzijde 84 is gebruikgemaakt van de vertalingen van Martinus Nijhoff, *Verzamelde gedichten* (ed. W.J. van den Akker en G.J. Dorleijn), Uitgeverij Bert Bakker, Amsterdam 2001 en van Paul Claes (T.S. Eliot, *Prufrock*, Uitgeverij Koppernik, 2016).
Voor het Bijbelcitaat op bladzijde 128 (Genesis 2:23) is gebruikgemaakt van de Statenvertaling.

Voor hen die hun eigen pad volgen en vuurtjes stoken

Of u nu een bouwkavel koopt in de Schoolsectie, een groot stuk grond van Shaker Country Estates of een van de huizen in de diverse wijken die door dit bedrijf worden aangeboden: uw aanschaf omvat faciliteiten voor golfen, paardrijden, tennis en pleziervaart, uitstekende scholen, en eeuwige bescherming tegen devaluatie en onwelkome veranderingen.

– Advertentie The Van Sweeren Company,
bedenkers en ontwikkelaars van Shaker Village

Maar al met al zijn mensen uit Shaker Heights eigenlijk min of meer hetzelfde als mensen uit elke andere willekeurige plaats in Amerika. Ze mogen dan drie of vier auto's hebben in plaats van een of twee, en ze mogen dan twee televisies hebben in plaats van een, en als een meisje uit Shaker Heights trouwt, houdt ze misschien een receptie voor achthonderd mensen en laat ze de Meyer Davis Band overvliegen uit New York in plaats van een receptie te houden voor honderd man met een lokale band, maar dat zijn allemaal niveauverschillen en geen fundamentele verschillen. 'We zijn aardige mensen en we hebben het heerlijk!' zei een vrouw bij de Shaker Heights Country Club laatst, en gelijk had ze, want de inwoners van Utopia lijken inderdaad een behoorlijk gelukkig leven te leiden.

– 'The Good Life in Shaker Heights', *Cosmopolitan*, maart 1963

1

Iedereen in Shaker Heights had het er die zomer over: hoe Isabella, het jongste kind van de Richardsons, uiteindelijk was doorgedraaid en het huis had afgebrand. In de lente waren alle roddels over de kleine Mirabelle McCullough gegaan – of May Ling Chow, dat hing ervan af aan welke kant je stond – en nu was er eindelijk iets nieuws en sensationeels te bespreken. Die zaterdag in mei, even na het middaguur, hoorde het winkelende publiek dat bij Heinen's hun boodschappenkarretje voortduwde hoe de brandweerauto's loeiend tot leven kwamen en wegscheurden in de richting van de eendenvijver. Om kwart over twaalf stonden er vier in een slordige rode rij geparkeerd op Parkland Drive, waar alle zes de slaapkamers van het huis van de Richardsons in lichterlaaie stonden, en iedereen binnen een straal van een kilometer kon de rook als een dikke, zwarte donderwolk boven de bomen zien opstijgen. Later zouden mensen zeggen dat alle tekenen er al op wezen: dat Izzy een beetje gek was, dat er altijd al iets mís was geweest met de familie Richardson, dat ze die ochtend toen ze de sirenes hoorden al wísten dat er iets verschrikkelijks was gebeurd. Tegen die tijd was Izzy natuurlijk allang verdwenen en was er niemand om haar te verdedigen, zodat de mensen konden zeggen wat ze maar wilden, en dat deden ze dan ook. Op het moment dat de eerste brandweerauto's arriveerden, en ook nog een hele tijd daarna, wist niemand echter wat er aan de hand was. Buren verdrongen zich zo dicht mogelijk achter de provisorische afzetting – een politiewagen die op een paar honderd meter afstand dwars op straat stond – en keken toe terwijl de brandweermannen de slangen uitrolden met de grimmige gezichten van mensen die weten dat het een hopeloze zaak is. Aan de overkant van de straat staken de ganzen in de vijver hun kop onder water, op zoek naar algen, volkomen onaangedaan door de commotie.

Mevrouw Richardson stond op de grasstrook langs de stoep en hield de kraag van haar lichtblauwe ochtendjas dicht. Hoewel het al middag was, had ze nog liggen slapen toen de rookmelders waren afgegaan. Ze was laat naar bed gegaan en had met opzet uitgeslapen, waarbij ze zichzelf wijsmaakte dat ze dat had verdiend na een nogal zware dag. De avond ervoor had ze vanuit een raam op de bovenverdieping staan kijken hoe er eindelijk een auto voor het huis tot stilstand kwam. De oprit was lang en rond – een diepe, hoefijzervormige boog die vanaf de stoep naar de voordeur en weer naar de stoep liep – dus was de straat zeker dertig meter verderop, te ver voor haar om het duidelijk te kunnen zien, en trouwens, in mei was het om acht uur al bijna donker. Maar ze had de kleine, beige Volkswagen van haar huurder Mia herkend, en de koplampen waren aan. Het portier aan de passagierskant ging open en er stapte een slank figuurtje uit, dat de autodeur half open liet staan: Mia's tienerdochter, Pearl. Het binnenlampje verlichtte het interieur van de auto als een vitrinekast, maar de auto was bijna tot de nok toe volgepakt met tassen en mevrouw Richardson kon maar net het vage silhouet van Mia's hoofd onderscheiden, met een slordige knot boven op haar kruin. Pearl boog zich over de brievenbus en mevrouw Richardson stelde zich het zachte gepiep van het brievenbusklepje voor toen het open- en daarna weer dichtging. Daarna sprong Pearl weer in de auto en deed het portier dicht. De remlichten flakkerden op en knipperden toen uit, en de auto pruttelde weg in de vallende avond. Met een opgelucht gevoel was mevrouw Richardson naar de brievenbus gegaan en had daar een setje sleutels aan een gladde sleutelring gevonden, zonder briefje. Ze had zich voorgenomen de volgende dag naar het huurhuis in Winslow Road te gaan om het te controleren, al wist ze al dat ze weg zouden zijn.

Vandaar dat ze van zichzelf had mogen uitslapen, en nu was het halfeen en stond ze in haar ochtendjas en een paar tennisschoenen van haar zoon Trip op het gras toe te kijken terwijl haar huis tot de grond toe afbrandde. Toen ze wakker was geworden van het schrille gekrijs van de rookmelder was ze van de ene naar de andere kamer gerend, op zoek naar hem, Lexie en Moody. Ze realiseerde zich ineens dat ze niet naar Izzy had gezocht, alsof ze al geweten had dat het Izzy's schuld was. Alle slaapkamers waren leeg, afgezien van de geur van benzine en een knetterend vuurtje dat midden op elk bed was gestookt, alsof er een krankzinnig scoutingmeisje had gekampeerd. Tegen de tijd dat ze de woonkamer, de eetkamer, de hobbykamer en de keuken had gecontroleerd, had de rook zich verspreid en rende ze eindelijk naar buiten, waar ze de sirenes van de hulpdiensten, die waren opgeroepen door hun beveiligingssysteem, al hoorde aankomen. Op de oprit zag ze dat Trips Jeep weg was, evenals Lexies Explorer, Moody's fiets en natuurlijk de auto van haar man. Die ging zaterdagochtend gewoonlijk naar kantoor om achterstallige klussen te doen. Iemand zou hem op zijn werk moeten bellen. Toen schoot haar te binnen dat Lexie de avond ervoor goddank bij Serena Wong was blijven slapen. Ze vroeg zich af waar Izzy gebleven was. Ze vroeg zich af waar haar zoons waren en hoe ze hen te pakken kon krijgen om te vertellen wat er was gebeurd.

Nadat het vuur was gedoofd, was het huis niet helemaal tot de grond toe afgebrand, zoals mevrouw Richardson had gevreesd. De ramen waren allemaal verdwenen, maar het stenen omhulsel van het huis stond nog vochtig, geblakerd en dampend overeind en de donkere leien dakpannen glansden als vissenschubben na het recente stortbad. De Richardsons mochten nog een paar dagen niet naar binnen, tot de brandweerlieden alle overgebleven balken hadden gecontroleerd, maar zelfs vanaf de grasstrook naast de stoep – dichterbij konden ze door het gele afzetlint niet komen – zagen ze wel dat er binnen weinig te redden viel.

'Jezus christus,' zei Lexie. Ze zat op het dak van haar auto, die nu aan de overkant van de straat geparkeerd stond op het gras langs de eendenvijver. Serena en zij hadden nog met hun ruggen tegen elkaar in Serena's queensize bed liggen slapen, toen dokter Wong even na enen aan haar schouder had geschud en had gefluisterd: 'Lexie. Lexie, lieverd. Wakker worden. Je moeder belde net.' Ze hadden tot twee uur 's nachts liggen kletsen over de kleine Mirabelle McCullough – over wie ze het al het hele voorjaar hadden gehad – en of de rechter een juiste of onjuiste beslissing had genomen; of haar nieuwe ouders de voogdij hadden mogen krijgen of dat ze had moeten worden teruggegeven aan haar eigen moeder. 'Ze heet verdorie niet eens echt Mirabelle McCullough,' had Serena uiteindelijk gezegd en daarna waren ze in een kribbig, onrustig stilzwijgen verzonken tot ze allebei in slaap waren gevallen.

Nu zag Lexie de rook uit haar slaapkamerraam kringelen – het raam aan de voorkant, dat uitkeek op het gazon – en dacht aan alles wat erin had gelegen en nu weg was. Elk T-shirt in haar laden, elke spijkerbroek in haar kledingkast. Alle briefjes die Serena haar sinds de laatste klas van de lagere school had geschreven en die ze tot papieren driehoekjes had gevouwen, die ze in een schoenendoos onder haar bed bewaarde; het bed zelf; de lakens en het dekbed, nu helemaal verkoold. De rozencorsage die haar vriendje Brian haar had gegeven voor het *homecoming*-feest en die op haar toilettafel te drogen lag, zodat de felrode blaadjes nu de donkerdere kleur van opgedroogd bloed hadden. Nu was het slechts een hoopje as. Doordat ze schone kleren had meegenomen naar Serena, realiseerde Lexie zich opeens, was ze beter af dan de rest van het gezin: op de achterbank had ze een reistas, een spijkerbroek en een tandenborstel. Een pyjama. Ze keek naar haar broers en naar haar moeder, die nog steeds in haar ochtendjas op het gras stond, en dacht: ze hebben letterlijk niets anders meer dan de kleren die ze aanhebben. 'Letterlijk' was een van Lexies lievelingswoorden en ze gebruikte het zelfs als een situatie allesbehalve letterlijk was. In dit geval klopte het nu eens min of meer.

Naast haar streek Trip afwezig met zijn hand door zijn haar. De zon stond nu recht boven hen en door het zweet stonden zijn krullen slordig overeind. Hij was aan het basketballen geweest bij het buurthuis toen hij de brandweerauto's had horen loeien, maar hij had er verder niet bij stilgestaan. (Hij werd die ochtend in beslag genomen door heel iets anders, maar eerlijk gezegd zou hij er anders waarschijnlijk ook geen acht op hebben geslagen.) Toen iedereen om één uur honger had gekregen en ze besloten hadden ermee op te houden, was hij naar huis gereden. Het was echt iets voor hem om zelfs met de raampjes open de enorme rookwolken die naar hem toe dreven niet op te merken, en hij begon pas te beseffen dat er iets aan de hand was toen hij zag dat zijn straat was afgezet door een politiewagen. Na tien minuten soebatten had hij eindelijk toestemming gekregen om zijn Jeep tegenover het huis te parkeren, waar Lexie en Moody al stonden te wachten. Ze gingen met zijn drieën op volgorde van leeftijd op het dak van de auto zitten, zoals ze dat ook hadden gedaan voor alle familieportretten die ooit in het trappenhuis hadden gehangen en die nu in de as waren gelegd. Lexie, Trip en Moody: laatste klas, een-na-laatste klas, tweede klas van de highschool. Naast zich voelden ze de leegte die Izzy – de eersteklasser, het zwarte schaap, de joker – had achtergelaten, al waren ze er allemaal nog steeds zeker van dat die leegte tijdelijk zou zijn.

'Wat dácht ze nou?' mopperde Moody, en Lexie zei: 'Zelfs zíj weet dat ze deze keer te ver is gegaan, daarom is ze weggelopen. Als ze terugkomt, maakt mama haar áf.'

'Waar gaan we slapen?' vroeg Trip. Er viel een ogenblik stilte toen ze hun situatie overdachten.

'We nemen wel een hotelkamer of zo,' zei Lexie uiteindelijk. 'Dat heeft de familie van Josh Trammell ook gedaan, dacht ik.' Iedereen kende het verhaal: een paar jaar geleden was Josh Trammell, een tweedejaarsstudent, in slaap gevallen terwijl er nog een kaars brandde, waardoor het huis van zijn ouders was afgefikt. Op school deed het hardnekkige gerucht de ronde dat het geen kaars was geweest, maar een joint; het huis was echter zo volledig uitgebrand dat het onmogelijk te zeggen was, en Josh was bij zijn kaarsenverhaal gebleven. Iedereen zag hem nog steeds als *die domme lul die het huis had afgebrand*, al was dat al eeuwen geleden en was Josh onlangs cum laude afgestudeerd aan Ohio State University. Nu zou de brand van Josh Trammell natuurlijk niet langer de beruchtste van Shaker Heights meer zijn.

'Eén hotelkamer? Met z'n allen?'

'Weet ik veel. Twee kamers kan ook. Of we gaan naar de Embassy Suites. Ik weet het niet.' Lexie trommelde met haar vingers op haar knie. Ze wilde een sigaret, maar na alles wat er net was gebeurd – en in het volle zicht van haar moeder en de brandweerlieden – durfde ze er geen op te steken. 'Papa en mama verzinnen wel iets. En de verzekering vergoedt het.' Hoewel ze maar een vaag idee had van hoe een verzekering werkte, klonk het best plausibel. Hoe dan ook, dit was een probleem van de volwassenen, niet van hen.

De laatste brandweerlieden kwamen uit het huis en haalden de maskers van hun gezicht. De meeste rook was weg, maar er hing overal nog een bedompte lucht, zoals in de badkamer na een lange, hete douche. Het autodak begon warm te worden en Trip strekte zijn benen over de voorruit en porde met de punt van zijn teenslippers tegen de ruitenwissers. Toen begon hij te lachen.

'Wat is er zo grappig?' vroeg Lexie.

'Ik zie gewoon voor me hoe Izzy overal rondrent en lucifers aanstrijkt.' Hij snoof. 'Die mafkees.'

Moody tikte met één vinger op het imperiaal. 'Waarom weet iedereen zo zeker dat zíj het heeft gedaan?'

'Kom op.' Trip sprong van de auto af. 'We hebben het over Ízzy. En wij zijn allemaal hier. Mama is er. Papa is onderweg. En wie ontbreekt er?'

'Goed, Izzy is niet hier. Is zij de enige mogelijke verantwoordelijke?'

'Verantwóórdelijk?' wierp Lexie op. 'Izzy?'

'Papa was aan het werk,' zei Trip. 'Lexie was bij Serena. Ik was in Sussex aan het basketballen. En jij?'

Moody aarzelde. 'Ik fietste naar de bibliotheek.'

'Nou dan. Zie je wel?' Voor Trip was het zo klaar als een klontje. 'Alleen Izzy en mama waren hier. En mama lag te slapen.'

'Misschien was er ergens in huis kortsluiting. Of misschien heeft iemand het fornuis aan laten staan.'

'De brandweer zei dat er overal kleine brandjes waren,' zei

Lexie. 'Meerdere brandhaarden. Mogelijk gebruik van een brandversneller. Geen ongeluk.'

'We weten allemaal dat ze altijd al gestoord is geweest.' Trip leunde tegen het autoportier.

'Jullie zitten altijd op haar te vitten,' zei Moody. 'Misschien doet ze daarom wel "gestoord".'

Aan de overkant werden de brandweerslangen in de wagens gerold. De drie overgebleven kinderen van de Richardsons keken toe terwijl de brandweermannen hun bijlen neerlegden en hun rokerige gele jassen uittrokken.

'Iemand zou naar mama toe moeten gaan en bij haar blijven,' opperde Lexie, maar niemand deed iets.

Een minuut later zei Trip: 'Als papa en mama Iz vinden, laten ze haar de rest van haar leven in een psychiatrische inrichting opsluiten.'

Niemand dacht aan het recente vertrek van Mia en Pearl uit het huis in Winslow Road. Mevrouw Richardson, die keek hoe de brandweercommandant nauwgezet aantekeningen op zijn klembord maakte, was haar voormalige huurders volkomen vergeten. Ze had het nog niet tegen haar man en kinderen gezegd; Moody had hun afwezigheid pas eerder die ochtend opgemerkt en wist nog niet precies wat hij ervan moest denken. Helemaal aan het andere eind van Parkland Drive kwam het kleine, blauwe stipje van hun vaders BMW dichterbij.

'Hoe weet je zo zeker dat ze haar zullen vinden?' vroeg Moody.

2

In juni van het jaar daarvoor, toen Mia en Pearl in het kleine huurhuis in Winslow Road waren getrokken, had noch mevrouw Richardson (die technisch gesproken de huiseigenaar was), noch meneer Richardson (die de sleutels overhandigde) veel aandacht aan hen geschonken. Ze wisten dat er geen meneer Warren was en dat Mia zesendertig was, volgens het rijbewijs uit Michigan dat ze had laten zien. Het viel hun op dat ze geen ring aan haar linkerhand had, al droeg ze een heleboel andere ringen: een grote amethist aan haar wijsvinger, eentje die gemaakt was van de steel van een zilveren lepel aan haar pink, en eentje aan haar duim, die mevrouw Richardson verdacht veel op een *moodring* vond lijken. Maar ze leek best aardig, net als haar dochter Pearl, een rustig meisje van vijftien met een lange, donkere vlecht. Mia betaalde de eerste en de laatste maand huur en de borg met een stapeltje twintigdollarbiljetten, en de beige vw Golf – toen al vol deuken – pruttelde over Parkland Drive naar de zuidkant van Shaker, waar de huizen dichter bij elkaar stonden en de tuinen kleiner waren.

Winslow Road was één lange rij duplexwoningen, maar als je op de stoep stond zou je dat niet zeggen. Van buitenaf zag je maar één voordeur, één voordeurlamp, één brievenbus en één huisnummer. Misschien zou je de twee elektriciteitsmeters opmerken, maar die waren – volgens de stadsvoorschriften – samen met de garage achter het huis verborgen. Pas als je in het halletje stond zag je de twee binnendeuren, waarvan er een naar het appartement boven leidde en een naar dat beneden, met daaronder de gedeelde kelder. In elk huis in Winslow Road woonden twee gezinnen, maar aan de buitenkant leek het net of er maar één woonde. Zo waren ze met opzet ontworpen. Daardoor ontsnapten de bewoners aan het stigma van het wonen in een duplexwoning – van huren in plaats van bezitten – en konden de stedenbouwkundigen het uiterlijk van de straat behouden, want iedereen wist dat buurten met huurhuizen minder aanlokkelijk oogden.

Zo was Shaker Heights. Er waren regels, veel regels, voor wat je wel en niet mocht doen, zoals Mia en Pearl in de gaten kregen toen ze hun nieuwe huis betrokken. Ze leerden hun nieuwe adres te schrijven: 18434 Winslow Road *Up*, waarbij die twee lettertjes ervoor zorgden dat hun post in hun appartement boven belandde en niet bij meneer Yang beneden. Ze leerden dat het strookje gras tussen de stoep en de straat de 'bomenstrook' werd genoemd – vanwege de jonge Noorse esdoorns die het sierden, één voor elk huis – en dat de vuilcontainers daar op vrijdagochtend niet naartoe werden gesleept, maar achter het huis bleven staan om de afzichtelijke aanblik van rommelige vuilnisbakken langs de stoeprand te vermijden. Grote scooters, die stuk voor stuk werden bestuurd door een man in een oranje werkpak, scheurden over elke oprit om het huisvuil in de beschutting van de achtertuin op te halen en brachten het naar de grotere vuilniswagen die met draaiende motor in de straat stond, en Mia zou nog maanden terugdenken aan hun eerste vrijdag in Winslow Road en aan haar schrik toen de scooter als een opgevoerd, vlammend gekleurd golfkarretje met brullende motor langs het keukenraam sjeesde. Uiteindelijk wenden ze eraan, net zoals ze gewend raakten aan de vrijstaande garage – goed weggestopt aan de achterkant van het huis, ook weer om het uiterlijk van de straat te behouden – en leerden om een paraplu mee te nemen zodat ze op regenachtige dagen droog bleven als ze van de auto naar het huis liepen. Later, toen meneer Yang in juli twee weken wegging om zijn moeder in Hongkong op te zoeken, leerden ze dat een ongemaaid gazon leidde tot een beleefde, maar strenge brief van de gemeente, waarin werd opgemerkt dat hun gras meer dan vijftien centimeter hoog stond en dat – als de situatie niet werd rechtgezet – de gemeente het gras drie dagen later zou komen maaien en hun daar honderd dollar voor in rekening zou brengen. Er waren veel regels te leren.

En dan waren er nog vele andere regels waar Mia en Pearl lange tijd geen weet van hadden. De regels die bepaalden in welke kleuren een huis mocht worden geschilderd, bijvoorbeeld. Op een handig overzicht van de gemeente werd elk huis gecategoriseerd als een woning in tudor-, Engelse of Franse stijl en daarbij werden voor zowel architecten als huiseigenaren de juiste kleuren bepaald. Huizen in Engelse stijl mochten alleen grijsblauw, mosgroen of in een bepaalde bruintint worden geverfd, om zo de esthetische harmonie van elke straat te waarborgen; tudorhuizen vereisten een specifieke roomkleur voor het pleisterwerk en een specifiek donkerbruin voor het hout. In Shaker Heights was er voor alles een plan. Toen de stad in 1912 werd ontworpen – als een van de eerste geplande gemeenten van het land – werden scholen zo gesitueerd dat alle kinderen ernaartoe konden lopen zonder een grote straat te hoeven oversteken; zijstraten kwamen uit op grote boulevards, met strategisch geplaatste metrohaltes om forenzen naar het centrum van Cleveland te brengen. Het motto van de stad was dan ook – *letterlijk*, zoals Lexie zou zeggen – 'De meeste gemeenten ontstaan gewoon; de beste worden gepland', met als onderliggende filosofie dat alles van tevoren kon – en moest – worden uitgedacht en dat je daarmee het ongepaste, het onaangename en het rampzalige kon voorkomen.

Maar er waren in die eerste paar weken ook andere, plezierigere dingen te ontdekken. Tussen het schoonmaken, opnieuw schilderen en uitpakken door leerden ze de namen van de straten om hen heen: Winchell, Latimore, Lynnfield. Ze raakten wegwijs in de plaatselijke supermarkt, Heinen's, waar ze je volgens Mia aristocratisch behandelden. Je hoefde je winkelwagentje niet naar het parkeerterrein te rijden; in plaats daarvan hing een winkelwagenbediende in een geperst popeline overhemd er een nummertje aan en gaf je een bijbehorend rood-wit bordje. Dat hing je aan je autoraampje en dan reed je naar de voorkant van de winkel, waar een andere winkelwagenbediende je boodschappen naar je toe reed, ze netjes in de kofferbak zette en geen fooi wilde aannemen.

Ze ontdekten waar het goedkoopste tankstation was – op de hoek van Lomond Road en Lee Road, altijd een cent minder dan elders; waar de drogisterijen waren en waar je dubbele kortingsbonnen kreeg. Ze kwamen te weten dat de inwoners van het nabijgelegen Cleveland Heights, Warrensville en Beachwood hun afgedankte spullen net als gewone mensen langs de stoeprand zetten, en ze kwamen te weten op welke dag in welke straten het huisvuil werd opgehaald. Ze kwamen erachter waar ze een hamer, een schroevendraaier, een bus verf en een kwast konden kopen: die waren allemaal te vinden bij Shaker Hardware, maar alleen tussen halftien en zes, want daarna stuurde de eigenaar zijn werknemers naar huis om te eten.

En voor Pearl was er de ontdekking van hun huisbazen en van de kinderen van de Richardsons.

Moody was de eerste Richardson die zich naar het huisje in Winslow Road waagde. Hij had gehoord hoe zijn moeder de nieuwe huurders aan zijn vader beschreef. 'Zij is kunstenares of zoiets,' had mevrouw Richardson gezegd, en toen meneer Richardson had gevraagd wat voor een, had ze schertsend geantwoord: 'Eentje die het moeilijk heeft.'

'Het is in orde,' stelde ze haar man gerust. 'Ze heeft me de borg vooruitbetaald.' 'Dat wil nog niet zeggen dat ze de huur zal betalen,' zei meneer Richardson, maar ze wisten allebei dat de huur niet het belangrijkste was – slechts driehonderd dollar per maand voor de bovenverdieping – en dat ze die zeker niet nodig hadden om rond te komen. Meneer Richardson was advocaat en mevrouw Richardson werkte bij de plaatselijke krant, de *Sun Press*. Het huis in Winslow Road was hypotheekvrij en dus helemaal van hen; de ouders van mevrouw Richardson hadden het in haar tienerjaren als investeringsobject gekocht. De huuropbrengst had mede geholpen haar door Denison University te loodsen en was daarna een maandelijks 'extraatje' geweest – zoals haar moeder het had genoemd – toen ze als beginnend journalist aan de slag ging. En nadat ze met Bill Richardson getrouwd was en mevrouw Richardson was geworden, had het een bijdrage geleverd aan de aanbetaling van een prachtig eigen Shaker-huis, het huis op Parkland Drive dat ze later zou zien afbranden. Toen mevrouw Richardsons ouders vijf jaar geleden enkele maanden na elkaar waren overleden, had zij het huis in Winslow Road geërfd. Haar ouders woonden toen al enige tijd in een aanleunwoning en het huis waarin ze was opgegroeid was al verkocht. Maar ze hadden het Winslow-huis gehouden, zodat ze hun zorg konden betalen van de huuropbrengst, en nu had mevrouw Richardson het ook gehouden, uit sentimentele overwegingen.

Nee, het ging niet om het geld. De huur – het volledige totaalbedrag van vijfhonderd dollar – ging nu elke maand in het vakantiepotje van de Richardsons en vorig jaar hadden ze er hun reisje naar Martha's Vineyard van betaald, waar Lexie haar rugslag had geperfectioneerd en Trip alle meiden uit de omgeving het hoofd op hol had gebracht en Moody in de zon was verbrand tot hij knisperend vervelde en Izzy er na lang aandringen eindelijk mee had ingestemd om mee te gaan naar het strand; volledig gekleed, met haar Doc Martens aan en een boos gezicht. Maar eigenlijk was er ook zonder die huur meer dan genoeg geld voor een vakantie. Omdat ze het geld van het huis niet nódig hadden, ging het mevrouw Richardson om het sóórt huurder. Ze wilde het gevoel hebben dat ze er een goede daad mee verrichtte. Haar ouders hadden haar opgevoed met het idee van liefdadigheid; ze hadden jaarlijks aan de Dierenbescherming en Unicef gedoneerd en namen altijd deel aan lokale geldinzamelingen, waarmee ze een keer een enorme speelgoedbeer hadden gewonnen bij een loterij van de Rotary Club. Mevrouw Richardson zag het huis als een vorm van liefdadigheid. Ze hield de huurprijs laag – onroerend goed in Cleveland was goedkoop, maar appartementen in goede buurten zoals Shaker konden prijzig zijn – en ze verhuurde het alleen aan mensen van wie ze het gevoel had dat ze het verdienden, maar die om een of andere reden niet zoveel geluk hadden gehad in hun leven. Ze vond het fijn om dat te compenseren.

Meneer Yang was de eerste huurder die ze had aangenomen nadat ze het huis had geërfd; hij was een immigrant uit Hongkong die naar de Verenigde Staten was gekomen zonder ook maar iemand te kennen, en hij sprak alleen wat gebroken Engels met een zwaar accent. Door de jaren heen was zijn accent slechts miniem afgenomen en als ze elkaar spraken, beperkte mevrouw Richardson zich soms tot knikken en glimlachen. Maar meneer Yang was een fatsoenlijke man, vond ze; hij werkte heel hard, hij reed de schoolbus naar Laurel Academy – een nabijgelegen privéschool voor meisjes – en was tevens klusjesman. Als alleenstaande man zou hij met zo'n schamel loon nooit in zo'n fraaie buurt kunnen wonen. Hij zou terecht zijn gekomen in een krap, grauw flatje ergens achter Buckeye Road of, waarschijnlijker nog, in de zanderige driehoek van Oost-Cleveland die voor Chinatown moest doorgaan, waar de huur verdacht laag was, een op de twee gebouwen leegstond en er minstens één keer per nacht sirenes blèrden. Daarbij hield meneer Yang het huis in onberispelijke staat, repareerde hij lekkende kranen, lapte de stoep voor het huis op en toverde de miniachtertuin om tot een weelderige lusthof. Elke zomer bracht hij haar een deel, ongeveer een tiende, van de waspompoenen die hij had gekweekt, en al had mevrouw Richardson geen idee wat ze ermee moest – ze waren jadegroen, kronkelig en verontrustend donzig – ze waardeerde zijn attente gebaar. Meneer Yang was precies het soort huurder dat mevrouw Richardson wilde: een aardige man voor wie ze op haar beurt iets aardigs kon doen en die haar vriendelijkheid waardeerde.

Met het bovenste appartement had ze minder geluk gehad. Boven was er zo'n beetje elk jaar een andere huurder gekomen: een cellist die net als leraar was aangenomen op het conservatorium, een gescheiden vrouw van in de veertig en een jong, pasgetrouwd stel dat rechtstreeks van Cleveland State University kwam. Ze hadden allemaal wel een duwtje in de goede richting kunnen gebruiken, als ze erover nadacht. Maar ze bleven geen van allen lang. De musicus, die geen plek als eerste cellist bij het Cleveland Orchestra had veroverd, verliet de stad in een wolk van verbittering. De gescheiden vrouw hertrouwde na een stormachtige romance van vier maanden en verhuisde met haar nieuwe echtgenoot naar een gloednieuwe McMansion in Lakewood. En het jonge stel, dat zo oprecht, toegewijd en smoorverliefd had geleken, had onherstelbaar gekibbeld en was na hooguit achttien maanden uit elkaar gegaan met achterlating van een niet-nagekomen huurovereenkomst, wat kapotte vazen en drie scheuren in de muur, op ooghoogte, waar die vazen kapot waren gegooid.

Dat was een les, besloot mevrouw Richardson. Deze keer zou ze zorgvuldiger zijn. Ze vroeg meneer Yang het stucwerk te herstellen en nam de tijd om een nieuwe huurder te vinden, het juiste soort huurder. 18434 Winslow Road *Up* stond bijna zes maanden leeg, totdat Mia Warren en haar dochter langskwamen. Een alleenstaande, welbespraakte, kunstzinnige moeder die een beleefde, tamelijk knappe en misschien briljante dochter opvoedde.

'Ik hoorde dat de scholen in Shaker de beste van Cleveland zijn,' had Mia gezegd toen mevrouw Richardson vroeg waarom ze naar Shaker waren gekomen. 'Pearl werkt al op universiteitsniveau. Maar ik kan me geen privéschool veroorloven.' Ze wierp een steelse blik op Pearl, die stilletjes met ineengeslagen handen in de lege woonkamer van het appartement stond, en het meisje glimlachte bedeesd. Iets in die blik tussen moeder en kind bracht een fladderend gevoel teweeg in het hart van mevrouw Richardson. Ze verzekerde Mia dat de scholen in Shaker inderdaad uitstekend waren; Pearl kon voor elk vak selectieklassen volgen en er waren natuur- en scheikundelabs, een planetarium en vijf talen die ze kon leren.

'Er zijn ook geweldige theaterlessen, als ze daarin geïnteresseerd is,' voegde ze eraan toe. 'Mijn dochter Lexie speelde vorig jaar Helena in *Een midzomernachtsdroom*.' Ze citeerde het motto van de Shaker-scholen: *Een gemeenschap staat bekend om de scholen die er zijn.* De onroerendgoedbelasting in Shaker was hoger dan waar dan ook, maar de inwoners kregen absoluut waar voor hun geld. 'Maar jullie gaan huren, dus dan krijgen jullie natuurlijk alle lusten en niet de lasten,' zei ze met een lachje. Ze gaf Mia een aanvraagformulier, maar haar besluit stond al vast. Het idee dat deze vrouw en haar dochter in dit appartement zouden gaan wonen, schonk haar immense voldoening: Pearl die aan de keukentafel huiswerk zou maken, en Mia die misschien aan een schilderij of een sculptuur zou werken – ze had niet gezegd welke kunstvorm ze precies beoefende – op het beschutte terras dat uitkeek op de achtertuin.

Moody, die zijn moeder hun nieuwe huurders hoorde beschrijven, was minder geïntrigeerd door de kunstenares dan door de vermelding van de 'briljante' dochter die net zo oud was als hij. Een paar dagen nadat Mia en Pearl verhuisd waren, kreeg zijn nieuwsgierigheid de overhand. Zoals altijd pakte hij zijn fiets, een oude doortrapper, een Schwinn die lang geleden in Indiana van zijn vader was geweest. Niemand fietste in Shaker Heights, net zomin als iemand er met de bus ging: je reed zelf of werd gereden, het was een stad die gebouwd was voor auto's en mensen met auto's. Moody fietste. Hij zou pas in het voorjaar zestien worden en hij vroeg nooit aan Lexie of Trip om hem ergens naartoe te brengen, tenzij het echt niet anders kon.

Hij trapte weg en fietste door de bocht van Parkland Drive, langs de eendenvijver – waar hij nog nooit van zijn leven een eend had gezien, alleen hele troepen grote, brutale Canadese ganzen – en daarna over de Van Aken Boulevard langs de metrohaltes naar Winslow Road. Hij kwam hier niet vaak – geen van de kinderen had iets bij het huurhuis te zoeken – maar hij wist waar het was. Toen hij kleiner was had hij een paar keer in de auto gezeten, die met draaiende motor op de oprit stond, en dan had hij naar de perzikboom in de tuin zitten kijken en de radiozenders afgezocht, terwijl zijn moeder naar binnen rende om iets af te geven of te controleren. Dat kwam niet vaak voor; ze hadden meestal geen omkijken naar het huis, behalve als zijn moeder nieuwe huurders zocht. Hij besefte nu pas, terwijl zijn fietsbanden over de voegen tussen de grote zandstenen stoeptegels bonkten, dat hij er nooit binnen was geweest. Hij wist niet of dat ook voor de andere kinderen gold.

Voor het huis was Pearl op het gazon zorgvuldig de onderdelen van een houten bed aan het ordenen. Moody kwam aan de overkant slippend tot stilstand en zag een slank meisje in een lange, kreukelige rok en een wijdvallend T-shirt met een tekst die hij niet goed kon lezen. Haar lange, krullende haar hing in een dikke vlecht op haar rug en leek met moeite in bedwang te worden gehouden. Ze had het hoofdeinde plat naast de bloembedden die het huis omzoomden gelegd, met de zijplanken ernaast en de latten aan weerskanten netjes op een rij, als ribben. Het was net of het bed een diepe zucht had geslaakt en gracieus plat op het gras was gaan liggen. Moody, half verscholen achter een boom, zag dat ze er behoedzaam omheen liep in de richting van de Golf die met de portieren wijd open op de oprit stond, waarna ze het voeteneind van de achterbank pakte. Hij vroeg zich af wat voor soort tetris ze hadden moeten spelen om alle onderdelen van het bed in zo'n kleine auto te passen. Ze liep op blote voeten over het gras om het voeteneind op zijn plek te leggen. Daarna stapte ze tot zijn verbazing in de lege rechthoek in het midden, waar de matras hoorde te liggen, en liet zich op haar rug neerploffen.

Op de bovenverdieping van het huis ging er rammelend een raam open en Mia stak haar hoofd naar buiten. 'Heb je alles?'

'Er ontbreken twee latten,' riep Pearl terug.

'Die vervangen we wel. Nee, wacht, blijf daar. Niet bewegen.' Mia's hoofd verdween. Een ogenblik later kwam ze terug met een camera in haar handen, een echte camera, met een lens zo dik als een groot blik. Pearl bleef liggen waar ze lag en staarde naar de halfbewolkte lucht, terwijl Mia bijna tot aan haar middel naar buiten hing, op zoek naar de juiste hoek. Moody hield zijn adem in, bang dat de camera uit haar handen zou glippen en op het opgeheven, argeloze gezicht van haar dochter zou vallen, of dat ze zelf over de vensterbank zou tuimelen en op het gras zou neerstorten. Dat gebeurde allemaal niet. Mia hield haar hoofd scheef naar de ene kant en toen naar de andere, en bakende het beeldvlak af in haar zoeker. Haar gezicht ging schuil achter de camera en hij zag alleen haar haar, dat als een donkere halo in een werveling van krullen boven op haar hoofd was vastgezet. Later, toen Moody de foto's zag, vond hij eerst dat Pearl eruitzag als een teer fossiel, iets wat duizenden jaren lang in de skeletbuik van een prehistorisch dier had gezeten. Daarna vond hij haar net een engel die met gespreide vleugels lag te rusten. En even later zag ze er gewoon uit als een meisje dat in een heerlijk groen bed sliep, wachtend tot haar minnaar naast haar kwam liggen.

'Oké,' riep Mia naar beneden. 'Hebbes.' Ze liet zich weer naar binnen glijden, en Pearl ging rechtop zitten en keek naar de overkant van de straat, recht naar Moody, waardoor zijn hart een sprongetje maakte.

'Wil je helpen?' vroeg ze. 'Of blijf je daar staan?'

Moody kon zich later niet meer herinneren dat hij was overgestoken of dat hij zijn fiets op de stoep voor het huis had gezet of zichzelf had voorgesteld. Daarom bleef hij het gevoel hebben dat hij altijd al had geweten hoe ze heette en dat zij altijd al had geweten hoe hij heette; dat Pearl en hij elkaar op een of andere manier altijd al hadden gekend.

Samen droegen ze de onderdelen van het bed de smalle trap op. De woonkamer was leeg, op een stapel dozen in een hoek en een groot rood kussen midden op de grond na.

'Deze kant op.' Pearl hield haar armvol bedlatten iets omhoog en ging Moody voor naar de grootste slaapkamer, waar alleen een verschoten, maar schoon tweepersoonsmatras tegen een muur stond.

'Hier,' zei Mia, die een stalen gereedschapskist bij Pearls voeten zette. 'Die zal je nodig hebben.' Ze lachte Moody toe alsof hij een oude vriend was. 'Roep maar als je nog een paar extra handen nodig hebt.' Daarna liep ze weer naar de gang en even later hoorden ze dat er een doos werd opengesneden.

Pearl gebruikte het gereedschap met vaardige hand, duwde de zijpanelen tegen het hoofdeinde op hun plek en ondersteunde ze met haar enkel terwijl ze ze vastschroefde. Moody ging naast de openstaande gereedschapskist zitten en keek met stijgende bewondering toe. Als er bij hem thuis iets stuk was – het fornuis, de wasmachine, de afvalvermaler – belde zijn moeder een klusjesman om het te repareren of werd het, in vrijwel alle andere gevallen, weggegooid en vervangen. Om de drie of vier jaar koos zijn moeder, als de zittingen begonnen in te zakken, een nieuw stel meubels uit voor de woonkamer en dan werden de oude in de spelkamer in de kelder gezet, waarna de óúde oude meubels uit de spelkamer werden weggegeven aan de jeugdinrichting voor jongens aan de West Side of de vrouwenopvang in de stad. Zijn vader sleutelde niet aan zijn auto in de garage; als er iets rammelde of piepte, bracht hij hem naar de Lusty Wrench, waar Luther al twintig jaar elke auto van de familie Richardson onderhield. De enige keer dat hij zelf gereedschap had gebruikt, realiseerde Moody zich, was in de brugklas, toen ze met handenarbeid in groepen werden onderverdeeld en één team moest meten, het andere moest zagen en weer een ander moest schuren, waarna iedereen aan het eind van het trimester plichtsgetrouw alle onderdelen in elkaar schroefde om een snoepautomaat in de vorm van een kistje te maken, waar telkens wanneer je de hendel overhaalde drie Skittles uit kwamen. Trip had er het jaar daarvoor net zo eentje gemaakt en Lexie had er het jaar dáárvoor ook net zo eentje gemaakt en Izzy maakte er het jaar daarop ook eentje, en ondanks dat hele trimester handenarbeid, ondanks die vier identieke snoepautomaten die ergens bij hen thuis waren opgeborgen, wist Moody niet zo zeker of iemand bij de Richardsons thuis meer kon dan een schroevendraaier vasthouden.

'Hoe heb je dat allemaal geleerd?' vroeg hij en hij gaf Pearl nog een beddenlat aan.

Pearl haalde haar schouders op. 'Van mijn moeder,' zei ze, terwijl ze met haar ene hand de lat op zijn plaats drukte en met haar andere hand een schroef uit de berg op het tapijt pakte.

Toen het bed in elkaar zat bleek het een ouderwetse lits-jumeaux met knoppen, zo eentje waar Goudlokje in had kunnen slapen.

'Waar heb je dat vandaan?' Moody legde het matras erop en duwde erop om het uit te proberen.

Pearl legde de schroevendraaier weer in de gereedschapskist en klikte die dicht. 'We hebben het gevonden.'

Ze ging op het bed zitten met haar rug tegen het voeteneind en haar benen languit, met haar blik op het plafond gericht, alsof ze het wilde uittesten. Moody ging bij het hoofdeind zitten, naast haar voeten. Er zaten grassprietjes op haar tenen, haar kuiten en de zoom van haar rok. Ze rook naar frisse lucht en muntshampoo.

'Dit is míjn kámer,' zei Pearl opeens en Moody sprong overeind.

'Sorry,' zei hij en er kroop een gloeiende blos naar zijn wangen.

Pearl keek op, alsof ze even was vergeten dat hij er was. 'O,' zei ze. 'Dat bedoelde ik niet.' Ze plukte wat gras tussen haar tenen vandaan, gooide het opzij en keek hoe het op het tapijt belandde. Toen ze weer iets zei klonk het verwonderd. 'Ik heb nog nooit een eigen kamer gehad.'

Daar liet Moody zijn gedachten even over gaan. 'Bedoel je dat je altijd hebt moeten delen?' Hij probeerde zich een wereld voor te stellen waarin dat mogelijk was. Hij probeerde zich voor te stellen dat hij een kamer moest delen met Trip, die zijn vuile sokken en sporttijdschriften op de grond liet slingeren en die zodra hij thuiskwam de radio aanzette – altijd op 'Jammin' 92.3 – alsof zijn hart niet kon kloppen zonder dat domme gedreun van bastonen. Op vakantie boekten de Richardsons altijd drie kamers: een voor meneer en mevrouw Richardson, een voor Lexie en Izzy, en een voor Trip en Moody, en bij het ontbijt maakte Trip altijd grapjes over Moody, omdat die soms praatte in zijn slaap. Dat Pearl en haar moeder een kamer hadden moeten delen... Moody kon bijna niet geloven dat mensen zo arm konden zijn.

Pearl schudde haar hoofd. 'We hebben nog nooit een huis voor onszelf gehad,' zei ze, en Moody onderdrukte de neiging om te zeggen dat dit geen huis was, maar slechts een half huis. Ze liet haar vingertoppen over de lijnen van het matras glijden en omcirkelde de knopen in de kuiltjes.

Toen Moody naar haar keek, kon hij niet zien wat ze zich allemaal herinnerde: het lastige fornuis in Urbana, dat ze met een lucifer moesten aansteken, de trappen naar de vierde verdieping in Middlebury, de met onkruid overwoekerde tuin in Ocala en het rokerige appartement in Muncie, waar de vorige eigenaar zijn konijn los had laten lopen in de woonkamer, zodat er overal knaaggaten en dubieuze vlekken waren achtergebleven. En het onderverhuurde appartement in Ann Arbor, alweer jaren geleden, dat ze het allerergst had gevonden om te verlaten, want de mensen die er hadden gewoond, hadden een dochter die maar een of twee jaar ouder was dan zij, en in de zes maanden waarin haar moeder en zij er hadden gewoond, had ze met de paardenbeeldjes van die geluksvogel gespeeld en in haar kinderfauteuiltje gezeten en in haar sneeuwwitte hemelbed geslapen en soms, midden in de nacht als haar moeder sliep, had ze de lamp op haar nachtkastje aangeknipt en de kledingkast van het meisje opengedaan en haar jurken en schoenen gepast, al waren die allemaal een beetje te groot. Er waren daar overal in huis foto's van dat meisje geweest – op de schoorsteenmantel, op de bijzettafeltjes in de woonkamer, in het trappenhuis een mooi, groot studioportret van haar met haar hand onder haar kin – en Pearl had zo makkelijk kunnen doen alsof het háár huis was en háár spullen, haar kamer en haar leven waren. Toen het stel met hun dochter terugkeerde van hun sabbatical had Pearl niet eens naar dat meisje kunnen kijken, dat zongebruind en pezig en nu te groot voor die jurken in de kast was. Ze huilde de hele weg naar Lafayette, waar ze de volgende acht maanden zouden wonen, en zelfs de steigerende porseleinen palomino die ze uit de verzameling van het meisje had gestolen bood haar geen troost, want hoe nerveus ze ook wachtte, er werd nooit geklaagd over het verdwenen beeldje, en wat gaf er nou minder voldoening dan stelen van iemand die zo verwend was dat ze niet eens merkte dat er iets weg was? Haar moeder had het blijkbaar begrepen, want ze gingen nooit meer in onderhuur. Pearl had nergens over geklaagd, want ze wist nu dat ze liever een lege flat had dan een die vol stond met andermans spullen.

'We verhuizen heel vaak. Als mijn moeder weer eens de kriebels krijgt.' Ze keek hem fel, bijna boos aan en Moody zag dat haar ogen, waarvan hij had gedacht dat ze bruin waren, in werkelijkheid diep jadegroen waren. Op dat moment begreep Moody ineens heel goed wat er die ochtend meteen al gebeurd was: zijn leven was verdeeld in een voor en een na, en hij zou die twee altijd blijven vergelijken.

'Wat ga je morgen doen?' vroeg hij.

3

De paar weken daarna werden voor Moody een reeks van morgens. Ze gingen naar Fernway, zijn oude lagere school, waar ze op de glijbaan klauterden en aan het klimrek slingerden en van de loopbrug in de houtsnippers eronder vielen. Hij nam Pearl mee naar Draeger voor ijs met warme karamelsaus. Bij Horseshoe Lake klommen ze als kleine kinderen in de bomen en gooiden stukjes oud brood naar de eenden die onder hen dobberden. In Yours Truly, het eetcafé in de buurt, kozen ze een zitje met hoge houten rugleuningen en aten friet met bacon en kaas eroverheen, terwijl ze kwartjes in de jukebox gooiden om naar 'Great Balls of Fire' en 'Hey Jude' te luisteren.

'Neem me eens mee om naar de shakers te kijken,' opperde Pearl op een dag en Moody moest lachen. 'Er zijn geen shakers in Shaker Heights,' zei hij. 'Die zijn allemaal uitgestorven. Ze geloofden niet in seks. Het stadje is gewoon naar hen vernoemd.'

Moody had deels gelijk, hoewel hij net zomin als de meeste jongeren in de stad weinig van de geschiedenis afwist. De shakers waren inderdaad allang vertrokken van de grond die later Shaker Heights zou worden en in de zomer van 1997 waren er nog precies twaalf over op de wereld. Shaker Heights was dan misschien niet gesticht volgens de shaker-principes, maar wel volgens hetzelfde utopistische idee. Orde – en regelgeving, de vader van orde – was voor de shakers de sleutel tot harmonie geweest. Ze hadden overal regels voor: het juiste tijdstip om 's ochtends op te staan, de juiste kleur gordijnen, de juiste lengte voor een mannenkapsel, de juiste manier om de handen te vouwen voor een gebed (de rechterduim over de linker-). Als ze elk detail hadden gepland, zo geloofden de shakers, konden ze een stukje hemel op aarde scheppen, een plekje dat hen beschermde tegen de wereld, en de stichters van Shaker Heights hadden er net zo over gedacht. In advertenties beeldden ze Shaker Heights af in de wolken, waar het vanaf een bergtop aan het eind van de regenboog neerkeek op de groezelige stad Cleveland. Perfectie: dat was het doel, en misschien hadden de shakers dat zó sterk nageleefd dat het in de grond was gesijpeld en de mensen die er nu opgroeiden stimuleerde om naar de allerbeste prestaties te streven en absoluut geen fouten te tolereren. Zelfs de pubers van Shaker Heights – die vrijwel niets van de shakers meekregen, hooguit het zingen van 'Simple Gifts' tijdens muziekles – voelden die drang naar volmaaktheid in de lucht hangen.

Terwijl Pearl steeds meer te weten kwam over haar nieuwe woonomgeving, kwam Moody steeds meer te weten over Mia's kunst en over de ingewikkelde, grillige financiële situatie van de Warrens.

Moody had nooit echt nagedacht over geld, omdat dat nooit nodig was geweest. Het licht ging aan als hij op een knopje drukte, en als hij de kraan opendraaide kwam er water uit. Met regelmatige tussenpozen verschenen er boodschappen in de koelkast en die doken met etenstijd als bereide maaltijd weer op. Sinds zijn tiende kreeg hij zakgeld, te beginnen met vijf dollar per week, wat met de inflatie en de leeftijd gestaag was uitgegroeid tot de huidige twintig dollar. Dat, opgeteld bij de verjaardagskaarten van tantes en andere familieleden, waar zonder uitzondering een opgevouwen bankbiljet in zat, was voldoende om een tweedehands boek bij Mac's Backs te kopen, of af en toe een cd of nieuwe gitaarsnaren, of wat hij ook maar nodig dacht te hebben.

Mia en Pearl tikten zoveel mogelijk tweedehands op de kop – of, nog beter, gratis. In slechts een paar weken tijd wisten ze elke winkel van het Leger des Heils, de Sint-Vincentiusvereniging en de kringloop in de omgeving van Cleveland te vinden. In de week waarin ze aankwamen had Mia een baantje gevonden bij Lucky Palace, een Chinees restaurant in de buurt; een paar middagen en avonden per week nam ze achter de toonbank bestellingen voor afhaalmaaltijden op en pakte die in. Ze kwamen er algauw achter dat iedereen in Shaker die buiten de deur wilde eten de voorkeur gaf aan Pearl of the Orient, een paar straten verderop, maar Lucky Palace deed goede zaken met afhaalmaaltijden. Als aanvulling op Mia's uurloon gaven de obers en serveersters haar een deel van de fooien, en als er eten overbleef nam ze een paar bakjes mee naar huis – ietwat verschaalde rijst, kliekjes varkensvlees in zoetzure saus, groente die net niet meer vers was – en daar kwamen Pearl en zij de week grotendeels wel mee door. Ze hadden heel weinig, maar dat viel niet direct op: Mia was goed in hergebruiken. Lo mein werd, zonder de saus, de ene avond gecombineerd met ragù uit een potje en de volgende avond opgewarmd met wat rundvlees in sinaasappelsaus. Oude beddenlakens, die een kwartje per stuk kostten bij de tweedehandswinkel, werden omgetoverd tot gordijnen, een tafellaken en kussenslopen. Het deed Moody aan wiskunde denken: een praktische toepassing van combinatoriek. Op hoeveel verschillende manieren kon je moo shu-pannenkoekjes en -vulling combineren? Hoeveel verschillende combinaties kon je maken met rijst, varkensvlees en paprika?

'Waarom neemt je moeder geen echte baan?' vroeg Moody op een middag aan Pearl. 'Ze kan vast wel meer uren per week krijgen. Of misschien zelfs een fulltime aanstelling bij Pearl of the Orient, of een andere tent.' Dat vroeg hij zich de hele week al af, al sinds hij had gehoord dat Mia werk had. Als ze meer uren zou werken, redeneerde hij, kon ze genoeg verdienen om een echte bank, echte maaltijden en misschien zelfs een tv voor hen te kunnen kopen.

Pearl keek hem met gefronst voorhoofd aan alsof ze de vraag gewoonweg niet begreep.

'Maar ze hééft een baan,' zei ze. 'Ze is kunstenares.'

Zo leefden ze al jaren; Mia werkte parttime zodat ze net genoeg verdiende om met zijn tweeën rond te kunnen komen. Al zolang ze zich kon herinneren had Pearl de hiërarchie begrepen: haar moeders echte werk was de kunst, en alles waarvan de rekeningen werden betaald, bestond alleen om die kunst te kunnen verwezenlijken. Haar moeder werkte elke dag een paar uur, al besefte Moody aanvankelijk niet dat ze dat aan het doen was. Soms was ze beneden in de provisorische doka die ze in de wasruimte in de kelder in elkaar had geflanst, en dan ontwikkelde ze filmrolletjes of ze maakte afdrukken. Soms leek ze al haar tijd door te brengen met lezen – dingen die Moody niet per se relevant leken, zoals kooktijdschriften uit de jaren zestig, autohandleidingen of een enorme hardcover biografie van Eleanor Roosevelt uit de bibliotheek – of keek ze alleen maar uit het woonkamerraam naar de boom buiten. Toen hij op een ochtend aankwam, zat Mia met een stuk touw te spelen waar ze een kop-en-schotel mee maakte, en toen ze terugkwamen was ze daar nog steeds mee bezig en weefde ze steeds ingewikkeldere patronen tussen haar vingers, die ze opeens weer liet schieten tot een enkele lus, om daarna weer opnieuw te beginnen 'Hoort bij het proces,' deelde Pearl hem mee terwijl ze door de woonkamer liepen, op de nonchalante toon van een inwoner die niet opkijkt van de opmerkelijke gewoonten van zijn land.

Soms trok Mia eropuit met haar camera, maar het kwam vaker voor dat ze dagen of zelfs weken bezig was met de voorbereidingen van iets wat ze wilde fotograferen, waarna het daadwerkelijk maken van de foto slechts een paar uur tijd kostte. Want, zo ontdekte Moody, Mia beschouwde zichzelf niet als fotograaf. Fotografie ging in wezen om documentatie, maar hij kreeg al snel in de gaten dat fotografie voor Mia gewoon een stuk gereedschap was, dat ze gebruikte zoals een schilder een penseel of een mes gebruikte.

Aan een eenvoudige foto kon later nog worden gesleuteld: met geborduurde carnavalsmaskers werden de gezichten van de mensen die erop stonden aan het oog onttrokken, of de figuurtjes zelf werden eruit gestanst, als aankleedpoppen, en kregen kleren aan die uit modetijdschriften waren geknipt. Voor één reeks foto's spoelde Mia de negatieven af voordat ze afdrukken maakte, zodat die vreemd vertekend waren: een foto van een schone keuken was bespat met limonadevlekken; een foto van wasgoed dat aan de lijn hing werd spookachtig en verwrongen door bleekmiddel.

Voor een andere reeks belichtte ze elke foto zorgvuldig dubbel; zo plaatste ze een ver weg staande wolkenkrabber over haar middelvinger, en legde ze de afbeelding van een dode vogel die met gespreide vleugels op de stoep lag over die van een blauwe hemel, zodat het, afgezien van zijn gesloten ogen, net leek of hij vloog.

Ze werkte onconventioneel en hield alleen de foto's die ze mooi vond; de rest gooide ze weg. Als het onderwerp was uitgeput, hield ze van elke foto één afdruk en vernietigde de negatieven. 'Grote oplagen interesseren me niet,' zei ze nogal luchtig tegen Moody, toen die vroeg waarom ze niet meer afdrukken maakte. Ze fotografeerde zelden mensen; af en toe maakte ze een foto van Pearl, zoals met dat bed op het gras, maar die gebruikte ze nooit voor haar werk. Ze gebruikte zichzelf ook nooit: één keer, vertelde Pearl aan Moody, had ze een reeks zelfportretten gemaakt waarop ze verschillende voorwerpen als masker droeg – een stuk zwarte kant, vijfvingerige kastanjebladeren, een vochtige, buigzame zeester – en ze had er een maand aan gewerkt om ze terug te brengen tot een set van acht. Ze waren prachtig en griezelig geweest, en Pearl zag ze zelfs nu nog precies voor zich: haar moeders stralende oog dat als een parel tussen de armen van de zeester door gluurde. Maar op het laatste moment had Mia de afdrukken en de negatieven verbrand, om redenen die zelfs Pearl niet kon bevatten. 'Je hebt er zoveel tijd aan besteed,' had ze gezegd, 'en dan ineens' – ze knipte met haar vingers – '*pfft*, weg?'

'Het werkte gewoon niet,' was alles wat Mia zei.

Maar de foto's die ze wél hield, en verkocht, waren adembenemend.

In hun luxe onderhuurwoning in Ann Arbor had Mia verschillende meubels van hun verhuurders uit elkaar gehaald en de onderdelen – bouten zo dik als haar vinger, ongelakte dwarsbalken, losgehaalde pootjes – zo gearrangeerd dat het dieren leken. Een robuuste negentiende-eeuwse secretaire werd getransformeerd tot stier, waarbij de zijkanten van losgehaalde laden de gespierde poten vormden, de gietijzeren ladeknoppen dienstdeden als de ogen en de neus en de glanzende ballen van de stier, en een handvol pennen uit de secretaire uitwaaierden tot de sikkels van de horens. Met de hulp van Pearl had ze de onderdelen op het roomwitte Perzische tapijt gelegd, dat er als achtergrond uitzag als een veld met dampende mist, en daarna was ze op een tafel geklommen om het geheel van bovenaf te fotograferen, waarna ze het uit elkaar haalden en er weer een bureau van maakten. Een oude Chinese vogelkooi, die werd afgebroken tot een web van gebogen draden, was een adelaar geworden, die zijn koperkleurige, skeletachtige vleugels spreidde alsof hij op het punt stond weg te vliegen. Een fraai gestoffeerde bank was een olifant geworden, die zijn slurf trompetterend omhoogstak. De reeks foto's die uit dit project was voortgekomen, was intrigerend en verwarrend tegelijk; de dieren waren ongelofelijk complex en levensecht, maar als je beter keek realiseerde je je waar ze van gemaakt waren. Ze had er behoorlijk wat van verkocht via haar vriendin Anita, een galeriehoudster in New York; iemand die Pearl nog nooit had ontmoet, op een plek waar ze nog nooit was geweest. Mia verafschuwde New York en wilde er nooit naartoe, zelfs niet om haar eigen werk te promoten. 'Anita,' had Mia een keer door de telefoon gezegd, 'ik hou zielsveel van je, maar ik kan niet naar New York komen voor een tentoonstelling. Nee, zelfs niet als ik daardoor honderd stukken kan verkopen.' Stilte. 'Dat weet ik, maar je weet dat ik dat niet kan. Goed. Doe wat je kunt, dat is genoeg voor mij.' Toch had Anita zes werken uit de reeks weten te verkopen en dat betekende dat Mia de zes maanden daarna geen huizen had hoeven schoonmaken, maar aan een nieuw project had kunnen werken.

Zo werkte haar moeder: vier tot zes maanden bezig met een project en daarna door naar het volgende. Ze werkte maar door en kwam met een stel foto's op de proppen, waarvan Anita er uiteindelijk meestal wel een paar kon verkopen in haar galerie. Aanvankelijk waren de prijzen zo bescheiden geweest – een paar honderd dollar per stuk – dat Mia soms twee of zelfs drie banen had moeten aannemen. Maar in de loop van de tijd werd haar werk in de kunstwereld zo gewaardeerd dat Anita meer werken kon verkopen, voor meer geld: genoeg om alles te kunnen betalen wat Mia en Pearl nodig hadden – eten, huur, benzine voor de Golf – na aftrek van Anita's aandeel van vijftig procent. 'Soms twee- of drieduizend dollar,' zei Pearl trots tegen hem, en Moody maakte in gedachten snel een optelsommetje: als Mia tien werken per jaar verkocht...

Soms verkochten de foto's niet; van een project met geraamten van bladeren dat Mia deed, werd er slechts één verkocht en daarna nam ze een paar maanden een aantal losvaste baantjes aan: schoonmaken, bloemschikken, taarten decoreren. Ze was goed in alles waar ze haar handen voor moest gebruiken en had liever een baan waarvoor ze niet met klanten hoefde te werken maar in haar eentje kon nadenken, in plaats van iets als serveerster, secretaresse of verkoopster. 'Voordat jij geboren werd was ik een keer verkoopster,' zei ze tegen Pearl. 'Dat heb ik één dag volgehouden. Eén. De manager bleef maar zeggen hoe ik de jurken op de hangertjes moest hangen. Klanten trokken kraaltjes van kleding af en vroegen dan om korting. Ik dweil liever ergens in mijn eentje een vloer van een huis dan dat ik met dat soort dingen te maken krijg.'

Maar andere projecten verkochten wél, en trokken de aandacht. Eén reeks – waaraan Mia begon nadat ze als naaister had gewerkt – voorzag bijna een jaar in hun onderhoud. Ze ging naar kringloopwinkels en kocht oude speelgoedbeesten – verschoten teddyberen, morsige pluchen honden, tot op de draad versleten konijnen – hoe goedkoper hoe beter. Thuis trok ze de naden los en haalde ze uit elkaar, waste hun vacht, maakte hun vulling weer donzig en poetste hun ogen op. Daarna naaide ze ze weer in elkaar, binnenstebuiten, en de resultaten waren bevreemdend mooi. De binnenkant van de pluizige vacht zag eruit als geschoren fluweel. Het hele knuffelbeest, opnieuw in elkaar gezet en bijgevuld, had dezelfde vorm maar een andere uitstraling, met een rechtere rug en nek, puntiger oren en oogjes die nu schrander glinsterden. Het was alsof het dier was gereïncarneerd en ouder, moediger en wijzer was geworden. Pearl had het heerlijk gevonden om haar moeder te zien werken en over de keukentafel gebogen met chirurgische precisie te zien zwoegen – scalpel, naalden, spelden – om het speelgoed om te vormen tot kunst. Anita had elke foto uit de reeks verkocht en eentje, meldde ze, was zelfs in het MoMa terechtgekomen. Ze had Mia gesmeekt het nog een keer te doen, of de reeks nog eens af te drukken, maar dat had Mia geweigerd. 'Het idee is al uitgewerkt,' zei ze. 'Nu werk ik aan iets anders.' En dat deed ze altijd, ze werkte altijd aan iets wat een beetje anders was, iets wat haar verbeelding prikkelde. Op een dag zou ze beroemd zijn, dat wist Pearl zeker; op een dag zou haar geliefde moeder zo'n kunstenaar zijn als De Kooning, Warhol of O'Keeffe, van wie iedereen de naam kende. Daarom vond ze het ergens niet zo'n punt dat ze altijd zo hadden geleefd, met tweedehandskleding, gebruikte meubels en de onzekere wisselvalligheid van alles. Op een dag zou iedereen zien hoe briljant haar moeder was.

Voor Moody was zo'n soort bestaan vrijwel niet te bevatten. Kijken naar het leven van de Warrens was net zoiets als naar een goocheltruc kijken; het was even wonderbaarlijk als een leeg frisdrankblikje dat werd veranderd in een zilveren kan, of een dampende pastei die uit een zijden hoge hoed werd getoverd. Nee, dacht hij: het was net zoiets als zien hoe Robinson Crusoë vanuit het niets een leven opbouwde. Hoe meer tijd hij met Mia en Pearl doorbracht, des te fascinerender hij hen vond.

Door deze middagen met Pearl leerde Moody langzamerhand iets over hun rondreizende bestaan. Ze namen maar weinig mee: twee borden en twee kopjes en een handjevol niet bij elkaar passend bestek, ieder een tas met kleren en Mia's camera's, natuurlijk. 's Zomers reden ze met omlaaggedraaide raampjes, want de Golf had geen airconditioning; 's winters reden ze 's avonds met de verwarming hoog en overdag parkeerden ze op een zonnige plek en sliepen ze in de krappe auto, die dan net een broeikas was, waarna ze bij zonsondergang weer op weg gingen. 's Nachts propte Mia de tassen tussen de voor- en de achterbank en legde een opgevouwen legerdeken achter in de auto, zodat er een bed ontstond waar ze allebei op pasten. Voor wat privacy drapeerden ze een laken vanaf de achterklep tot over de hoofdsteunen van de voorstoelen, zodat er een tentje ontstond. Met etenstijd stopten ze langs de kant van de weg en aten uit een papieren zak met boodschappen die achter de bestuurdersstoel stond: brood met pindakaas, fruit en soms salami of een stuk pepperoni, als Mia dat ergens in de aanbieding had gezien. Soms reden ze maar een paar dagen, soms een week, tot Mia een plek vond die goed aanvoelde, en daar stopten ze.

Dan vonden ze een huurappartement: meestal een studio, soms een eenvoudig flatje, wat ze zich maar konden veroorloven en als ze maar per maand konden opzeggen, want Mia wilde nergens aan vastzitten. Ze richtten hun nieuwe appartement altijd net zo in als dat in Shaker, met afdankertjes en spullen uit tweedehandswinkels die ze opfristen of op zijn minst acceptabel maakten. Mia schreef Pearl altijd in bij de school in de buurt en zocht werk om in hun onderhoud te voorzien. Daarna begon Mia dan aan haar volgende project en ging ze drie of vier of zes maanden aan het werk, waarbij ze zich in een idee vastbeet alsof het een bot was, tot ze een reeks foto's had die ze naar Anita in New York City kon sturen.

Ze richtte altijd een doka in de badkamer in nadat Pearl was gaan slapen. Na de eerste paar verhuizingen had ze de slag te pakken: bakken om afdrukken te spoelen in de badkuip, een waslijn om ze te drogen te hangen aan de douchestang, een opgerolde handdoek tegen de onderkant van de deur om te voorkomen dat er licht binnenviel. Als ze klaar was stapelde ze de bakken op, klapte haar vergroter dicht en deed hem in de koffer, borg de flessen met chemicaliën op onder de wasbak en boende de badkuip schoon, zodat die weer glansde als Pearl de volgende ochtend ging douchen. Ze zette het badkamerraam op een kier en ging naar bed, en tegen de tijd dat Pearl wakker werd, was de zure geur van ontwikkelingsvloeistof verdwenen. Zodra Mia haar foto's had verstuurd, wist Pearl altijd dat ze de auto weer zouden inladen om te vertrekken en het hele proces zou weer van voren af aan beginnen. Eén stad, één project, en dan was het tijd om verder te gaan.

Maar deze keer zou het anders zijn. 'We blijven hier,' had Pearl gezegd, en Moody voelde zich opeens duizelig blij, als een overvolle ballon. 'Mijn moeder heeft het beloofd. Deze keer blijven we voorgoed.'

Hun zwervende, artistieke levensstijl sprak hem aan: Moody was in zijn hart een romanticus. Hij stond elk semester op de lijst met beste leerlingen, maar niet gehinderd door een praktische inslag dagdroomde hij erover om te stoppen met school en à la Jack Kerouac het land door te reizen; alleen zou hij liedjes schrijven in plaats van gedichten. Bij Mac's Backs tikte hij stukgelezen exemplaren van *On the Road* en *The Dharma Bums* op de kop, evenals de gedichten van Frank O'Hara, Rainer Maria Rilke en Pablo Neruda, en tot zijn verrukking vond hij in Pearl een andere poëtische ziel. Ze had natuurlijk niet zoveel gelezen als hij, omdat ze zo vaak verhuisd waren, maar ze had het grootste deel van haar kindertijd in bibliotheken doorgebracht, waar ze als het nieuwe meisje dat van de ene school naar de andere hopte haar heil tussen de boekenrekken zocht, en daar zoog ze de boeken in zich op alsof ze lucht waren; en eerlijk gezegd, vertelde ze hem bedeesd, wilde ze dichter worden. Ze schreef haar lievelingsgedichten over in een beduimeld spiraalschrift dat ze altijd bij zich hield. 'Zo blijven ze altijd bij me,' zei ze en toen ze Moody er eindelijk een paar liet lezen, was hij sprakeloos. Hij wilde zich tussen de krulletjes van haar handschrift vlechten. 'Prachtig,' zei hij met een zucht, waardoor Pearls gezicht als een lantaarn oplichtte, en de volgende dag nam Moody zijn gitaar mee, leerde haar drie akkoorden spelen en zong verlegen een van zijn liedjes voor haar, dat hij nog nooit voor iemand had gezongen.

Pearl, zo ontdekte hij algauw, had een fantastisch geheugen. Ze wist zich passages te herinneren nadat ze die slechts één keer had doorgelezen en herinnerde zich de data van de Magna Carta en de namen van de koningen van Engeland en alle presidenten op volgorde. Moody haalde zijn goede cijfers door nauwgezet te leren en te oefenen met allerlei flashcards, maar alles leek Pearl te komen aanwaaien: ze kon naar een wiskundevraagstuk kijken en het antwoord zien, terwijl Moody plichtmatig de ene regel algebra na de andere afwerkte tot hij onder aan de bladzijde was; ze kon een essay lezen en haar vinger meteen op het meest saillante punt of de grootste logische zwakte leggen. Het was alsof ze een blik wierp op een berg puzzelstukjes en het hele plaatje zag zonder zelfs maar naar de doos te kijken. Pearls geest, dat werd wel duidelijk, was iets buitengewoons en Moody kon niet anders dan bewonderen hoe snel en moeiteloos haar hersens werkten. Het was puur genot om te zien hoe ze alles op zijn plek klikte.

Hoe meer tijd ze samen doorbrachten, des te sterker kreeg Moody het gevoel dat hij op twee plaatsen tegelijk was. Op elk willekeurig moment – op elk ogenblik dat hij het kon regelen eigenlijk – was hij daar bij Pearl, in het zitje in het eetcafé, of tussen de gevorkte takken van een boom, en dan keek hij hoe haar grote ogen alles om hen heen indronken alsof ze verschrikkelijk veel dorst had. Hij tapte flauwe moppen en vertelde verhalen en diste onbenullige feiten op, alles om haar aan het lachen te maken. En tegelijkertijd speurde hij in gedachten de stad af, wanhopig op zoek naar de volgende plek waar hij haar mee naartoe kon nemen, het volgende pareltje van de buitenwijken van Cleveland dat hij kon laten zien, want als hij geen bestemmingen meer had om haar te tonen, wist hij zeker dat ze zou verdwijnen. Hij dacht nu al te zien dat ze stilviel boven haar frietjes, terwijl ze in de laatste, gestolde klodder kaas op haar bord zat te prikken; hij wist nu al zeker dat haar ogen naar de overkant van het meer dwaalden.

Daarom nam Moody een beslissing die hij de rest van zijn leven in twijfel zou trekken. Tot nu toe had hij zijn familie niets over Pearl en haar moeder verteld en bewaakte hij hun vriendschap zoals een draak de schat bewaakt: zwijgend, begerig. Diep vanbinnen had hij het gevoel dat alles daardoor zou veranderen, zoals in sprookjes de betovering werd verbroken als je het geheim verklapte. Als hij haar voor zichzelf had gehouden, had de toekomst er misschien heel anders uitgezien. Dan had Pearl zijn vader en moeder, Lexie, Trip en Izzy misschien wel nooit ontmoet, of anders had ze hen misschien wel begroet, maar niet geweten wie ze waren. Dan waren haar moeder en zij misschien wel voor altijd in Shaker gebleven, zoals ze van plan waren geweest; en elf maanden later had het huis van de Richardsons er misschien nog gestaan. Maar Moody dacht dat hijzelf niet interessant genoeg was om in zijn eentje haar aandacht vast te houden. Was hij een andere Richardson geweest, dan had het misschien anders kunnen zijn; zijn broer en zussen zaten er nooit over in of andere mensen hen leuk vonden. Lexie had haar gouden glimlach en ongedwongen lach, Trip had zijn uiterlijk en zijn kuiltjes: waarom zouden mensen zoals zij zich ooit zoiets afvragen? Voor Izzy lag het nog eenvoudiger; haar kon het niets schelen hoe mensen over haar dachten. Maar Moody beschikte niet over Lexies hartelijkheid, Trips kwajongensachtige charme of Izzy's zelfverzekerdheid. Alles wat hij haar te bieden had, dacht hij, was wat zijn familie te bieden had, zijn familie zelf, en dat bracht hem ertoe om op een middag eind juli te zeggen: 'Kom mee. Dan kun je kennismaken met mijn familie.'

Toen Pearl voor het eerst het huis van de Richardsons binnenging, bleef ze met één voet op de drempel staan. Het was maar een huis, zei ze bij zichzelf. Moody woonde hier. Maar zelfs die gedachte kwam haar een beetje surrealistisch voor. Vanaf de stoep had Moody er bijna beschaamd naar geknikt. 'Dat is het,' had hij gezegd en zij had gevraagd: 'Woon je híér?' Het lag niet aan de omvang – ja, het was groot, maar dat gold voor elk huis in de straat, en na slechts drie weken Shaker had ze nog wel grotere huizen gezien. Nee, het kwam door het groen van het gras, de scherpe strepen wit cement tussen de stenen, het geritsel van de esdoornbladeren in het lichte briesje, het briesje zelf. Het kwam door de milde geuren van wasmiddel en kookluchtjes en gras die zich bij de entree met elkaar vermengden, en door dat ene hoekje van het kleed dat als een vetkuif omhoogstond, alsof iemand erover was gestruikeld en was vergeten het weer glad te strijken. Het was alsof ze geen huis binnenging, maar het idéé van een huis, een archetype dat voor haar ogen tot leven werd gewekt. Iets waar ze weleens over had gehoord, maar wat ze nog nooit had gezien. Ze hoorde tekenen van leven in verder weg gelegen kamers – het zachte gemurmel van een tv-reclame, het gepiep van een magnetron die aftelde – maar op afstand, als in een droom.

'Kom verder,' zei Moody en ze liep naar binnen.

Later zou het Pearl voorkomen alsof de Richardsons een tableau hadden gevormd voor haar plezier, want ze konden onmogelijk altijd in deze staat van huiselijke perfectie verkeren. Daar had je mevrouw Richardson, die nota bene in de keuken koekjes aan het bakken was; iets wat haar eigen moeder nooit deed, hoe hard Pearl ook smeekte of ze soms een pak kant-en-klaar deeg wilde kopen waar ze rondjes uit konden steken. Daar had je meneer Richardson – een minimannetje buiten op het enorme, groene gazon – die vakkundig houtskool op een glanzende zilveren grill schudde. Daar had je Trip, onwaarschijnlijk knap, die op de hoekbank hing en nonchalant zijn arm over de rugleuning had geslagen, alsof hij wachtte tot er een meisje zou binnenkomen dat het geluk zou hebben om naast hem te mogen zitten. En dan had je nog Lexie, die badend in het zonlicht tegenover hem zat en haar stralende ogen van de tv afwendde en op Pearl richtte toen die binnenkwam, met de woorden: ‘Kijk eens aan, wie hebben we hier?’

4

De enige van de familie Richardson die Pearl tijdens die eerste onbezonnen dagen niet al te vaak zag was Izzy, maar dat viel haar aanvankelijk niet op. Hoe zou dat ook kunnen, nu de andere Richardsons haar met lange, hartelijke armen welkom heetten? Ze was onder de indruk van deze Richardsons, met hun ongedwongen zelfvertrouwen en hun strakke doelgerichtheid, ongeacht het tijdstip van de dag. Op uitnodiging van Moody bracht ze uren bij hen thuis door; ze kwam na het ontbijt en bleef tot het avondeten.

'S Ochtends kwam mevrouw Richardson op hooggehakte pumps de keuken binnenzeilen met haar autosleutels en haar roestvrijstalen thermosbeker in de hand, en dan zei ze: 'Pearl, wat leuk om je weer te zien.' Dan klikklakte ze door de gang aan de achterkant van het huis en ging even later de garagedeur rammelend open, waarna haar Lexus over de brede oprit zoefde als een gouden huls van koelte in de warme zomerlucht. Meneer Richardson was dan allang vertrokken, jasje-dasje, maar op de achtergrond bleef hij altijd aanwezig; solide, imposant en voornaam als een gebergte aan de horizon. Toen Pearl vroeg wat zijn ouders de hele dag deden, had Moody schouderophalend geantwoord: 'Je weet wel. Ze gaan naar hun werk.' Wérk! Als haar moeder dat zei droop de geestdodendheid ervan af: serveren, afwassen, vloeren boenen. Maar voor de Richardsons leek het iets geweldigs: ze deden belangrijke dingen. Elke donderdag legde de krantenjongen een exemplaar van de *Sun Press* bij Mia en Pearl op de stoep – die was gratis voor alle inwoners – en als ze die opensloegen, zagen ze de naam van mevrouw Richardson op de voorpagina staan, onder de koppen: GEMEENTE DEBATTEERT OVER NIEUWE

BELASTINGVERHOGING; INWONERS REAGEREN OP BUDGET PRESIDENT CLINTON; 'RONDUIT EERLIJKE' VOORBEREIDINGEN VAN START RONDOM ROTONDE SHAKER. Tastbaar, zwart-op-wit bewijs van haar ijver.

('Het stelt niet zoveel voor,' zei Moody. 'De *Plain Dealer* is de echte krant. De *Sun Press* is gewoon het plaatselijke sufferdje; gemeenteraadsvergaderingen en bestemmingsplannen en wie de wetenschapsbeurs heeft gewonnen.' Maar bij het zien van de gedrukte naam – *Elena Richardson* – geloofde Pearl daar niks van en het maakte haar ook niet uit.)

Ze kenden vooraanstaande mensen, de Richardsons: de burgemeester, de directeur van de Cleveland Clinic, de eigenaar van de Indians. Ze hadden seizoenskaarten voor Jacobs Field en de Gund. ('De Cavs zijn waardeloos,' vatte Moody het bondig samen. 'Maar de Indians kunnen best eens kampioen worden,' zei Trip op zijn beurt.) Soms ging de mobiele telefoon – een mobiele telefoon! – van meneer Richardson en dan trok hij de antenne uit terwijl hij naar de gang liep. 'Bill Richardson,' zei hij als hij opnam, alsof het noemen van zijn naam voldeed als begroeting.

Zelfs de jonge Richardsons hadden deze zelfverzekerdheid. Op zondagochtend zaten Pearl en Moody in de keuken toen Trip binnen kwam vallen na het hardlopen, en hij leunde lang, slank en gebruind in zijn sportbroekje tegen het kookeiland aan om een glas sap in te schenken, volkomen op zijn gemak, en ze raakte van slag door zijn plotselinge grijns. Lexie, onelegant in een joggingbroek en een T-shirt, met haar haar in een slordige knot, zat op het aanrecht de sesamzaadjes van een bagel te pulken. Het maakte hen niet uit dat Pearl hen zo zag. Ze waren zo ongekunsteld mooi, zelfs als ze net uit bed kwamen. Waar haalden ze die ongedwongenheid vandaan? Hoe konden ze zo op hun gemak, zo zelfverzekerd zijn, zelfs in hun pyjama? Als Lexie iets van een menukaart bestelde zei ze nooit: 'Mag ik misschien...' Ze zei zelfverzekerd: 'Ik neem...' alsof ze het maar hoefde te zeggen om het te laten gebeuren. Pearl voelde zich er ongemakkelijk en gefascineerd tegelijk door. Lexie liet zich van haar kruk glijden en liep met de elegantie van een danseres door de keuken, op blote voeten over de mediterrane tegels. Trip sloeg het laatste beetje sinaasappelsap achterover en liep naar de trap om te gaan douchen, en Pearl keek hem na en haar neusvleugels trilden toen ze zijn geurspoor opsnoof: zweet, zon en warmte.

Bij de Richardsons thuis hadden ze fraai gestoffeerde banken waar je zo diep in kon wegzinken als in een bubbelbad. Dressoirs. Zware, houten bedden. Als je zulke enorme stoelen had, dacht Pearl, moest je gewoon wel blijven waar je was. Je zou je hier moeten vestigen en zorgen dat de plek waar zo'n stoel stond je thuis werd. Er waren poefs en ingelijste foto's en rariteitenkabinetten vol souvenirs, en hun frivoliteit was geruststellend. Je nam geen gegraveerde schelp uit Key West of een miniatuurversie van de CN Tower of een piepklein flesje zand van Martha's Vineyard mee naar huis als je niet van plan was om te blijven. De familie van mevrouw Richardson woonde dan ook al drie generaties lang in Shaker; bijna, ontdekte Pearl, sinds de stichting van de stad. Zo diep op één plek geworteld zijn, er zo intens in ondergedompeld zijn dat elke vezel van je wezen ervan vervuld was: ze kon het zich niet voorstellen.

Mevrouw Richardson zelf was ook een bron van fascinatie. Als ze op een televisiescherm te zien was geweest, had ze een net zo onwerkelijke indruk gemaakt als een Mrs Brady of Mrs Keaton. Maar ze stond vlak voor Pearls neus en zei altijd aardige dingen. 'Wat een mooie rok, Pearl,' zei ze bijvoorbeeld. 'Die kleur staat je goed.' 'Allemaal selectieklassen?' 'Wat ben je toch slim.' 'Je haar zit echt leuk vandaag.' 'O, doe niet zo mal, zeg maar Elena, echt,' en als Pearl haar dan toch mevrouw Richardson bleef noemen, was ze stiekem trots op Pearls respectvolle manieren, dat wist Pearl zeker. Mevrouw Richardson knuffelde haar vaak – haar, Pearl, een zo goed als onbekende – gewoon omdat ze bevriend was met Moody. Mia deed wel liefdevol, maar nooit uitbundig; Pearl had nog nooit gezien dat haar moeder iemand anders omhelsde, behalve haar dan. En dan had je mevrouw Richardson, die als ze thuiskwam voor het eten al haar kinderen een kus boven op hun hoofd gaf en niet eens even wachtte als ze bij Pearl aankwam, maar haar ook een kus op haar haar gaf zonder ook maar een ogenblik te aarzelen. Alsof ze gewoon een extra kuikentje in het nest was.

Het ontging Mia niet dat haar dochter met de Richardsons dweepte. Op sommige dagen bracht Pearl de hele dag bij de Richardsons thuis door. Aanvankelijk was ze verheugd geweest als ze Moody samen zag met haar eenzame dochter, die zo vaak uit haar vertrouwde omgeving was weggerukt en nooit echt close met iemand was geweest. Ze had haar dochter heel lang, dat zag ze nu wel in, volgens haar grillen laten leven: verhuizen zodra ze nieuwe ideeën nodig had; zodra ze vastliep of zich ongemakkelijk voelde. *Dat is nu voorbij*, had Mia beloofd toen ze naar Shaker reden. *Vanaf nu blijven we waar we zijn.* Ze zag de overeenkomsten tussen deze twee eenzame kinderen nog duidelijker dan ze die zelf konden zien: dezelfde gevoelige persoonlijkheden die in hen scholen, dezelfde boekenwijsheid die een intense naïviteit bedekte. Moody kwam elke ochtend vroeg, nog voordat Pearl haar ontbijt ophad; als Mia wakker werd en de gordijnen opentrok, zag ze Moody's fiets in de voortuin op het gras liggen, en als ze de keuken binnenliep zag ze Pearl en hem aan tafel zitten met een restjes ontbijtgranen in de niet bij elkaar passende kommen die voor hun neus stonden. Dan gingen ze de hele dag weg en zag ze Moody met zijn fiets aan de hand naast Pearl lopen. Toen Mia de kommen in de gootsteen afspoelde, bedacht ze dat ze op zoek moest gaan naar een fiets voor Pearl. Misschien hadden ze een tweedehands bij de fietsenwinkel in Lee Road.

Maar naarmate de weken voorbijgingen, maakte Mia zich enigszins zorgen over de invloed die de Richardsons op Pearl leken te hebben en de manier waarop ze haar in hun leven opnamen, of andersom. Na het eten praatte Pearl over de Richardsons alsof ze een tv-programma waren waar ze fan van was. 'Mevrouw Richardson gaat Janet Reno interviewen als die volgende week in de stad is,' zei ze dan. Of: 'Lexie zegt dat haar vriendje, Brian, later de eerste zwarte president wordt.' Of – met een lichte blos: 'Trip wordt in het najaar aanvaller in het voetbalteam. Dat heeft hij net gehoord.' Mia knikte en humde en vroeg zich elke avond af of dit verstandig was, of het goed was dat haar dochter zo volledig in de ban was van een familie. Daarna dacht ze aan het vorige voorjaar, toen Pearl zo'n erge hoest had dat Mia haar uiteindelijk naar het ziekenhuis had gebracht, waar ze hadden gehoord dat het longontsteking was. Toen Mia in het donker bij haar dochters bed zat te kijken hoe ze sliep, wachtend tot de antibiotica die de dokter haar had toegediend zouden aanslaan, had Mia haar gedachten de vrije loop gelaten: als het ergste zou gebeuren, wat voor leven zou Pearl dan hebben gehad? Een nomadenbestaan, geïsoleerd. Eenzaam. Dat is nu afgelopen, had ze bij zichzelf gezegd, en toen Pearl beter was, waren ze in Shaker Heights beland, waar Mia had beloofd dat ze zouden blijven. Dus zei ze niets en ging er de volgende dag weer een middag voorbij waarop Pearl bij de Richardsons was en steeds meer betoverd raakte.

Pearl was zo vaak op een nieuwe school begonnen, soms wel twee of drie keer per jaar, dat ze er niet meer bang voor was, maar deze keer was ze heel zenuwachtig. Op een school beginnen terwijl je wist dat je weg zou gaan was één ding; je hoefde je niet druk te maken om wat andere mensen van je vonden, want je zou toch zo weer weg zijn. Zo was ze door elke klas gefladderd, zonder ooit de moeite te nemen iemand te leren kennen. Maar op een school beginnen in de wetenschap dat je die mensen het hele jaar, en het volgende jaar, en het daaropvolgende jaar zou zien, dat was een heel ander verhaal.

Maar Moody en zij bleken vrijwel altijd in dezelfde klas te zitten, van biologie tot de selectieklas Engels tot gezondheidsleer. De eerste twee schoolweken loodste hij haar door de gangen met de zelfverzekerdheid die alleen een tweedeklasser kon hebben, en vertelde haar welke fonteintjes het koudste water hadden, waar ze moest gaan zitten in de kantine, welke leraren je een 'te laat'-briefje lieten halen als ze je na de laatste bel op de gang betrapten en welke je met een toegeeflijk lachje wegwuifden. Ze begon haar weg door de school te vinden met behulp van de muurschilderingen die de leerlingen door de jaren heen hadden gemaakt: de ontploffende Hindenburg markeerde de natuur- en scheikundevleugel; Jim Morrison zat te peinzen bij de galerij van het auditorium; een meisje dat roze bellen blies wees de weg naar de mysterieuze naam Egress, een spelonkachtige gang die tevens dienstdeed als extra zitgedeelte voor de lunchpauze. Een eindeloze rij van kluisjes markeerde de gang naar de Social Room, een lounge voor de leerlingen van de hoogste klas, waar een magnetron stond om tijdens vrije uren popcorn te kunnen maken, en een cola-automaat waar slechts vijftig cent in hoefde in plaats van de vijfenzeventig in de kantine, en een lompe zwarte kubus van een jukebox die nog uit de jaren zeventig stamde en die nu vol zat met Sir Mix-a-Lot en Smashing Pumpkins en de Spice Girls. Het jaar daarvoor had een leerling zichzelf en drie vrienden geschilderd, zodat ze in Kilroy-stijl naar beneden gluurden vanaf het koepelplafond bij de hoofdingang; een van hen knipoogde en telkens wanneer Pearl onder de koepel door liep, had ze het gevoel dat ze haar verwelkomden.

Na school ging ze naar het huis van de Richardsons en plofte met de oudere tieners op de hoekbank in de woonkamer, waar ze naar de Jerry Springer-show keken. Het was een soort ritueel dat de Richardson-tieners in de voorgaande jaren hadden ontwikkeld, een van de weinige keren dat ze het ergens over eens waren. Het was nooit gepland of besproken, maar elke middag – als Trip geen training had en Lexie geen vergadering – kwamen ze in de woonkamer bijeen en zetten Channel 3 op. Voor Moody was het een fascinerend psychologisch onderzoek en was elke aflevering weer een voorbeeld van hoe vreemd de mens kon zijn. Voor Lexie grensde het aan antropologie en vormden de strippende moeders, de polygame vrouwen en de drugsdealende kinderen een venster naar een wereld die zo ver van de hare verwijderd was dat het net iets van Margaret Mead was. En voor Trip was het pure comedy: een heerlijk slapstickspektakel, compleet met weggebliepte tirades en heel wat stoelensmijterij. Zijn lievelingsmomenten waren die waarbij de pruiken van gasten werden afgerukt. Izzy vond het allemaal maar onuitsprekelijk idioot gedoe en sloot zichzelf boven op, waar ze viool ging oefenen. 'Het enige wat Izzy echt serieus neemt,' legde Lexie uit. 'Nee,' wierp Trip tegen, 'Izzy neemt alles té serieus. Dat is haar probleem.'

‘Het ironische,’ zei Lexie op een middag, ‘is dat we Izzy over tien jaar bij Jerry Springer zien.’

‘Zeven jaar,’ zei Trip. ‘Hooguit acht. *Jerry, Haal Me Uit De Gevangenis!*’

‘Of: *Mijn Familie Wil Me Laten Opnemen*,’ vulde Lexie aan.

Moody schuifelde ongemakkelijk op zijn stoel. Lexie en Trip behandelden Izzy alsof ze een hond was die elk moment hondsdol kon worden, maar hij had altijd goed met haar kunnen opschieten. ‘Ze is gewoon een beetje impulsief, meer niet,’ zei hij tegen Pearl.

‘Een beetje impulsief?’ Lexie lachte. ‘Je kent haar nog niet echt, Pearl. Maar je zult het zien.’ En daar kwamen de verhalen, en Jerry Springer was tijdelijk vergeten.

Op haar tiende was Izzy aangehouden toen ze bij de Dierenbescherming naar binnen was geglipt om te proberen alle zwerfkatten te bevrijden. ‘Het zijn net gevangenen in de dodencel,’ had ze gezegd. Op haar elfde had haar moeder – in de overtuiging dat Izzy veel te onhandig was – haar op dansles gedaan om haar motoriek te verbeteren. Haar vader had erop gestaan dat ze het één seizoen zou proberen voordat ze eraf mocht. Bij elke les ging Izzy op de grond zitten en weigerde te bewegen. Voor de uitvoering had ze – met behulp van een spiegel en een merkstift – IK BEN GEEN MARIONET op haar voorhoofd en wangen geschreven voor ze het toneel op ging, waar ze stokstijf stil ging staan terwijl de anderen niet-begrijpend om haar heen dansten.

‘Ik dacht dat mama doodging van schaamte,’ zei Lexie. ‘En vorig jaar dan? Mama vond dat ze te veel zwart droeg, dus kocht ze allemaal leuke jurken voor haar. Izzy stopte ze gewoon in een boodschappentas, nam de bus naar het centrum en gaf ze aan iemand op straat. Mama gaf haar een maand huisarrest.’

‘Ze is niet gek,’ protesteerde Moody. ‘Ze denkt gewoon niet na.’

Lexie snoof en Trip zette het geluid van de tv weer aan, waardoor Jerry Springer brullend weer tot leven kwam.

Het was een achtpersoonshoekbank, maar zelfs als er maar drie Richardson-tieners waren, werd er altijd flink gekibbeld over de plekken met het beste zicht op de tv. Nu Pearl erbij was, moest er nog ingewikkelder worden gemanoeuvreerd. Als het even kon, plofte Pearl – niet opdringerig maar nonchalant, hoopte ze – op de plek naast Trip neer. Haar hele leven was ze altijd op afstand verliefd geweest; ze had nooit het lef gehad om iets te zeggen tegen een jongen op wie ze viel. Maar nu ze zich voorgoed in Shaker Heights hadden gevestigd, nu Trip hier in dit huis op dezelfde bank zat als zij... Nou ja, het was volkomen natuurlijk, zei ze bij zichzelf, dat ze zo nu en dan naast hem ging zitten; daar kon niemand iets achter zoeken, zeker Trip niet. Moody vond op zijn beurt dat hij een plek naast Pearl verdiende: hij had haar per slot van rekening geïntroduceerd en hij vond dat hij – als degene die haar het langst kende – het meest van alle Richardsons aanspraak op haar kon maken. Aan het eind van het liedje ging Pearl naast Trip zitten en plofte Moody naast haar neer, zodat ze tussen hen in gesandwicht werd; intussen ging Lexie languit in de hoek liggen, grijnsde hen drieën toe en zette de tv aan, waarna ze alle vier hun aandacht op het scherm richtten, terwijl ze zich heel goed bewust bleven van alles wat er in de kamer gebeurde.

De meest verhitte discussies van de Richardson-tieners, merkte Pearl algauw, gingen over Jerry Springer. 'Goddank wonen we in Shaker,' zei Lexie op een dag tijdens een provocerende aflevering met de titel *Neem Geen Blanke Meisjes Meer Mee Om Te Komen Eten!* 'Ik bedoel, wij hebben geluk. Niemand let hier op rassenverschillen.'

'Iedereen let op rassenverschillen, Lex,' zei Moody. 'Het enige verschil is dat sommige mensen doen alsof dat niet zo is.'

'Neem Brian en mij nou,' zei Lexie. 'We zijn al samen sinds de onderbouw en het kan niemand een bal schelen dat ik blank ben en hij donker is.'

'Denk je niet dat zijn ouders liever zouden willen dat hij verkering had met een donker meisje?' vroeg Moody.

'Ik denk echt dat het ze niet uitmaakt.' Lexie maakte nog een blikje cola light open. 'Huidskleur zegt niets over wie je bent.'

'Ssst,' zei Trip. 'Het begint weer.'

Op een van die middagen – tijdens *Ik Krijg Een Kind Met Jouw Man!* – wendde Lexie zich opeens tot Pearl en vroeg: 'Denk jij er nooit over om je vader te zoeken?' Pearl keek haar bewust nietszeggend aan, maar Lexie ging toch door. 'Ik bedoel, om te weten waar hij is. Wil je hem nooit ontmoeten?'

Pearl richtte haar ogen op de tv, waar potige beveiligers een oranjeharige vrouw met de bouw van een bootwerker terug op haar stoel dwongen. 'Ik moet eerst te weten zien te komen wie hij eigenlijk is,' zei ze. 'En kijk eens hoe goed dít gaat. Waarom zou ik dat nou niet willen?' Sarcasme ging haar niet natuurlijk af en ze hoorde zelf ook wel dat het eerder triest dan ironisch klonk.

'Hij zou iedereen kunnen zijn,' zei Lexie peinzend. 'Een oud vriendje. Misschien heeft hij het uitgemaakt toen je moeder zwanger werd. Of misschien is hij omgekomen bij een ongeluk voordat jij geboren werd.' Ze tikte met haar vinger tegen haar lip en brainstormde over de mogelijkheden. 'Hij kan haar ook verlaten hebben voor een andere vrouw. Of...' Ze ging opgewonden rechtop zitten. 'Misschien heeft hij haar wel verkrácht. En werd ze zwanger en hield ze de baby.'

'Lexie,' zei Trip plotseling. Hij schoof opzij op de bank en sloeg zijn arm om Pearls schouders. 'Hou je kop, verdomme.' Dat Trip aandacht schonk aan een gesprek dat niet over sport ging, en zelfs ontvankelijk was voor andermans gevoelens, was ronduit ongebruikelijk en dat wisten ze allemaal.

Lexie rolde met haar ogen. 'Ik maakte maar een grápje,' zei ze. 'Dat weet Pearl heus wel. Toch, Pearl?'

'Tuurlijk,' zei Pearl. Ze forceerde een glimlach. 'Duh.' Ze voelde opeens dat haar oksels vochtig werden en haar hart tekeerging, en ze wist niet of dat nou door Trips arm om haar schouders kwam of door Lexies opmerkingen, of allebei. Boven hen, ergens op de bovenverdieping, was Izzy Lalo aan het oefenen op de viool. Op tv sprongen de twee vrouwen weer op uit hun stoel en klauwden naar elkaars haar.

Maar Lexies opmerking bleef knagen. Niet dat Pearl daar in de loop der jaren zelf nooit over had nagedacht, maar nu het hardop door een ander was gezegd, leek het opeens belangrijker. Ze had zich dit soort dingen weleens afgevraagd, maar toen ze er als kind naar had gevraagd, had haar moeder luchthartige antwoorden gegeven. 'O, ik heb je in de koopjeskelder van de kringloopwinkel gevonden,' had Mia een keer gezegd. En een andere keer: 'Ik heb je uit een koolveldje geplukt. Wist je dat niet?' In de puberteit was ze uiteindelijk maar opgehouden met vragen stellen. Maar toen ze deze middag thuiskwam, bleef de vraag maar door haar hoofd spoken toen ze haar moeder in de woonkamer verf zag aanbrengen op een foto van een uit elkaar gehaalde fiets.

'Mam,' begon ze, maar ze kon Lexies botte woorden niet herhalen. In plaats daarvan stelde ze de vraag die als een diepe, ondergrondse rivier onder alle andere vragen stroomde. 'Was ik gewenst?'

'Waar gewenst?' Met een zorgvuldige penseelbeweging tekende Mia een Pruisisch blauw wiel in de lege vork van de fiets.

'Hier. Ik bedoel, wilde jij me. Toen ik een baby was.'

Mia zei zo lang niets dat Pearl niet wist of ze het wel had gehoord. Maar na een lange stilte draaide Mia zich met haar penseel in de hand om en tot Pearls verbazing waren haar moeders ogen vochtig. Kon het zijn dat haar moeder huilde? Haar onverstoorbare, geduchte, ontembare moeder, die ze nog nooit had zien huilen; niet toen de Golf langs de kant van de weg kapot was gegaan en er een man in een blauwe pick-up was gestopt alsof hij wilde helpen, waarna hij Mia's tas had gepakt en weg was gereden; niet toen ze een zwaar ledikant – uit het grofvuil dat aan de straat stond gevist – op haar kleine teen liet vallen, zo hard dat de nagel uiteindelijk donkerpaars werd en eraf viel. Maar nu lag er toch echt een ongebruikelijke glans over haar moeders ogen, alsof ze in rimpelig water keek.

'Of je gewenst was?' vroeg Mia. 'O, ja. Je was gewenst. Heel erg gewenst.'

Ze legde het penseel op het bakje en liep zonder nog eens naar haar dochter te kijken snel de kamer uit, waar Pearl bleef peinzen over de half voltooide fiets en de vraag die ze had gesteld, terwijl het plasje verf langzaam een vliesje over de haren van het penseel vormde.

5

Alsof het Jerry Springer-voorval haar op Pearls aanwezigheid had geattendeerd, toonde Lexie hernieuwde belangstelling voor de vriendin van haar kleine broertje; Pearl het Weesmeisje, zei ze op een avond aan de telefoon tegen Serena Wong. 'Ze is zo stil,' zei Lexie verwonderd. 'Alsof ze bang is om te praten. En als je naar haar kijkt wordt ze knalrood, echt rood, als een tomaat. Letterlijk een tomaat.'

'Ze is superverlegen,' zei Serena. Ze had Pearl een paar keer bij de Richardsons thuis ontmoet, maar ze had haar geen woord horen zeggen. 'Ze weet waarschijnlijk gewoon niet hoe ze vrienden moet maken.'

'Het is meer dan dat,' zei Lexie peinzend. 'Het is alsof ze niet gezien wil worden. Alsof ze zich in het volle zicht wil verstoppen.'

Pearl, die zo timide en stil was, zo onzeker, fascineerde Lexie. En, typisch Lexie, ze begon aan de oppervlakte. 'Ze is knap,' zei ze tegen Serena. 'Ze zou er zo geweldig uitzien als ze niet in van die wijde floddershirts rondliep.'

Zo kwam het dat Pearl op een middag met een tas vol nieuwe kleren thuiskwam. Nou ja, niet echt nieuw, zoals Mia zag toen ze ze ging wassen: een opgelapte spijkerbroek uit de jaren zeventig met een lint aan de zijkant, een al net zo oude gebloemde katoenen blouse, een crèmekleurig T-shirt met het gezicht van Neil Young erop. 'Lexie en ik zijn naar de kringloopwinkel geweest,' legde Pearl uit toen Mia uit het washok naar boven kwam. 'Ze wilde gaan winkelen.'

Eigenlijk had Lexie Pearl eerst meegenomen naar het winkelcentrum. Het was logisch, vond ze, dat Pearl naar haar toe kwam voor advies; Lexie was eraan gewend dat mensen haar naar haar mening vroegen, zozeer dat ze er vaak al van uitging dat ze dat deden, terwijl dat helemaal niet zo was. En Pearl was een schatje, dat was duidelijk: die grote, donkere ogen die op een of andere manier nog groter en donkerder leken doordat ze helemaal geen make-up gebruikte, het lange, donkere krulhaar dat er, als ze haar vlecht losmaakte – waartoe ze Pearl op een middag overhaalde – uitzag alsof het haar zou opslokken. De manier waarop ze bij hen thuis overal naar keek – echt overal naar, naar alles – alsof ze nooit eerder zoiets had gezien. De tweede keer dat Pearl was langsgekomen had Moody haar in de serre achtergelaten en was iets te drinken gaan halen, en Pearl was niet gaan zitten, maar had langzaam rondgedraaid, alsof ze in Oz was in plaats van bij de Richardsons thuis. Lexie, die door de gang was komen aanlopen met de nieuwste *Cosmo* en een cola light in haar hand, was net buiten beeld op de drempel blijven staan om naar haar te kijken. Toen had Pearl verlegen een vinger uitgestoken en die over een rank op het behang laten glijden, en er was een warme golf van medelijden door Lexie heen gegaan voor dat zielige muisje. Precies op dat moment kwam Moody uit de keuken met twee blikjes gingerale. 'Ik wist niet dat je hier was,' zei hij. 'We gingen net een film kijken.' 'Het maakt mij niet uit,' zei Lexie en ze merkte dat dat ook echt zo was. Ze had zich in de grote stoel in de hoek geïnstalleerd met één oog op Pearl gericht, die eindelijk ging zitten en het lipje van haar blikje trok. Moody stopte een band in de videorecorder en Lexie sloeg haar tijdschrift open. Er kwam iets bij haar op, een goede daad die ze kon verrichten. 'Hé Pearl, jij mag deze wel hebben als ik hem uit heb,' zei ze, en vanbinnen had ze een bedwelmende gloed van tienergulheid gevoeld.

Dus die middag begin oktober besloot ze Pearl mee uit winkelen te nemen. 'Kom mee, Pearl,' zei ze. 'We gaan naar het winkelcentrum.'

Als Lexie 'het winkelcentrum' zei, dacht ze geen moment aan Randall Park Mall in de drukke Warrensville Road, voorbij een bandenzaak, een winkel waar je op afbetaling kon kopen en een kinderopvang voor dag en nacht; sommige jongeren noemden het de 'Randall Dark Mall'. Omdat ze in Shaker woonde, dacht ze alleen aan de plek waar zij altijd ging winkelen: Beachwood Place, een prachtig verzorgd klein winkelcentrum dat vlak bij de weg een ovaal vormde, met als ankerpunten een Dillard's en een Saks en een nieuwe Nordstrom. Ze had de term 'Bleach-White Place' nog nooit gehoord en zou geschokt zijn als dat wel het geval was geweest. Maar ondanks een bezoek aan de Gap en de Express en de Body Shop kocht Pearl niets, afgezien van een pretzel en een potje lippenbalsem met kiwismaak.

'Heb je niets gezien wat je leuk vond?' vroeg Lexie. Pearl, die maar zeventien dollar had en wist dat Lexie twintig dollar zakgeld per week kreeg, zweeg.

'Het is allemaal hetzelfde, weet je wel,' zei ze uiteindelijk. Ze wuifde vaag naar een Chick-fil-A en het winkelcentrum erachter. 'Op school lijken ze allemaal wel klonen van elkaar.' Ze haalde haar schouders op en gluurde vanuit haar ooghoeken naar Lexie, in de hoop dat ze overtuigend klonk. 'Ik shop graag op plekken die net even anders zijn. Waar ik iets kan vinden wat niemand anders heeft.'

Pearl zweeg met een blik op de blauw-witte Gap-tas waarvan Lexie de touwtjes om haar arm had gehangen en vroeg zich ineens af of Lexie niet beledigd zou zijn. Maar Lexie was zelden of nooit beledigd; subtiele hints en onderliggende betekenissen ketsten af op haar hersenpan. Ze hield haar hoofd scheef. 'Waar dan?' vroeg ze.

Dus had Pearl Lexie over Northfield Road geloodst, langs de hardloopbaan, naar de kringloopwinkel, waar vrouwen die bij de Taco Bell aan de overkant werkten in de pauze of voor ze aan hun avonddienst begonnen naast hen door de rekken struinden. Ze was in haar leven al in tientallen kringloopwinkels in tientallen steden geweest en op een of andere manier roken ze allemaal hetzelfde – stoffig en zoet – en had ze altijd zeker geweten dat haar klasgenoten het aan haar kleren konden ruiken, zelfs na meerdere keren wassen, alsof de geur in haar huid was getrokken. Deze winkel, waar haar moeder en zij in de bakken hadden gerommeld op zoek naar oude lakens waar ze gordijnen van konden maken, was al niet anders. Maar nu ze Lexies verrukte gilletjes hoorde, bekeek ze de winkel met andere ogen: een plek waar je cocktailjurken uit de jaren zestig kon vinden voor het schoolfeest, en operatiepakken om op uitslaapdagen in te kunnen rondhangen, en een ruim assortiment oude concertshirts, en als je geluk had broeken met wijd uitlopende pijpen, de échte, niet die nieuwe retro-exemplaren van hippe merken, maar het echte werk, broeken waarvan het denim bij de knieën na tientallen jaren flinterdun was geworden door het vele dragen.

'Vintage.' Lexie zuchtte en liep eerbiedig naar het rek. In plaats van de blouses en hippierokken die Mia altijd voor haar uitkoos, vond Pearl zelf een armvol eigenzinnige T-shirts, een rok gemaakt van een oude Levi's, een donkerblauw capuchonvest met rits. Ze liet Lexie zien hoe je de prijskaartjes moest lezen – op dinsdag was alles met een groen kaartje de helft van de prijs, op woensdag gold dat voor een geel kaartje – en toen Lexie een spijkerbroek vond die paste, trok Pearl er vakkundig het oranje prijskaartje af en verving het door een groen, dat ze van een lelijke polyester blazer uit de jaren tachtig afhaalde. Onder Pearls leiding kostte de broek vier dollar en Pearls hele tas kwam op dertien dollar vijfenzeventig, en Lexie was zo blij dat ze bij een drive-in van Wendy's trakteerde op een Frosty-ijsbeker voor hen allebei. 'Die spijkerbroek zit alsof hij voor je gemáákt is,' zei Pearl in ruil daarvoor. 'Hij was gewoon voor jou bestemd.'

Lexie liet een lepel vol chocola op haar tong smelten. 'Weet je,' zei ze met half toegeknepen ogen, alsof ze Pearl scherper in beeld wilde krijgen. 'Bij die rok zou een gestreepte blouse geweldig staan. Ik heb nog wel een oude die je mag hebben.' Toen ze weer bij haar thuis waren, trok ze een stuk of zes blouses uit de kast. 'Zie je?' vroeg ze, en ze streek de kraag glad rondom Pearls hals, waarna ze zorgvuldig slechts één knoop tussen haar borsten vastmaakte, zoals alle meisjes uit de hoogste klas ze dat jaar droegen. Ze trok Pearl voor de spiegel en knikte goedkeurend. 'Je mag die allemaal wel hebben,' zei ze. 'Ze staan je leuk. Ik heb toch te veel kleren.'

Pearl had de blouses in haar tas gestopt. Als haar moeder het zou zien, besloot ze, zou ze zeggen dat ze die samen met de andere spullen bij de kringloop had gekocht. Ze wist niet precies waarom, maar ze was er zeker van dat haar moeder het niet goed zou vinden als ze Lexies oude spullen zou aannemen, zelfs niet als Lexie ze niet meer hoefde. Toen Mia de kleren in de was deed, viel het haar op dat de blouses naar wasmiddel en parfum roken en niet naar stof, en dat ze glad en fris aanvoelden, alsof ze gestreken waren. Maar ze zei niets en de volgende avond lagen al Pearls kleren op een nette stapel aan het voeteneind van haar bed, en Pearl slaakte een zucht van verlichting.

Een paar dagen later had ze een van Lexies blouses aan en merkte ze in de keuken van de Richardsons dat Trip steeds weer vanuit zijn ooghoeken naar haar keek, waarna ze met een zelfvoldaan glimlachje haar kraag gladtrok. Trip wist zelf niet eens goed waarom hij naar haar keek, maar zijn blik viel onwillekeurig op het kleine zandlopertje van huid dat haar blouse bloot liet, het naakte driehoekje dat werd omlijst door haar sleutelbeenderen; het naakte driehoekje van haar middenrif met het zachte kuiltje van haar navel, de glimp van haar donkerblauwe beha onder en boven die ene dichtgemaakte knoop.

'Je ziet er leuk uit vandaag,' zei hij, alsof hij haar voor het eerst opmerkte, en Pearl kleurde dieproze tot aan haar haarwortels. Het leek wel of hij zelf ook verlegen werd, alsof hij zojuist had opgebiecht dat hij dol was op een tv-programma dat helemaal niet cool was.

Moody kon dit niet over zijn kant laten gaan. 'Ze ziet er altijd leuk uit,' zei hij. 'Hou je kop, Trip.'

Maar zoals gewoonlijk viel het Trip niet eens op dat zijn broer geïrriteerd was. 'Extra leuk, bedoel ik,' zei hij. 'Die blouse staat je goed. Laat de kleur van je ogen mooi uitkomen.'

'Hij is van Lexie,' flapte Pearl eruit en Trip grijnsde. 'Staat jou beter,' zei hij bijna verlegen en hij liep naar buiten.

De volgende dag plunderde Moody zijn spaarpot en gaf Pearl een dun, zwart opschrijfboekje van Moleskine dat werd dichtgehouden met een elastieken band. 'Hemingway gebruikte er precies zo een,' zei hij, en Pearl bedankte hem en stopte het in haar boekentas. Ze zou haar gedichten daarin opschrijven, dacht hij, in plaats van in dat haveloze oude spiraalschrift, en het bood hem wat troost – als ze naar Trip lachte of bloosde om zijn complimenten – dat hij wist dat hij haar het opschrijfboekje had gegeven waarin ze haar favoriete woorden en gedachten bewaarde.

De week daarna besloot mevrouw Richardson dat ze de vloerbedekking wilde laten stomen, en alle kinderen kregen te horen dat ze tot etenstijd buitenshuis moesten blijven. 'Als ik ook maar één afdruk van een laars – Izzy – of een nop van een voetbalschoen – Trip – op die vloerbedekking zie, krijgen jullie een heel jaar geen zakgeld. Begrepen?' Trip had een uitwedstrijd met voetbal en Izzy had vioolles, maar Lexie bleek niets te doen te hebben. Serena Wong moest trainen voor atletiek en al haar andere vriendinnen hadden allemaal iets anders. Na het laatste uur spoorde ze Pearl op bij haar kluisje.

'Wat ga je doen?' vroeg Lexie, die een wit kauwgompje in Pearls hand wipte. 'Niks? Laten we naar jouw huis gaan.'

In alle voorgaande jaren was Pearl terughoudend geweest om vriendinnen bij haar thuis uit te nodigen; hun appartementen waren altijd vol en rommelig geweest en stonden vaak in vervallen delen van de stad, en bovendien was de kans groot dat Mia op elke willekeurige dag aan een van haar projecten werkte, wat voor een buitenstaander betekende dat ze iets raars en onverklaarbaars deed. Maar nu Lexie naast haar opdook, nu Lexie vroeg of ze met haar mee naar huis mocht, nu Lexie vroeg of ze tijd met haar wilde doorbrengen... voelde ze zich als Assepoester die ziet dat de prins zijn hand naar haar uitsteekt.

'Best,' zei ze.

Tot Pearls verrukking – en Moody's ergernis – stapten ze met zijn drieën in Lexies Explorer en reden over Parkland Drive naar het huis in Winslow Road, terwijl er muziek van TLC uit de omlaaggedraaide raampjes blèrde. Toen ze voor het huis tot stilstand kwamen, moest Mia, die buiten de azalea's water gaf, moeite doen om niet toe te geven aan de plotselinge, overweldigende neiging om de tuinslang neer te gooien, naar binnen te rennen en de deur achter zich op slot te doen. Net zoals Pearl nooit vrienden mee naar huis had genomen, nodigde Mia ook nooit buitenstaanders uit. Doe niet zo belachelijk, zei ze bij zichzelf, dit wilde je toch, dat Pearl vrienden zou krijgen? Toen de portieren van de Explorer eenmaal opengingen en de drie pubers uitstapten, had ze de kraan dichtgedraaid en begroette hen met een glimlach.

Terwijl Mia een berg popcorn maakte – Pearls lievelingssnack en het enige wat in de kast lag – vroeg ze zich af of het gesprek moeizaam zou verlopen door haar aanwezigheid. Misschien zouden ze daar ongemakkelijk zwijgend gaan zitten en zou Lexie nooit meer willen komen. Maar tegen de tijd dat de eerste maiskorrels tegen het deksel ploften, hadden de drie tieners het al gehad over de nieuwe auto van Anthony Brecker, een oude, paars geverfde vw Kever; dat Meg Kaufman de week ervoor dronken op school was gekomen; dat Anna Lamont er veel beter uitzag nu ze haar haar steil maakte; en of de Indians hun logo moesten veranderen. ('Opperhoofd Wahoo,' zei Lexie, 'is zo verschrikkelijk racistisch.') Pas toen het onderwerp 'inschrijven aan de universiteit' werd aangesneden, viel het gesprek stil. Mia, die de pan omschudde zodat de popcorn niet zou aanbranden, hoorde Lexie kreunen, gevolgd door een dreun die weleens afkomstig kon zijn van haar voorhoofd dat op tafel terechtkwam.

Het inschrijven voor een studie hield Lexie steeds meer bezig. Shaker nam de universiteit serieus: het slagingspercentage van het district was negenennegentig procent en vrijwel alle jongeren gingen naar een of andere universiteit. Iedereen die Lexie kende schreef zich vroeg in, met als gevolg dat iedereen in de Social Room alleen nog maar kon praten over wie zich waar inschreef. Serena Wong schreef zich in voor Harvard. Brian, zei Lexie, had zijn zinnen op Princeton gezet. 'Alsof Cliff en Clair me ergens anders naartoe zouden laten gaan,' zei hij. Zijn ouders heetten eigenlijk John en Deborah Avery, maar zijn vader was dokter en zijn moeder was advocate, en eerlijk gezegd hadden ze ergens wel een Cosby-achtige uitstraling: zijn vader droeg gebreide truien en was beminnelijk, en zijn moeder was gevat, vakbekwaam en no-nonsense. Ze hadden elkaar op Princeton ontmoet tijdens hun bachelorjaren en Brian had foto's van zichzelf als baby in een Princeton-rompertje.

Voor Lexie was de traditie niet zo duidelijk: haar moeder was in Shaker opgegroeid en was nooit ver weggegaan, slechts naar Denison voor haar bachelor voordat ze als een boemerang weer terugkeerde. Haar vader kwam uit een klein stadje in Indiana, en toen hij haar moeder had ontmoet op de universiteit was hij gewoonweg gebleven, was met haar naar haar geboortestad verhuisd, had een rechtenstudie afgemaakt aan Case Western, en had zich bij een van de grootste advocatenkantoren van de stad opgewerkt van beginnend advocaat tot compagnon. Maar Lexie had, net als de meeste van haar klasgenoten, geen zin om ergens in de buurt van Cleveland te blijven. Dat lag aan de rand van een doods, smerig meer waar een rivier in uitkwam die er vooral om bekendstond dat hij soms in brand stond; het was gebouwd bij een rivier waarvan de naam al ellendig was: de Chagrin. En die leende haar naam overal aan, zodat er door de hele stad bakken vol kwellingen te vinden waren, als aderen van onheil: Chagrin Falls, Chagrin Boulevard, Chagrin Reservation. Chagrin Makelaars. Chagrin Auto-onderdelen. Chagrin vermenigvuldigde zich en woekerde voort alsof ze er ooit om verlegen zouden zitten. Het Minste van het Meer noemden mensen de stad soms, en voor Lexie, haar broers en zussen en haar vrienden was Cleveland iets waar je aan moest ontsnappen.

Nu de deadline voor de vroege inschrijvingen naderde, had Lexie besloten zich voor Yale in te schrijven. Daar hadden ze een goed dramaprogramma en Lexie had vorig jaar de hoofdrol in de musical gehad, al zat ze toen pas in de voorlaatste klas. Ze deed altijd wel luchthartig, maar toch behoorde ze tot de beste leerlingen van haar jaar; officieel deden ze in Shaker niet aan ranglijsten om competitieve gevoelens tussen de leerlingen te voorkomen, maar ze wist dat ze tot de top twintig van de school behoorde. Ze deed vier selectieklassen en was secretaris van de Franse Club. 'Laat je niet misleiden door haar oppervlakkigheid,' had Moody tegen Pearl gezegd. 'Weet je waarom ze de hele middag tv-kijkt? Omdat ze haar huiswerk in een halfuur af heeft voordat ze naar bed gaat. Zó.' Hij knipte met zijn vingers. 'Lexie heeft een goed stel hersens. Ze gebruikt ze alleen niet altijd in het dagelijks leven.' Yale leek een ambitieus plan, maar het was zeker mogelijk, had haar decaan gezegd. 'En,' had mevrouw Lieberman eraan toegevoegd, 'ze weten dat leerlingen uit Shaker het altijd goed doen. Dat werkt in je voordeel.'

Lexie en Brian waren sinds het jaar daarvoor bij elkaar en ze vond het een prettig idee om snel met de trein naar hem toe te kunnen. 'We kunnen elkaar heel vaak opzoeken,' zei Lexie tegen hem toen ze het inschrijfformulier voor Yale uitprintte. 'We kunnen zelfs in New York afspreken.' Dat laatste had haar het uiteindelijke duwtje gegeven: New York, dat haar verbeelding al prikkelde sinds ze als kind *Eloise* had gelezen. Ze wilde niet ín New York studeren; haar decaan had Columbia geopperd, maar Lexie had gehoord dat dat in een dubieuze buurt lag. Toch vond ze het een leuk idee om er een dagje naartoe te kunnen – een ochtend naar het Met om kunst te kijken, misschien even geld uitgeven bij Macy's of zelfs een weekendje weg met Brian – en zich daarna weer te kunnen losrukken van de mensenmassa's, de rotzooi en het lawaai.

Maar voordat dat allemaal kon gebeuren, moest ze haar essay schrijven. Een goed essay, had mevrouw Lieberman benadrukt, was wat ze nodig had om zich te onderscheiden van de kudde.

'Moet je horen wat een domme opdracht,' kreunde ze die middag bij Pearl in de keuken, en ze viste het aanmeldingsformulier uit haar tas. 'Herschrijf een beroemd verhaal vanuit een ander perspectief. Bijvoorbeeld: herschrijf *De tovenaar van Oz* vanuit het oogpunt van de boze heks.' Dit is een inschrijving voor de universiteit, geen cursus creatief schrijven. Ik zit in de selectieklas van Engels. Vraag me dan op zijn minst om een écht essay te schrijven.'

'Wat denk je van een sprookje?' opperde Moody. Hij keek op van zijn schrift en het opengeslagen wiskundeboek die voor hem lagen. '*Assepoester* vanuit het oogpunt van de stiefzussen. Misschien waren ze helemaal niet zo slecht. Misschien deed zij wel bitcherig tegen hén.'

'*Roodkapje* verteld door de wolf,' stelde Pearl voor.

'Of *Repelsteeltje*,' zei Lexie peinzend. 'Die molenaarsdochter bedroog hem toch? Hij spon al dat goud voor haar en ze zei dat ze hem haar baby zou geven, maar daarna trok ze zich terug uit die deal. Misschien is zíj wel de slechterik.' Ze tikte met één roodbruin gelakte nagel op het blikje cola light dat ze na school had gekocht en trok toen het lipje eraf. 'Ik bedoel, ze had helemaal niet moeten afspreken dat ze haar baby zou afstaan als ze dat niet wilde.'

'Nou,' onderbrak Mia hen opeens. Ze draaide zich met de schaal popcorn in haar handen om en ze schrokken alle drie, alsof er een meubelstuk begon te praten. 'Misschien wist ze pas achteraf wat ze zou moeten afstaan. Misschien veranderde ze wel van gedachten zodra ze de baby zag.' Ze zette de schaal midden op tafel. 'Niet zo snel oordelen, Lexie.'

Lexie was even van haar stuk gebracht en rolde toen met haar ogen. Moody wierp Pearl een vlugge blik toe: *zie je nou hoe oppervlakkig ze is?* Maar Pearl had het niet in de gaten. Nadat haar moeder weer naar de woonkamer was gegaan – beschaamd vanwege haar uitbarsting – wendde ze zich tot Lexie. 'Ik kan je wel helpen,' zei ze, zo zacht dat ze dacht dat Mia het niet kon horen. En even later, omdat dit niet voldoende leek: 'Ik ben goed in verhalen. Ik kan het zelfs voor je schrijven.'

'Echt?' vroeg Lexie stralend. 'O god, Pearl, ik sta voor eeuwig bij je in het krijt.' Ze sloeg haar armen om Pearl heen. Aan de andere kant van de tafel gaf Moody het op om huiswerk te maken en sloeg met een klap zijn wiskundeboek dicht, en in de woonkamer kwakte Mia met toegeknepen lippen haar penseel in een pot met water, zodat de verf in een modderkleurig stroompje van de haren af droop.

6

Pearl hield woord en gaf Lexie de week daarop een getypt essay; het verhaal van de kikkerprins, vanuit het perspectief van de kikker. Noch Mia, die niet wilde toegeven dat ze had afgeluisterd, noch Moody, die niet wilde overkomen als een heilig boontje, zei er iets van. Maar ze voelden zich er allebei steeds ongemakkelijker onder.

Als Moody haar 's ochtends kwam ophalen om samen naar school te lopen, kwam Pearl uit haar kamer in een van Lexies blouses of een topje met spaghettibandjes, of met donkerrode lippenstift op. 'Van Lexie gekregen,' zei ze dan half tegen haar moeder en half tegen Moody, die haar allebei vol afschuw aankeken. 'Ze zei dat hij te donker was voor haar, maar dat hij mij goed staat. Omdat mijn haar donkerder is.' Met die lippenstift leek het of haar lippen gekneusd waren: teer en rauw.

'Haal het eraf,' zei Mia voor het eerst van haar leven. Maar de volgende ochtend kwam Pearl uit haar kamer met een van Lexies chokers om, waardoor het leek of ze een zwartkanten snee in haar hals had.

'Ik zie je vanavond bij het eten,' zei ze. 'Lexie en ik gaan na school winkelen.'

Toen eind oktober de aanmeldingen een voor een binnenkwamen, ontstond er een feestelijke sfeer onder de laatsteklassers. Lexies aanmelding was goedgekeurd en ze had een opgewekt humeur. Haar essay was – dankzij Pearl – goed, haar cijferlijst was goed, haar gemiddelde was uitstekend dankzij haar selectieklassen, en ze zag zichzelf al op de campus van Yale rondlopen. Ze had het gevoel dat ze Pearl op een of andere manier moest bedanken voor haar hulp en kwam na enig nadenken op een geweldig idee: iets waarvan ze zeker wist dat Pearl het fantastisch zou vinden, maar waarvoor ze nooit zomaar zou worden uitgenodigd. 'Stacie Perry geeft dit weekend een feest,' zei ze. 'Wil je mee?'

Pearl aarzelde. Ze had over Stacie Perry's feesten horen praten en het was heel aanlokkelijk om erheen te kunnen. 'Ik weet niet of mijn moeder dat goedvindt.'

'Kom op, Pearl,' zei Trip, die zich over de armleuning van de bank boog. 'Ik ga ook. Ik moet wel iemand hebben om mee te dansen.' Dat was genoeg om Pearl over te halen.

Op Shaker Heights High School waren de feesten van Stacie Perry legendarisch. Meneer en mevrouw Perry hadden een groot huis en gingen vaak op reis, en daar maakte Stacie ten volle gebruik van. Nu de spanning van de inschrijvingen achter de rug was en het nog weken duurde tot de eindexamens begonnen, waren de laatsteklassers wel toe aan een beetje lol. De hele week was het halloweenfeest het gesprek van de dag: wie zou er gaan en wie niet?

Moody en Izzy waren natuurlijk niet uitgenodigd; ze kenden Stacie alleen van reputatie en op de gastenlijst stonden vrijwel alleen laatsteklassers. Ondanks Lexies bemoeienis kende Pearl nog steeds vrijwel niemand behalve de Richardsons, en Moody was vaak de enige die ze op school sprak. Maar Lexie en Serena Wong waren allebei door Stacie zelf uitgenodigd en mochten daarom een introducee meenemen; zelfs een groentje dat bijna niemand kende.

'Ik dacht dat we *Carrie* zouden huren,' mopperde Moody. 'Je zei dat je die nog niet gezien had.'

'Volgend weekend,' beloofde Pearl. 'Dan is het ook pas echt Halloween. Tenzij je de straat op wilt voor *trick or treat*.'

'Daar zijn we te oud voor,' zei Moody. Shaker Heights had overal regels voor, dus ook voor trick or treat: de sirenes loeiden om zes uur en om acht uur om het begin en het eind aan te geven, en hoewel er officieel geen leeftijdsgrens was, keken mensen toch argwanend als er tieners op de stoep stonden. De laatste keer dat hij de deuren langs was gegaan, was hij elf geweest en had hij zich verkleed als een M&M.

Maar voor Stacies feest was een kostuum verplicht. Brian ging niet – hij had zijn aanmelding voor Princeton uitgesteld en was samen met een handjevol andere treuzelaars aan het ploeteren om de deadline te halen – dus met hem hoefden ze geen rekening te houden. 'Laten we als Charlie's Angels gaan,' riep Lexie in een vlaag van inspiratie uit, dus trokken Serena, Pearl en zij broeken met wijd uitlopende pijpen en polyester blousjes aan en toupeerden ze hun haar zo hoog mogelijk. Met volledig uitstaande kapsels poseerden ze met de ruggen tegen elkaar en strekten hun vingers uit als pistolen, waarna ze zichzelf in een wolk van haarlak in de spiegel bekeken.

'Perfect,' zei Lexie. 'Blond, brunette en zwart.' Ze stak haar vinger naar Pearl uit. 'Ben je klaar voor het feest, Pearl?'

Natuurlijk was het antwoord nee. Het was de meest surrealistische avond die Pearl ooit had beleefd. De hele avond kwamen er auto's die werden bestuurd door skateboarders, dieren en Freddy Kruegers aanrijden, die aan de rand van Stacies enorme gazon parkeerden. Minstens vier jongens droegen *Scream*-maskers, er waren er een paar in footballshirts met helmen op, en een paar creatievelingen droegen lange jassen, gleufhoeden, zonnebrillen en boa's. ('Pooiers,' legde Lexie uit.) De meeste meisjes droegen krappe jurkjes en hoeden of dierenoren, hoewel er ook eentje was die zichzelf had getransformeerd tot prinses Leia, en een ander zich als vrouwelijke robot had uitgedost en aan de arm van een Austin Powers hing. Stacie zelf was gekleed als engel, in een zilverkleurige mini-jurk met spaghettibandjes, glittervleugels, een netpanty en een halo op een diadeem.

Toen Lexie, Serena en Pearl om halftien arriveerden, was iedereen al dronken. Het rook er zweterig, er hing een scherpe, zure geur van bier, en stelletjes waren in donkere hoekjes aan het droogneuken. De keukenvloer was plakkerig door de gemorste drankjes en tussen de halflege drankflessen op tafel lag een meisje plat op haar rug giechelend een joint te roken, terwijl een jongen rum uit haar navel likte. Lexie en Serena schonken zichzelf een drankje in en wrongen zich naar de provisorische dansvloer in de woonkamer. Pearl bleef in haar eentje in een hoekje van de keuken staan met een rood plastic bekertje vol wodka met cola en keek of ze Trip zag.

Een halfuur later bespeurde ze hem op de patio, verkleed als duivel in een rode blazer uit de kringloopwinkel en een paar duivelshoorntjes op zijn hoofd. 'Ik dacht dat hij Stacie niet eens kende,' schreeuwde ze in Serena's oor toen die terugkwam om nog een drankje in te schenken. Serena haalde haar schouders op. 'Stacie zei dat ze hem een keer zonder shirt zag na de voetbaltraining en dat ze vond dat hij er helemaal niet slecht uitzag. Ze zei, ik citeer, dat hij een ontzettend lekker ding was.' Ze nam een teug en giechelde. Pearl zag dat haar gezicht vuurrood was. 'Niet tegen Lexie zeggen, oké? Die zou ervan kotsen.' Ze liep weer naar de woonkamer, enigszins wankel op haar sleehakken, en Pearl keek door de glazen schuifdeuren naar Trip, die met zijn plastic drietand tussen de schouderbladen van een roodharig meisje prikte. Ze duwde haar haar omhoog en bedacht een plan. Trips bekertje zou zo leeg zijn. Dan zou hij binnenkomen en haar zien staan. *Hoe gaat het, Pearl?* zou hij vragen. En dan zou ze iets slims zeggen. Wat zou Lexie zeggen tegen een jongen die ze leuk vond?

Maar terwijl ze haar hersens pijnigde om iets verleidelijks en geestigs te bedenken, zag ze dat Trip niet meer op de patio stond. Was hij naar binnen gekomen of was hij al weg? Ze baande zich een weg naar de woonkamer, terwijl ze haar bekertje omhooghield, maar het was onmogelijk om iemand te zien. Puff Daddy en Mase knalden uit de stereo en de bas dreunde zo hard dat ze het in haar keel kon voelen, en daarna ging de muziek over op Notorious B.I.G. Het enige licht was afkomstig van een paar kaarsen en ze zag alleen silhouetten op beslist onkuise manieren kronkelen en schuren. Ze wurmde zich naar de achtertuin, waar een stel jongens bier zopen en ruzieden over de kansen van het footballteam voor de play-offs. 'Als we Ignatius verslaan,' schreeuwde een van hen, 'en U.S. van Mentor wint...'

Ondertussen had Lexie de tijd van haar leven. Ze was gek op dansen; Serena en zij gingen met hun vrienden naar de stad als een club een tieneravond organiseerde, of als ze ook maar even dachten dat ze konden binnenkomen met hun valse ID-kaarten, waarop stond dat ze studenten waren. Zodra ze binnen waren geglipt bij zo'n houseparty in een leegstaand pakhuis in de Flats, dansten ze tot drie uur 's nachts met lichtgevende kettinkjes en armbanden om hun polsen en hals. Ze dansten vaak samen, met de ongedwongenheid van twee meisjes die elkaar al hun halve leven kenden, met hun heupen of bekkens tegen elkaar, en dan draaide Lexie zich om en bewoog haar achterste tegen Serena aan. Vanavond waren ze samen aan het dansen toen Lexie voelde dat er iemand van achteren tegen haar aan duwde. Het was Brian, en Serena wierp haar een veelbetekenende grijns toe en wendde zich af.

'Je bent niet eens verkleed,' protesteerde Lexie, die hem een klap op zijn schouder gaf.

'Jawel,' beweerde Brian. 'Ik ben verkleed als jongen die zijn aanmeldingsformulier naar Princeton heeft gestuurd.' Hij sloeg zijn armen om haar heen en drukte zijn mond op haar hals.

Een halfuur later waren ze allebei vervuld van de koortsachtige roes van dansen, drank, zweet en achttien-zijn. In de tijd dat ze nu verkering hadden, hadden ze weleens iets gedaan, zoals Lexie quasipreuts tegen Serena had gezegd, maar hét, het échte werk, lag nu al een tijdje tussen hen in als een diepe waterplas waar ze alleen hun teen in hadden gestoken. Nu ze tegen Brian aan gedrukt stond, licht in haar hoofd door de rum-cola en de muziek die als een gedeelde hartslag door hun lijven bonkte, werd ze plotseling vervuld van een verlangen om in dat water te springen en naar de bodem te duiken. Toen ze jonger en minder ervaren was geweest, had Lexie visioenen gehad van haar eerste keer. Ze had het helemaal uitgedacht: kaarsen, bloemen, Boyz II Men in de cd-speler. Op zijn minst een slaapkamer en een bed. Niet op de achterbank van een auto, zoals sommige vriendinnen van haar, en zeker niet in het trappenhuis op school, waar Kendra Solomon het volgens de geruchten had gedaan. Maar nu merkte ze dat het haar niet meer kon schelen. 'Zullen we een eindje gaan rijden?' vroeg ze. Ze wisten allebei wat ze bedoelde.

Zonder iets te zeggen haastten ze zich naar de stoeprand, waar Lexies auto stond te wachten.

Tegen de tijd dat Lexie en Brian vertrokken waren, stond Pearl alweer in haar hoekje in de keuken te wachten tot Trip terugkwam. Maar hij kwam niet; niet om halfelf, niet om elf uur. Met elk uur dat verstreek en elke fles die leeg raakte, werd de sfeer luidruchtiger en losser. Even na middernacht probeerde Stacie Perry een glas water in te schenken, maar gaf over in de waterkan en Pearl besloot dat het tijd werd om naar huis te gaan. Maar ze kon Lexie nergens vinden, zelfs niet nadat ze zich tussen de deinende menigte van lijven in de woonkamer door had geworsteld. Toen ze naar buiten keek, kon ze niet zien of Lexies Explorer nog steeds tussen de lukraak geparkeerde auto's stond.

'Heb jij Lexie gezien?' vroeg ze aan iedereen die ook maar enigszins nuchter leek. 'Of Serena?' De meeste mensen gaapten haar aan alsof ze probeerden haar te plaatsen. 'Lexie?' vroegen ze. 'O, Lexie Richardson? Ben je met haar meegekomen?' Eindelijk zei een meisje dat in de grote leunstoel bij een footballspeler op schoot zat: 'Volgens mij is ze met haar vriendje weggegaan. Ja toch, Kev?' Als antwoord legde hij zijn vlezige handen rond haar gezicht en trok haar mond naar zich toe, en Pearl wendde zich af.

Ze wist niet precies waar ze was en de wodka vertroebelde de toch al vage kaart van Shaker die ze in haar hoofd had. Kon ze vanaf hier naar huis lopen? Hoe lang zou ze daarover doen? In welke straat woonde Stacie eigenlijk? Even liet Pearl haar fantasie de vrije loop. Misschien zou Trip straks door de glazen schuifdeur komen en een frisse stroom koele lucht mee de keuken in nemen. *Wil je een lift naar huis?* zou hij dan vragen.

Maar dat gebeurde natuurlijk niet en uiteindelijk griste Pearl een draadloze telefoon van het aanrecht, ging buiten bij de garage staan, waar het rustiger was, en belde Moody.

Twintig minuten later kwam er een auto bij Stacies huis aanrijden. Het raampje aan de passagierskant ging omlaag en vanaf de trap bij de voordeur zag Pearl Moody's stuurse gezicht.

'Stap in,' zei hij alleen maar.

Het interieur van de auto was een en al boterzacht leer, dat als een zachte gladde huid aanvoelde onder haar bovenbenen.

'Wiens auto is dit?' vroeg ze dommig, terwijl ze van de stoeprand wegreden.

'Van mijn moeder,' zei Moody. 'En voor je het vraagt: ze ligt te slapen, dus laten we geen tijd verspillen.'

'Maar je hebt nog geen rijbewijs.'

'Iets mogen is niet hetzelfde als iets kunnen.' Moody stuurde de auto de hoek om en reed naar Shaker Boulevard. 'Goed, hoe dronken ben je?'

'Ik heb maar één drankje gehad. Ik ben niet dronken.' Terwijl ze het zei, wist Pearl niet of dat wel waar was; er had heel veel wodka in dat bekertje gezeten. Haar hoofd tolde en ze deed haar ogen dicht. 'Ik wist gewoon niet hoe ik thuis moest komen.'

'Trips auto stond er nog, hoor. We zijn er net langs gereden. Waarom heb je het niet aan hem gevraagd?'

'Ik kon hem niet vinden. Ik kon niemand vinden.'

'Waarschijnlijk boven met een of ander meisje.'

Ze reden een tijdje zwijgend verder en de woorden bleven door Pearls hoofd malen: *boven met een of ander meisje*. Ze probeerde voor zich te zien wat er daarboven in die verduisterde kamers gebeurde, stelde zich Trips lijf tegen het hare voor, en er kroop een warme blos over haar wangen. Volgens het klokje op het dashboard was het bijna één uur.

'Nu zie je hoe ze zijn,' zei Moody. Toen ze vlak bij het huis van Mia en Pearl waren, deed hij de koplampen uit en stopte langs de stoeprand. 'Je moeder zal wel pissig zijn.'

'Ik heb gezegd dat ik met Lexie uitging en ik mocht tot twaalf uur blijven. Ik ben maar een klein beetje te laat.' Pearl keek omhoog naar het verlichte keukenraam. 'Stink ik?'

Moody boog zich dicht naar haar toe. 'Je ruikt een beetje naar rook. Maar niet naar drank. Hier.' Hij haalde een pakje kauwgom uit zijn zak.

Het halloweenfeest zou volgens alle verhalen nog tot kwart over drie duren en aan het eind lagen er een aantal feestgangers op het dure tapijt in de woonkamer buiten westen. Lexie zou om halfdrie naar huis sluipen en Trip om drie uur, en de volgende dag zouden ze allebei tot na twaalven uitslapen. Later zou Lexie Pearl haar excuses aanbieden met een gefluisterde bekentenis: Brian en zij dachten er al een tijdje over na en dit had de juiste avond geleken en... Nou ja, ze wilde het gewoon aan iemand vertellen, ze had het nog niet eens aan Serena verteld, maar zag ze er anders uit? Pearl vond inderdaad dat ze er anders uitzag: dunner, knapper, met haar haar naar achteren getrokken in een zwierige paardenstaart, terwijl er nog sporen van mascara en glitter in haar ooghoeken zaten; aan de vage plooi tussen Lexies wenkbrauwen kon ze zien hoe ze er over twintig jaar uit zou zien: een beetje als haar moeder. Vanaf dat moment vond Pearl dat het net leek of alles aan Lexie een zweem van seks over zich had; de alwetendheid in haar lach en haar zijdelingse blikken, de terloopse manier waarop ze iedereens schouder, hand of knie aanraakte. Het maakte je losser, dacht ze, je werd er lichter door. 'En jij?' zou Lexie daarna vragen, waarna ze Pearl een kneepje in haar arm gaf. 'Ben je veilig thuisgekomen? Vond je het leuk?' En Pearl, voorzichtig zoals iemand die zich net gebrand heeft, zou alleen maar knikken.

Maar nu haalde ze het papiertje van het kauwgompje en stopte het tussen haar lippen, waarna de muntsmaak zich op haar tong verspreidde.

Hoewel Pearl bij hoog en bij laag had beweerd dat haar moeder het niet erg zou vinden, vond Mia het heel erg dat haar dochter te laat thuis was. Toen Pearl eindelijk bovenkwam – stinkend naar rook en alcohol en iets waarvan Mia vrijwel zeker wist dat het wiet was – wist ze niet wat ze moest zeggen. 'Ga maar naar bed,' had ze uiteindelijk uit weten te brengen. 'We hebben het er morgen wel over.' Toen het ochtend werd sliep Pearl uit, en toen ze uiteindelijk tegen het middaguur met slaperige ogen en brak uit haar kamer kwam, wist Mia nog steeds niet wat ze moest zeggen. Je wilde dat Pearl een normaal leven zou leiden, zei ze bij zichzelf; nou, dit doen pubers nu eenmaal. Ergens had ze het gevoel dat ze meer betrokkenheid moest tonen – dat ze moest weten waar Pearl zich mee bezighield, waar Lexie zich mee bezighield, waar ze zich allemaal mee bezighielden – maar hoe moest ze dat doen? Meegaan naar hun feesten en hockeywedstrijden? Pearl verbieden om ooit uit te gaan? Uiteindelijk zei ze maar niks, en Pearl nam zwijgend een kom ontbijtgranen en ging weer naar bed.

Maar algauw deed de gelegenheid zich voor. De dinsdag na het halloweenfeest kwam mevrouw Richardson langs bij de duplexwoning in Winslow Road. 'Om te kijken of jullie iets nodig hebben nu jullie helemaal gesetteld zijn,' zei ze, maar Mia zag haar blik door de keuken en naar de woonkamer glijden. Ze kende dit soort bezoekjes, ongeacht wat huurcontracten over 'beperkte toegangsrechten' zeiden, en ze deed een stap achteruit zodat mevrouw Richardson alles beter kon zien. Na bijna vier maanden stonden er nog steeds weinig meubels. In de keuken twee niet bij elkaar passende stoelen en een hangoortafel waaraan één blad ontbrak, allemaal langs de stoeprand gevonden; in Pearls kamer het tweepersoonsbed en een kast met drie laden; in Mia's kamer alleen een matras op de grond en stapels kleding in de kast. Een rijtje kussens op de woonkamervloer, met een felgekleurd bloemetjestafelkleed eroverheen. Maar het keukenzeil was geboend, het fornuis en de oven waren schoon, de vloerbedekking was smetteloos en Mia's matrasbed was opgemaakt met kraakheldere gestreepte lakens. Ondanks het gebrek aan meubilair voelde het appartement niet leeg aan. 'Mogen we schilderen?' had Mia gevraagd toen ze erin waren getrokken, en mevrouw Richardson had na enige aarzeling geantwoord: 'Zolang het niet te donker is.' Destijds had ze bedoeld geen zwart, geen donkerblauw, geen wijnrood, maar de volgende dag was het bij haar opgekomen dat Mia misschien een muurschildering had bedoeld – ze was per slot van rekening kunstenares – en dat je dan kon worden opgezadeld met Diego Rivera of met veredelde graffiti. Maar er waren geen muurschilderingen. Elke kamer was in een andere kleur geschilderd – de keuken zonnig geel, de woonkamer diep kanteloep, de slaapkamers warm perzik – en het algehele effect was dat het net leek of je een doos vol zonlicht binnenstapte, zelfs op een bewolkte dag. Overal in het appartement hingen foto's: niet ingelijst en met kneedgum bevestigd, maar toch adembenemend.

Er zaten studies bij van schaduwen op een verschoten bakstenen muur, foto's van veren die als klonters langs de oever van Shaker Lake lagen, experimenten die Mia uitvoerde door foto's op verschillende oppervlakken af te drukken: perkament, aluminiumfolie, kranten. Eén reeks besloeg een hele muur; foto's die van week tot week waren gemaakt op een nabijgelegen bouwplaats. Eerst was er slechts een bruine heuvel tegenover een bruine open vlakte. Langzaam, beeld voor beeld, werd de bult groen van het onkruid, bedekt met stevig gras, en uiteindelijk stond er een struikje bovenop. Daarachter verrees langzaam maar zeker een geelbruin huis van drie verdiepingen, als een groot beest dat uit de aarde kwam kruipen. Shovels en vrachtwagens schoten in en uit beeld als geesten die onverwachts waren vastgelegd. Op de laatste foto haalde een bulldozer de berg zand overhoop om het terrein te effenen, zodat het landschap vlak werd als een uit elkaar gespatte bel.

'Lieve hemel,' zei mevrouw Richardson. 'Zijn die allemaal van jou?'

'Soms moet ik ze een tijdje aan de wand zien hangen voordat ik weet of het iets is. Voordat ik weet welke ik mooi vind.' Mia keek om zich heen naar de foto's, alsof het oude vrienden waren en ze zich hun gezichten weer voor de geest wilde halen.

Mevrouw Richardson keek eens goed naar een foto van een nukkig jong meisje in een cowgirl-outfit. Mia had hem gemaakt bij een optocht waar ze langs waren gereden op weg naar Ohio. 'Je hebt echt een gave voor portretfotografie,' zei ze. 'Moet je kijken hoe je dit meisje hebt weten te vangen. Je kunt bijna in haar ziel kijken.'

Mia zei niets, maar knikte op een manier die mevrouw Richardson opvatte als bescheidenheid.

'Je zou moeten overwegen professionele portretfoto's te gaan maken,' opperde mevrouw Richardson. Ze zweeg even. 'Niet dat je nu niet professioneel bent, natuurlijk. Maar misschien in een studio. Of voor bruiloften en partijen. Je zou echt veel gevraagd worden.' Ze wuifde naar de foto's aan de wand, alsof die benadrukten wat ze bedoelde. 'Misschien wil je wel portretten maken van ons gezin. Tegen betaling, uiteraard.'

'Misschien,' zei Mia. 'Maar het nadeel van portretten is dat je mensen moet afbeelden zoals ze gezien willen worden. En ik beeld mensen liever af zoals ík ze zie. Dus uiteindelijk zouden we waarschijnlijk allebei gefrustreerd raken.' Ze glimlachte kalm en mevrouw Richardson zocht krampachtig naar een antwoord.

'Is je werk ook ergens te koop?' vroeg ze.

'Ik heb een vriendin in New York die een galerie heeft, waar ze een paar van mijn afdrukken heeft verkocht.' Mia streek met haar vinger over een van de foto's en volgde de omtrek van een roestige brug.

'Nou, ik wil er graag een kopen,' zei mevrouw Richardson. 'Of eigenlijk sta ik erop. Als we onze kunstenaars niet steunen, hoe kunnen ze dan prachtig werk maken?'

'Dat is heel gul van u.' Mia's blik schoot even naar het raam en mevrouw Richardson voelde een steek van ergernis door die lauwe reactie op haar filantropische gebaar.

'Verkoop je voldoende om van rond te komen?' vroeg ze.

Mia interpreteerde dat terecht als een vraag over de huur en haar vermogen om die te betalen. 'We hebben altijd rond kunnen komen,' zei ze, 'op een of andere manier.'

'Maar er zijn vast ook tijden waarin foto's niet verkopen. Al ligt dat natuurlijk niet aan jou. En wat levert een foto over het algemeen op?'

'We hebben altijd rond kunnen komen,' zei Mia opnieuw. 'Ik neem bijbaantjes als het nodig is. Schoonmaken of koken. Dat soort dingen. Ik werk nu parttime bij Lucky Palace, dat Chinese restaurant in Warrensville. Ik heb nog nooit schulden gehad die ik niet betaald heb.'

'O, dat bedoelde ik uiteraard ook niet,' wierp mevrouw Richardson tegen. Ze richtte haar aandacht op de grootste afdruk, die in zijn eentje op de schoorsteenmantel stond. Het was een foto van een dansende vrouw, met haar rug naar de camera. De camera had haar in een wazige beweging vastgelegd – overal armen: hoog uitgestrekt, naar de zijkant, gebogen naar haar middel – in een wirwar van ledematen waardoor ze, realiseerde mevrouw Richardson zich met een schok, op een enorme spin leek, omringd door een sluierachtig web. Het verwarde en verbijsterde haar, maar ze kon zich niet afwenden. 'Ik heb er nooit aan gedacht om een vrouw in een spin te veranderen,' zei ze oprecht. Kunstenaars, zei ze bij zichzelf, dachten niet zoals normale mensen en uiteindelijk draaide ze zich nieuwsgierig naar Mia toe. Ze had nog nooit iemand zoals zij ontmoet.

Mevrouw Richardson had, in haar hele bestaan, een ordelijk en gedisciplineerd leven geleid. Ze woog zich eenmaal per week en hoewel haar gewicht niet meer schommelde dan de krap anderhalve kilo die volgens de dokter volkomen normaal waren, deed ze heel veel moeite zichzelf in de hand te houden. Elke ochtend mat ze exact dertig gram ontbijtgranen af, de portie die op de doos werd aanbevolen, waarbij ze de gebloemde plastic maatbeker gebruikte die ze als kersverse bruid bij Highbee's had gekregen. Elke avond mocht ze van zichzelf één glas wijn bij het eten – rode, want dat was volgens het nieuws het beste voor je hart – en ze had een klein krasje op het wijnglas gemaakt om het juiste niveau te markeren. Drie keer per week ging ze naar aerobics, waarbij ze de hele tijd op haar horloge keek om te zorgen dat haar hartslag niet boven de honderdtwintig slagen per minuut uit kwam. Ze was opgevoed met regels die moesten worden nageleefd, met de overtuiging dat het goed functioneren van de wereld afhing van haar gehoorzaamheid, dus leefde ze ze na en had ze die overtuiging inderdaad. Ze had al sinds haar jeugd een plan en dat volgde ze nauwgezet: middelbare school, universiteit, vriendje, trouwen, baan, hypotheek, kinderen. Een sedan met airbags en automatische gordels. Een grasmaaier en een sneeuwblazer. Een bij elkaar passende wasmachine en droger. Kortom, ze had alles volgens het boekje gedaan en een goed leven opgebouwd, het soort leven dat ze wilde, het soort leven dat iedereen wilde. En nu had je deze Mia, een heel ander soort vrouw, die een volkomen ander leven leidde en haar eigen regels leek te maken zonder zich daarvoor te verontschuldigen. Net als de foto van die spinnendanseres vond mevrouw Richardson dit verwarrend, maar ook vreemd fascinerend. Enerzijds zou ze Mia als een antropoloog willen bestuderen om te begrijpen waarom – en hoe – ze deed wat ze deed. Anderzijds – al was ze zich daar op dit moment slechts vaag van bewust – voelde ze zich er ongemakkelijk onder en wilde ze Mia in de gaten houden, zoals je een gevaarlijk beest in de gaten zou houden.

'Je houdt alles zo schoon,' zei ze ten slotte, terwijl ze haar vinger over de schoorsteenmantel liet glijden. 'Ik zou je bij ons thuis moeten inhuren.' Ze lachte en Mia lachte beleefd mee, maar ze zag dat er een zaadje in het hoofd van mevrouw Richardson kiemde. 'Dat zou toch eigenlijk ideaal zijn,' merkte mevrouw Richardson op. 'Je zou een paar uur per dag bij ons kunnen komen voor wat licht huishoudelijk werk. Daar zou ik je natuurlijk voor betalen. En dan heb je de rest van de dag om foto's te maken.' Mia zocht al naar de juiste, voorzichtige woorden om dat idee omver te werpen, maar het was al te laat. Mevrouw Richardson klampte zich er al enthousiast aan vast. 'Nee, echt. Waarom kom je niet voor ons werken? We hadden een vrouw die kwam schoonmaken en een paar voorbereidingen voor het eten trof, maar die is in het voorjaar teruggegaan naar Atlanta, en ik kan wel wat hulp gebruiken. Je zou me een dienst bewijzen.' Ze draaide zich om en keek Mia recht aan. 'Ik sta erop. Je moet tijd hebben voor je kunst.'

Mia zag wel dat protesteren geen zin had of, sterker nog, dat protesteren het alleen nog maar erger zou maken en kwaad bloed zou zetten. Ze had geleerd dat mensen die per se iets wilden doen waarvan ze dachten dat het een goede daad was meestal onmogelijk op andere gedachten te brengen waren. Ze dacht vol ontzetting aan de Richardsons, aan hun enorme glimmende huis, aan Pearls gezicht als haar moeder het waagde die kostbare aarde te betreden. En daarna stelde ze zich voor hoe ze veilig geïnstalleerd zou zijn in het koninkrijk van de Richardsons, half verscholen op de achtergrond, wakend over haar dochter. Om haar aanwezigheid in haar dochters leven weer te laten gelden.

'Dank je wel,' zei ze. 'Wat een ontzettend gul aanbod. Hoe zou ik dat kunnen weigeren?' En mevrouw Richardson straalde.

7

Het was algauw geregeld: voor driehonderd dollar per maand zou Mia drie keer per week bij de Richardsons stofzuigen, afstoffen en schoonmaken, en elke dag het eten maken. Het leek een uitstekende regeling – slechts een paar uur werk per dag voor een bedrag dat gelijkstond aan de huur – maar Pearl was er niet blij mee. 'Waarom heeft ze jóú gevraagd?' vroeg ze kreunend, en Mia moest haar tong afbijten en zichzelf eraan herinneren dat haar dochter nu eenmaal vijftien was. 'Omdat ze aardig wil doen,' antwoordde ze, en goddank liet Pearl het onderwerp rusten. Maar vanbinnen was ze woedend bij de gedachte dat Mia binnendrong in wat zij beschouwde als háár territorium; het huis van de Richardsons. Haar moeder zou maar een paar meter verderop zijn, in de keuken, waar ze alles kon horen en zien. De middagen op de bank, de grapjes waar ze deel van uitmaakte, zelfs naar die belachelijke Jerry Springer kijken... Alles zou verpest zijn. Nog maar een paar dagen geleden had ze de moed bij elkaar geraapt om Trips hand weg te slaan toen hij een grapje maakte over haar broek. Vanwaar al die zakken, had hij gevraagd, wat heb je te verbergen? Eerst had hij op de zakken aan de zijkant van haar knieën geklopt, daarna op die op haar heupen, en toen hij bij die op haar achterste was aanbeland, had ze hem een mep verkocht en tot haar zwijmelende verrukking had hij gezegd: 'Doe niet zo gek, je weet toch dat ik van je hou,' en zijn arm om haar schouder geslagen. Maar als haar moeder daar was, zou ze zoiets nooit doen en Trip ook niet, vermoedde ze.

Ook meneer Richardson vond de nieuwe regeling lastig. Een huishoudster inhuren, vond hij, was één ding, maar het was heel iets anders om iemand in te huren die ze al kenden, de moeder van een van de vriendinnen van hun kinderen. Maar mevrouw Richardson beschouwde het als een gul gebaar, dat zag hij wel, dus ging hij er niet tegen in, maar zorgde er in plaats daarvan voor dat hij Mia aansprak op de eerste ochtend dat ze bij hen thuiskwam.

'We zijn heel dankbaar voor je hulp,' zei hij, terwijl ze de emmer met schoonmaakspullen onder de gootsteen vandaan trok. 'Dat scheelt echt heel veel voor ons.' Mia glimlachte en pakte zonder iets te zeggen een fles allesreiniger, waarna meneer Richardson peinsde over wat hij verder nog kon zeggen. 'Hoe bevalt het in Shaker?'

'Het is me nogal wat.' Mia spoot het aanrecht in en veegde er met het sponsje overheen, zodat de kruimeltjes in de gootsteen belandden. 'Bent u ook in Shaker opgegroeid?'

'Nee, alleen Elena.' Meneer Richardson schudde zijn hoofd. 'Ik had nog nooit van Shaker Heights gehoord voordat ik haar leerde kennen.' Tijdens hun eerste week op Denison was hij gevallen voor die ijverige jonge vrouw die op de campus handtekeningen aan het verzamelen was om een eind te maken aan de dienstplicht. Tegen het eind van hun studietijd was hij ook voor Shaker Heights gevallen vanwege de manier waarop Elena het beschreef: de eerste geplande gemeenschap, de meest progressieve gemeenschap, de ideale plek voor jonge idealisten. In zijn eigen geboortestadje stond ze argwanend tegenover nieuwe ideeen: hij was opgegroeid te midden van een soort gelaten cynisme, al wist hij zeker dat de wereld beter zou kunnen zijn. Daarom was hij er zo op gebrand geweest te vertrekken en daarom was hij verkocht zodra hij haar had ontmoet. Northwestern was zijn eerste keuze geweest; toen hij werd afgewezen, had hij genoegen genomen met de enige school waarvoor hij de staat kon verlaten, maar toen hij Elena leerde kennen, leek het of het was voorbestemd. Elena was vastbesloten om na haar studie terug te keren naar haar geboortestad en hoe meer ze hem erover vertelde, des te meer was hij daartoe bereid. Het leek hem volkomen logisch dat dit de plek was waar zijn toekomstige verloofde door was gevormd, want ze streefde altijd naar perfectie, en hij ging na de buluitreiking graag met haar mee naar Shaker Heights.

Nu, bijna twintig jaar later, hadden ze het goed voor elkaar met hun carrière, hun gezin en hun leven, en als hij zijn BMW voltankte met de beste brandstof, zijn golfclubs schoonmaakte of een toestemmingsformulier ondertekende voor een skitripje van zijn kinderen, leek die universiteitsperiode zo wazig en veraf als een oude polaroidfoto. Ook Elena was milder geworden: natuurlijk gaf ze nog steeds aan goede doelen en stemde ze op de Democraten, maar na zoveel jaren een comfortabel leventje in een voorstadje waren ze allebei veranderd. Ze waren geen van beiden ooit radicaal geweest – ook niet ten tijde van protestbewegingen, sit-ins, betogingen en rellen – maar nu hadden ze twee huizen, twee auto's en een kleine boot die in de jachthaven van de stad lag. Ze hadden iemand om 's winters sneeuw te ruimen en 's zomers gras te maaien. En natuurlijk hadden ze jarenlang huishoudsters gehad, een hele rits, van wie dit de nieuwste was; deze jonge vrouw die in zijn keuken stond te wachten tot hij wegging, zodat zij zijn huis kon schoonmaken.

Hij vermande zich, lachte schaapachtig en pakte zijn aktetas. Op de drempel van de deur naar de garage bleef hij staan. 'Als je er ooit genoeg van krijgt om hier te werken, laat het me dan alsjeblieft weten. Ik zal je er niet op aankijken, dat beloof ik.'

Mia vond algauw een bepaald dagritme: ze kwam 's ochtends om halfnegen, vlak nadat iedereen naar school of naar zijn werk was, en dan was ze rond tien uur klaar. Daarna ging ze naar huis, naar haar camera, en kwam om vijf uur terug om te koken. 'Het is niet nodig om twee keer te rijden,' had mevrouw Richardson gezegd, maar Mia had volgehouden dat de middag voor haar de beste tijd was om te fotograferen. De waarheid was echter dat ze de Richardsons wilde bestuderen als ze thuis waren, maar ook als ze er niet waren. Het leek wel of Pearl elke dag iets nieuws van de familie Richardson overnam: een uitdrukking ('ik ging létterlijk dood') of een gebaar (haar haren naar achteren gooien, met haar ogen rollen). Ze was een puber, zei Mia keer op keer bij zichzelf; ze probeerde allerlei rollen uit, zoals alle tieners, maar toch maakte Mia zich stiekem zorgen om alle veranderingen die ze zag. Nu zou ze er elke middag zijn om Pearl in de gaten te houden en om deze Richardsons te bestuderen door wie haar dochter zo geobsedeerd was. Elke ochtend zou ze vrij zijn om op eigen houtje op onderzoek uit te gaan.

Tijdens het schoonmaken begon Mia zorgvuldig te observeren. Ze wist dat Trip een wiskundeproefwerk had verpest omdat ze de verscheurde papieren in zijn prullenmand vond, en ze wist dat Moody liedjes had zitten schrijven omdat ze verkreukelde proppen in die van hem aantrof. Ze wist dat geen van de Richardsons pizzakorsten of bruin geworden bananen at, dat Lexie een zwak had voor roddelbladen en – aan haar boekenkast te zien – Charles Dickens, en dat meneer Richardson zakken vol van die karamelsnoepjes met roomvulling at als hij 's avonds in zijn werkkamer zat. Als ze dan anderhalf uur later klaar was en het huis weer schoon was, had ze een heel goede indruk van wat alle gezinsleden deden.

En zo was Mia, een week nadat ze aan haar nieuwe verplichtingen was begonnen, in de keuken van de Richardsons toen Izzy om halftien 's ochtends op haar gemak naar beneden kwam.

De dag ervoor had Izzy het gezin opgeschrikt doordat ze geschorst was van school, hoewel dat geen verrassing was. Tijdens de orkestrepetitie had ze, volgens de mentor van de eerste klas, de strijkstok van de lerares over haar knie gelegd en doormidden gebroken, en de stukken daarna in het gezicht van de lerares gegooid. Ondanks herhaalde vragen en strenge preken, zowel op school als thuis, had ze geweigerd iets te zeggen over de oorzaak van deze uitbarsting. Het was, zoals Lexie het uitdrukte, op-en-top Izzy: flippen zonder reden, iets geks doen en er niets van leren. Als gevolg was ze, na een haastig gesprek tussen haar moeder, de onderdirectrice en de gekrenkte muzieklerares, drie dagen geschorst. Mia was het fornuis aan het schoonmaken toen Izzy binnen kwam banjeren – waarbij ze op een of andere manier op blote voeten net zo hard kloste als op haar Doc Martens – en bleef staan.

'O,' zei ze. 'Jij bent het. De ingehuurde bediende. Ik bedoel de huurder-slash-werkster.'

Mia had de dag ervoor van Pearl uit de derde hand een verslag van de gebeurtenissen gehad. 'Ik ben Mia,' zei ze. 'Ik neem aan dat jij Izzy bent.'

Izzy klom op een barkruk. 'De gek in huis.'

Mia veegde zorgvuldig het aanrecht schoon. 'Dat heeft niemand tegen mij gezegd.' Ze spoelde het sponsje schoon en legde het op de houder te drogen.

Izzy verviel in stilzwijgen en Mia poetste de gootsteen. Toen ze daarmee klaar was, draaide ze zich om naar de grill. Ze pakte een snee brood uit de broodtrommel, besmeerde hem met boter en strooide er een dikke laag suiker overheen, waarna ze hem in de oven legde tot de suiker was gesmolten tot borrelend goud karamel. Ze legde er nog een snee brood bovenop, sneed de sandwich in tweeën en zette hem voor Izzy neer; een voorstel, geen bevel. Dat deed ze soms ook voor Pearl, als die een 'duffe dag' had, zoals het Mia het noemde. Izzy, die zwijgend maar vol belangstelling had zitten kijken, zei niets, maar trok het bord naar zich toe. Het was haar ervaring dat mensen die iets voor haar wilden doen dat uit medelijden of uit wantrouwen deden, maar dit simpele gebaar voelde aan zoals het was: iets aardigs, zonder dat er iets tegenover hoefde te staan. Toen ze het laatste hapje brood ophad, likte ze de boter van haar vingers en keek op.

'Wil je horen wat er gebeurd is?' vroeg ze, en het hele verhaal kwam eruit.

Iedereen had een bloedhekel aan de orkestlerares, mevrouw Peters. Het was een lange, vreselijk magere vrouw met onnatuurlijk vlasblond geverfd haar dat tot een braaf kapsel was geknipt. Volgens Izzy was ze een 'waardeloze dirigent' en wist iedereen dat je gewoon naar Kerri Schulman, de eerste violiste, moest kijken voor het tempo. Volgens een hardnekkig gerucht – dat na jaren werd beschouwd als een feit – had mevrouw Peters een drankprobleem. Izzy had het niet helemaal geloofd, tot mevrouw Peters haar viool op een ochtend had geleend om een stokvoering te demonstreren; toen ze hem teruggaf was het kinstuk vochtig van het zweet en had het onmiskenbaar naar whisky geroken.

Als mevrouw Peters haar grote thermosfles koffie meenam, werd er gezegd, wist je zeker dat ze de avond ervoor aan de boemel was geweest. Bovendien was ze vaak venijnig sarcastisch, vooral tegen de tweede violisten, en dan vooràl tegen degenen die – zoals een van de cellisten het droogjes noemde – 'gezegend waren met pigment'. De verhalen over haar waren al op de highschool bekend geweest bij Izzy.

Izzy, die al sinds haar vierde viool speelde en tweede viool mocht spelen, al was ze eersteklasser, had niets te vrezen hoeven hebben. 'Het gaat vast goed,' had de celliste tegen haar gezegd met een blik op Izzy's gouden krulhaar – de paardenbloemenafro noemde Lexie dat. Als Izzy zich koest had gehouden, had mevrouw Peters haar waarschijnlijk genegeerd. Maar Izzy was geen type dat zich koest hield.

De ochtend waarop ze geschorst werd, had Izzy op haar stoel een lastige vingerzetting op de E-snaar zitten oefenen voor het stuk van Saint-Saëns waar ze tijdens haar privélessen aan werkte. Om haar heen verstomde het gegons van het stemmen van violen en cello's zodra mevrouw Peters met haar thermosfles in de hand binnenstormde. Het was meteen duidelijk dat ze in een uitermate slechte bui was. Ze snauwde tegen Shanita Grimes dat die haar kauwgom moest uitspugen. Ze ging tekeer tegen Jessie Leibovitz, bij wie zojuist de A-snaar was geknapt en die nu in haar vioolkist grabbelde om een andere te zoeken. 'Kater,' mimede Kerri Schulman naar Izzy, die ernstig knikte. Ze had maar een vaag idee wat dat betekende – Trip was een paar keer thuisgekomen na een hockeyfeest en ze dacht dat hij 's ochtends extra traag en duf was geweest, zelfs voor Trips doen – maar ze wist wel dat het iets met hoofdpijn en een slecht humeur was. Ze tikte met de punt van haar strijkstok tegen haar Doc Martens.

Op het podium nam mevrouw Peters een flinke teug uit haar koffiemok. 'Offenbach,' blafte ze terwijl ze haar rechterhand opstak. Overal in het lokaal bladerden leerlingen door hun bladmuziek.

Na twaalf maten *Orpheus* zwaaide mevrouw Peters met haar armen.

'Iemand speelt vals.' Ze wees met haar strijkstok naar Deja Johnson, die achteraan zat bij de tweede violen. 'Deja. Speel vanaf maat zes.'

Deja, van wie iedereen wist dat ze vreselijk verlegen was, keek als een verschrikt konijn op. Ze begon te spelen en iedereen hoorde de lichte trilling vanwege haar bevende hand. Mevrouw Peters schudde haar hoofd en sloeg met haar strijkstok op haar standaard. 'Verkeerde stokvoering. Af, op-op, af, op. Opnieuw.' Deja worstelde zich weer door het stuk heen. Het lokaal zinderde van verontwaardiging, maar niemand zei iets.

Mevrouw Peters nam een grote slok koffie. 'Sta op, Deja. En nu mooi luid spelen, zodat iedereen kan horen hoe het níét moet.' Deja's mondhoeken trilden alsof ze zou gaan huilen, maar ze zette haar strijkstok op de snaren en begon opnieuw. Mevrouw Peters schudde haar hoofd weer en haar stem snerpte over de viool heen. 'Deja. Af, op-op, af, op. Heb je me niet verstaan? Moet ik het soms in het zwartjoekels zeggen?'

Op dat moment was Izzy opgesprongen en had de strijkstok van mevrouw Peters gepakt.

Zelfs toen ze Mia het verhaal vertelde, kon ze niet zeggen waarom ze zo heftig had gereageerd. Het kwam deels doordat Deja Johnson altijd zo'n angstig gezicht trok, alsof ze het ergste verwachtte. Iedereen wist dat haar moeder verpleegkundige was; ze werkte met de moeder van Serena Wong in de Cleveland Clinic, en haar vader beheerde een pakhuis aan de West Side. Maar er zaten niet veel zwarte kinderen in het orkest en als haar ouders naar concerten kwamen, gingen ze in hun eentje op de laatste rij zitten; ze kletsten nooit met de andere ouders over skiën of verbouwen of plannen voor de voorjaarsvakantie. Ze woonden al Deja's hele leven in een comfortabel huisje aan de zuidkant van Shaker en ze was van de kleuterschool tot de middelbare school gegaan zonder – zoals mensen schertsend zeiden – meer dan tien woorden per jaar te zeggen.

Maar in tegenstelling tot de andere violisten – die gepikeerd waren omdat Izzy als eerstejaars al tweede viool mocht spelen – deed Deja nooit mee met hatelijke opmerkingen en noemde haar ook nooit 'groentje'. Toen ze in de eerste schoolweek het muzieklokaal uit liepen had Deja zich voorovergebogen om een openstaand vak van Izzy's schooltas dicht te ritsen, zodat haar gymkleren niet meer te zien waren. Een paar weken later had Izzy in haar tas gegrabbeld, wanhopig op zoek naar een tampon, toen Deja discreet haar gesloten hand uitstak over het gangpad heen. 'Hier,' had ze gezegd, en Izzy wist al wat het was voordat ze het cellofaantje in haar hand voelde knisperen.

Nu ze zag dat mevrouw Peters ten overstaan van iedereen op Deja had zitten vitten, was het net of ze zag dat iemand een kitten op straat smeet en er met een baksteen op insloeg, en er knapte iets in Izzy. Voor ze het wist had ze mevrouw Peters' strijkstok over haar knie in tweeën gebroken en de stukken naar haar toe gesmeten. Mevrouw Peters had opeens gegild toen de versplinterde helften van de strijkstok – die nog bijeen werden gehouden door het paardenhaar – langs haar gezicht waren gestriemd, en een schrille kreet geslaakt toen de mok dampende koffie over haar heen was geklotst. In het oefenlokaal was een golf van gelach, gegil en gejouw losgebarsten en mevrouw Peters, bij wie de koffie langs de pezen in haar hals droop, had Izzy bij de elleboog gegrepen en haar uit het lokaal gesleurd. In het kantoor van de rector, waar Izzy had gewacht tot haar moeder zou komen, had ze zich afgevraagd of Deja blij of beschaamd was, en ze wilde dat ze Deja's gezicht had kunnen zien.

Hoewel Izzy nu wel zeker wist dat Mia dat allemaal zou begrijpen, wist ze niet hoe ze alles wat ze voelde onder woorden moest brengen. Ze zei alleen: 'Mevrouw Peters is een enorme bitch. Ze had het recht niet om dat tegen Deja te zeggen.'

'En?' vroeg Mia. 'Wat ga je eraan doen?'

Die vraag was Izzy nog nooit eerder gesteld. Tot nu toe was haar leven een en al zwijgzame, onbeduidende razernij geweest. Nadat ze tijdens de eerste schoolweek T.S. Eliot had gelezen, had ze briefjes op alle prikborden gehangen: IK HEB MET KOFFIELEPELTJES MIJN LEVEN UITGEMETEN en MOET IK 'S MORGENS MET VRUCHTEN BEGINNEN? en DURF IK HET HEELAL TE VERSTOREN? Het gedicht deed haar aan haar moeder denken, die haar koffieroom afmat met een theelepeltje, tekeerging over pesticiden als Izzy in een appel beet die ze niet had gewassen en overal strikte regels aan verbond; en het deed haar ook denken aan haar oudere broers en zussen, aan Lexie en Trip en alle anderen die precies zoals zij waren, wat voor Izzy's gevoel iedereen was. Altijd zo bezorgd of ze wel de juiste kleren droegen, de juiste dingen zeiden, bevriend waren met de juiste mensen. Ze fantaseerde over leerlingen die in de gangen liepen te fluisteren – *Die briefjes? Wie heeft ze opgehangen? Wat betekenen ze?* – omdat ze hun opvielen, omdat ze erover nadachten, omdat ze wákker werden, godallemachtig. Maar in het spitsuur voor de eerste pauze dromde iedereen er gewoon langs, de trap af, veel te druk met aantekeningen doorgeven en snel nog even voor een overhoring leren om naar de prikborden te kijken, en na de tweede pauze zag ze dat een of andere suffe conciërge de briefjes had weggehaald, ongetwijfeld verbijsterd over deze missiven, en alleen flyers van Jeugd tegen Hongersnood, het VN-model en de Franse Club had laten hangen. In de tweede schoolweek, toen mevrouw Bellamy hun had gevraagd een gedicht uit hun hoofd te leren en voor de klas voor te dragen, had Izzy gekozen voor 'This Be The Verse', een gedicht waarvan zij – op basis van haar veertienenhalf jaar – vond dat het een tamelijk accurate samenvatting van het leven was. Ze was niet verder gekomen dan: '*They fuck you up, your mum and dad...*' waarna mevrouw Bellamy haar streng had gezegd te gaan zitten en haar een nul had gegeven.

Wat zou ze eraan gaan doen? Alleen al het idee dat ze er iets aan zou kúnnen doen bracht haar van haar stuk.

Op dat moment reed Lexies auto de oprit op, en Lexie kwam binnen met haar boekentas over haar ene schouder en de geur van sigarettenrook en CK one-parfum. 'Goddank, daar ligt hij,' zei ze en ze pakte haar portemonnee van de rand van het aanrecht. Lexie, zei mevrouw Richardson altijd, zou haar hoofd nog vergeten als het niet vastzat. 'Lekker, zo'n dagje vrij?' vroeg ze aan Izzy, en Mia zag dat er bij Izzy een lichtje doofde.

'Bedankt voor de sandwich,' zei ze en ze liet zich van de kruk glijden en ging naar boven.

‘Jezus,’ zei Lexie en ze rolde met haar ogen. ‘Ik zal dat kind nooit begrijpen.’ Ze keek naar Mia in afwachting van een meelevend knikje, maar dat kwam niet. ‘Rij voorzichtig,’ zei ze en Lexie stormde met haar portemonnee in de hand naar buiten, en even later startte buiten de motor van haar Explorer.

In haar hart was Izzy een radicaal, maar ze had de ervaring van een veertienjarige die in een voorstadje in het Midwesten woonde. Wat hierop neerkwam: ze zocht naarstig naar ideeën om wraak te nemen – eieren tegen de ramen, brandende zakjes hondenpoep – en koos de beste optie uit haar beperkte repertoire.

Drie middagen later zaten Pearl en Moody in de woonkamer naar Ricki Lake te kijken toen ze Izzy kalm door de gang zagen lopen met een pak van zes rollen wc-papier onder elke arm. Ze wierpen elkaar één snelle blik toe en gingen zonder discussie achter haar aan.

‘Je bent echt stapelgek,’ zei Moody, nadat ze Izzy in de hal hadden ingehaald en haar veilig in de keuken hadden opgesloten. Door de jaren heen had hij Izzy meerdere malen van haar eigen stommiteiten gered – zo zag hij het tenminste – maar dit was voor hem een nieuw dieptepunt. ‘Haar huis inpakken met wc-papier?’

‘Het is een rotklus om het op te moeten ruimen,’ zei Izzy. ‘Ze zal er goed pissig om worden. En ze verdiend het om in de zeik te worden genomen.’

‘En ze zal weten dat jij het was. Het meisje dat ze net geschorst heeft.’ Moody schopte het wc-papier onder tafel. ‘Als je al niet op heterdaad betrapt wordt. Wat waarschijnlijk zou gebeuren.’

Izzy keek stuurs. ‘Heb jij een beter idee?’

‘Je moet niet alleen mevrouw Peters onder vuur nemen,’ zei Mia. Ze keken alle drie verbouwereerd op. Ze waren even vergeten dat Mia er was, maar ze stond daar toch echt een paprika te snijden voor het avondeten en klonk als geen enkele andere ouder die ze ooit waren tegengekomen. Pearl bloosde en wierp haar moeder een blik toe. Wat dacht ze wel, om zich zomaar met hen te bemoeien, laat staan zich uitgerekend in dít gesprek te mengen? Maar Mia dacht aan haar eigen puberteit, herinneringen die ze lang geleden uit zelfbescherming had weggestopt, maar die zich nu ontvouwden en werden afgestoft.

'Ik ken iemand die het slot van de deur van het geschiedenislokaal had dichtgelijmd,' zei ze. 'Hij was te laat gekomen en de lerares had hem straf gegeven, waardoor hij een grote footballwedstrijd misliep waarin hij moest spelen. De volgende dag kneep hij een grote tube Krazy Glue uit in het slot. Ze moesten de deur openbreken.' Er kroop een dromerig lachje over haar mond. 'Maar hij deed het alleen bij haar lokaal, dus wisten ze meteen dat hij het was. Hij werd een maand geschorst.'

'Mam.' Pearls hele gezicht was vuurrood. 'Dank je. We snappen het.' Haastig duwde ze Izzy en Moody de keuken uit, buiten gehoorsafstand van Mia. Nu vonden ze haar moeder vast een geschift mens, dacht ze, niet in staat hen ook maar aan te kijken. Maar als ze wel een blik op hun gezicht had geworpen, had ze geen spot gezien, maar bewondering. Uit de glinstering in Mia's ogen hadden Moody en Izzy allebei kunnen opmaken dat ze veel uitgekookter – en veel interessanter – was dan ze hadden gedacht. Dat was de eerste aanwijzing, beseften ze later, dat ze ook nog een andere kant had.

De hele avond dacht Izzy na over Mia's verhaal en haar vraag van eerder die dag: *Wat ga je eraan doen?* In die woorden klonk voor haar toestemming door om te doen waarvan ze altijd te horen had gekregen dat het niet mocht: het heft in eigen hand nemen, problemen veroorzaken. Inmiddels had Izzy's woede zich uitgebreid tot niet alleen mevrouw Peters, maar ook de rector die haar had aangenomen, de onderdirectrice die Izzy had geschorst en iedere leraar – iedere volwassene – die ooit met despotische, onterechte macht een leerling had geschoffeerd. De volgende dag zette ze Moody en Pearl klem en ontvouwde haar plan.

'Ze zal echt woest zijn,' zei Izzy. 'Iedereen zal woest zijn.'

'Je komt in de problemen,' protesteerde Moody, maar Izzy schudde haar hoofd.

'Ik ga dit doen,' zei ze. 'En ik kom alleen in de problemen als jullie me niet helpen.'

Een tandenstoker die in een standaardslot wordt gestoken en dan glad wordt afgebroken, is fantastisch. Hij veroorzaakt geen schade aan het slot, maar toch kan de sleutel er niet in worden gestoken, dus kan de deur niet worden geopend. Hij kan niet makkelijk verwijderd worden zonder een pincet met heel fijne punten, die je niet vaak bij de hand hebt en waar je enige tijd naar moet zoeken. Hoe ongeduldiger de sleutelbediener, des te steviger en vaster de sleutel in het sleutelgat wordt geduwd, des te hardnekkiger de tandenstoker in het binnenste van het slot gedraaid wordt en des te langer het duurt om hem eruit te halen, zelfs met het juiste gereedschap. Een redelijk bedreven puber die snel werkt, kan een tandenstoker in een slot steken, hem afbreken en weglopen in ongeveer drie seconden. Drie pubers die eensgezind werken, kunnen dan ook een hele school met honderdzesentwintig deuren in nog geen tien minuten lamleggen; snel genoeg om niet op te vallen, hun normale plek in de gang in te nemen en te kijken wat er komen gaat.

Tegen de tijd dat de eerste leraren in de gaten kregen dat hun deuren geblokkeerd waren, was het al drie minuten voor halfacht. Om tien over halfacht, toen de meeste leraren bij hun lokaal aankwamen en merkten dat ze gedwarsboomd werden, was meneer Wrigley, de conciërge, boven bij de natuurkundelokalen aan het proberen het eerste splintertje tandenstoker met zijn zakmes uit het slot van het scheikundelab te peuteren. Om kwart voor acht, toen meneer Wrigley terugkwam in zijn kantoor om een pincet uit zijn gereedschapskist te halen, zag hij een grote groep leraren samendrommen bij zijn deur, tierend over geblokkeerde sloten. In de verwarring ontgrendelde iemand de deurstopper die meneer Wrigleys kantoor openhield, waardoor de deur dichtsloeg, en ontdekte meneer Wrigley eindelijk de tandenstoker die Izzy zelf veel eerder in zijn sleutelgat had gestopt toen hij even koffie was gaan halen.

Al die tijd waren er leerlingen komen binnendruppelen; eerst de vroege vogels die om kwart over zeven kwamen om zich te verzekeren van een parkeerplekje op het ovale terrein rondom de school, en daarna de leerlingen die door hun ouders werden afgezet of kwamen lopen. Tegen de tijd dat de laatkomers om acht minuten voor acht aan kwamen zetten en de eerste bel ging, waren de gangen afgeladen met vrolijke leerlingen, verbijsterde secretaresses en woedende leraren.

Het zou nog eens twintig minuten duren voordat meneer Wrigley terugkeerde van zijn truck, nadat hij in de gereedschapskist in de laadbak had gerommeld en daar tot zijn grote opluchting eindelijk nog een pincet vond. Het duurde nóg eens tien minuten voordat het hem lukte de eerste tandenstoker uit het slot van het eerste lokaal te peuteren, zodat de scheikundeleraar eindelijk naar zijn bureau kon lopen. De ochtendmeldingen werden verschoven en vervangen door strenge instructies via de intercom – dat alle leerlingen in de rij moesten gaan staan bij het lokaal van hun eerste lesuur – die niemand hoorde. In elke gang hing de sfeer van een surpriseparty, waar nergens een gastheer te zien was maar iedereen op een of andere manier de verraste, opgetogen gast was. Iemand haalde een gettoblaster met batterijen en al uit een kluisje. Andre Williams, de kicker van het footballteam, schoof de antenne uit, zette het ding op zijn schouder en draaide de knop naar WMMS – 'Buzzer Radio' – waarna er prompt een danceparty losbarstte op de Mighty Bosstones, tot mevrouw Allerton, de geschiedenislerares, naar hen toe kwam en zei dat ze hem uit moesten zetten. Meneer Wrigley vervolgde zijn werk door de hele gang, één slot tegelijk, en wrikte houtsplinters uit de Yale-sloten, die hij in zijn eeltige hand opving.

In de gang van de creatieve vakken begon mevrouw Peters, voorzien van een extra grote thermosfles en barstende koppijn, ongedurig te worden. Het muzieklokaal lag ver bij de natuurkundevleugel vandaan, waar meneer Wrigley langzaam vorderde. Als het zo doorging zou haar deur een van de laatste, zo niet de allerlaatste zijn die werd opengemaakt. Ze had meneer Wrigley al een paar keer gevraagd of hij niet sneller kon, en of hij anders misschien haar deur eerst even kon openmaken, en bij de derde keer draaide hij zich naar haar toe en zwaaide dreigend met een stukje hout in zijn opgeheven pincet. 'Ik werk zo snel ik kan, mevrouw Peters,' zei hij. 'Zo snel als ik kan. Iedereen moet op zijn beurt wachten.' Hij draaide zich weer naar het slot dat hij voor zich had en waar meneer Desanti, de wiskundeleraar van de eersteklassers, zijn sleutel met kracht in het slot had proberen te wringen, waardoor de tandenstoker diep in de cilinder was versplinterd. 'Iedereen wil als eerste,' mopperde hij zo luid dat mevrouw Peters het kon horen. 'Iedereen wil belangrijk zijn. Nou, de man met het pincet zegt: iedereen moet op zijn beurt wachten.' Hij duwde het pincet weer in het slot en mevrouw Peters wendde zich af.

Dat was nu anderhalf uur geleden en ze vermoedde, terecht, dat meneer Wrigley haar lokaal voor het laatst bewaarde, voor straf. Prima, dacht ze. Maar kon hij dan in elk geval alvast de lerarenkamer openmaken? Ze had het nu drie keer geprobeerd en de deur zat nog steeds op slot. Met elke minuut die verstreek werd ze zich sterker bewust van de volle thermoskan koffie – bijna een hele pot – die ze tijdens het wachten had leeggedronken. De meisjes-wc's hadden klapdeuren zonder slot. Ze zou toch zeker niet daar bij de leerlingen naar binnen hoeven te gaan? dacht ze; hij zou straks vast de lerarenkamer openmaken zodat ze daar gebruik kon maken van het gemengde toilet dat voor leraren bestemd was. Naarmate de minuten wegtikten, nam haar ongeduld ten aanzien van meneer Wrigley toe en breidde zich uit naar de rector en de hele wereld. Kon er dan niemand vooruitdenken? Kon niemand prioriteiten stellen? Kon niemand rekening houden met menselijke basisbehoeften? Ze verliet haar plekje bij het muzieklokaal en nam een nieuwe wachtpost in bij de lerarenkamer, waarbij ze haar handtas als een schild voor haar buik hield. Vijf koppen koffie sijpelden traag omlaag door haar binnenste. Enkele ogenblikken overwoog ze gewoon in haar auto te stappen en weg te rijden. Ze kon binnen vijfentwintig minuten thuis zijn. Maar hoe langer ze stond, des te langer vijfentwintig minuten leken en des te zekerder ze ervan was dat zitten, waar dan ook, op een ramp zou uitlopen.

'Dr. Schwab,' zei ze toen de rector langsliep. 'Kunt u meneer Wrigley niet vragen de lerarenkamer open te maken, alstublieft?'

Dr. Schwab had een zware ochtend. Het was tien over halftien en de helft van de lokalen zat nog op slot; hoewel hij de leraren had gevraagd hun leerlingen mee te nemen naar hun lokaal en ze daar te laten tot alle deuren open waren, bevonden achthonderd leerlingen zich nog in de gangen. Sommigen hadden zich verspreid over de trappen en er zaten groepjes op het grasveld te lachen en tegen gehaakte balletjes te schoppen, en sommigen zaten zelfs zomaar op het schoolterrein te roken. Hij wreef met een knokkel over zijn slaap. Onder zijn kraag begon zijn hals te jeuken en hij wrong zijn vinger achter zijn stropdas.

'Helen,' zei hij zo geduldig als hij kon opbrengen, 'meneer Wrigley werkt zo snel als hij kan. Intussen is de meisjes-wc hier verderop in de gang. Ik weet zeker dat u die voor deze ene keer wel kunt gebruiken.' Hij liep weg en maakte in gedachte een berekening. Als iedereen om halfelf weer in zijn lokaal zat – wat optimistisch leek – konden ze een verkort rooster aanhouden met lessen van vierendertig in plaats van vijftig minuten.

Mevrouw Peters wachtte nog een kwartier en hield het toen niet meer uit. Ze klemde de hengsels van haar handtas steviger vast, alsof dat op een of andere manier zou helpen, en schreed door de gang naar de meisjes-wc. Het was de grootste toiletruimte, die zich in de grote hal bevond, vlak bij het grootste trappenhuis, en zelfs op normale dagen was het er druk. Vandaag was het er afgeladen. Ervoor stond een groep jongens, die in een kring de appels uit hun lunchtrommeltjes tegen hun voorhoofd ramden en elkaar ophitsten met brullende keelklanken. Een groep meisjes dromde samen rond de fonteintjes; de helft van hen deed net of ze de jongens niet zagen, terwijl de andere helft openlijk met hen flirtte. Boven hen keek een op de muur geschilderde haai met geopende bek op hen neer. Mevrouw Peters voelde even een steek van ergernis vanwege hun jeugd, hun frivoliteit en hun ongedwongenheid. Op een gewone dag zou ze hebben gezegd dat ze moesten doorlopen of zou ze gangpasjes van ieder van hen hebben geëist, maar vandaag was ze niet in staat zich erom te bekommeren.

Ze elleboogde zich een weg door de menigte. 'Neem me niet kwalijk. Neem me niet kwalijk. Jongens. Meisjes. Er moet een leraar door.'

Binnen in de toiletruimte wemelde het van de meisjes. Roddelende meisjes, meisjes die hun haar deden, meisjes die zich optutten. Mevrouw Peters wrong zich met toenemende urgentie langs hen heen. 'Neem me niet kwalijk. Meisjes. Neem me niet kwalijk, meisjes.' Alle meisjes in het toilet keken met grote ogen op door deze indringing.

'Hallo, mevrouw Peters,' zei Lexie. 'Ik wist niet dat leraren deze toiletten ooit gebruikten.'

'De lerarenkamer zit nog op slot,' zei mevrouw Peters, naar ze hoopte op waardige toon. Ze merkte dat alle meisjes om haar heen ineens zwegen. Onder normale omstandigheden had ze dat als een teken van respect gewaardeerd, maar vandaag had ze liever gehad dat ze haar negeerden. Ze draaide zich om en liep naar het laatste hokje, bij het raam, maar toen ze daar aankwam zag ze dat er geen deur in zat.

'Wat is er met de deur gebeurd?' vroeg ze dommig.

'Die is al eeuwen stuk,' antwoordde Lexie. 'Al sinds de eerste schoolweek. Ze moeten hem echt repareren. Als je hier komt, zijn er maar drie hokjes die je kunt gebruiken en dan kom je te laat in de les.'

Mevrouw Peters nam niet de moeite om naar de rest van Lexies verhandeling te luisteren. Ze rukte de deur van het volgende hokje open en smeet hem achter zich dicht. Met trillende handen schoof ze het grendeltje op zijn plek en hanneste met haar rok. Maar bij de aanblik van de witporseleinen pot kon haar lijf – dat bijna tweeënhalf uur had gewacht – het niet langer uithouden. Met een enorme golf leegde haar blaas zich, en mevrouw Peters voelde een warme stroom langs haar benen glijden, waarna een steeds grotere plas over de tegels uit het hokje kroop.

Van achter de flinterdunne scheidingswand hoorde mevrouw Peters iemand zeggen: '*Oh. My. God.*' Er volgde een geschokte, volkomen stilte. Ze hield zich doodstil, alsof – zo dacht ze irrationeel – de meisjes buiten haar dan gewoon zouden vergeten. De stilte leek zich als stroop te verspreiden. De vochtige plek op haar rok en haar doorweekte panty werden koud. En toen begon het gegiechel, het soort gegiechel dat alleen maar meer opviel doordat het werd onderdrukt. Tassen werden snel dichtgeritst. Voetstappen haastten zich naar de gang. Mevrouw Peters hoorde de klapdeuren openzwaaien en dichtgaan, en even later hoorde ze lachsalvo's op de gang. Ze bleef lange tijd in het hokje, tot ze dr. Schwab over de intercom hoorde verkondigen dat alle deuren nu geopend waren en dat alle leerlingen naar hun lokaal moesten of anders riskeerden dat ze moesten nablijven. Toen ze het hokje uit kwam, was er niemand meer en ze verliet de ruimte terwijl ze haar bevlekte rok met een lesboek aan het oog onttrok, waarbij ze weigerde naar de plas te kijken die langzaam langs de wasbakken richting het afvoerputje in de hoek sijpelde.

Als het tijdens de orkestrepetitie van het tweede lesuur al iemand opviel dat mevrouw Peters andere kleren aanhad toen de les eindelijk begon, werd er in elk geval niets over gezegd. Ze repeteerden met uitgestreken gezicht Offenbach, Barber en Mozarts Vijfentwintigste. Maar het praatje was al rondgegaan. Binnen een paar dagen hoorde ze, terwijl ze even voor haar lokaal bleef staan, iemand over haar praten als 'mevrouw Pissers' en het zou nog jaren duren – tot ver na haar pensioen – voordat die bijnaam en het verhaal, dat van klas tot klas werd doorverteld, in de vergetelheid raakten.

Ook het tandenstokerincident zou een blijvend effect op de school hebben. Er hingen geen camera's in de gangen en niemand leek de boosdoeners, wie het ook geweest waren, te hebben gezien. Er werd gesproken over het aanscherpen van de beveiliging – verschillende leraren noemden het nabijgelegen Euclid, waar onlangs metaaldetectoren bij elke ingang waren geplaatst – maar het overheersende gevoel was dat Shaker Heights, in tegenstelling tot Euclid, zulke beveiliging helemaal niet nodig had en het bestuur besloot het incident af te doen als een onbeduidende grap. Maar in het hoofd van de Shakerleerlingen zou Tandenstokerdag de status van een legende krijgen, en in de jaren daarna zouden tandenstokers gedurende de Grappenweek van de laatstejaars verbannen worden op straffe van nablijven.

De dag na Tandenstokerdag ving Izzy de blik van Deja Johnson en glimlachte, waarop Deja teruglachte, al had ze er geen idee van dat dit hele incident ter ere van haar op touw was gezet, laat staan dat Izzy Richardson erachter zat. Ze werden niet echt vriendinnen, maar Izzy voelde wel dat ze een band hadden, en elke dag zorgde ze ervoor dat ze tijdens muziekles naar Deja Johnson lachte en ze zag tot haar voldoening dat mevrouw Peters Deja nu met rust liet.

Maar de tandenstokers bleken toch vooral een blijvend effect op Izzy zelf te hebben. Ze bleef maar denken aan Mia's glimlach die dag in de keuken, de mogelijkheid die ze toen zag om lekker ondeugend te zijn, om de regels te schenden. Haar eigen moeder zou vol afschuw zijn geweest. Ze herkende een verwante geest, een tegendraadse vonk die ze zelf ook vaak voelde opvlammen. Ze sloot zich niet langer op in haar kamer, maar kwam vaak beneden als Mia arriveerde en bleef in de keuken rondhangen als ze aan het koken was, tot groot vermaak van haar broers en zus. Izzy negeerde hen. Ze was te zeer gefascineerd door Mia om zich er iets van aan te trekken. Toen Mia een paar dagen later de deur opendeed nadat er was aangebeld bij het kleine huis in Winslow Road, zag ze Izzy op de stoep staan.

'Ik wil je assistente worden,' flapte Izzy eruit.

'Ik heb geen assistente nodig,' zei Mia. 'En ik weet ook niet of je moeder het wel leuk zou vinden.'

'Dat kan me niet schelen.' Izzy hield haar hand op de deurpost, alsof ze bang was dat Mia de deur voor haar neus dicht zou slaan. 'Ik wil gewoon leren wat jij doet. Ik kan je chemicaliën mengen of je papieren ordenen of zo. Wat dan ook.'

Mia aarzelde. 'Ik kan me geen assistente veroorloven.'

'Je hoeft me niet te betalen. Ik doe het gratis. Alsjeblieft.' Izzy was het niet gewend om gunsten te vragen, maar iets in haar stem vertelde Mia dat dit een noodzaak was, geen wens. 'Wat er ook moet gebeuren, ik doe het. Alsjeblieft.'

Mia keek omlaag naar Izzy, dat eigenzinnige, wilde, felle meisje dat ineens verlegen, deemoedig en wanhopig was. Gek genoeg deed ze Mia aan zichzelf op die leeftijd denken, toen ze door de buurt dwaalde en over hekken en muren klom, op zoek naar de juiste foto, waarbij ze opstandig haar moeders geld uitgaf aan filmrolletjes. Bijna overdreven vastberaden. Iets aan Izzy raakte haar en vatte vlam.

'Goed dan,' zei Mia en ze deed de deur verder open om Izzy binnen te laten.

8

Izzy's nieuwe fascinatie voor Mia bleek blijvend. Ze trok zich niet meer met haar viool terug in haar slaapkamer, maar liep in plaats daarvan meteen uit school de tweeënhalve kilometer naar het huis in Winslow Road, waar Mia hard aan het werk was. Dan keek ze naar Mia, leerde een foto vorm te geven, een fotorolletje te ontwikkelen en afdrukken te maken. Intussen deed Pearl precies het tegenovergestelde en liep met Moody naar zijn huis, waar ze in de serre rondhing met de oudste drie kinderen van de Richardsons. Diep vanbinnen was ze Izzy dankbaar omdat ze haar moeders aandacht afleidde: ze waren zoveel jaar alleen met zijn tweeën geweest en nu strekte ze haar benen met luxueuze voldoening uit op de grote bank van de Richardsons. Om vijf uur sprong Izzy op de passagiersstoel van de Golf en dan reed Mia hen beiden naar het huis van de Richardsons, waar Izzy op het aanrecht ging zitten en Mia het eten bereidde terwijl ze aandachtig naar haar dochter en de anderen in de kamer ernaast luisterde. Pas wanneer Mia naar huis ging – deze keer met Pearl op de passagiersstoel – plofte Izzy naast haar broers en zus op de bank neer. 'Iemand is een beetje verliefd op Mia,' zong Lexie, en Izzy sloeg haar ogen ten hemel en ging naar boven.

Maar *verliefd* was misschien wel het juiste woord. Izzy hing aan Mia's lippen en vroeg overal haar mening over, die ze overnam. Naast de basisbeginselen van fotografie nam ze ook Mia's esthetiek en fijngevoeligheid in zich op. Toen ze vroeg hoe Mia wist welke beelden ze bij elkaar moest zetten, schudde Mia haar hoofd. 'Dat weet ik niet,' zei ze. 'Op... Op deze manier kom ik erachter wat ik denk.' Ze wuifde naar het X-Acto-mesje op tafel en de foto die ze zorgvuldig in stukken sneed: een rij auto's die over de Lorain-Carnegie Bridge scheurde, onder het wakend oog van de twee enorme standbeelden die uit de pilaren van de brug waren gehouwen. Ze had elke auto heel precies uitgesneden en alleen de schaduwen achtergelaten. 'Ik vrees dat ik het niet van tevoren uitdenk,' zei ze, en ze pakte het mesje weer op. 'Maar goed, dat geldt voor iedereen, wat ze ook zeggen.'

'Mijn moeder wel. Die gelooft dat ze alles van tevoren uitdenkt.'

'Daar voelt ze zich vast beter bij.'

'Ze haat me.'

'O, Izzy. Ik weet zeker dat dat niet zo is.'

'Jawel. Ze haat me. Daarom zit ze altijd op mij te vitten en niet op de anderen.'

Sinds Mia bij de Richardsons was komen werken, was haar de merkwaardige dynamiek tussen Izzy en de rest van het gezin opgevallen, vooral met haar moeder. Eerlijk gezegd deed haar moeder strenger tegen Izzy: ze had altijd kritiek op haar gedrag en was altijd ongeduldiger over haar fouten en haar tekortkomingen. Ze leek de lat voor Izzy hoger te leggen dan voor haar andere kinderen En meer van haar te eisen, terwijl ze tegelijkertijd eerder haar mislukkingen dan haar successen zag. Het viel Mia op dat Izzy daarop reageerde door haar moeder nog meer op de kast te jagen en haar op de proef te stellen zoals alleen een kind zo vakkundig kan doen.

'Izzy,' zei ze, 'ik zal je een geheim verklappen. Heel vaak zijn ouders er niet zo goed in om duidelijk te zien hoe hun kind is. Er zit zoveel moois in jou.' Ze gaf Izzy een kneepje in haar elleboog en gooide een handvol snippers in de prullenbak, en Izzy straalde. Op die middagen, als ze met zijn tweeën waren, kon Izzy zich makkelijk voorstellen dat Mia haar moeder was, dat de slaapkamer aan het eind van de gang van haar was en dat ze 's avonds daar zou gaan slapen en er 's ochtends wakker zou worden. Dat Pearl – die tweeënhalve kilometer verderop met háár broers en zus tv zat te kijken – niet bestond, dat dit leven van haar, Izzy, en alleen van haar was. 's Avonds thuis, waar jazzmuziek uit Moody's kamer blèrde en Alanis Morissette uit de stereo's van Lexie en Trip brulde, waardoor er een dreunende onderstroom van bastonen klonk, stelde Izzy zich voor dat ze in het huis in Winslow Road op bed lag te lezen of misschien een gedicht aan het schrijven was, terwijl Mia in de woonkamer tot laat op de avond aan het werk was. Er waren vele ingewikkelde wegen die naar deze fantasie leidden: Pearl en zij waren jaren geleden per ongeluk verwisseld bij de geboorte; ze was mee naar huis genomen door haar ouders, die haar ouders dus niet waren, en daarom leek niemand uit haar gezin haar te begrijpen en leek ze zo anders dan de anderen. Nu werd ze, in haar zorgvuldig verzonnen dromen, herenigd met haar echte moeder. *Ik wist dat ik je op een dag zou vinden,* zei Mia dan.

Iedereen van de familie Richardson merkte dat Izzy's gedrag verbeterd was. 'Ze is bijna áárdig als jij erbij bent,' zei Lexie een keer tegen Mia. Izzy's adoratie voor Mia was, zoals alles wat ze deed, geen half werk. Er was niets wat Izzy niet voor haar zou doen. En algauw vond ze iets, dat wist ze zeker, wat Mia echt wilde.

Half november gingen Pearl en Moody samen met de rest van de klas die moderne Europese geschiedenis volgde naar het kunstmuseum om naar schilderijen te kijken. De docent die de klas een rondleiding gaf, was een oudere, magere man die eruitzag alsof al zijn lichaamssappen met een rietje uit hem waren gezogen via zijn toegeknepen mond. Hij had een hekel aan schoolgroepen: pubers luisterden niet. Pubers hadden alleen maar aandacht voor de seksualiteit die als stoom van hen af wasemde. Velázquez, dacht hij; wat stillevens en misschien wat Caravaggio. Absoluut geen naakten. Hij ging hun voor en nam een omweg naar de Italiaanse vleugel, door de hoofdzaal met de wandtapijten en harnassen in glazen vitrines.

Maar de leerlingen zelf hadden weinig oog voor de kunst, zoals gebruikelijk bij leerlingen tijdens een uitstapje. Andy Keen porde Jessica Kleinman tussen haar schouderbladen en deed elke keer alsof hij het niet was geweest. Clayton Booth en David Shearn praatten over football; de kansen van de Raiders tegen St. Ignatius in de volgende wedstrijd. Jennie Levi en Tanisha McDowell schonken opzettelijk geen aandacht aan Jason Graham en Dante

Samuels, die de naakte borsten op de schilderijen waar de docent hen haastig langs loodste taxeerden en evalueerden. Moody, die dol was op kunst, keek naar Pearl en wilde – niet voor het eerst – dat hij fotograaf was, zodat hij kon vastleggen hoe het licht van het matglazen plafond van de galerij op haar opgeheven gezicht viel, waardoor het straalde.

Pearl zelf probeerde zich weliswaar te focussen op de onbezielde lezing van de docent, maar merkte dat haar gedachten afdwaalden. Ze stapte opzij naar de volgende toonzaal, een speciale tentoonstelling over het thema Madonna met Kind. Vanaf de andere kant van de zaal, zag Moody, die plichtmatig aantekeningen maakte over Caravaggio, haar weglopen. Toen ze na drie, vier, vijf minuten nog niet terug was, stopte hij zijn potlood tussen de spiraalband van zijn schrift en ging achter haar aan.

Het was een kleine zaal met maar enkele tientallen werken aan de muur, die allemaal de maagd Maria met Jezus op schoot afbeeldden. Sommige waren middeleeuwse schilderijen in vergulde lijsten, nauwelijks groter dan cd-doosjes, andere waren ruwe potloodschetsen van renaissancebeelden, en weer andere waren levensgrote olieverfschilderijen. Er was een postmoderne fotocollage van roddelbladen over celebrity's, waarop Maria het hoofd van Julia Roberts had en Jezus dat van Brad Pitt. Maar het werk waar Pearl zich op fixeerde was een foto: een zwart-witafbeelding van twintig bij vijfentwintig van een vrouw op een bank, die stralend neerkeek op de pasgeboren baby in haar armen. Het was onmiskenbaar Mia.

'Maar hoe...' begon Moody.

'Ik weet het niet.'

Ze staarden een tijdje zwijgend naar de foto. Moody, praktisch als altijd, begon informatie te verzamelen. De titel van het werk luidde, volgens het bordje dat ernaast hing, *Maria met Kind #1* (1982), en de kunstenares was Pauline Hawthorne. Dat schreef hij in zijn schrift onder zijn vergeten Caravaggio-aantekeningen. Er waren geen opmerkingen van een curator, behalve dat de foto voor de tentoonstelling was uitgeleend door de Elsworth Gallery in Los Angeles.

Pearl concentreerde zich daarentegen op de foto zelf. Dat was haar moeder, die er iets jonger en iets dunner uitzag, maar wel met dezelfde tengere bouw, hoge jukbeenderen en puntige kin. Daar had je de kleine moedervlek vlak onder haar oog, en het litteken dat als een wit draadje door haar linkerwenkbrauw liep. Daar had je haar moeders slanke armen die er zo frêle en vogelachtig uitzagen, alsof ze zouden afbreken onder een te groot gewicht, maar die meer konden dragen dan iedere vrouw die Pearl ooit had gezien. Zelfs haar haar zat hetzelfde: als een slordige knot pal boven op haar hoofd. De schoonheid rolde golvend van haar af, als hitte; haar afbeelding op de foto leek zowaar te stralen. Ze keek niet in de camera; ze was gefocust, ze werd volkomen in beslag genomen door het kind op haar schoot. Door mij, dacht Pearl. Ze wist zeker dat zij het was op de foto. Welke baby zou haar moeder anders vasthouden? Er waren geen foto's van haar van toen ze klein was, maar ze herkende zichzelf in dit kind, in de neus en de ooghoeken, in de stevig gebalde vuistjes die ze ook als peuter en als iets ouder kind was blijven maken en die ze in haar concentratie, zonder zich ervan bewust te zijn, ook nu nog maakte. Waar kwam die foto vandaan? De bank in grijstinten waar haar moeder op zat kon geelbruin zijn, of lichtblauw, of zelfs kanariegeel; het raam achter haar keek uit op wazige hoge gebouwen. Degene die de foto had genomen, bevond zich hooguit een paar meter verderop, alsof hij of zij op een leunstoel vlak naast de bank zat. Wie was het geweest?

'Mevrouw Warren,' zei mevrouw Jacoby achter haar. 'Meneer Richardson.' Pearl en Moody draaiden zich met een ruk om en hun gezichten gloeiden tintelend. 'Als jullie allebei klaar zijn om verder te gaan... De hele klas wacht op jullie.'

En inderdaad, de hele klas stond buiten te wachten, nu met de schriften dicht en met de docent als plichtsgetrouwe chaperonne, giechelend en fluisterend toen Moody en Pearl tevoorschijn kwamen.

In de bus terug naar huis werden er grapjes gemaakt over wat Moody en Pearl gedaan zouden hebben. Moody werd vuurrood en zakte onderuit op zijn stoel, terwijl hij deed of hij het niet hoorde. Pearl staarde uit het raam en was zich nergens van bewust. Ze zei helemaal niets, tot de bus bij de ovale rand om de school arriveerde en de leerlingen naar buiten stroomden. 'Ik wil terug,' zei ze tegen Moody toen ze uit de bus stapten.

En dat deden ze die middag na school, nadat ze Lexie hadden overgehaald hen erheen te rijden, omdat ze er anders op geen enkele eenvoudige manier konden komen, en ze lieten Izzy ook aanhaken, want op het moment dat ze de woorden *Mia* en *foto* hoorde, stond ze erop om met hen mee te gaan. Moody, die Lexie had overgehaald, had haar niet verteld waar ze naar wilden kijken, en toen ze de toonzaal in liepen, viel haar mond open.

'Wauw,' zei ze. 'Pearl... Dat is je moeder.'

Met zijn vieren bestudeerden ze de foto: Lexie vanaf het midden van de zaal, alsof ze afstand nodig had om het beter te kunnen zien; Moody zo'n beetje met zijn neus erbovenop, alsof hij het antwoord tussen de pixels zou kunnen vinden, waarbij hij zo dichtbij kwam dat hij een waarschuwingsalarm in werking stelde. Pearl staarde slechts. En Izzy stond daar als aan de grond genageld vanwege Mia's afbeelding. Op de foto straalde ze als de volle maan op een heldere avond. *Maria met Kind #1*, las ze op het bordje, en een ogenblik liet ze zichzelf in de waan dat zíj het kind in Mia's armen was.

'Dit is echt gek,' zei Lexie uiteindelijk. 'Jemig, wat gek. Wat doet je moeder nou op een foto in een kúnstmuseum? Is ze soms stiekem beroemd?'

'De mensen op foto's zijn niet beroemd,' bracht Moody naar voren. 'De mensen die de foto's máken wel.'

'Misschien was ze wel de muze van een of andere beroemde kunstenaar. Zoals Patti Smith en Robert Mapplethorpe. Of Edie Sedgwick en Andy Warhol.' Lexie had de zomer daarvoor een cursus kunstgeschiedenis gedaan bij het museum. Ze rechtte haar rug. 'Nou, laten we het haar vragen,' zei ze. 'We vragen het gewoon.'

En dat deden ze zodra ze thuiskwamen en de keuken van de Richardsons binnenbanjerden, waar Mia net klaar was met het bereiden van een kip voor het avondeten.

'Waar zijn jullie geweest?' vroeg ze toen ze binnenkwamen. 'Ik kwam hier om vijf uur en er was niemand thuis.'

'We zijn naar het kunstmuseum geweest,' begon Pearl, en daarna aarzelde ze. Ze had hier een slecht gevoel over, zo'n ongemakkelijk gevoel dat je ook hebt als je je voet op een wiebelige tree zet, vlak voordat die onder je wegzakt. Moody, Izzy en Lexie dromden om haar heen en ze zag hoe ze eruit moesten zien in de ogen van haar moeder: blozend, met grote ogen en nieuwsgierig.

Lexie gaf haar een por in haar rug. 'Vraag dan.'

'Vraag wát dan?' Mia legde de kip in een braadpan en liep naar de gootsteen om haar handen te wassen, en met het gevoel dat ze van een heel hoge duikplank stortte sprong Pearl in het diepe.

'Er hangt een foto van jou,' flapte ze eruit, 'in het kunstmuseum. Een foto van jou op een bank met een baby in je armen.'

Mia stond nog steeds met haar rug naar hen toe terwijl het water over haar handen stroomde, maar alle vier zagen ze het: haar houding verstijfde enigszins, alsof er een touwtje werd aangetrokken. Ze draaide zich niet om, maar bleef tussen haar vingers schrobben.

'Een foto van mij, Pearl? In een kunstmuseum?' vroeg ze. 'Je bedoelt waarschijnlijk iemand die op me lijkt.'

'Je was het echt,' zei Lexie. 'Je was het onmiskenbaar. Met dat kleine vlekje onder je oog en het litteken op je wenkbrauw en zo.'

Mia raakte met haar knokkel haar wenkbrauw aan alsof ze was vergeten dat het litteken bestond, en er gleed een druppel warm schuimend water langs haar slaap. Daarna spoelde ze haar handen af en draaide de kraan dicht.

'Ik denk dat ik het zóú kunnen zijn,' zei ze. Ze draaide zich om en begon haar handen stevig af te drogen aan de theedoek, en tot Pearls afschuw was haar moeders gezicht ineens stijfjes en gesloten. Het was verwarrend, alsof je een deur zag die altijd open was geweest en die nu gesloten was. Heel even zag Mia er helemaal niet uit als haar moeder. 'Weet je, fotografen zijn altijd op zoek naar modellen. Dat deden zoveel studenten van de kunstacademie.'

'Maar dit zou je je wel herinneren,' drong Lexie aan. 'Je zat op een bank in een mooi appartement. En je had Pearl op schoot. De fotografe was...' Ze wendde zich tot Moody. 'Hoe heet ze?'

'Hawthorne. Pauline Hawthorne.'

'Pauline Hawthorne,' herhaalde Lexie, alsof Mia het niet zou hebben gehoord. 'Dat moet je je herinneren.'

Mia schudde de theedoek met een bruuske polsbeweging uit. 'Lexie, ik kan me alle korte baantjes die ik heb gehad niet herinneren,' zei ze. 'Weet je, als je het zwaar hebt doe je heel veel dingen om maar te proberen de eindjes aan elkaar te knopen. Ik vraag me af of je je kunt voorstellen hoe dat is.'

Ze draaide zich weer om naar de gootsteen en hing de theedoek te drogen, en Pearl besefte dat ze dit helemaal verkeerd had aangepakt. Ze had het haar moeder nooit op deze manier moeten vragen, in de keuken van de Richardsons met de granieten aanrechtbladen en de roestvrijstalen koelkast en de mediterrane terracotta tegels, in het bijzijn van de Richardson-tieners met hun felle, vrolijke North Face-jacks, en in het bijzonder in het bijzijn van Lexie, die de sleutels van haar Explorer nog aan haar hand had bungelen. Als ze had gewacht tot ze alleen waren, thuis in hun gezellig verlichte keukentje in hun helft van het huis in Winslow Road, terwijl ze op hun niet bij elkaar passende stoelen aan het enige overgebleven blad van hun tweedehands tafel zaten, had haar moeder het haar misschien verteld. Ze zag nu haar fout al in: dit was een privézaak, iets wat tussen hen had moeten blijven, en door de Richardsons erbij te betrekken had ze een grens overschreden die ze niet had mogen passeren. Nu ze naar haar moeders strakke kaak en uitgestreken blik keek, wist ze dat het geen zin had om nog meer vragen te stellen.

Lexie was juist tevreden met Mia's verklaring. 'Ironisch, hè,' zei ze, terwijl ze schouderophalend de keuken verliet, en Pearl liet het er maar bij en nam niet de moeite om haar te vertellen dat dat niet de betekenis van *ironisch* was. Ze was alleen maar blij dat het onderwerp van de baan was. Onderweg naar huis, en de rest van de avond, was haar moeder vreemd stil en ze had er spijt van dat ze er ooit over begonnen was. Pearl was zich altijd bewust geweest van geld – hoe kon het ook anders onder hun omstandigheden? – maar had er nooit eerder over nagedacht hoe het voor haar moeder geweest moest zijn om met een kind te proberen rond te komen. Ze vroeg zich af wat haar moeder nog meer had gedaan om te overleven – om hen beiden te laten overleven – in die vroege jaren. Ze was nooit van haar leven naar bed gegaan zonder dat Mia haar welterusten was komen kussen, maar die avond was dat wel het geval en zat Mia in gedachten verzonken, nog steeds met een gesloten gezicht, in een poel van licht in de woonkamer.

Toen Pearl de volgende ochtend de keuken binnenkwam, zag ze tot haar opluchting dat Mia daar zoals gewoonlijk toast aan het maken was en zich gedroeg alsof er de vorige dag niets gebeurd was. Maar het gedoe met die foto hing als een vieze geur tussen hen in en Pearl besloot haar vragen in haar achterhoofd te stoppen en er niets meer over te zeggen, tenminste, voorlopig niet.

'Zal ik theezetten?' vroeg ze.

Izzy was daarentegen vastbesloten om antwoorden te vinden. Het was duidelijk dat deze foto een of ander geheim over Mia bevatte en ze nam zich voor om dat te achterhalen. Als eersteklasser had ze geen vrije uren, maar ze wijdde verschillende lunchpauzes aan onderzoek in de bibliotheek. Ze zocht Pauline Hawthorne op in de kaartenbak en vond een paar boeken over kunstgeschiedenis. Blijkbaar was ze behoorlijk bekend geweest. 'Een pionier van de moderne Amerikaanse fotografie,' werd ze in één boek genoemd. In een ander boek noemden ze haar 'Cindy Sherman voordat Cindy Sherman Cindy Sherman was'. (Op dat moment nam Izzy even de tijd om Cindy Sherman op te zoeken en ze deed er zo lang over om haar foto's te bestuderen dat ze bijna te laat was voor de les.)

Het werk van Pauline Hawthorne, ontdekte ze, stond bekend om zijn indringendheid en intimiteit, om de diepgravende beelden van vrouwelijkheid en identiteit. 'Pauline Hawthorne heeft de weg geplaveid voor mij en andere vrouwelijke fotografen,' zei Cindy Sherman zelf ergens. Izzy keek aandachtig naar de reproducties van haar foto's; haar favoriet was een afbeelding van een huisvrouw en haar dochter op een schommel, waarbij het kind haar benen zo hard naar voren schopte dat de kettingen een boog vormden en de zwaartekracht tartten, en de vrouw stak haar armen uit alsof ze het kind wegduwde of wanhopig probeerde terug te trekken. De foto's brachten gevoelens teweeg die ze niet in woorden kon uitdrukken en dat, besloot ze, moest betekenen dat het ware kunstwerken waren.

Ze ploos elk lemma van Pauline Hawthorne dat ze in de kaartenbak vond uit totdat ze de basisfeiten over haar leven had verzameld: in 1947 geboren in New Jersey, naar het Garden State College geweest, haar eerste werken in 1970 in New York City tentoongesteld, haar eerste solo-expositie in 1972. Izzy kwam erachter dat haar foto's tot de meest gevraagde van de jaren zeventig behoorden. In de encyclopedie stond een foto van Pauline Hawthorne zelf; een slanke vrouw met grote, donkere ogen en zilverachtig haar in een strakke boblijn. Ze zag eruit als een wiskundelerares.

Pauline Hawthorne, las ze, was in 1982 overleden aan een hersentumor. Izzy installeerde zich achter een van de twee computers in de bibliotheek, wachtte tot het modem verbinding maakte en typte Paulines naam in op AltaVista. Ze vond nog meer foto's – het Getty had er een, het MoMa had er drie – en ook een paar artikelen waarin haar werk werd geanalyseerd, en een necrologie in de *New York Times*. Meer niet. Ze probeerde het in beide vestigingen van de openbare bibliotheek en vond nog een paar fotoboeken en een aantal artikelen op microfiche, maar die voegden niets nieuws toe. Wat was de connectie tussen Pauline Hawthorne en Mia? Misschien was Mia wel gewoon model geweest, zoals ze had gezegd; misschien had ze gewoon toevallig voor Pauline Hawthorne gezeten. Maar daar was Izzy niet tevreden mee, want dat vond ze een onwaarschijnlijk toeval.

Uiteindelijk wendde ze zich tot de enige bron die ze kon bedenken: haar moeder. Haar moeder was journalist; zo noemde ze zichzelf tenminste. Oké, haar moeder versloeg alleen onbeduidende verhalen, maar journalisten zochten dingen uit. Ze hadden connecties, ze konden dingen onderzoeken op een manier die voor anderen niet toegankelijk was. Vanaf haar allervroegste jeugd was Izzy fel en koppig onafhankelijk geweest; ze weigerde om hulp te vragen bij wat dan ook. Alleen de intense hunkering om deze mysterieuze foto te doorgronden had haar ertoe aangezet om haar moeder te benaderen.

'Mam,' zei ze op een avond, na een paar dagen vruchteloos onderzoek. 'Kun je me ergens mee helpen?'

Mevrouw Richardson luisterde maar met een half oor, zoals altijd bij Izzy. Er naderde een dringende deadline voor een verhaal over de jaarlijkse plantenverkoop van het Nature Center.

'Izzy, die foto is waarschijnlijk helemaal niet van Pearls moeder. Het kan iedereen wel zijn. Iemand die op haar lijkt. Ik weet zeker dat het toeval is.'

'Dat is niet zo,' hield Izzy vol. 'Pearl wist zeker dat het haar moeder was en ik zag het ook. Wil je er gewoon even in duiken? Bel het museum of zo. Kijk wat je kunt vinden. Alsjeblieft.' Ze was nooit goed geweest in stroopsmeren – ze had altijd het gevoel dat vleierij een vorm van liegen was – maar ze wilde dit zo graag. 'Ik weet zeker dat je het kunt uitvogelen. Je bent verslággeefster.'

Mevrouw Richardson gaf zich gewonnen. 'Oké,' zei ze. 'Ik zal kijken wat ik kan achterhalen. Maar het moet wachten tot na mijn deadline. Ik moet dit verhaal morgen inleveren.'

'Het is waarschijnlijk niets, hoor,' zei ze erbij toen Izzy met nauwelijks verholen blijdschap naar de deur danste.

Izzy's woorden – *je bent verslaggeefster* – hadden haar moeders trots geraakt als een vinger die op een oude kneuzing drukte. Mevrouw Richardson had haar hele leven journalist willen worden, al lang voor de beroepskeuzetests die hun mentor op school had afgenomen. 'Journalisten,' had ze uitgelegd in een spreekbeurt voor maatschappijleer over droomcarrières, 'tekenen ons dagelijks leven op. Ze onthullen waarheden en informatie die het publiek hoort te weten en zorgen zo voor een verslag voor het nageslacht, zodat toekomstige generaties kunnen leren van onze fouten en kunnen verbeteren wat wij hebben bereikt.' Zolang ze zich kon herinneren was haar moeder altijd bezig geweest in een of ander comité, pleitend voor meer schoolfondsen, meer gerechtigheid, meer rechtvaardigheid, en dan nam ze haar nog jonge dochtertje mee. 'Verandering gebeurt niet zomaar,' had haar moeder altijd gezegd, als echo van het Shaker-motto. 'Het moet worden gepland.' Toen de jonge Elena tijdens de geschiedenisles de term *noblesse oblige* leerde, had ze het meteen begrepen. Journalistiek was voor mevrouw Richardson zo'n nobele roeping, waarbij je goed kon doen vanuit het systeem, en voor haar geestesoog zag ze een mengeling van Nellie Bly en Lois Lane. Nadat ze vier jaar voor de schoolkrant had gewerkt – en zich in haar laatste jaar had opgewerkt tot medehoofdredacteur – leek dit niet alleen mogelijk, maar onvermijdelijk.

Ze slaagde als een-na-beste van haar klas en had de universiteiten voor het uitkiezen: een volledige beurs op Oberlin, een gedeeltelijke beurs op Denison, en ze was overal in de hele staat aangenomen, van Kenyon tot Kent State tot Wooster. Haar moeder was voor Oberlin geweest; ze had er zelfs op aangedrongen dat ze zich daar zou inschrijven, maar toen Elena de campus bezocht, had ze zich er meteen misplaatst gevoeld. De gemengde studentenhuizen gaven haar een ongemakkelijk gevoel: alle mannen in hun onderhemd en de meisjes in hun ochtendjas, de wetenschap dat er elk moment een jongen haar kamer – of erger nog, de badkamer – kon binnenkomen. Op de trap van één gebouw zaten drie langharige studenten in dashiki's op schuiffluitjes te spelen; aan de andere kant van het grasveld hielden studenten in stil protest posters omhoog: LIEVER LSD DAN BOMMEN. DE PRESIDENT INTERESSEERT ME GEEN REET. BOMBARDEREN VOOR VREDE IS ALS NEUKEN VOOR MAAGDELIJKHEID. Elena vond het net een vreemd land waar geen regels waren. Het werkte op haar zenuwen, alsof de campus een kriebeltrui was.

Dus was ze in plaats daarvan in het najaar daarop naar Denison gegaan, waar ze een ambitieuze en illustere toekomst voor zichzelf had uitgestippeld. Op de tweede collegedag had ze Billy Richardson ontmoet, die lang en knap was op een Clark Kent-achtige manier, en aan het eind van de maand hadden ze verkering. Ze maakten kuise toekomstplannen: na hun afstuderen een bruiloft in het wit in Cleveland, een huis in Shaker, een heleboel kinderen, hij een rechtenspecialisatie, zij een baan als leerling-journalist. Een plan dat ze nauwgezet nakwamen. Kort nadat ze getrouwd waren en in een gehuurde duplexwoning in Shaker waren gaan wonen, begon meneer Richardson aan zijn rechtenspecialisatie en kreeg mevrouw Richardson een baan aangeboden als junior verslaggever bij de *Sun Press*. Het was een kleine krant, gericht op lokaal nieuws, en haar loon was dan ook laag. Toch besloot ze dat het een veelbelovende plek was om te beginnen. Mettertijd kon ze misschien de overstap maken naar de *Plain Dealer*, de 'echte' krant van Cleveland, hoewel ze natuurlijk nooit uit Shaker wilde vertrekken en zich niet kon voorstellen ergens anders een gezin groot te brengen.

Ze deed plichtsgetrouw verslag van alle plaatselijke persconferenties, de stadspolitiek, de regionale effecten van de nieuwe regelgeving op alles, van bruggen tot bomen planten, en ze deelde haar verantwoordelijkheden met de andere junior verslaggever, Dwight, die een jaar jonger was. Het was een goede werkplek, waar ze zes weken ouderschapsverlof mocht opnemen na de geboorte van Lexie en daarna die van Trip en Moody. Toen Izzy werd geboren werkte mevrouw Richardson echter nog steeds bij de *Sun Press*; weliswaar als senior verslaggever, maar toch nog steeds veroordeeld tot de onbeduidende verhalen, het kleine nieuws. Dwight was intussen naar Chicago verhuisd voor een baan bij de *Tribune*. Kwam het door de tijd die ze ertussenuit was geweest of door het feit – zo begon ze te beseffen – dat ze er geen behoefte aan had zich op harde verhalen en bittere tragedies te richten? Ze zou het nooit helemaal zeker weten, maar hoe meer tijd er verstreek, des te minder waarschijnlijk het leek dat ze ooit ergens anders naartoe kon, en het werd een kwestie van de kip of het ei. Niemand bij de *Plain Dealer*, of waar dan ook, leek geïnteresseerd in het aannemen van een verslaggever die de veertig naderde, met vier kinderen en alle bijbehorende verplichtingen, die nog nooit verslag had gedaan van een groot verhaal, en het deed er niet toe of dat nou de kip of het ei was.

Dus bleef ze. Ze focuste zich op de feelgoodverhalen, de vleiende besprekingen van de vooruitgang: het nieuwe recyclinginitiatief, de verbouwing van de bibliotheek, de ceremonie waarbij er een lintje werd doorgeknipt in de nieuwe speeltuin erachter. Ze schreef over de beëdiging van de nieuwe stadsmanager ('plechtig') en de halloweenparade ('bezield'), de opening van Half Price Books in het Van Aken Center ('een hoognodige aanvulling op het commerciële aanbod van Shaker'), het debat over het verdelgen van een bepaald soort nachtvlinders ('verhit, aan beide kanten'). Ze schreef een recensie over de opvoering van *Grease* in de Unitarische Kerk en die van *Guys and Dolls* op de middelbare school: 'onstuimig', schreef ze over de ene en: 'Hou je vast, ze maken er een dolle boel van!' over de andere. Ze stond erom bekend dat ze betrouwbaar was en altijd nette kopij inleverde, zij het – al zei niemand dat hardop – routineus en vreselijk keurig. Shaker Heights was betrouwbaar en veilig, en dus was het nieuws al net zo saai. In de buitenwereld barstten er vulkanen uit, waren er bewinden die opkwamen en vielen en onderhandelden om gijzelaars, ontploften er raketten en vielen er muren. Maar in Shaker Heights was alles vredig en waren rellen, bommen en aardbevingen slechts zachte plofjes, gedempt door de afstand. Haar huis was groot, haar kinderen waren veilig en gelukkig en goed opgevoed. Dit was, zei ze bij zichzelf, in grote lijnen hoe ze het al die jaren geleden had gepland.

Maar Izzy's verzoek bracht iets nieuws teweeg. Iets intrigerends, of op zijn minst iets heel interessants. Eindelijk iets wat de moeite van het onderzoeken waard was.

Mevrouw Richardson hield woord, en nadat ze haar verhaal had ingeleverd, begon ze aan de mysterieuze foto. De volgende dag ging ze in haar lunchpauze naar het museum om hem zelf te zien. Tot dan toe had ze zeker geweten dat Izzy het zich allemaal maar verbeeldde, maar ze had gelijk: het was onmiskenbaar Mia. Op een foto van Pauline Hawthorne! Ze had natuurlijk weleens van Pauline Hawthorne gehoord. Wat was het verhaal hierachter? Mevrouw Richardson peinsde erover terwijl ze een opgevouwen briefje van vijf in de donatiepot van het museum stopte en liep oprecht geïntrigeerd naar haar auto.

Haar eerste stap was de kunstgalerie bellen die de foto aan de tentoonstelling had uitgeleend. Ja, vertelde de eigenares, ze hadden de foto in 1982 gekocht van een handelaar in New York. Dat was kort na Paulines dood geweest en het had in de kunstwereld veel opschudding teweeggebracht toen deze tot dan toe onbekende foto te koop was aangeboden. Er was een pittige veiling gehouden en ze waren opgetogen geweest toen ze hem voor vijftigduizend op de kop hadden getikt; echt een koopje. Ja, de foto werd zonder twijfel toegeschreven aan Pauline Hawthorne: de handelaar had door de jaren heen veel van Paulines werken verkocht en de foto – de enige afdruk, hadden ze te horen gekregen – was op de achterkant door Pauline zelf gesigneerd. Nee, de eigenaar van de foto was anoniem geweest, maar ze wilde mevrouw Richardson met alle plezier de naam van de kunsthandelaar geven.

Mevrouw Richardson schreef hem op – ene Anita Rees – en kreeg na een snel telefoontje naar Inlichtingen van New York City het telefoonnummer van de Rees Gallery in Manhattan. Toen Anita Rees aan de telefoon kwam, bleek ze een echte New Yorkse: kordaat, snel pratend en niet van haar stuk te brengen.

'Een Pauline Hawthorne? Ja, ongetwijfeld. Ik heb Pauline Hawthorne jarenlang vertegenwoordigd.' Door de telefoon hoorde mevrouw Richardson in de verte een loeiende sirene voorbijkomen, die daarna geleidelijk verdween. Naar haar idee klonk New York altijd zo: getoeter, vrachtwagens, sirenes. Ze was maar één keer in New York geweest, in haar studietijd, en in die dagen kreeg je te horen dat je je tas stevig met beide handen dicht moest houden en dat je in de metro niets moest aanraken, zelfs de palen niet. Zo stond het in haar geheugen gegrift.

'Maar deze foto,' zei mevrouw Richardson, 'werd pas na de dood van Pauline verkocht. Door iemand anders. Het was een foto van een vrouw die een baby vasthield. *Maria met Kind #1* heette hij.'

Er vlamde iets nieuws op in Anita's stem: argwaan. 'Waar zei u ook alweer dat u vandaan belde?'

'Mijn naam is Elena Richardson.' Mevrouw Richardson aarzelde even. 'Ik werk als verslaggever bij de *Sun Press* in Cleveland, Ohio. Het heeft te maken met een verhaal waar ik onderzoek naar doe.'

'Aha.' Ze zweeg. 'Het spijt me, maar de oorspronkelijke eigenaar van die foto wil anoniem blijven. Om persoonlijke redenen. Ik heb niet de vrijheid om de naam van de verkoper prijs te geven.'

Mevrouw Richardson verkreukelde van ergernis de hoek van haar schrijfblok. 'Ik begrijp het. Goed, wat me eigenlijk interesseert is het onderwerp van de foto. Hebt u toevallig enige informatie over wie ze is?'

Ditmaal leed het geen enkele twijfel: absoluut geïrriteerde stilte, en toen Anita Rees weer iets zei klonk ze ijzig. 'Ik ben bang dat ik daar niets over kan mededelen. Succes met uw verhaal.' En na een zachte klik was de lijn dood.

Mevrouw Richardson legde de telefoon neer. Als journalist was ze er wel aan gewend dat er werd opgehangen, maar deze keer ergerde ze zich er meer aan dan anders. Misschien was er hier echt sprake van een vreemd mysterie dat moest worden opgehelderd. Ze wierp een blik op haar beeldscherm, waar een vage opzet voor een stuk – 'Moet Gore zich kandidaat stellen als president? Buurtbewoners doen hun zegje' – stond te wachten.

Kunstverzamelaars waren vaak terughoudend, dacht ze. Vooral als er geld mee gemoeid was. Deze Anita Rees wist misschien wel helemaal niets over de foto, behalve dan het bedrag van haar commissie, wat dat ook mocht zijn. En wie had haar eigenlijk op dit spoor gezet? Izzy. Haar onbezonnen, ondernemende dochter, die altijd overdreven reageerde en geneigd was heilig verontwaardigd te zijn over helemaal niets.

Alleen dat al, dacht ze, was een teken dat ze haar hoofd in een wespennest stak. Ze zocht in haar schrijfblok de bladzijde over de vicepresident weer op en begon te typen.

9

Mevrouw Richardson bleef de hele week boos op Izzy, maar eerlijk gezegd was ze altijd wel om een of andere reden boos op Izzy. De wortels van haar boosheid waren lang, wijdvertakt en diep. Dat kwam niet – zoals Izzy zelf vermoedde en waar Lexie haar op gemene momenten mee plaagde – doordat ze een ongelukje of ongewenst was geweest. Eigenlijk was het juist het tegenovergestelde.

Mevrouw Richardson had altijd een groot gezin gewild. Ze was zelf enig kind geweest en was opgegroeid met het verlangen naar broers en zussen, waarbij ze jaloers was op haar vriendinnen, zoals Maureen O'Shaughnessy, die nooit in een leeg huis thuiskwam en altijd iemand leek te hebben om mee te praten. 'Dat is helemaal niet zo geweldig,' verzekerde Maureen haar, 'vooral niet als je broers hebt.' Maureen was de oudste, vijftien jaar, en haar zusje Katie was de jongste en was twee jaar oud, en tussen hen in zaten zes broers, maar mevrouw Richardson was ervan overtuigd dat zelfs zes broers beter waren dan in je eentje opgroeien. 'Heel veel kinderen,' had ze tegen meneer Richardson gezegd toen ze getrouwd waren. 'Minimaal drie of vier. En dicht op elkaar,' had ze eraan toegevoegd, opnieuw met de gedachte aan de O'Shaughnessy's, en dat het een saai jaar was als er geen O'Shaughnessy in de klas zat. Iedereen kende hen; ze waren een dynastie in Shaker Heights, een enorme, onstuimige en buitengewoon knappe clan die er altijd blakend uitzag, zoals de Kennedy's. Meneer Richardson, die zelf twee broers had, was het met haar eens.

Dus kregen ze in 1980 eerst Lexie, het jaar daarop Trip en weer een jaar later Moody, en mevrouw Richardson was er stiekem trots op geweest dat haar lichaam zo vruchtbaar en zo veerkrachtig was gebleken. Ze duwde de wandelwagen met Moody erin, terwijl Lexie en Trip achter haar aan liepen en allebei haar rok vasthielden met hun handje, als babyolifantjes in het kielzog van hun moeder, en mensen op straat moesten twee keer kijken: die slanke jonge vrouw kon toch zeker geen drie kinderen hebben gebaard, of wel soms? 'Nog eentje,' zei ze tegen haar man. Ze waren overeengekomen dat ze jong kinderen zouden krijgen, zodat mevrouw Richardson daarna weer aan het werk kon. Eigenlijk wilde ze thuisblijven om bij haar kinderen te kunnen zijn, maar haar eigen moeder had vrouwen die niet werkten altijd verfoeid. 'Ze verspillen hun capaciteiten,' had ze snuivend gezegd. 'Je hebt een goed stel hersens, Elena. Je gaat toch niet thuis maar wat zitten breien, hè?' Een moderne vrouw, liet ze altijd doorschemeren, was in staat – nee, verplicht – het allemáál te doen. Dus na elke geboorte was mevrouw Richardson weer aan het werk gegaan, had de aangename, opbeurende verhaaltjes in elkaar gedraaid die haar redacteur van haar vroeg, was naar huis gegaan om haar kroost te verzorgen en had gewacht tot de volgende baby kwam.

Pas bij Izzy was het gedaan met de bekoorlijke rij kinderen. Om te beginnen had mevrouw Richardson vreselijk last gehad van ochtendmisselijkheid, duizeligheid en overgeven, en dat hield niet op na het eerste trimester, maar ging onverminderd – of zelfs heviger – door naarmate de weken vorderden. Lexie was bijna drie jaar, Trip twee en Moody pas één, en met drie heel kleine kinderen thuis, terwijl mevrouw Richardson gevloerd was, vonden de Richardsons het noodzakelijk om een huishoudster in dienst te nemen – een luxe waaraan ze gewend raakten en die ze tot en met de puberteit van de kinderen zouden aanhouden, helemaal tot aan Mia. 'Het is een teken van een sterke zwangerschap,' verzekerden de artsen mevrouw Richardson, maar een paar weken nadat ze de huishoudster hadden aangenomen, begon ze te bloeden en moest bedrust houden. Ondanks die voorzorgsmaatregelen was Izzy kort daarna overhaast ter wereld gekomen en had – elf weken te vroeg – haar opwachting gemaakt toen haar moeder net een uur in het ziekenhuis was.

Mevrouw Richardson herinnerde zich de paar maanden die volgden slechts als een vage, beangstigende roes. Van de logistieke details wist ze nog maar heel weinig. Ze herinnerde zich dat Izzy opgekruld in een glazen doos lag, als een netwerk van paarse adertjes onder een zalmkleurige huid. Ze herinnerde zich dat ze haar jongste kind door de ronde openingen van de couveuse bekeek en haar neus tegen het glas drukte om zich ervan te vergewissen dat Izzy nog ademde. Ze herinnerde zich dat ze heen en weer reed tussen thuis en het ziekenhuis zodra ze de oudste drie in de vaardige handen van de huishoudster kon achterlaten – slaaptijd, lunchtijd, een uurtje hier en daar – en dan, als het van de verpleegkundigen mocht, hield ze Izzy tegen zich aan: eerst in het kommetje van haar handen, daarna in de holte tussen haar borsten en uiteindelijk – toen Izzy sterker en molliger werd en er meer uitzag als een baby – in haar armen.

Want Izzy groeide: ondanks haar vroege start legde ze een eigen willetje aan de dag waar zelfs de artsen iets van zeiden. Ze trok aan haar infuus, ze trok haar voedingsslangetje eruit. Als de verpleegkundigen haar kwamen verschonen, schopte ze met haar duimgrote voetjes en blèrde zo hard dat de baby's in de couveuses ernaast wakker werden en meededen. 'Niks mis met haar longen,' zeiden de dokters tegen de Richardsons, maar ze waarschuwden wel voor een hele reeks andere problemen die konden ontstaan: geelzucht, bloedarmoede, problemen met zien, gehoorverlies. Geestelijke achterstand. Hartafwijkingen. Attaques. Hersenverlamming. Toen Izzy eindelijk thuiskwam – twee weken na de datum waarop haar moeder oorspronkelijk uitgerekend was – was die lijst een van de weinige dingen die mevrouw Richardson zich herinnerde van haar tijd in het ziekenhuis. Een lijst van dingen waarop ze Izzy de tien jaar daarna bleef controleren. Merkte Izzy bepaalde dingen gewoon niet op of werd ze blind? Negeerde ze haar moeder uit halsstarrigheid of werd ze doof? Was haar huid niet wat geel? Zag ze niet bleek? Als Izzy een ring om haar stapelspeelgoed wilde doen en haar hand trilde, klampte mevrouw Richardson de armleuningen van haar stoel vast. Was het een tremor of was dit gewoon een kind dat de ingewikkelde taak onder de knie probeerde te krijgen om haar eigen vingers te bewegen?

Alles wat mevrouw Richardson van haar ziekenhuisverblijf uit haar geest had verdrongen – alles wat ze dacht te zijn vergeten – herinnerde haar lichaam zich op celniveau: de hevige ongerustheid, de angst waarvan haar gedachten aan Izzy doordrenkt waren. De microscopische focus op alles wat Izzy deed, het op alle mogelijke manieren bekijken, altijd alert zijn op tekenen van zwakheid of onheil. Was ze gewoon slecht in spelling of was dit een teken van geestelijke achterstand? Had ze gewoon een beroerd handschrift, was ze gewoon slecht in rekenen, waren haar woede-uitbarstingen normaal, of was er iets ergers aan de hand? Na verloop van tijd maakte de bezorgdheid zich los van de angst en ging een eigen leven leiden. Door Izzy's geboorte had ze geleerd hoe je leven veilig op rolletjes kon lopen en dan ineens, zonder waarschuwing, spectaculair kon ontsporen. Telkens wanneer mevrouw Richardson naar Izzy keek, werd ze weer bevangen door dat gevoel dat de dingen uit de hand liepen, als een spier die ze maar niet kon ontspannen.

'Izzy, rechtop zitten,' zei ze aan tafel, terwijl ze dacht: scoliose, hersenverlamming. 'Izzy, doe eens rustig.' Hoewel ze het nooit zo uitsprak, werd haar bezorgdheid omhuld door verbolgenheid. WOEDE IS DE BODYGUARD VAN ANGST, stond er op een poster in het ziekenhuis, maar dat was mevrouw Richardson nooit opgevallen, want ze had het te druk met denken: het was niet de bedoeling dat het zo zou lopen. 'Na alle ellende die je veroorzaakt hebt...' begon ze soms, als Izzy zich misdroeg. Ze maakte de zin nooit af, zelfs niet in haar hoofd, maar de oude ongerustheid kroop door haar aderen. Izzy zelf herinnerde zich alleen dat haar moeder altijd zei: 'Nee, nee, Izzy, waarom luister je niet, Izzy, gedraag je, Izzy, in godsnaam, nee, ben je gek geworden?' en daarmee de grenzen afbakende waar Izzy overheen durfde te stappen.

Als Izzy een ander soort kind was geweest, had dit ertoe kunnen leiden dat ze voorzichtig, zenuwziek of paranoïde was geworden. Maar Izzy was in de wieg gelegd om onrust te stoken, en naarmate ze ouder werd – met een uitstekend gehoor en gezichtsvermogen, zonder enig teken van attaques of hersenverlamming en duidelijk met een snelle geest – hield haar moeder haar steeds scherper in de gaten en ergerde Izzy zich steeds meer aan die aandacht. Als ze naar het zwembad gingen mochten Lexie, Trip en Moody in het ondiepe spetteren, maar moest Izzy – toen vier jaar oud – op een handdoek zitten, dik ingesmeerd met zonnebrandcrème en beschermd door een parasol. Na een week sprong ze voorover in het diepe en moest gered worden door de badmeester. De winter daarop gingen ze sleeën, en Lexie, Trip en Moody sleeden gillend de heuvel af; achterstevoren, op hun buik en met zijn drieën tegelijk, en één keer – in Trips geval – rechtop staand als een surfer. Mevrouw Richardson stond boven aan de heuvel te klappen en te juichen. Daarna ging Izzy één keer naar beneden, kukelde halverwege om en mevrouw Richardson liet haar niet meer op de slee. Die avond, toen iedereen naar bed was, sleepte Izzy Moody's slee naar de overkant van de straat en sleede vier keer omlaag over de rand van de eendenvijver, het bevroren water op, tot een buurman haar in de gaten kreeg en haar ouders belde. Toen ze tien was en haar moeder op haar vitte omdat ze zo'n kieskeurige eter was en zich afvroeg of ze soms bloedarmoede had, verklaarde Izzy dat ze vegetariër werd. Nadat ze te horen had gekregen dat ze niet meer bij vriendinnen mocht slapen – 'Als je je thuis niet kunt gedragen, Izzy, kunnen we er ook niet van op aan dat je je bij iemand anders in huis wel gedraagt' – glipte Izzy 's nachts naar buiten en kwam terug met dennenappels en een handvol wilde appels of een paardenkastanje, die ze op het kookeiland achterliet. 'Ik heb geen idee waar die vandaan komen,' zei ze dan 's ochtends als haar moeder haar meest recente offer bekeek. Het gevoel dat alle kinderen – ook Izzy zelf – hadden, was dat hun moeder vreselijk teleurgesteld in haar was; dat hun moeder een hekel aan haar had, al was de reden daarvoor onduidelijk. Hoe meer Izzy pushte, hoe meer woede er bij haar moeder opstak waarmee ze haar oude bezorgdheid afschermde, als een huisje dat een slak beschermde. 'O god, Izzy,' zei mevrouw Richardson keer op keer. 'Wat is er toch mís met jou?'

Meneer Richardson was toleranter tegenover Izzy. Mevrouw Richardson was degene geweest die haar had vastgehouden, mevrouw Richardson had alle prognoses gehoord, en de ijzingwekkende waarschuwingen over wat haar te wachten zou kunnen staan. Meneer Richardson, net afgestudeerd in de rechten, had het druk gehad met het opbouwen van zijn praktijk en maakte lange uren in een poging om compagnon te worden. In zijn ogen was Izzy een tikkeltje eigenzinnig, maar hij was blij dat ze ongedeerd was na zo'n huiveringwekkende start. Hij genoot van haar intelligentie en haar pit. Eigenlijk deed ze hem aan haar moeder denken in haar jonge jaren: hij had zich aangetrokken gevoeld tot die sprankeling, die doelbewustheid, hoe ze altijd wist wat ze wilde en een plan trok, hoezeer ze begaan was met goed versus slecht; die vurige kant van haar die, na zoveel jaar in een veilig voorstadje, nu leek te zijn afgekoeld tot wat smeulende kooltjes. 'Het is goed, Elena,' zei hij altijd tegen mevrouw Richardson. 'Ze doet het prima. Laat haar toch.' Maar mevrouw Richardson kon Izzy niet zomaar laten, en het gevoel vatte bij hen allemaal post: Izzy pushte, haar moeder hield haar kort, en na een tijdje wist niemand meer hoe die dynamiek tot stand was gekomen, alleen dat hij er altijd al geweest was.

Het weekend na Thanksgiving, toen mevrouw Richardson nog steeds nijdig was op Izzy, moesten de Richardsons naar een verjaardagsfeestje van oude vrienden van de familie.

'Mag Pearl ook mee?' vroeg Moody. 'Dat vinden de McCulloughs toch niet erg. Ze hebben iedereen die ze kennen uitgenodigd.'

'Bovendien is er dan weer iemand extra om met de baby te dwepen,' zei Izzy. 'Want daar draait dat hele feestje om.'

Mevrouw Richardson zuchtte. 'Izzy, er zijn momenten waarop het gepast is om een van je vrienden uit te nodigen, en momenten waarop gebeurtenissen alleen voor familie zijn,' zei ze. 'Dit is een familieaangelegenheid. Pearl hoort niet bij de familie.' Ze klapte haar tas dicht en hing hem over haar schouder. 'Je moet leren dat onderscheid te maken. Kom, we zijn al laat.'

Dus gingen alleen de Richardsons dat weekend naar de McCulloughs, en wel met twee auto's – Lexie, Trip en Moody in de ene, meneer en mevrouw Richardson in de andere, met een nors kijkende Izzy op de achterbank. Het huis kon niemand ontgaan. Auto's aan weerszijden van de straat – de McCulloughs hadden in overleg met de politie van Shaker Heights een vrijstelling gekregen voor de parkeerbeperkingen – en op de nabijgelegen South Woodland Boulevard, en een enorme tros roze en witte ballonnen die boven de brievenbus dansten.

Binnen was het huis al bomvol. Er waren mimosa's en een tafel waar een kok omeletten bakte. Er waren cateraars die hapklare quiches en gepocheerde eieren in fluwelige hollandaisesaus serveerden. Er was een roze-witte taart van drie lagen, waarover fondant gedrapeerd was, met een suikerfiguurtje van een baby die het cijfer 1 in zijn mollige handjes hield. En overal ontrolde witte en roze serpentine zich triomfantelijk een weg naar de keukentafel, waar Mirabelle McCullough, de jarige job, lekker in de armen van mevrouw McCullough lag.

Mevrouw Richardson had Mirabelle natuurlijk al maanden eerder gezien, toen ze voor het eerst bij de McCulloughs in huis kwam. Ze was samen met Linda McCullough opgegroeid – de Shaker-klas van 1971, oude vriendinnen sinds de tweede klas – en hun wegen waren geweldig symmetrisch verlopen, want ze waren allebei vertrokken om te gaan studeren en daarna teruggekomen en in Shaker een eigen carrière begonnen. Maar terwijl de Richardsons meteen Lexie hadden gekregen en snel daarna kort op elkaar Trip, Moody en Izzy, had mevrouw McCullough het ruim tien jaar geprobeerd voordat haar man en zij hadden besloten over te gaan tot adoptie.

'Het is gewoon de Voorzienigheid, zei mijn moeder altijd,' had mevrouw Richardson tegen haar man gezegd toen ze het nieuws hoorde. 'Er bestaat gewoon geen ander woord voor. Je weet wat Mark en Linda allemaal hebben doorgemaakt, met al dat wachten. Ik bedoel, volgens mij zouden ze verdorie zelfs een heroïnebaby hebben aangenomen. En dan belt er zomaar opeens om halfelf 's ochtends een maatschappelijk werker om te zeggen dat er een Aziatische baby bij een brandweerkazerne is achtergelaten, en hebben ze haar om vier uur 's middags in huis.'

Ze was de volgende ochtend meteen langsgegaan om de baby te zien en terwijl ze tegen het kind aan het kirren was, vertelde Linda het hele verhaal: hoe ze dat telefoontje had gekregen en meteen naar Babies 'R' Us was gereden en die helemaal leeg had gekocht, van een complete garderobe tot een wiegje tot een voorraad luiers die voldoende was voor zes maanden. 'Ik heb de Visa-kaart leeggetrokken,' had Linda McCullough lachend gezegd. 'Mark was het wiegje nog in elkaar aan het zetten toen de maatschappelijk werker haar kwam brengen. Maar moet je haar nou zien. Moet je zien. Niet te geloven, toch?' Ze had zich met een blik van pure verbijstering over het kind dat tegen haar aan lag gebogen.

Dat was tien maanden geleden en het adoptieproces was nu in volle gang. Ze hoopten het over een maand of twee af te ronden, zei mevrouw McCullough tegen mevrouw Richardson, terwijl ze haar een mimosa gaf. De kleine Mirabelle was een schatje: donzig haar met een roze haarlint erin, een volmaakt, rond gezichtje met twee enorme bruine ogen die naar de menigte keken, terwijl ze de kralenketting van mevrouw McCullough tussen haar vingers geklemd hield.

'O, wat een poppetje,' zei Lexie ademloos. Mirabelle draaide haar hoofd weg en begroef het in mevrouw McCulloughs trui.

'Dit is het eerste grote feest dat we geven sinds ze bij ons gekomen is,' legde mevrouw McCullough uit en ze streek over het donkere bolletje van het meisje. 'Ze is het niet gewend dat er zoveel mensen zij. Hè, Mimi?' Ze kuste de handpalm van de baby. 'Maar we konden haar eerste verjaardag niet voorbij laten gaan zonder het te vieren.'

'Hoe weet u dat het haar verjaardag is?' vroeg Izzy. 'Als ze in de steek is gelaten en zo.'

'Ze is niet in de steek gelaten, Izzy,' zei mevrouw Richardson. 'Ze is achtergelaten bij een brandweerkazerne, zodat iemand haar veilig zou vinden. Dat is heel iets anders. Daardoor is ze in dit fijne huis terechtgekomen.'

'Maar dan weet u niet wanneer ze echt jarig is, of wel?' vroeg Izzy. 'Hebt u gewoon een willekeurige datum geprikt?'

Mevrouw McCullough verplaatste de baby een beetje in haar armen. 'De maatschappelijk werkers schatten dat ze twee maanden oud was toen ze bij ons kwam, met hooguit een paar weken verschil. Dat was op 30 januari. Dus besloten we haar verjaardag op 30 november te vieren.' Ze lachte benepen naar Izzy. 'We prijzen onszelf gelukkig omdat we haar geboortedag mochten prikken. Het is dezelfde dag als die van Winston Churchill. En Mark Twain.'

'Heet ze echt Mirabelle?' vroeg Izzy.

Mevrouw McCullough verstijfde. 'Haar volledige naam wordt Mirabelle Rose McCullough, zodra het papierwerk rond is,' zei ze.

'Maar daarvóór moet ze een andere naam hebben gehad,' zei Izzy. 'Weet u niet hoe ze heette?'

Eerlijk gezegd wist mevrouw McCullough dat wel. De baby was in een kartonnen doos gelegd, had verschillende laagjes kleding gedragen en was met dekentjes ingestopt tegen de januarikou. Er had ook een briefje in de doos gelegen en mevrouw McCullough had de maatschappelijk werker weten te overreden het haar te laten lezen: *Deze baby heet May Ling. Neem deze baby alstublieft mee en geef haar een beter leven.* Toen de baby die eerste avond eindelijk bij hen op schoot in slaap was gevallen, waren meneer en mevrouw McCullough twee uur lang bezig geweest met het doorspitten van een namenboek. Het was nooit bij hen opgekomen, toen niet en tot nu toe nog steeds niet, om het verlies van haar oude naam te betreuren.

'We vonden het beter om haar een nieuwe naam te geven om het begin van haar nieuwe leven te vieren,' zei ze. 'Mirabelle betekent "wonderbaarlijke schoonheid". Is dat niet prachtig?' Toen ze die avond naar de lange wimpers van de baby hadden gekeken en naar het kleine mondje dat net een rozenknopje was, en dat half openstond terwijl ze diep en tevreden lag te slapen, vonden haar man en zij geen enkele naam beter bij haar passen.

'Toen wij onze kat uit het asiel haalden, hebben we haar naam gehouden,' zei Izzy. Ze wendde zich tot haar moeder. 'Weet je nog? Miss Purrty? Lexie vond het een stomme naam, maar jij zei dat we hem niet konden veranderen omdat dat te verwarrend voor het dier zou zijn.'

'Izzy,' zei mevrouw Richardson, 'gedraag je.' Ze wendde zich tot mevrouw McCullough. 'Mirabelle is zó gegroeid in de afgelopen paar maanden. Ik zou haar bijna niet meer herkennen. Eerst zo mager en moet je nu eens kijken, zo mollig en stralend. O, Lexie, kijk die wangetjes eens.'

'Mag ik haar vasthouden?' vroeg Lexie. Met de hulp van mevrouw McCullough legde ze de baby tegen haar schouder. 'O, moet je dat huidje zien. Net café au lait.' Mirabelle stak haar armpje uit en vlocht haar vingers in Lexies lange haar, en Izzy droop pruilend af.

'Ik snap alle ophef niet,' mompelde Moody tegen Trip, in de hoek achter het kookeiland waar ze zich hadden teruggetrokken met papieren bordjes vol quiche en pasteitjes. 'Ze eten. Ze slapen. Ze poepen. Ze huilen. Geef mij maar een hond.'

'Maar meisjes zijn er dol op,' merkte Trip op. 'Als Pearl hier was, durf ik te wedden dat ze ook helemaal weg was van die baby.'

Moody wist niet of Trip hem nu zat te stangen of zelf aan Pearl moest denken. Hij wist niet welke van die twee opties hem meer dwarszat.

'Je hebt toch wel goed opgelet op school toen ze het bij seksuele voorlichting over voorbehoedsmiddelen hadden, hè?' vroeg hij. 'Anders zijn er straks tientallen meisjes met baby-Trips. Wat een angstaanjagende gedachte.'

'Hahaha.' Trip stak een vork vol ei in zijn mond. 'Maak jij je nou maar druk om jezelf. O, wacht, om iemand zwanger te maken moet ze wel eerst met je naar bed.' Hij gooide zijn lege bordje in de vuilnisbak en liep weg om iets te drinken te halen, waarbij hij Moody alleen liet met zijn laatste stukjes quiche, die inmiddels koud waren geworden.

Op Lexies verzoek nam mevrouw McCullough haar mee naar Mirabelles kamer: ingericht in roze en lichtgroen, met een zelfgemaakt borduurwerk met haar naam erop boven het wiegje.

'Ze is dol op dit kleed,' zei mevrouw McCullough, terwijl ze op de schapenvacht op de grond klopte. 'We leggen haar er na haar badje op en dan rolt ze om en blijft maar lachen.' Verder was er nog Mirabelles speelkamer, een enorme slaapkamer die helemaal vol stond met haar speelgoed: houten blokken in alle kleuren van de regenboog, een fluwelen schommelolifant en een hele plank vol poppen. 'De kamer aan de voorkant van het huis is groter,' legde mevrouw McCullough uit. 'Maar deze kamer heeft de meeste zon; de hele ochtend en een groot deel van de middag. Dus hebben we van die andere de logeerkamer gemaakt en houden we deze voor Mirabelle om in te spelen.'

Toen ze weer beneden kwamen, waren er nog meer gasten gearriveerd en Lexie gaf Mirabelle met tegenzin aan de nieuwkomers. Toen het tijd was om de taart aan te snijden moest de jarige job, die moe was van al dat socializen, worden meegenomen om de fles te krijgen en te gaan slapen, en tot Lexies grote teleurstelling sliep ze nog steeds aan het eind van het feest, toen de Richardsons naar huis gingen.

'Ik wilde haar nog een keer vasthouden,' klaagde ze toen ze naar hun auto's terugliepen.

'Ze is een baby, geen speeltje, Lexie,' bracht Moody te berde.

'Ik weet zeker dat mevrouw McCullough het enig zou vinden als je zou aanbieden om te babysitten,' zei mevrouw Richardson. 'Rij voorzichtig, Lexie. We zien elkaar thuis.' Ze pakte Izzy bij haar schouder en duwde haar in de richting van de andere auto. 'En jíj moet de volgende keer als we naar een feest gaan niet zo onbeleefd doen, anders blijf je maar thuis. Linda McCullough heeft nog op jou gepast toen je klein was, hoor. Ze heeft je luier verschoond en is met je naar het park gegaan. Denk daar maar eens aan als je haar de volgende keer ziet.'

'Zal ik doen,' zei Izzy en ze smeet het portier dicht.

Lexie kon de volgende paar dagen alleen nog maar over Mirabelle McCullough praten. 'Babykoorts,' zei Trip en hij gaf Brian een por. 'Pas maar op, man.' Brian lachte ongemakkelijk. Toch had Trip gelijk: Lexie was opeens onstuimig geïnteresseerd in alles wat met baby's te maken had en ging zelfs naar Dillard's om een vreselijk onpraktisch, lavendelkleurig popperig jurkje te kopen als cadeautje voor Mirabelle.

'Goh, Lexie, ik kan me niet herinneren dat je zo dol op baby's was toen Moody en Izzy klein waren,' zei haar moeder. 'En ook niet op poppen, trouwens. Sterker nog...' Mevrouw Richardson ging in gedachten terug naar die tijd. 'Je hebt Moody zelfs een keer opgesloten in een keukenkastje.'

Lexie rolde met haar ogen. 'Toen was ik dríé,' zei ze. Maandag had ze het nog steeds over de baby, en toen Mia die middag de keuken in kwam vond Lexie het heerlijk om een nieuw publiek te hebben.

'Haar haar is zo schattig,' dweepte ze. 'Ik heb nog nooit een baby'tje met zoveel haar gezien. Zo zijdeachtig. En ze heeft zulke grote ogen... Die nemen alles in zich op. Ze is zo alert. Ze hebben haar bij een brandweerkazerne gevonden, dat is toch niet te geloven? Iemand heeft haar daar letterlijk achtergelaten.'

Aan de andere kant van de keuken was Mia de aanrechtbladen aan het afnemen, maar ze verstijfde.

'Een brandweerkazerne?' vroeg ze. 'Waar?'

Lexie zwaaide met haar hand. 'Weet ik niet. Ergens in East Cleveland, geloof ik.' Ze had de details niet zo belangrijk gevonden als de tragische romantiek van het hele verhaal.

'En wanneer was dat?'

'In januari. Of zoiets. Mevrouw McCullough zei dat een van de brandweermannen naar buiten ging om een sigaret te roken en haar in die kartonnen doos zag liggen.' Lexie schudde haar hoofd. 'Alsof ze een puppy was die niemand wilde.'

'En nu willen de McCulloughs haar houden?'

'Ik geloof van wel.' Lexie deed een kastje open en pakte een meergranenreep voor zichzelf. 'Ze willen al eeuwen een baby en toen dook Mirabelle op. Als een wonder. Ze proberen al zo lang te adopteren. Ze zullen echt toegewijde ouders zijn.' Ze haalde de wikkel van de reep af, gooide die in de vuilnisbak en ging naar boven, waarna Mia diep in gedachten verzonken achterbleef.

Mia's regeling met mevrouw Richardson zorgde ervoor dat de

huur werd betaald, maar Pearl en zij hadden nog steeds geld nodig voor boodschappen en de gas- en lichtrekening, dus draaide ze nog steeds een paar diensten per week bij Lucky Palace, wat met het salaris en de kliekjes net genoeg was om hen te onderhouden. Bij Lucky Palace werkten een kok, een hulpkok, een hulpkelner en een fulltime serveerster, Bebe, die een paar maanden eerder dan Mia was begonnen. Bebe was twee jaar geleden uit Kanton gekomen, en hoewel haar Engels nogal krom was, praatte ze graag met Mia en vond haar een sympathieke luisteraar die nooit haar grammatica corrigeerde en ook geen moeite had om haar te verstaan. Terwijl ze plastic bestek in servetten rolden voor de afhaalmaaltijden, had Bebe Mia best veel over haar leven verteld. Mia deelde daarentegen heel weinig, maar ze had door de jaren heen wel geleerd dat mensen dat vrijwel nooit merkten als je een goede luisteraar was, wat betekende dat je de ander veel over zichzelf liet vertellen. In de loop van de afgelopen zes maanden had ze bijna alles te horen gekregen over Bebe's levensverhaal, en daardoor had Lexies verslag van het feest haar aandacht getrokken.

Want Bebe had een jaar eerder een baby gekregen. 'Ik was toen zo bang,' zei ze tegen Mia terwijl haar vingers het zachte papier van de servetten oprolden. 'Ik had niemand om me te helpen. Ik kon niet naar mijn werk. Ik kon niet slapen. De hele dag hield ik alleen de baby vast en huilde.'

'Waar was de vader van de baby?' had Mia gevraagd en Bebe had gezegd: weg. 'Ik vertelde hem dat ik een baby kreeg. Twee weken later was hij weg. Iemand zei dat hij terug was naar Guangdong. Ik ben hierheen verhuisd voor hem, wist je dat? Daarvoor woonden we in San Francisco, ik werkte daar in een tandartsenpraktijk als receptioniste, goed betaald, echt aardige baas. Hij kreeg een baan hier bij de autofabriek, hij zei Cleveland is leuk, Cleveland is goedkoop, San Francisco is zo duur, we verhuizen naar Cleveland, we kunnen een huis kopen met een tuin. Dus ik ging hierheen met hem en toen...'

Ze zweeg even en legde een keurig opgerold servet op de stapel, met eetstokjes, een vork en een mes er keurig in verpakt. 'Hier spreekt niemand Chinees,' zei ze. 'Ik solliciteerde als receptioniste, ze zeiden dat mijn Engels niet goed genoeg is. Nergens kan ik werk vinden. Niemand om op de baby te passen.' Waarschijnlijk had ze op zijn minst een postnatale depressie gehad, besefte Mia, misschien wel een postnatale psychose. De baby wilde niet drinken en haar melk was opgedroogd. Ze was haar baan kwijt – ze werkte voor het minimumloon en stopte piepschuimen bekertjes in dozen – toen ze naar het ziekenhuis was gegaan om te bevallen, en ze had geen geld voor melkpoeder. Uiteindelijk – en dit was het gedeelte dat volgens Mia geen toeval kon zijn – was ze in haar wanhoop naar een brandweerkazerne gegaan en had haar baby daar op de stoep achtergelaten.

Twee politieagenten hadden Bebe een paar dagen later onder een bankje in het park gevonden, bewusteloos door uitdroging en honger. Ze hadden haar naar een opvangcentrum gebracht, waar ze had gedoucht, gegeten, antidepressiva voorgeschreven had gekregen en drie weken later was ontslagen. Maar tegen die tijd kon niemand haar vertellen wat er met haar baby was gebeurd. Een brandweerkazerne, hield ze vol, ze had haar baby bij een brandweerkazerne achtergelaten. Nee, ze herinnerde zich niet welke. Ze had met de baby in haar armen almaar rondgelopen door de stad en geprobeerd te bedenken wat ze moest doen, en uiteindelijk was ze langs een kazerne gelopen, waar de ramen een warme gloed hadden in de donkere nacht, en had ze haar besluit genomen. Hoeveel brandweerkazernes konden er zijn? Maar niemand wilde haar helpen. Als je haar hebt achtergelaten, heb je je rechten verspeeld, zei de politie tegen haar. Sorry. We kunnen je niet meer informatie geven.

Mia wist dat Bebe haar dochter wanhopig graag wilde vinden en al vele maanden naar haar op zoek was, al sinds ze haar leven weer op de rit had. Ze had nu een vaste, zij het slechtbetaalde baan, ze had een nieuw appartement gevonden en haar stemming was gestabiliseerd. Maar ze was er niet achter gekomen waar haar baby gebleven was. Het was alsof haar kind gewoonweg verdwenen was. 'Soms,' zei ze tegen Mia, 'vraag ik me af of ik droom. Maar wat is de droom?' Ze depte haar ogen met de achterkant van haar mouw.

'Dat ik mijn baby niet kan vinden? Of dat ik echt een baby heb?'

In alle jaren van haar zwervende bestaan had Mia één regel gehad: raak niet gehecht. Aan geen enkele plek, geen enkel appartement, niet aan wat dan ook. Aan wie dan ook. Sinds de geboorte van Pearl hadden ze, volgens Mia's telling, in zesenveertig verschillende plaatsen gewoond en hun bezittingen beperkt tot wat er in een Volkswagen paste, met andere woorden: tot een absoluut minimum. Ze bleven zelden lang genoeg om ergens vrienden te maken, en in de weinige gevallen dat dat wel was gebeurd, waren ze verder getrokken zonder een vervolgadres achter te laten en hadden ze het contact verloren. Bij elke verhuizing hadden ze alles achtergelaten wat ze konden missen en hadden ze Mia's kunst naar Anita verstuurd, wat betekende dat ze die nooit meer zouden zien.

Dus had Mia het altijd vermeden om betrokken te raken bij andermans zaken. Dat maakte alles eenvoudiger; het maakte het makkelijker als hun huurcontract was verlopen, als ze het stadje zat was of als ze het rusteloze gevoel kreeg dat ze ergens anders wilde zijn. Maar dit, met Bebe, was anders. Het idee dat iemand het kind van een moeder kon afnemen verafschuwde haar. Het was alsof iemand haar met een mes had gestoken en haar met één snelle draaibeweging had uitgehold, waarna er niets meer in haar zat, behalve een koude luchtstroom. Op dat moment kwam Pearl de keuken binnen om iets te drinken te halen, en Mia sloeg snel haar armen om haar dochter heen, alsof ze op de rand van een afgrond stond, en hield haar zo lang en zo stevig vast dat Pearl op een gegeven moment zei: 'Mam, gaat het wel?'

Die McCulloughs, dat wist Mia zeker, waren fatsoenlijke mensen. Maar daar ging het niet om. Ze dacht ineens aan die momenten in het restaurant nadat de avonddrukte voorbij was en het rustig werd, wanneer Bebe soms met haar ellebogen op de balie steunde en haar gedachten liet afdwalen. Mia begreep precies waar ze naartoe dwaalden. Voor een ouder was een kind niet zomaar een persoon: je kind was een plék, een soort Narnia, een enorme, eeuwige plek waar het heden waarin je leefde en het verleden dat je je herinnerde en de toekomst waarnaar je verlangde allemaal tegelijk bestonden. Je zag het telkens wanneer je naar haar keek: in haar gezicht waren de lagen te zien van de baby die ze geweest was, het kind dat ze nu was en de volwassene die ze zou worden, en die zag je allemaal tegelijk, als een 3D-beeld. Je hoofd tolde ervan. Het was een plek waar je kon schuilen, als je wist hoe je er binnen moest komen. En elke keer dat je er vertrok, elke keer dat je kind uit je blikveld verdween, was je bang dat je nooit meer naar die plek kon terugkeren.

Heel, heel in het begin, de allereerste avond waarop Pearl en zij aan hun reizen waren begonnen, was Mia met opgetrokken knieën op hun provisorische bed achter in de Golf gaan liggen met baby Pearl lekker tegen haar buik aan, en had ze naar haar slapende dochter gekeken. Daar, zo dichtbij dat ze Pearls warme, melkachtige adem op haar wang voelde, had ze zich verwonderd over dit wezentje. Been van mijn gebeente en vlees van mijn vlees, had ze gedacht. Ze moest van haar moeder elke week naar zondagsschool tot haar dertiende, en alsof de woorden een toverspreuk waren, zag ze stukjes van haar moeders gezicht in dat van Pearl: de kaaklijn, de vage rimpel tussen de wenkbrauwen die verscheen als Pearl een verwarrende droom had. Ze had al een tijdje niet aan haar moeder gedacht en er flitste een scherpe scheut van verlangen door haar borst. Alsof ze erdoor verstoord was, gaapte Pearl en ze strekte zich uit, en Mia trok haar dichter naar zich toe, streelde haar haar en drukte haar lippen op haar ongelofelijk zachte wangetje. Been van mijn gebeente en vlees van mijn vlees, had ze weer gedacht toen Pearls oogleden nog een keer trilden, en ze wist zeker dat niemand ooit zoveel van dit kind kon houden als zij.

'Het gaat prima,' zei ze nu tegen Pearl, en ze liet haar dochter met veel pijn en moeite los. 'Ik heb alles hier af. Laten we naar huis gaan, oké?'

Toen al had Mia een idee van wat ze teweeg zou brengen; er prikte een warme geur in haar neus, als de eerste rookwalm van een vlammenzee ver weg. Ze wist niet of Bebe haar baby terug zou krijgen. Ze wist alleen dat de gedachte dat iemand anders haar kind opeiste ondraaglijk was. Hoe konden die mensen, dacht ze, hoe konden die mensen een kind bij zijn moeder weghalen? Dat zei ze de hele nacht bij zichzelf en ook de volgende ochtend, toen ze het nummer intoetste en wachtte tot de telefoon overging. Het was niet goed. Een moeder zou haar kind nooit moeten opgeven.

'Bebe,' zei ze toen er werd opgenomen. 'Met Mia, van het werk. Er is iets waarvan ik denk dat je het moet weten.'

10

Zo kwam het dat er, toen Pearl en Mia op dinsdagavond aan hun avondeten zaten, werd aangebeld en vervolgens dringend op de zijdeur werd geklopt. Mia liep er snel heen, en Pearl hoorde gemompel en gehuil, en toen kwam haar moeder de keuken weer in, gevolgd door een jonge, snikkende Chinese vrouw.

'Ik klop en klop,' zei Bebe. 'Ik druk op de deurbel en ze doen niet open, dus ik klop en klop. Ik zie die vrouw binnen. Stond achter het gordijn te gluren om te zien of ik wegging.'

Mia laat haar plaatsnemen – op haar eigen stoel, waar nog een half bord noedels voor staat. 'Pearl, pak eens wat water voor Bebe. En misschien is het een idee als je even theezet.' Ze ging op de andere stoel zitten en leunde over tafel om Bebe's hand vast te pakken. 'Je had er niet zomaar naartoe moeten gaan. Het is logisch dat ze je niet meteen binnenlaten.'

'Ik heb haar eerst gebeld!' Bebe veegde met de rug van haar hand over haar gezicht, en Mia pakte een servet van tafel en duwde dat haar kant op. Het was eigenlijk een oude, gebloemde tweedehands zakdoek. Bebe wreef ermee over haar ogen. 'Ik heb ze opgezocht in het telefoonboek en ik heb ze gebeld, meteen nadat jij had opgehangen. Niemand nam op. Ik kreeg het antwoordapparaat. Maar wat had ik dan moeten inspreken? Dus toen belde ik nog een keer, en nog eens, de hele ochtend, tot er eindelijk iemand opnam, om twee uur. Zíj nam op.'

Aan de andere kant van de keuken zette Pearl de ketel op het fornuis. Ze had Bebe nog nooit ontmoet, hoewel haar moeder het wel een paar keer over haar had gehad. Toen had haar moeder er niet bij verteld hoe mooi Bebe was – grote ogen, hoge jukbeenderen, dik zwart haar in een staart – en ook niet hoe jong. Wat Pearl betrof leek iedereen vanaf een jaar of twintig onvoorstelbaar volwassen, en ze vermoedde dat Bebe ongeveer vijfentwintig was. Hoe dan ook, jonger dan haar moeder. Maar er was iets kinderlijks aan haar manier van praten, aan hoe ze haar voeten zedig bij elkaar hield en haar handen ineengeklemd, en aan hoe ze Mia hulpeloos aankeek, alsof zij ook Mia's dochter was, waardoor Pearl Bebe ook als tiener zag. Wat Pearl zich niet realiseerde, tenminste, voorlopig nog niet, was hoe buitengewoon beheerst haar moeder was voor iemand van haar leeftijd, hoe uitgekookt en door de wol geverfd.

'Ik heb gezegd wie ik ben,' zei Bebe. 'Ik zei: "Spreek ik met Linda McCullough?" En zij zei ja, en toen heb ik verteld: "Mijn naam is Bebe Chow, ik ben de moeder van May Ling." En toen hing ze gewoon op.'

Mia schudde haar hoofd.

'Dus ik heb teruggebeld en ze nam op, maar hing meteen weer op. En toen belde ik nog een keer, maar toen kreeg ik de ingesprekstoon.' Bebe veegde haar neus af aan het servet, waar ze een prop van maakte. 'Dus toen ben ik ernaartoe gegaan. Met twee bussen, en ik moest aan de chauffeur vragen waar ik moest overstappen, en toen moest ik nog een heel stuk lopen voor ik bij hun huis was. Die enorme huizen... Iedereen rijdt daar auto, niemand wil met de bus naar zijn werk. Ik belde aan bij de voordeur, en niemand deed open, maar ze stond gewoon boven naar me te kijken. Ik heb steeds maar weer op de bel gedrukt en geroepen: "Mevrouw McCullough, ik ben het, Bebe, ik wil alleen even met u praten," en toen schoof ze het gordijn dicht. Maar ze stond er nog, te wachten tot ik wegging. Alsof ik wegga terwijl mijn baby daar binnen is. Dus ik bleef maar kloppen en aanbellen. Ze zou toch op een gegeven moment heus wel naar buiten komen, en dan kon ik met haar praten.' Ze keek Mia aan. 'Het enige wat ik wil is mijn baby nog eens zien. Ik dacht, als ik met die McCulloughs praat, dan begrijpen ze het wel. Maar ze kwam niet.'

Bebe bleef een hele poos stil en keek omlaag, naar haar handen, en Pearl zag haar huid, rood en rauw langs de zijkant van haar vuisten. Ze moest wel heel, heel lang op de deur hebben gebonsd, besefte Pearl, en ze dacht tegelijkertijd aan hoeveel pijn het Bebe moest hebben gedaan, en nog steeds deed, en hoe bang mevrouw McCullough, opgesloten in dat huis, moest zijn geweest.

De rest van het relaas kwam met horten en stoten, alsof Bebe zelf nu pas het hele verhaal bij elkaar puzzelde. Een poosje later kwam er een Lexus de oprit op, met een politieauto erachteraan, en meneer McCullough was uitgestapt. Hij had tegen Bebe gezegd dat ze zijn terrein af moest, met twee politieagenten naast hem, als bodyguards. Bebe had geprobeerd om hun duidelijk te maken dat ze alleen maar haar baby wilde zien, maar ze wist niet meer precies wat ze had gezegd, of ze boos was geweest, of dreigend, of ze tekeer was gegaan of had gesmeekt. Het enige wat ze zich kon herinneren was het zinnetje dat hij de hele tijd maar bleef herhalen: 'Je hebt het recht niet om hier te zijn. Je hebt het recht niet om hier te zijn.' En uiteindelijk pakte een van de agenten haar bij de arm en trok haar weg. Ga weg, hadden ze tegen haar gezegd, anders zouden ze haar meenemen naar het bureau vanwege huisvredebreuk. Wat ze zich wel nog heel goed herinnerde: toen de agenten haar wegsleurden bij het huis hoorde ze een kind huilen achter de gesloten voordeur.

'O, Bebe,' zei Mia, en Pearl wist niet of haar moeder teleurgesteld was of trots.

'Wat kan ik nog doen? Ik ben helemaal hiernaartoe gelopen. Drie kwartier. Wie kan ik anders om hulp vragen, behalve jou?' Ze keek Pearl en Mia woedend aan, alsof ze dacht dat die haar zouden tegenspreken. 'Ik ben haar móéder.'

'Dat weten ze wel,' zei Mia. 'Dat weten ze maar al te goed. Anders zouden ze je niet zo weggejaagd hebben.' Ze duwde de beker thee – inmiddels lauw – naar Bebe toe.

'Wat kan ik nog doen? Als ik er weer naartoe ga, bellen ze de politie en word ik gearresteerd.'

'Je kunt een advocaat in de arm nemen,' opperde Pearl, en Bebe schonk haar een vriendelijke, meewarige blik.

'Waar zou ik het geld vandaan moeten halen voor een advocaat?' vroeg ze. Ze keek omlaag naar haar kleren – een zwarte broek en een dun, wit buttondown blousje – en Pearl begreep opeens waarom: dit was haar uniform. Ze was van haar werk vertrokken zonder de moeite te hebben genomen zich om te kleden. 'Ik heb zeshonderdelf dollar op de bank. Denk je nou echt dat een advocaat me wil helpen voor zeshonderdelf dollar?'

'Oké,' zei Mia. Ze schoof de restanten van Pearls eten – waar inmiddels een mat laagje gestold vet overheen lag – aan de kant. Ze had de hele tijd al zitten denken. Sterker nog, ze had hier al over nagedacht sinds Lexie haar over de baby had verteld: over wat zij zou doen als ze in Bebe's schoenen stond, over wat iemand in Bebe's positie überhaupt zou kunnen doen. 'Luister goed. Wil je dit gevecht aangaan? Dan is dit wat je kunt doen.'

Als een van de broers of zusjes Richardson die woensdagmiddag had opgelet tijdens het reclameblok, toen ze naar Jerry Springer keken, dan hadden ze misschien de aankondigingen voor het nieuws op Channel 3 gezien, met een foto van het huis van de McCulloughs. En als ze dat hadden gezien, dan hadden ze misschien iets tegen hun moeder gezegd, die driftig aan het typen was – een verhaal over een voorstel voor extra schoolgeld – en die dus niet thuis zou zijn om naar het nieuws te kunnen kijken of om mevrouw McCullough in te lichten.

Maar toevallig waren Lexie en Trip te diep verwikkeld in hun verhitte discussie over welke Jerry Springer-gast het mooiste kapsel had, de dragqueen of zijn verbitterde ex-vrouw, en niemand hoorde iets van de reclamespotjes. Pearl en Moody, die verwonderd naar de discussie luisterden, keken zelfs niet met een half oog naar de tv, en Lexie was Trip halverwege zijn pleidooi voor de dragqueen in de rede gevallen. Ondertussen zat Izzy in Mia's donkere kamer te kijken naar hoe die een nieuwe afdruk uit het ontwikkelbad trok en ophing om te laten drogen. Dus had niemand de voorfilmpjes gezien en had ook niemand die avond naar het nieuws gekeken. Mevrouw McCullough keek eigenlijk ook nooit naar het nieuws, dus toen ze die donderdagochtend vroeg de deur opendeed met Mirabelle op haar heup, omdat ze een pakketje van haar zus verwachtte, zag ze tot haar grote schrik

Barbra Pierce – de onderzoeksjournaliste van Channel 9 met het getoupeerde haar – met een microfoon in de hand op de stoep staan.

'Mevrouw McCullough!' riep Barbra, alsof ze elkaar op een feestje tegen het lijf liepen en het een leuk toeval was. Achter haar stond een dikke cameraman in een parka, hoewel mevrouw McCullough alleen een gigantische lens en een rood knipperend lichtje zag, als een gloeiend oog. Mirabelle begon te huilen. 'We begrijpen dat u bezig bent dit kleine meisje te adopteren. Bent u zich bewust van het feit dat de moeder een procedure is gestart om de voogdij terug te krijgen?'

Mevrouw McCullough smeet de deur dicht, maar de journaliste had gekregen waar ze voor kwam. Nog geen tweeënhalve seconde materiaal, maar het was genoeg: de slanke, witte vrouw in de deuropening van haar imposante bakstenen Shaker-huis, boos en bang, met een krijsende Aziatische baby op de arm.

Met een vaag, bang voorgevoel keek mevrouw McCullough op de klok. Haar man was nu op weg naar zijn werk in de stad en zou daar pas over vijfendertig minuten arriveren. Ze belde de ene na de andere vriendin, maar geen van hen had de vorige avond naar het nieuws gekeken, en het enige wat ze haar te bieden hadden was morele steun, maar geen inlichtingen. 'Maak je maar geen zorgen,' zeiden ze stuk voor stuk. 'Het komt allemaal wel goed. Die Barbra Pierce is gewoon een onruststoker.'

Ondertussen arriveerde meneer McCullough op zijn werk en nam de lift naar de zevende verdieping, waar Rayburn Financial Services kantoor hield. Hij had net een arm uit zijn jas getrokken toen Ted Rayburn in de deuropening verscheen.

'Luister, Mark,' zei hij. 'Ik weet niet of jij gisteravond het nieuws op Channel 3 hebt gezien, maar er is iets wat je moet weten.' Hij trok de deur achter zich dicht en meneer McCullough luisterde, terwijl hij zijn jas tegen zich aan gedrukt hield alsof het een handdoek was. Ted Rayburn beschreef het nieuwsitem op dezelfde afgemeten, licht bezorgde toon die hij altijd gebruikte bij zijn cliënten: het shot van de buitenkant van het huis van de McCulloughs, in de schaduw van het avondlicht, maar hij had het toch herkend, vanwege alle borrels, brunches en barbecues die hij er in de loop der jaren had bijgewoond. De inleiding van de nieuwslezer: *Bij een adoptie krijgen kinderen die geen familie meer hebben een nieuw thuis. Maar stel dat het kind toch familie heeft?* En het interview met de moeder – Bee-nogwat. De volledige naam had Ted niet meegekregen – die voor de camera had gesmeekt om haar baby. 'Ik heb een fout gemaakt,' zei ze, elke lettergreep heel duidelijk articulerend. 'Maar nu heb ik goed werk. Ik heb mijn leven op de rit. Ik wil mijn baby terug. Die McCulloughs hebben het recht niet een baby te adopteren als haar eigen moeder haar terug wil. Een kind hoort bij haar moeder.'

Ted Rayburn was bijna uitgepraat toen de telefoon op het bureau ging, en meneer McCullough wist met een blik op het nummer dat het zijn vrouw was, en wat er aan de hand was, en dat hij dat nu aan haar zou moeten uitleggen. Hij nam op.

'Ik kom nu naar huis,' zei hij, en hij legde de hoorn weer neer en pakte zijn sleutels.

Mia, die geen televisie had, had ook niet naar het nieuws gekeken. Maar op woensdagmiddag, vlak voordat het zou worden uitgezonden, was Bebe langsgekomen om haar te vertellen hoe het interview was gegaan. 'Ze vinden het een goed verhaal,' zei ze. Ze droeg haar zwarte broek en een witte blouse met een ingedroogde sojasausvlek op de manchet, waardoor Mia wist dat ze op weg naar haar werk was. 'Ze hebben bijna een uur met me gepraat. Ze hadden heel veel vragen voor me.'

Ze stopte bij het geluid van voetstappen op de trap. Het was Izzy, die net uit school kwam, en zowel Izzy als Bebe viel stil bij de aanblik van een vreemde. 'Ik moet gaan,' zei Bebe. 'De bus komt zo.' Op weg naar de deur kwam ze even dicht bij Mia staan. 'Ze zeggen dat de mensen voor mij zullen zijn,' fluisterde ze.

'Wie was dat?' vroeg Izzy toen Bebe weer weg was.

'Gewoon, een vriendin,' had Mia geantwoord. 'Iemand van mijn werk.'

De producenten van Channel 3 bleken een goed instinct te hebben. In de uren nadat het item was uitgezonden, was het station bedolven onder de telefoontjes over het verhaal – genoeg om te besluiten tot een vervolg, en genoeg voor de concurrerende zender Channel 9 om Barbra Pierce er meteen de volgende ochtend op af te sturen.

'Barbra Pierce,' zei Linda McCullough op donderdagavond tegen mevrouw Richardson. 'Barbra Pierce met haar stilettohakken en haar Dolly Parton-kapsel. Stond ineens voor de deur en duwde een microfoon in mijn gezicht.' De twee vrouwen hadden net samen het stukje van Barbra Pierce bekeken, ieder op haar eigen bank voor de televisie, met de draadloze telefoon aan haar oor, en mevrouw Richardson had ineens het vreemde gevoel dat ze weer veertien waren, met hun roze telefoons op schoot, terwijl ze allebei tegelijk naar Green Acres zaten te kijken en elkaar zo konden horen lachen.

'Zo gaat Barbra Pierce altijd te werk,' zei mevrouw Richardson. 'Mevrouw Sensatiepers in een mantelpakje. Ze is gewoon een pestkop met een cameraman.'

'Volgens de advocaat staan we volledig in ons recht,' zei mevrouw McCullough. 'Hij zegt dat zij de voogdij aan de staat heeft gelaten toen ze het kind te vondeling legde, dus ze moet de staat aanklagen, en niet ons. Hij zegt dat de procedure voor tachtig procent is afgerond en dat Mirabelle over een maand of twee officieel helemaal van ons is, en dan heeft die vrouw helemaal geen poot meer om op te staan.'

Ze hadden zo lang geprobeerd om een kind te krijgen, zij en haar man. Vlak na hun bruiloft was ze meteen zwanger. En toen, een paar weken later, was ze gaan bloeden, en wist ze nog voordat ze de dokter had geraadpleegd dat de baby weg was. 'Komt heel vaak voor,' had de dokter haar gerustgesteld. 'De helft van de zwangerschappen eindigt in de eerste paar weken. De meeste vrouwen weten dan niet eens dat ze in verwachting waren.' Maar mevrouw McCullough wist het wel, en drie maanden later, toen het weer gebeurde, en vier maanden later nog eens, en vijf maanden daarna al wéér, was ze zich er elke keer pijnlijk van bewust dat er leven in haar was ontstoken en dat die kleine vonk op een of andere manier toch weer was gedoofd.

De artsen schreven geduld, vitaminen, ijzersupplementen voor. Weer kwam er een zwangerschap; deze keer duurde het bijna tien weken voordat het bloeden begon. Die nacht huilde mevrouw McCullough en toen ze in slaap gevallen was, huilde ook haar man, naast haar. Drie jaar lang hadden ze het geprobeerd, vijf keer was ze zwanger geweest, en nog steeds hadden ze geen baby. Wacht zes maanden, had de gynaecoloog aangeraden; laat uw lichaam even herstellen. Toen de wachttijd voorbij was probeerden ze het nog eens. Twee maanden later was ze in verwachting; een maand daarna niet meer. Ze vertelde het nooit aan iemand, in de hoop dat het kind zou blijven en zou groeien als ze de wetenschap binnen in zich opgesloten hield. Er veranderde niets. Tegen die tijd had haar oude vriendin Elena al een meisje en een jongen en was zwanger van de derde, en hoewel Elena vaak belde, en ze Linda met liefde in de armen had genomen zodat ze eens kon uithuilen – wat ze toen ze opgroeiden zo vaak hadden gedaan, over grote en kleine dingen – wilde mevrouw McCullough dit liever niet delen. Ze had het nog nooit aan Elena verteld als ze zwanger was, dus hoe kon ze haar dan vertellen als er weer een eind aan de zwangerschap was gekomen? Ze zou niet weten waar ze moest beginnen. *Ik ben er al weer eentje kwijt. Het is al weer gebeurd.* Steeds als ze samen lunchten, kon mevrouw McCullough haar ogen niet van mevrouw Richardsons steeds ronder wordende buik afhouden. Het was gênant, zo graag als ze die wilde aanraken, aaien, strelen. Op de achtergrond brabbelden en banjerden Lexie en Trip, en na een poosje vond ze het gemakkelijker om het maar helemaal uit de weg te gaan. Op haar beurt merkte mevrouw Richardson dat haar lieve vriendin Linda haar steeds minder vaak belde en dat ze, als ze zelf belde, vaak het antwoordapparaat kreeg – de vrolijk zangerige stem van mevrouw McCullough die zei: 'Laat een boodschap achter voor Linda en Mark, en we bellen je terug!' Maar ze werd nooit teruggebeld.

Het jaar dat Izzy werd geboren, werd mevrouw McCullough weer zwanger. Het was inmiddels een uitputtingsslag geworden: het bijhouden van haar cyclus, het wachten, de telefoontjes met de dokter. Zelfs de seks – zorgvuldig gepland op haar vruchtbaarste dagen – voelde als een opgave. Wie had dit nou ooit kunnen denken, bedacht ze, terwijl ze zich hun middelbareschooltijd herinnerde, toen zij en Mark niet van elkaar af konden blijven, op de achterbank van zijn auto. De artsen schreven nu strikte bedrust voor: niet meer dan veertig minuten per dag op, toiletbezoek meegerekend, geen enkele inspanning. Ze haalde het bijna tot de vijfde maand voordat ze om twee uur 's nachts wakker werd met een angstaanjagende verstilling in haar buik, zoals de stilte na het luiden van een klok. In het ziekenhuis, met in haar hoofd een medicamenteuze mist, wisten de artsen de baby haar baarmoeder uit te lokken. 'Wil je haar nog zien?' vroeg er eentje toen het achter de rug was, en een zuster hield de baby, ingebakerd in een witte doek, in het kommetje van haar handen. Mevrouw McCullough vond haar onvoorstelbaar klein, onvoorstelbaar rooskleurig, onvoorstelbaar glimmend en glasachtig, als roze glasblaaswerk. Onvoorstelbaar stil. Ze knikte vaag, deed haar ogen weer dicht, spreidde haar benen en liet zich door de artsen hechten.

Ze begon de lange route naar de winkel te nemen, zodat ze niet langs de speelplaats, de basisschool, de bushalte hoefde te lopen. Ze begon zwangere vrouwen te haten. Ze wilde hen slaan, hen dingen naar het hoofd gooien, hen bij de schouders vastgrijpen en bijten. Toen ze tien jaar getrouwd waren, nam meneer McCullough haar mee naar Giovanni's, haar lievelingsrestaurant, en toen ze binnenliepen waggelde er een hoogzwangere vrouw achter hen aan. Mevrouw McCullough duwde de deur open, en toen de vrouw vlak achter haar was, liet ze hem voor haar neus dichtvallen, en meneer McCullough, die zich net omdraaide om zijn echtgenote bij de arm te nemen, herkende deze vrouw even helemaal niet meer; zo wreed, zo totaal anders dan de eindeloos moederlijke vrouw die hij altijd had gekend.

Uiteindelijk, na een laatste bezoek aan de dokter vol hartverscheurende uitspraken – *geringe beweeglijkheid van het sperma; vijandige baarmoeder; conceptie is hoogstwaarschijnlijk niet mogelijk* – hadden ze besloten te adopteren. Zelfs IVF zou waarschijnlijk niet aanslaan, had de dokter tegen hen gezegd. Als ze een kind wilden, was adoptie het beste alternatief. Ze schreven zich in op elke wachtlijst die ze konden vinden, en zo nu en dan belde er een adoptiebureau met een mogelijke match. Maar er ging altijd iets mis: de moeder had zich bedacht; er dook ineens een vader of een nicht of een grootmoeder op; het bureau besloot dat een ander, vaak jonger echtpaar toch geschikter was. Er ging een jaar voorbij, toen twee, toen drie. Iedereen leek een baby te willen en de vraag was veel groter dan het aanbod. Die ochtend in januari, toen de maatschappelijk werker belde om te zeggen dat ze hun naam had doorgekregen van een van de adoptiebureaus en dat ze een baby had die ze mochten hebben als ze wilden: het voelde als een wonder. Als ze wilden! Al die pijn, al dat schuldbesef, die zeven kleine geestjes – want mevrouw McCullough was ze geen van allen vergeten – hadden zichzelf tot haar verbazing in een doos verstopt en waren verdwenen toen ze de kleine Mirabelle voor het eerst zag: zo concreet, zo levendig, zo onvermijdelijk aanwezig. Nu, bij de gedachte dat Mirabelle haar misschien ook zou worden afgepakt, besefte mevrouw McCullough dat de doos en de inhoud ervan helemaal niet waren verdwenen, en dat hij alleen ergens op een plank was gezet, wachtend tot iemand hem weer zou openen.

Het nieuws had plaatsgemaakt voor de reclame, en mevrouw Richardson hoorde door de telefoon heen het blikkerige melodietje van een reclamespotje op de televisie van de McCulloughs, een fractie van een seconde nadat die op haar televisie had geklonken. In de tussentijd weergalmde Barbra Pierce' voice-over in haar hoofd: 'Dit stel wil haar kind adopteren. Maar ze geeft haar baby niet op zonder voor haar te vechten.'

'Het waait wel over,' zei mevrouw Richardson tegen mevrouw McCullough. 'Mensen vergeten het weer. Het gaat wel voorbij.'

Maar het waaide niet over. Al leek het nog zo onwaarschijnlijk, het verhaal raakte een gevoelige snaar binnen de gemeenschap. Er was niet veel nieuws: er was een vrouw die een zevenling had gekregen; de *New York Times* had ijskoud beweerd dat beren de voornaamste reden waren van auto-inbraken in Yosemite. De meest klemmende politieke kwestie – en dat zou zeker nog wel een paar weken aanhouden – was hoe president Clinton zijn nieuwe hond zou noemen. Cleveland was een veilige en verveelde stad, dus een beetje sensatie uit de buurt was meer dan welkom.

Op vrijdagochtend stonden er twee cameraploegen voor de deur bij de McCulloughs, en die avond werden er drie items, op Channel 5, 19 en 43, aan hen gewijd. Beelden van Bebe Chow die een foto ophield van May Ling, een maand oud, en die smeekte om haar kind. Beelden van het huis van de McCulloughs, met de dichte gordijnen en het licht bij de voordeur dat niet brandde; een foto van meneer en mevrouw McCullough in black tie bij een benefietgala ten bate van leukemie die het jaar ervoor op de societypagina's van de glossy *Shaker* had gestaan; videobeeld van de BMW van meneer McCullough die achteruit de garage uit komt en wegrijdt terwijl een verslaggever meerent met een microfoon bij het raam.

Op zaterdag waren alle cameraploegen weer terug, had mevrouw McCullough zich met Mirabelle in huis opgesloten en hadden de secretaresses van het investeringsbedrijf van meneer McCullough de opdracht gekregen om eventuele telefoontjes van nieuwsjagers af te doen met: 'Geen commentaar.' Elke avond verscheen Mirabelle McCullough – of May Ling Chow, zoals sommigen haar nadrukkelijk noemden – in het nieuws, altijd met ondersteunend fotomateriaal. Eerst hadden ze alleen de enige foto die Bebe had van May Ling als pasgeborene, maar toen – op advies van de advocaat van de McCulloughs, die er iets tegenover wilde zetten – kwamen er ook recentere portretten van de McCulloughs, gemaakt in de fotostudio van Dillard, met Mirabelle in een geel popperig paasjurkje en met paashaasoortjes op, of staand naast een ouderwets hobbelpaard in een roze luierpakje. Voorstanders van beide kampen roerden zich, en tegen zaterdagmiddag had een advocaat uit de buurt, ene Ed Lim, aangeboden om Bebe Chow pro Deo te vertegenwoordigen, en de strijd aan te binden met de staat om de voogdij over haar dochter.

Op zaterdagavond kondigde meneer Richardson onder het eten aan: 'Mark en Linda McCullough hebben me vanmiddag gebeld met de vraag of ik met hun advocaat wilde samenwerken. Blijkbaar heeft hij niet veel procedurele ervaring, en ze dachten dat ik een goede tweede man zou zijn.'

Lexie knabbelde wat van haar salade. 'En, ga je het doen?'

'Dit is allemaal niet hun schuld, hoor.' Meneer Richardson sneed een stukje kip af. 'Ze hadden het beste voor met de baby. En de rechtszaak is ook niet tegen hen gericht. De staat is aangeklaagd. Maar zij worden hier natuurlijk in meegesleurd, en zij zijn ook degenen die hier het meest onder lijden.'

'Behalve Mirabelle, dan,' zei Izzy. Mevrouw Richardson deed haar mond open voor een scherpe opmerking, maar meneer Richardson legde haar met een blik het zwijgen op.

'Dit draait natuurlijk sowieso allemaal om Mirabelle, Izzy,' zei hij. 'Alle betrokkenen... Iedereen wil wat voor haar het beste is. We moeten alleen proberen te bepalen wat dat is.'

Wé, dacht Izzy. Haar vader was hier dus al bij betrokken. Ze dacht aan de afbeelding van Bebe Chow die de krant steeds weer afdrukte: het verdriet in haar ogen, de foto van baby May Ling in haar hand. De foto had een ezelsoor, alsof ze hem in haar broekzak bewaarde (wat ook het geval was). Ze had de vrouw meteen herkend als degene die ze in Mia's keuken had gezien, en die abrupt stilgevallen was toen ze binnenkwam en haar had aangestaard alsof ze bang was, opgejaagd bijna. 'Gewoon, een vriendin' had Mia gezegd toen Izzy haar vroeg wie dat was, en als Mia Bebe vertrouwde, dan wist Izzy wel waar haar loyaliteit lag.

'Babydief,' zei ze.

Er viel een geschokte stilte aan tafel, als een zwaar kleed. Aan de andere kant wisselden Lexie en Trip vermoeide blikken waar weinig verbazing uit sprak. Moody's ogen zeiden *hou je kop* tegen Izzy, maar ze keek hem niet aan.

'Izzy, bied je excuses aan je vader aan,' zei mevrouw Richardson.

'Waarvoor?' wilde Izzy weten. 'Ze hebben haar zo goed als ontvoerd. En iedereen laat ze hun gang gaan. Papa helpt ze zelfs.'

'Laten we nou allemaal kalm blijven,' begon meneer Richardson, maar het was al te laat. Als het Izzy betrof, was mevrouw

Richardson zelden kalm, en trouwens, Izzy zelf was het nooit.
'Izzy, ga naar je kamer.'
Izzy wendde zich tot haar vader. 'Misschien kunnen ze haar wel gewoon afkopen. Hoeveel doet een baby tegenwoordig? Duizendje of tien?'
'Isabelle Marie Richardson...'
'Misschien kunnen ze wel afdingen tot vijfduizend.' Izzy liet haar vork op haar bord kletteren en liep de kamer uit. Dit moet Mia horen, dacht ze, en ze holde naar boven en liep haar kamer in. Die zou wel weten wat ze moest doen. Die zou een oplossing weten. Lexies lach steeg op langs de trap, de gang in, en Izzy smeet haar kamerdeur dicht.
Beneden zakte mevrouw Richardson achterover in haar stoel, met trillende handen. Pas de volgende ochtend zou ze een passende straf voor Izzy kunnen bedenken: ze zou haar geliefde Doc Martens confisqueren en ze in de vuilnisbak gooien. Als je je kleedt als een schooier, zei ze toen ze de vuilcontainer opendeed, kan het niet anders dan dat je je ook zo gedraagt. Maar vooralsnog klemde ze haar lippen stevig op elkaar en legde haar mes en vork in een keurige X op haar bord.
'Moeten we dat nieuws stilhouden?' vroeg ze. 'Dat je voor de McCulloughs werkt, bedoel ik?'
Meneer Richardson schudde zijn hoofd. 'Het staat morgen in de krant,' zei hij, en hij had gelijk.
Op zondag drukte de *Plain Dealer* het verhaal af op de voorpagina, vlak onder de vouw: MOEDER UIT CLEVELAND VECHT VOOR DE VOOGDIJ OVER HAAR DOCHTER. Het was een goed artikel, vond mevrouw Richardson, terwijl ze er nippend van haar koffie haar professionele blik over liet glijden: een overzicht van de zaak, een korte opmerking over William Richardson van Kleinman, Richardson & Fish die de McCulloughs zou vertegenwoordigen; een verklaring van Bebe Chows advocaat. *'We hebben er alle vertrouwen in,'* zei Edward Lim, *'dat de staat inziet dat de voogdij over May Ling Chow weer terug moet naar haar biologische moeder.'* Maar uit het feit dat de krant het stuk zo prominent afdrukte, bleek wel dat de echte verslaggeving nu pas begon.

Onder aan het artikel stond één enkel zinnetje dat de aandacht van mevrouw Richardson trok: *'Mevrouw Chow werd op de hoogte gebracht van de verblijfplaats van haar dochter door een collega van Lucky Palace, een Chinees restaurant op Warrenville Road.'* Ondanks die zorgvuldige en anonieme bewoordingen realiseerde ze zich met een schok wie die collega moest zijn. Dus het was haar huurder, haar rustige huurder die zo graag van alles voor haar wilde doen, die dit allemaal had veroorzaakt. En die, om onduidelijke redenen, had besloten het leven van de McCulloughs overhoop te halen.

Mevrouw Richardson vouwde de krant zorgvuldig op en legde hem op tafel. Ze dacht weer aan Mia's lauwe interesse toen ze had aangeboden haar foto's te kopen en Mia's terughoudendheid om over haar verleden te praten. Aan Mia's... nou ja, haar afstándelijkheid, ook al bracht ze elke dag uren door in mevrouw Richardsons eigen huis, sterker nog, in deze keuken. Een vrouw wier salaris ze betaalde, wier huur ze had gesubsidieerd, wier dochter hier dag in dag uit uren rondhing. Ze dacht aan de foto in het museum, die nu in haar herinnering een geheimzinnig, sluw tintje had gekregen. Wat hypocriet van Mia, met haar halsstarrige geslotenheid, om haar neus in zaken te steken waar ze niets mee te maken had. Maar ja, zo was Mia nu eenmaal, toch? Een vrouw die een bijna ziekelijk genoegen schiep in het verstoren van de gewone orde. Het was je reinste oneerlijkheid dat deze vrouw haar dierbare vriendin Linda zoveel ellende bezorgde en dat Linda nu zoveel te lijden had.

Op maandag stuurde ze haar kinderen naar school en treuzelde wat in huis tot Mia kwam om schoon te maken. Ze wist niet precies waarnaar ze op zoek was, maar ze moest Mia zien, haar in de ogen kijken. 'O,' zei Mia toen ze door de zijdeur naar binnen kwam. 'Ik had niet gedacht dat u thuis zou zijn. Zal ik later terugkomen?'

Mevrouw Richardson hield haar hoofd schuin en bestudeerde haar huurder. Die droeg haar haar, zoals altijd, in een slordige knot boven op haar hoofd. Een wijde witte blouse met buttondown kraag over haar spijkerbroek. Een veeg verf op een van haar polsen. Mia stond daar met een hand om de deurpost, een half lachje om haar mond, te wachten tot mevrouw Richardson zou reageren. Een lief gezicht. Een jong gezicht, maar geen onschuldig gezicht. Het kon haar niets schelen, realiseerde mevrouw Richardson zich, wat mensen van haar vonden. Dat maakte haar in zekere zin gevaarlijk. Ze dacht ineens aan de foto die ze in Mia's huis had gezien, toen ze Mia had uitgenodigd bij haar te komen werken. De foto van de dansende vrouw die een soort spin was geworden; een en al verstilde, verdekt gehouden armen. Wie verandert er nou een vrouw in een spin? Wie kon er überhaupt naar een vrouw kijken en dan 'spin' denken?

'Ik wilde net weggaan,' zei ze, en ze tilde haar tas van het werkblad.

Zelfs jaren later zou mevrouw Richardson volhouden dat het graven in Mia's verleden een terechte vergelding was voor de ellende die Mia had veroorzaakt. Het was puur omwille van Linda, beweerde ze bij hoog en bij laag – haar oudste en dierbaarste vriendin, een vrouw die alleen het beste wilde voor de baby en die nu, door Mia's toedoen, met een gebroken hart zat. Dat had Linda niet verdiend. Hoe kon zij, Elena, werkeloos toekijken terwijl iemand het geluk van haar vriendin verwoestte? Ze zou nooit toegeven, niet eens aan zichzelf, dat het haar helemaal niet om de baby te doen was; het was iets complex aan Mia zelf, het duistere ongemak dat die vrouw losmaakte en dat mevrouw Richardson veel liever in zijn doos had laten zitten. Maar op dat moment maakte ze zichzelf wijs dat het voor Linda was. Ze zou eens een paar telefoontjes plegen. Ze was benieuwd wat ze dan allemaal te weten zou komen.

11

De eerste stap die mevrouw Richardson nam, was zich inlezen over Pauline Hawthorne. Ze had uiteraard weleens van Pauline Hawthorne gehoord. Tijdens haar studie deed ze een bijvak Kunst, en Pauline Hawthorne was in die tijd helemaal hot. Iedereen had het over haar, en ze werd veel geïmiteerd door de fotografiestudenten die op de campus rondliepen, met hun camera's om hun nek als een ereteken. Nu ze de foto's terugzag, herinnerde ze zich die weer. Een vrouw gezien in de spiegel van een kapsalon, de helft van haar haar in de rollers, de andere helft in een losse, warrige krul langs haar hoofd. Een vrouw die haar make-up bijwerkt in de zijspiegel van een Chrysler, een sigaret aan haar gestifte lippen bungelend. Een vrouw in een smaragdgroene ochtendjas, op hakken, die haar hoogpolig tapijt aan het stofzuigen is. De kleuren zijn zo verzadigd dat het wel lijkt alsof ze van de foto stromen. Ze waren in elk geval zo opvallend dat ze zich nog al die jaren later herinnerde dat ze op het diascherm in de verduisterde collegezaal werden getoond, en dat ze even haar adem ingehouden had voordat ze in die levendige technicolorwereld kon springen.

Ze kwam er nu achter dat Pauline was geboren op het platteland van Maine, en dat ze op achttienjarige leeftijd naar Manhattan was verhuisd, waar ze al een paar jaar in Greenwich Village woonde voordat ze begin jaren zeventig doorbrak in de kunstwereld. Elk kunstboek dat mevrouw Richardson raadpleegde, beschreef haar in gloedvolle bewoordingen: een autodidactisch genie, een feministische pionier in de fotografie, een dynamisch en genereus intellect.

Over haar privéleven kon mevrouw Richardson bijna niets vinden, alleen een kort stukje over dat ze een appartement had gehad in de Upper East Side. Wel vond ze één interessant feitje: Pauline Hawthorne had lesgegeven aan de New York School of Fine Arts – maar blijkbaar niet omdat ze geld nodig had. Een paar jaar nadat Pauline Hawthornes carrière van de grond kwam, verkochten haar foto's voor tienduizenden dollars per stuk – behoorlijk veel voor een fotograaf in die tijd, zeker voor een vrouw. Na haar dood in 1982 was de prijs helemaal de pan uit gerezen, en het MoMa betaalde bijna twee miljoen om een van haar foto's aan hun vaste collectie te kunnen toevoegen.

In een opwelling zocht mevrouw Richardson het nummer op van de administratie van de New York School of Fine Arts. Toen ze degene die daar opnam vertelde wie ze was en had uitgelegd dat ze een aantal feiten wilde checken voor een artikel, was hij enorm behulpzaam. Pauline Hawthorne had een flink aantal jaren een cursus fotografie voor gevorderde leerlingen gegeven, tot het jaar waarin ze overleed. Nee, er zat in die jaren geen Mia Warren in een van haar klassen, de laatste twee jaar van haar leven. Maar er was wel een Mia Wright in het herfstsemester van 1980; misschien was dat degene naar wie mevrouw Richardson op zoek was?

Mia Wright, zo bleek, had zich dat semester als eerstejaars ingeschreven bij de School of Fine Arts, maar in de lente van 1981 had ze een verzoek tot tijdelijke uitschrijving ingediend voor het daaropvolgende studiejaar, en dat verzoek was ingewilligd. Ze was nooit meer teruggekomen. Mevrouw Richardson maakte snel een rekensommetje, en berekende dat Mia – als dit dezelfde Mia was – die lente nog niet zwanger kon zijn geweest van Pearl. Dus waarom wilde Mia zich tijdelijk laten uitschrijven als het niet was omdat ze in verwachting was?

De administratiemedewerker sputterde tegen toen ze vroeg om de adresgegevens van studenten, zelfs al was het vijftien jaar geleden. Maar toch kwam mevrouw Richardson er dankzij een paar handige vragen achter dat het adres van Mia Wright dat ze daar in de boeken hadden staan een adres in New York was, en dat er geen ouderlijk adres bekend was.

Dan moest ze het probleem maar vanaf de andere kant onderzoeken. Er diende zich al snel een mogelijkheid aan, in de vorm van een langverwachte brief. Sinds Thanksgiving keek Lexie meteen bij de post als ze thuiskwam en eindelijk viel er half december een dikke envelop met het logo van Yale in de bus. Mevrouw Richardson had al hun familie gebeld met het goede nieuws; meneer Richardson kwam thuis met taart.

'Lexie, ik neem je dit weekend mee uit brunchen om het te vieren,' zei mevrouw Richardson bij het avondeten. 'Je wordt per slot van rekening niet elke dag toegelaten tot Yale. Gaan we een leuk meidenuitstapje doen.'

'En ik dan?' vroeg Moody. 'Ik moet maar gewoon thuisblijven met een bak cornflakes?'

'Ze zei toch "leuk meidenuitstapje".' Trip moest lachen en Moody keek boos. 'Dus jij wilt mee met een meidenuitje?'

'Kom op, Moody,' zei mevrouw Richardson. 'Trip heeft gelijk. Dit is voor Lexie, we gaan ons leuk aankleden en dan een ochtendje weg met de dames.'

'En ik?' wilde Izzy weten. 'Mag ik dan wel mee?'

Daar had mevrouw Richardson niet op gerekend. Maar Lexies ogen schitterden al, en ze kletste over waar ze allemaal naartoe zou willen, en nee zeggen kon niet meer. En toen, later die avond, toen ze haar gezicht stond te wassen voordat ze naar bed ging, kreeg mevrouw Richardson ineens een idee. Een idee hoe deze brunch misschien nog een ander doel zou kunnen dienen.

De volgende middag liep ze vlak voor het eten de serre in. Normaal gesproken liet ze haar kinderen met rust, omdat ze vond dat pubers ruimte nodig hadden, dat ze recht hadden op een zekere mate van privacy. Maar vandaag was ze op zoek naar Pearl. Zoals altijd lag die onderuitgezakt op de bank met Lexie en Trip en Moody, die allemaal diep weggezakt waren in de dikke kussens. Izzy lag op haar buik over de leunstoel, met haar kin op de ene armleuning en haar voeten over de ander.

'Ah, Pearl, daar ben je,' begon mevrouw Richardson. Ze ging op de armleuning van de bank zitten, naast Pearl. 'De meisjes en ik gaan zaterdag samen brunchen, om Lexies goede nieuws te vieren. Heb je zin om mee te gaan?'

'Wie, ik?' Pearl wierp een blik over haar schouder, alsof mevrouw Richardson het misschien tegen iemand anders had.

'Je hoort zo langzamerhand bij de familie, vind je ook niet?' zei mevrouw Richardson lachend.

'Tuurlijk moet je mee,' zei Lexie. 'Dat wil ik graag.'

'Ga het maar even tegen je moeder zeggen,' zei mevrouw Richardson. 'Ze is in de keuken. Ik weet zeker dat het geen probleem is. Zeg maar dat ik trakteer. Zeg maar,' voegde ze eraan toe, 'dat ik erop sta.'

Aan de andere kant van de kamer duwde Izzy zichzelf langzaam op haar ellebogen omhoog en keek bedenkelijk. Het was nu al drie weken geleden dat haar moeder had beloofd om onderzoek te doen naar Mia's mysterieuze foto, en steeds als Izzy ernaar vroeg zei ze: 'O, Izzy, jij maakt altijd van een mug een olifant.' Dus haar plotselinge interesse in Pearl vond Izzy vreemd.

'Waarom heb je háár nou uitgenodigd?' wilde ze weten, zodra Pearl weghuppelde en buiten gehoorsafstand was.

'Izzy. Hoe vaak denk je dat Pearl uit brunchen gaat? Je moet eens leren wat genereuzer te zijn.' Mevrouw Richardson stond op en trok haar blouse recht. 'En trouwens, ik dacht dat jij Pearl leuk vond.'

Zo kwam het dat Pearl aan een houten tafel in de hoek zat, naast Lexie, en tegenover mevrouw Richardson en een pruilende Izzy. Lexie had de 100th Bomb Group uitgekozen, een restaurant in de buurt van het vliegveld waar het gezin bij elke speciale gelegenheid naartoe ging, de laatste keer voor de vierenveertigste verjaardag van meneer Richardson.

Het was die ochtend heel druk in de 100th Bomb Group, een duizelingwekkende draaikolk van activiteit en een verbluffend buffet over de hele lengte van de ruimte. Er stond een stevige man met een witte schort rosbief in plakken te snijden van een gigantische, half rauwe homp vlees. Bij het omelettenstandje lieten koks schuimig, goudkleurig ei in een pan stromen en maakten er een luchtige omelet van, gevuld met wat je maar wilde: champignons, asperges, koraalkleurige brokken kreeft. De muren hingen vol met souvenirs van de mannen van het bomeskader: landkaarten van de belangrijkste slagvelden tegen de nazi's, hun medailles, hun identiteitsplaatjes, de brieven aan hun liefjes thuis, foto's van hun vliegtuigen, foto's van de mannen zelf, zo knap in hun uniform en met hun cadettenpetten en soms een snor.

'Moet je hem zien,' zei Lexie, en ze tikte op een foto vlak achter Pearls oor. 'Kapitein John C. Sinclair. Die man wil je toch gewoon een keer in het echt zien?'

'Je realiseert je toch wel,' zei Izzy,' dat hij, als hij nog leeft, nu een jaar of vierennegentig is? En waarschijnlijk met een rollator loopt.'

'Wat ik bedoelde: die had je toch gewoon in het echt willen zien als je toen had geleefd. Niet op alle slakken zout leggen, Izzy.'

'Waarschijnlijk bombardeerde hij hele steden plat,' zei Izzy. 'Hij zal wel heel veel onschuldige mensen hebben vermoord. Al die kerels hier, trouwens.' Ze maakte een gebaar naar alle foto's om hen heen.

'Izzy,' zei mevrouw Richardson, 'bewaar die geschiedenisles nou maar voor een ander keertje. We zijn hier om Lexies prestatie te vieren.' Ze keek Lexie stralend aan, waardoor ook Pearl de volle laag kreeg, die immers naast haar zat. 'Op Lexie,' zei ze, en ze hief haar bloody mary, en Lexie en Pearl hun glazen met sinaasappelsap, die licht leken te geven in het zonlicht.

'Op Lexie,' echode Izzy. 'Ik weet zeker dat Yale precies wordt waar je altijd van hebt gedroomd.' Ze nam een slok van haar water, met een gezicht alsof ze liever iets sterkers had gewild. Aan het tafeltje naast hen sloeg een baby met zijn mollige handjes op het tafelkleed, zodat het zilver kletterend omhoogsprong.

'O mijn god,' mimede Lexie. Ze boog zich over de ruimte tussen de twee tafels naar het kind toe. 'Wat ben jij een schatje. Ja, hoor, echt waar. Je bent de schattigste baby van de hele wereld.'

Izzy rolde met haar ogen en stond op. 'Ik zou haar maar in de gaten houden,' zei ze tegen de ouders van de baby. 'Straks steelt ze jullie kind nog.' Voordat iemand kon reageren, liep ze naar het buffet aan de andere kant van het restaurant.

'Neemt u het mijn dochter maar niet kwalijk,' zei mevrouw Richardson tegen de ouders. 'Ze is een beetje aan het puberen.' Ze glimlachte naar de baby, die nu probeerde het brede gedeelte van een lepel in zijn mond te steken. 'Lexie, Pearl, gaan jullie ook iets halen? Ik wacht hier wel.'

Toen iedereen weer aan tafel zat, begon mevrouw Richardson fijnzinnig het gesprek steeds een paar graden de gewenste kant op te draaien. Dat bleek gemakkelijker dan ze had gedacht. Ze begon met het aloude onderwerp van het weer: dat ze hoopte dat Lexie het straks in New Haven niet al te koud zou hebben; dat ze een warmere jas voor haar zouden moeten bestellen bij L.L. Bean, en een nieuw paar sneeuwlaarzen, en een donzen dekbed. Toen wendde ze zich tot Pearl.

'En jij, Pearl?' vroeg ze. 'Ben jij weleens in New Haven geweest?'

Pearl slikte een hap omelet door en schudde haar hoofd. 'Nee, nog nooit. Mijn moeder houdt niet zo van de East Coast.'

'O nee?' zei mevrouw Richardson. Ze liet het puntje van haar mes in een gepocheerd eitje glijden en het geel vormde een goudkleurig plasje. 'Jammer dat je er nooit bent geweest. Zoveel te zien daar. Zoveel cultuur. We zijn een paar jaar geleden in Boston geweest, weten jullie nog, meiden? De Freedom Trail, en het schip van de Tea Party, en het huis van Paul Revere. En dan New York, uiteraard, daar is toch zoveel te doen.' Ze schonk Pearl een genadige glimlach. 'Ik hoop echt dat je er ooit een keer naartoe kunt. Er is niets wat de horizon van jonge mensen zo kan verbreden als reizen, dat geloof ik echt.'

Pearl hapte, waar mevrouw Richardson ook op had gerekend. 'O, maar we hébben ook heel veel gereisd, hoor,' zei ze. 'We zijn overal geweest, Illinois, Iowa, Kansas, Nebraska...' Ze zweeg, en zocht naar een oord met iets meer glamour. 'We zijn zelfs helemaal in Californië geweest. Een paar keer.'

'Wat geweldig!' Mevrouw Richardson schonk Pearls glas nog eens vol uit de karaf met sap die op tafel stond. 'Dan ben je écht al heel bereisd. Een heuse reiziger. Vond je het leuk, om zo vaak te verhuizen?'

‘Ik vond het niet erg.’ Pearl prikte een stuk ei aan haar vork. ‘Ik bedoel, we verhuizen altijd als mijn moeder een project heeft afgerond. In een nieuwe omgeving krijgt ze nieuwe ideeën.’

‘Jij groeit op tot een echte wereldburger,’ zei mevrouw Richardson, en Pearl moest onwillekeurig blozen. ‘Je weet waarschijnlijk meer over dit land dan menige andere tiener. Zelfs Lexie en Izzy, en wij hebben toch behoorlijk wat gezien, zelfs Lexie en Izzy zijn maar in een handjevol staten geweest.’ Toen, langs haar neus weg: ‘Waar ben je het langst geweest? Daar waar je geboren bent, neem ik aan?’

‘Nou,’ Pearl slikte het ei door. ‘Ik ben in San Francisco geboren. Maar daar zijn we weggegaan toen ik nog een baby was. Ik kan me er helemaal niets meer van herinneren. We blijven nooit lang op dezelfde plek.’

Mevrouw Richardson archiveerde deze informatie in haar hoofd. ‘Je moet er ooit nog maar eens naartoe gaan,’ zei ze. ‘Ik geloof erg in weten waar je roots liggen. Die dingen hebben zo’n belangrijke invloed op je identiteit. Zelf ben ik hier in Shaker geboren, wist je dat?’

‘Mam,’ zei Izzy. ‘Dat wil Pearl allemaal helemaal niet horen. Niemand wil dat horen.’

Mevrouw Richardson negeerde haar. ‘Mijn grootouders waren een van de eerste gezinnen die hier kwamen wonen,’ zei ze. ‘Vroeger was dit het platteland, ongelofelijk, toch? Ze hadden stallen en koetshuizen en in het weekend reden ze paard.’ Ze wendde zich tot Lexie en Izzy: ‘Jullie hebben mijn grootouders niet gekend. Lexie was nog maar een baby toen ze overleden. Maar goed, ze kwamen hier wonen en ze zijn hier gebleven. Ze geloofden in waar Shaker voor staat.’

‘Waren de Shakers niet celibatair en communistisch?’ vroeg Izzy, en ze nipte van haar water.

Mevrouw Richardson keek haar boos aan. ‘Doordachte planning, en een geloof in gelijkheid en diversiteit. Iedereen oprecht als je gelijke zien. Dat hebben ze doorgegeven aan mijn moeder, en die weer aan mij.’ Ze keek weer naar Pearl. ‘Waar is jouw moeder eigenlijk opgegroeid?’

Pearl ging onrustig verzitten. 'Ik weet het eigenlijk niet. Californië, misschien?' Ze prikte in haar omelet, die inmiddels rubberachtig was. 'Ze heeft het er nooit echt over. Ik geloof niet dat ze nog familie heeft.' In werkelijkheid had Pearl nooit de moed gehad om Mia direct naar haar afkomst te vragen, en als ze het zijdelings probeerde leidde Mia haar altijd handig af. 'We zijn nomaden,' zei ze altijd tegen Pearl. 'Moderne zigeuners zijn we. We komen nooit twee keer terug naar dezelfde plek.' Ze zei ook weleens: 'We stammen af van circusmensen. Het zwerven zit ons in het bloed.'

'Je moet er eens onderzoek naar doen,' zei Lexie. 'Heb ik vorig jaar ook gedaan, voor een project voor geschiedenis. Er is een gigantische database op Ellis Island; de aankomstlijsten van passagiers en scheepsmanifesten en alles. Als je weet op welke datum je voorouders hier zijn aangekomen, dan kun je verder op zoek in je familiegeschiedenis via de bevolkingsstatistieken. Ik heb onze familiegeschiedenis tot vóór de Burgeroorlog kunnen herleiden.' Ze zette haar glas sinaasappelsap neer. 'Denk je dat je moeder weet wanneer haar voorouders hier zijn aangekomen?'

Mevrouw Richardson had het gevoel dat het gesprek op dun ijs afstevende. 'Lexie, je klinkt als een verslaggever in de dop,' zei ze, nogal scherp. 'Misschien moet je toch eens kijken naar journalistiek, voordat je op Yale begint.'

Lexie snoof. 'Nee, dank je.'

'Lexie wil de nieuwe Julia Roberts worden,' zei Izzy voordat haar moeder weer iets kon zeggen. 'Uit het niets beroemd.'

'Doe normaal,' zei Lexie. 'Julia Roberts is waarschijnlijk ook gewoon bij het schooltoneel begonnen.'

'Ik zou het juist leuk vinden,' zei Pearl. Iedereen staarde haar aan.

'Wat zou je leuk vinden?' vroeg Lexie.

'Verslaggever worden,' verklaarde Pearl. 'Ik bedoel, journalist. Dan kun je lekker alles uitpluizen. Je mag andermans verhaal vertellen en de waarheid achterhalen en daarover schrijven.' Ze zei het met de typische ernst van een puber. 'Je gebruikt woorden om de wereld te veranderen. Dat zou ik heel graag willen doen.'

Ze keek mevrouw Richardson aan, die zich voor het eerst realiseerde wat een grote en oprechte ogen Pearl had. 'Zoals u. Het lijkt me geweldig om te doen wat u doet.'

'Echt?' zei mevrouw Richardson. Het ontroerde haar echt. Heel even voelde het alsof Pearl gewoon een vriendin van Lexie was, en dat ze hier alleen was om haar fantastische dochter in het zonnetje te zetten: een veelbelovende jonge vrouw voor wie mevrouw Richardson een mentor kon zijn, en wier aanleg ze tot bloei zou kunnen laten komen. 'Wat geweldig. Je zou kunnen schrijven voor de *Shakerite*; een schoolkrant is een uitstekende plek om de basisprincipes te leren. En als je er klaar voor bent, zou ik je misschien kunnen helpen om ergens een stageplek te vinden.' Ze stopte, en dacht opeens weer aan de reden waarom ze Pearl had uitgenodigd. 'Het is in elk geval het overwegen waard,' besloot ze, en ze roerde verwoed met de selderijstengel in haar drankje. 'Izzy, is dat alles wat je eet? Toast met jam? Dan had je net zo goed thuis kunnen blijven.'

Het kostte haar een paar telefoontjes voor ze het Register van Persoonsgegevens in San Francisco had gevonden, maar toen mevrouw Richardson dat eenmaal aan de lijn had, ging alles heel soepel. Binnen tien minuten en zonder verdere vragen te stellen, stuurde de medewerker haar een formulier waarmee ze een verzoek om een geboorteakte kon indienen. Mevrouw Richardson kruiste een vakje aan om een 'kopie ter informatie' aan te vragen, en vulde Pearls naam en geboortedatum in, met Mia's naam erbij. De ruimte voor de naam van de vader liet ze uiteraard open, maar de medewerker had haar verzekerd dat ze zelfs zonder die naam het juiste document wel zouden kunnen vinden, en dat de akten openbaar waren. 'Twee tot vier weken. Als we hem hier hebben, sturen we hem naar u op,' beloofde ze, en mevrouw Richardson vulde haar eigen adres in, stopte er een cheque ter waarde van achttien dollar bij en deed de envelop op de post.

Het duurde vijf weken, maar toen de geboorteakte in de brievenbus van de Richardsons viel, bleek die nogal teleurstellend. Onder 'vader' stond keurig het woord 'geen' getypt. Mevrouw Richardson tuitte teleurgesteld haar lippen. Het zou in feite onwettig moeten zijn, vond ze, om iemand de naam van een ouder geheim te laten houden. Het had iets onfatsoenlijks, dat gebrek aan bereidheid om eerlijk te zijn, om helder te zijn over je afkomst. Het was al duidelijk dat Mia een leugenaar was en dat ze in staat was om nog meer te liegen. Wat zou ze nog meer verborgen houden? Het was net zoiets als weigeren om de onderhoudsgegevens van een tweedehands auto over te dragen als je die verkocht. Je had toch zeker het recht om te weten waar iets vandaan kwam, zodat je wist op welke gebreken je kon rekenen? En had zij – als werkgever van deze vrouw, en haar huisbaas – niet ook het recht op zulke informatie? Nou ja, dacht ze, in elk geval was ze nu iets wijzer geworden: ze wist Mia's geboorteplaats. In de geboorteakte stond haar naam: Mia Warren, Bethel Park, Pennsylvania.

Het inlichtingennummer van de telefoonmaatschappij in Bethel Park informeerde haar dat er vijftig Warrens in de gemeente waren. Ze dacht even na, en belde toen met het Register van Persoonsgegevens in het stadje, waar ze niet zo toeschietelijk waren als in San Francisco. Er stond geen Mia Warren in het register, hield de vrouw vol.

'Een Mia Wright dan misschien?' vroeg mevrouw Richardson na een ingeving, en na een korte pauze en wat getik op een toetsenbord antwoordde de vrouw dat er inderdaad in 1962 een Mia Wright was geboren in Bethel Park. O, en in 1964 was er een Warren Wright geboren, dus misschien haalde mevrouw Richardson die twee namen door elkaar?

Mevrouw Richardson bedankte haar en hing op.

Het duurde een paar dagen, maar dankzij wat zorgvuldig graafwerk en talloze telefoontjes vond mevrouw Richardson eindelijk de sleutel waarnaar ze op zoek was geweest. Hij kwam in de vorm van een overlijdensbericht uit de *Pittsburgh Post*, van 17 februari 1982.

UITVAARTDIENST VOOR HIGHSCHOOLLEERLING VINDT AANSTAANDE VRIJDAG PLAATS

De uitvaartplechtigheid voor Warren Wright, 17, zal worden gehouden op vrijdag 19 februari om 11 uur in de ochtend, in uitvaartcentrum Walter E. Griffith, 5636 Brownsville Road. Meneer Wright laat zijn ouders achter, de heer en mevrouw George Wright, reeds lang woonachtig te Bethel Park, en een oudere zus, Mia Wright, die hier in 1980 eindexamen deed. In plaats van bloemen zou de familie graag een donatie ontvangen voor het Bethel Park High-footballteam, waar meneer Wright net was begonnen als running back.

Het kon geen toeval zijn, dacht mevrouw Richardson. Mia Wright. Warren Wright. Mia Warren. Ze belde weer met Inlichtingen in Bethel Park en toen ze ophing keek ze naar de aantekening die ze op een vel papier had gemaakt. George en Regina Wright, 175 North Ridge Road. Een postcode. Een telefoonnummer.

Zo makkelijk was het dus, dacht ze met enig misprijzen, om dingen van mensen te weten te komen. Alles was zo te vinden. Je hoefde alleen maar even te zoeken. Als je maar je best deed, kon je iemands hele doopceel lichten.

Tegen de tijd dat mevrouw Richardson Mia's ouders had gevonden, was de zaak-May Ling/Mirabelle nog steeds in het nieuws – meer nog dan in het begin zelfs. Goed, het land was ook verrukt van de morsige misstappen van de president, maar al waren die nog zo schandalig, de hele toestand had ook iets komisch. In de stad liepen de meningen uiteen van 'Het heeft niets te maken met hoe hij het land runt' via 'Alle presidenten gaan vreemd' tot het beknopte 'Nou en?' Maar de mensen – vooral de mensen in Shaker Heights – waren wel enorm betrokken bij de zaak-Mirabelle McCullough, en in tegenstelling tot de affaire met de stagiaire nam men dit bloedserieus.

Bijna elke avond was er minstens één update over de zaak

– waarvoor pas recent een hoorzitting was gepland, ergens in maart, onder de naam 'Chow versus Cuyahoga County'. Het feit dat Shaker bij de zaak betrokken was – een gemeenschap die zichzelf als het toonbeeld van moreel besef zag – maakte dat iedereen geïnteresseerd was, en in de stad had iedereen er een mening over. Een moeder had het recht haar eigen kind groot te brengen. Een moeder die haar kind in de steek had gelaten verdiende geen tweede kans. In een blank gezin zou een Chinees kind verstoken blijven van haar eigen cultuur. Een liefhebbend gezin was belangrijker dan de huidskleur van de ouders. May Ling had het recht haar eigen moeder te leren kennen. Mirabelle kende geen andere vader en moeder dan de McCulloughs.

De McCulloughs hadden Mirabelle gered, vonden hun aanhangers. Ze boden een ongewenst kind een beter leven. Ze waren helden, en met hun interculturele adoptie doorbraken ze juist racisme. 'Ik vind het fantastisch wat ze doen,' zei een vrouw tegen de verslaggevers in een voxpop. 'Ik bedoel, dat is toch ook de toekomst? Nog even en niemand let meer op elkaars ras.' 'Je ziet meteen wat een geweldige moeder ze is,' zei een van de buren van de McCulloughs een paar minuten later. 'Dat zie je aan de manier waarop ze dat kindje in haar armen houdt, ze ziet helemaal geen Chinese baby. Ze ziet alleen een baby, klaar uit.'

Dat was precies het probleem, hielden Bebe's supporters vol. 'Ze is niet gewoon maar een baby,' protesteerde een vrouw toen Channel 5 een verslaggever naar Asia Plaza had gestuurd, een Chinees winkelcentrum in Cleveland, op zoek naar de Aziatische kijk op de zaak. 'Ze is een Chinése baby. Ze zal niets van haar achtergrond weten als ze daar opgroeit. Hoe moet ze nou ooit weten wie ze eigenlijk is?' Serena Wongs moeder was die ochtend toevallig aan het winkelen bij de Aziatische supermarkt en had zich – zowel tot Serena's trots als haar afschuw – nogal uitgesproken uitgelaten over de zaak. 'Het is niet eerlijk om te stellen dat deze baby maar gewoon een baby is; om te doen alsof ras er helemaal niet toe doet,' had dr. Wong bits gezegd, terwijl Serena aan de rand van het shot ongemakkelijk stond te schuifelen. 'En nee, dat is niet racistisch. Zeg nou zelf, zouden we dit gesprek ook voeren als het hier om een blond kind ging?'

De McCulloughs zelf gingen na veel discussie met hun advocaten akkoord met een exclusief interview met Channel 3. Positieve publiciteit, had meneer Richardson afgesproken, en dus stuurde Channel 3 een cameraploeg en een interviewer naar de zitkamer van de McCulloughs om hen daar te interviewen, op de hoekbank, voor de brandende open haard, met Mirabelle op schoot en de interviewer net buiten beeld. 'Natuurlijk begrijpen wij heel goed waarom mevrouw Chow zich zo voelt,' zei mevrouw McCullough. 'Maar Mirabelle is al bijna haar hele leven bij ons, en ze kan zich niet anders herinneren dan dat wij haar ouders zijn. Naar mijn gevoel is Mirabelle ook echt mijn kind en is ze niet toevallig in ons leven gekomen.'

'Er is toch zeker niemand,' voegde meneer McCullough eraan toe, 'die serieus vindt dat Mirabelle niet beter af is in een stabiel huishouden, met twee ouders.'

'Sommige mensen zeggen dat Mirabelle op deze manier afgesneden is van de cultuur waarin ze is geboren,' zei de interviewer. 'Wat is uw reactie op hun zorgen?'

Mevrouw McCullough knikte. 'We doen ook op dat gebied ons best,' zei ze. 'Zoals u ziet hebben we steeds meer Aziatische kunst aan de muur hangen.' Ze gebaarde naar de rollen met inkttekeningen van bergketens bij de haard, en het paardje van geglazuurd aardewerk op de schoorsteenmantel. 'En we zijn van plan om haar als ze groter is dingen te leren over haar geboortecultuur. En ze is natuurlijk al dol op rijst. Sterker nog, dat was het eerste vaste voedsel dat ze at.'

'Maar,' zei meneer McCullough, 'we willen ook dat Mirabelle opgroeit als een doodgewoon Amerikaans meisje. We willen dat ze weet dat ze precies zo is als ieder ander.' Het nieuwsitem eindigde met een beeld van de McCulloughs die over Mirabelles bedje gebogen stonden, terwijl zij tegen haar mobile aan het pruttelen was.

Zelfs het gezin Richardson was verdeeld over dit netelige onderwerp. Mevrouw Richardson stond natuurlijk vierkant achter de McCulloughs, net als Lexie. 'Kijk dan wat voor leven Mirabelle nu heeft,' riep Lexie een keer uit toen ze aan tafel zaten, half februari. 'Een groot huis om in te spelen. Een tuin. Twee kamers vol speelgoed. Haar eigen moeder kan haar zo'n soort leven helemaal niet bieden.' Mevrouw Richardson was het met haar eens: 'Ze houden zo ontzettend veel van haar. Ze hebben al zo lang gewacht. En ze hebben haar al opgevoed sinds ze pas geboren was. Ze kan zich haar moeder helemaal niet meer herinneren. Mark en Linda zijn de enige ouders die ze ooit heeft gekend. Het zou voor iedereen wreed zijn om haar daar nu nog weg te halen, terwijl zij de ideale vader en moeder voor haar zijn geweest.'

Moody en Izzy waren daarentegen meer op Bebe's hand. 'Ze heeft maar één fout gemaakt,' zei Moody. Pearl had hem bijna het hele verhaal van Bebe verteld en zoals met alles was Moody het met Pearl eens. 'Ze dacht dat ze niet voor het kind zou kunnen zorgen, maar toen veranderde dat en kon ze het toch. Dat wil nog niet zeggen dat ze haar kind voorgoed van haar kunnen afpakken.' Izzy had er minder woorden voor nodig: 'Bebe is de moeder. Niet mevrouw McCullough.' Iets aan deze zaak had een vonk in haar ontstoken, al kon ze er nog niet precies de vinger op leggen en zou het nog een hele poos duren voordat ze het onder woorden zou kunnen brengen.

'Cliff en Clair hadden er gisteravond ruzie over,' zei Brian op een middag tegen Lexie. Ze lagen in zijn bed, half ontkleed, en hadden hun lacrosse- en hockeytrainingen overgeslagen voor een ander soort sport. 'En Cliff en Clair hebben echt nóóit ruzie.' Het was begonnen onder het eten, en tegen de tijd dat hij ging slapen, waren zijn ouders vervallen in een ijskoud, koppig stilzwijgen. 'Mijn vader denkt dat ze beter af is bij de McCulloughs en dat ze geen toekomst heeft met een moeder zoals Bebe. Hij zegt dat moeders zoals Bebe precies het type ouders is dat de armoedespiraal in stand houdt.'

'Maar wat vind jij zelf?' drong Lexie aan. Brian aarzelde. Zijn moeder had zijn vaders tirade onderbroken – iets wat ze wel vaker deed, maar nooit zo fel. 'En wat vind je dan van al die zwarte baby's die ze bij blanke gezinnen onderbrengen?' had ze gezegd. 'Doorbreekt dat de armoedespiraal dan wel?' Ze liet een pan in de gootsteen kletteren en zette de kraan aan. Er steeg een sissende wolk stoom op. 'Als ze de zwarte gemeenschap zo graag willen helpen, waarom veranderen ze dan niet eerst eens iets aan het systeem?' Zijn vaders redenering leek Brian wel logisch – het kind was veilig, werd goed verzorgd en op handen gedragen. En toch had dat kleine bruine lijfje in mevrouw McCulloughs lange, bleke armen iets wat hem, net als zijn moeder, niet lekker zat. Hij voelde een golf irritatie – nee, woede – op Bebe omdat ze hem in deze positie had gebracht.

'Ik denk dat deze hele situatie vermeden had kunnen worden als ze voorzichtiger was geweest,' zei hij stijfjes. 'Ik bedoel, gebruik dan een condoom. Hoe moeilijk is dat? Een dollar bij de drogist en ze had al deze ellende kunnen voorkomen.'

'Dan mis je het hele punt, Bry,' zei Lexie, en ze viste haar spijkerbroek van de grond.

Brian trok hem uit haar handen. 'Laten we erover ophouden. Het is ons probleem niet, toch?' Hij sloeg zijn armen om haar heen en Lexie vergat de kleine Mirabelle, de McCulloughs en dacht alleen nog maar aan zijn lippen op die van haar.

Met hulp van Ed Lim had Bebe formeel een verzoekschrift ingediend, en in de tussentijd had ze bezoekrecht gekregen: een keer in de week, twee uur lang. Meneer en mevrouw McCullough zouden voorlopig de voogdij over het kind behouden.

Niemand was tevreden met deze regeling.

'Alleen in de bibliotheek of een andere "openbare ruimte",' had Bebe tegen Mia geklaagd. 'Ze mag niet eens bij mij thuis komen. Ik moet mijn kind in de bibliotheek vasthouden. En de maatschappelijk werkster zit er ook bij en die bekijkt me de hele tijd. Alsof ik een of andere misdadiger ben. Alsof ik mijn eigen kind anders iets zou aandoen. Die McCulloughs zeggen dat ik wel bij hen thuis kan komen, dat ik haar daar mag bezoeken. Denken ze nou echt dat ik daar aardig ga zitten zijn, terwijl zij mijn kind van me hebben gestolen? Denken ze nou echt dat ik bij hun haard ga zitten kijken naar de foto's van een andere vrouw met mijn kind in haar armen?'

Ondertussen had mevrouw McCullough zo haar eigen klachten.

'Je hebt geen idee hoe het is,' zei ze aan de telefoon tegen mevrouw Richardson. 'Je baby aan een wildvreemde moeten meegeven. Dat ze weggaat met jouw kind, terwijl je niet eens weet wie ze is. Elke keer dat er aangebeld wordt, krijg ik al rode vlekken, Elena. Als ze weg zijn, zak ik letterlijk op mijn knieën en dan bid ik maar dat ze haar terugbrengen, volgens afspraak. De avond ervoor kan ik niet eens meer slapen. Ik heb slaappillen moeten slikken.' Mevrouw Richardson klakte meelevend met haar tong. 'En ze komen ook nooit op dezelfde dag. Elke week zeg ik: laten we alsjeblieft gewoon een vaste tijd prikken. Gewoon, steeds op dezelfde dag. Dan weet ik tenminste waar ik aan toe ben en heb ik tijd om me erop voor te bereiden. Maar nee, ze vertelt de maatschappelijk werker steeds pas de dag van tevoren dat ze kan. Beweert dat ze dan pas haar werkschema weet. Ik word 's middags gebeld: "We zijn er morgen rond tien uur." Nog geen halve dag voordat ze komen. Ik ben aan het eind van mijn Latijn.'

'Het duurt nu niet lang meer, Linda,' zei mevrouw Richardson sussend. 'Eind maart is de hoorzitting en dan zal de staat natuurlijk beslissen dat het kind bij jullie hoort.'

'Ik hoop dat je gelijk hebt,' zei mevrouw McCullough. 'Maar wat nou als ze besluiten...' Ze zweeg en haar keel werd dichtgeknepen totdat ze diep ademhaalde. 'Ik wil er niet aan denken. Het kan gewoon niet. Dat doen ze heus niet.' Haar toon werd feller. 'Als ze niet eens haar werkschema geregeld krijgt, dan is ze toch zeker niet stabiel genoeg om een kind groot te brengen?'

'Straks is het allemaal achter de rug,' zei mevrouw Richardson.

Maar mevrouw Richardsons kalmte verhulde haar ware gevoelens. Hoe meer ze over Mia nadacht, hoe bozer ze werd en hoe minder ze kon stoppen om over haar na te denken.

Ze woonde al haar hele leven in Shaker Heights, en ze was er helemaal van doordrongen. De herinneringen aan haar jeugd waren groen en uitgestrekt – brede gazons, hoge bomen, het weelderige lover dat bij welgesteldheid hoort – en ze hadden veel weg van de reclamebrochures die de stad al tientallen jaren uitgaf om de juiste soort bewoners aan te trekken. Die herinneringen klopten ook, in zekere zin: de grootouders van mevrouw Richardson waren bijna vanaf het begin in Shaker Heights geweest. Ze waren er in 1927 komen wonen, toen het technisch gezien nog een dorp was – hoewel het toen al de mooiste woonwijk ter wereld werd genoemd. Haar grootvader was opgegroeid in de binnenstad van Cleveland, in wat Millionaires Row werd genoemd, de goudkust van de stad. En de bruidstaartachtige villa van zijn familie stond naast die van de Rockefellers en de telegrafiemagnaat en de minister van Buitenlandse Zaken van president McKinley. Maar tegen de tijd dat de grootvader van mevrouw Richardson – inmiddels een succesvolle advocaat – een woning zocht voor hem en zijn bruid, was het te lawaaiig in de stad en veel te druk. Er hing smog van de kolendampen; de jurken van de dames werden er vies van. Hij had besloten dat naar het platteland verhuizen de oplossing was. Het was waanzin om zo ver van de stad te gaan wonen, vonden zijn vrienden, maar hij was een buitenmens en zijn aanstaande echtgenote een enthousiaste amazone, en Shaker Heights had drie ruiterpaden, beekjes waar je kon vissen en veel frisse lucht. Bovendien bracht een nieuwe treinverbinding de zakenmannen direct van Shaker naar het hart van de stad: het was allemaal ultramodern. Het stel kocht een huis in Sedgewick Road, nam een dienstmeid aan en werd lid van de countryclub. Mevrouw Richardsons grootmoeder vond er een stal voor haar paard, Jackson, en werd lid van de Flowerpot-tuinclub.

Toen mevrouw Richardsons moeder, Caroline, in 1931 werd geboren, was het er allemaal minder landelijk, maar nog steeds heel idyllisch. Shaker Heights werd officieel een stad. Er waren negen basisscholen en voor de highschool was net een nieuw bakstenen gebouw opgeleverd. Overal werden nieuwe paleisjes van huizen opgetrokken, allemaal conform de strenge stijlvereisten en passend in het kleurenschema, en allemaal gebonden aan een negenennegentigjarig convenant dat de doorverkoop verbood aan iemand die niet door de buurt was goedgekeurd. Regelgeving en orde waren noodzakelijk, drukten de bewoners elkaar op het hart, om ervoor te zorgen dat hun buurt zowel een eenheid als esthetisch verantwoord bleef.

Want esthetisch, dat was Shaker Heights zonder meer. Overal

prachtige gazons en bloeiende tuinen; de bewoners moesten beloven om regelmatig onkruid te wieden, om alleen bloemen te planten, en nooit groente. De mensen die het geluk hadden in Shaker te kunnen wonen, wisten zeker dat hun buurt de mooiste van heel Amerika was. Het was het soort buurt – zoals een van de bewoners ondervond – waar je je kostbare diamanten trouwring kon kwijtraken bij het sneeuwvrij maken van je oprit, waarna de serviceafdeling de hele hoop sneeuw kwam ophalen om naar de garage mee te nemen en daar onder hete lampen te laten smelten om jou je ring terug te bezorgen. In haar jeugd ging Caroline 's zomers picknicken aan de meertjes in Shaker, 's winters schaatste ze op de speciaal aangelegde ijsbanen, en met kerst ging ze de deuren langs om kerstliedjes te zingen. Ze ging naar matineevoorstellingen van *Song of the South* en *Anna the King of Siam* in de bioscoop op Shaker Square en bij speciale gelegenheden – haar verjaardag, bijvoorbeeld – nam haar vader haar mee naar Stouffer's Restaurant voor een lunch met kreeft. Als tiener werd Caroline majorette bij de schoolfanfare, en ging naar de kanoclub met de jongen die een paar jaar later haar man zou worden.

Wat haar betrof was het een perfect leven in een perfecte omgeving. Iedereen in Shaker Heights vond dat. Dus toen duidelijk werd dat de buitenwereld iets minder perfect was – met de rellen rond rechtszaken over rassenscheidingen, zoals Brown versus Board, en passagiers in Montgomery bussen boycotten en de Negen van Little Rock in een storm van krachttermen en fluimen naar school gingen – namen de inwoners van Shaker, ook Caroline, zich voor om betere mensen te zijn. Ze waren immers intelligenter, attenter en voorzieniger, rijker en meer verlicht. Was het dan niet hun plicht om ook anderen te verlichten? Had de elite dan niet de verantwoordelijkheid om zijn welvaart te delen met minderbedeelden? Carolines eigen moeder had haar altijd opgevoed met het idee dat je moest omzien naar mensen in nood: ze organiseerde altijd speelgoedinzamelingen rond de kerst, was lid van het plaatselijke Kinderfonds, en had zelfs de redactie op zich genomen van een kookboek dat het fonds uitgaf en waarvan alle inkomsten naar goede doelen gingen, en waar ook haar eigen recept voor stroopkoekjes in stond. Toen de problemen in de buitenwereld ook in Shaker Heights voelbaar werden – een bom bij het huis van een zwarte advocaat – voelde de gemeenschap zich verplicht om te tonen dat dat niet zo werkte in Shaker. Er werd op een typische Shaker Heights-manier een buurtgenootschap opgericht ter bevordering van integratie: met leningen om blanke gezinnen te stimuleren in zwarte wijken te gaan wonen, leningen om zwarte gezinnen te stimuleren in blanke wijken te komen wonen, regels die verboden om TE KOOP-borden neer te zetten om een witte vlucht te voorkomen – een regel die tientallen jaren lang gehandhaafd bleef. Caroline, inmiddels zelf huiseigenaar met een kind van één – een jonge mevrouw Richardson – sloot zich meteen aan bij de integratievereniging. Een paar jaar later zou ze vijfenhalf uur rijden, met haar dochter op sleeptouw, naar de grote Mars in Washington, en mevrouw Richardson zou zich die dag altijd herinneren; de zon die haar dwong met haar ogen te knijpen, de drommen mensen, dij aan dij, de warme klamheid van zweet die uit de menigte opsteeg, het Washington Monument dat in de verte oprees, als een naald die de wolken wilde doorboren. Ze klampte zich stevig vast aan haar moeders hand, doodsbang om haar kwijt te raken. 'Dit is toch ongelofelijk,' zei haar moeder zonder omlaag te kijken. 'Onthou dit goed, Elena.' En Elena zou zich de blik op haar moeders gezicht herinneren, dat verlangen om de wereld een duw in de richting van volmaaktheid te geven, als het aandraaien van een stemsleutel op een viool bij een ontstemde snaar. Ze was ervan overtuigd dat wanorde te overwinnen was, als je maar hard genoeg je best deed.

Maar Elena was ook gevormd door drie generaties van eerbied voor de orde en regels en het decorum die de shaker zo eigen waren, en het was haar nooit gelukt die twee concepten met elkaar te verenigen. In 1968, op haar vijftiende, zette ze de televisie aan en zag de chaos overal in het land oplaaien, als een lopend vuur. Martin Luther King jr., en toen Bobby Kennedy. Studenten die in opstand kwamen op Columbia University. Rellen in Chicago, Memphis, Baltimore, Washington D.C. – overal, overal heerste de wanorde. Diep vanbinnen vatte iets vlam, een vlam die jaren later in Izzy zou oplaaien. Ze begreep heus wel waarom dit gebeurde: ze vochten om onrecht recht te zetten. Maar ergens huiverde ze ook van de scènes op het televisiescherm. Korrelige beelden, maar daarom niet minder angstaanjagend: brandende supermarkten, rook die in wolken van het dak sloeg, muren die tot staketsels werden geknaagd door de vlammen. De schotsen glas van ingeslagen winkelruiten, als slagtanden in de nacht. Soldaten die met geweren langs drogisterijen en wasserettes marcheerden. Jeeps die op kruispunten onder dode stoplichten het verkeer tegenhielden. Moest je het oude echt afbranden om ruimte te maken voor het nieuwe? De vloerbedekking aan haar voeten voelde zacht. De bank waarop ze zat was bedekt met een rozenpatroon. Buiten koerde een treurige duif bij het voederplankje en gleed er een Cadillac langs tot hij waardig tot stilstand kwam op de hoek. Ze vroeg zich af wat nu de échte wereld was.

De lente daarop, toen de antioorlogsprotesten losbarstten, sprong ze niet in de auto om mee te doen. Wel schreef ze hartstochtelijke brieven aan de krant; ze tekende petities om een eind te maken aan de dienstplicht. Ze borduurde een vredesteken op haar boekentas. Ze stak bloemen in haar haar.

Het punt was niet dat ze bang was. Het punt was dat Shaker Heights, al zijn idealisme ten spijt, een pragmatische buurt was, en zelf wist Elena ook niet beter. Een leven vol praktische en comfortabele overwegingen viel over de vonk binnen in haar als een dikke, zware deken. Als ze naar Washington zou gaan om mee te lopen in de demonstraties, waar moest ze dan slapen? Zou het wel veilig zijn? En haar lessen dan, zou ze worden geschorst, kon ze nog wel examen doen en gaan studeren? In de lente van haar eindexamenjaar had Jamie Reynolds haar na een geschiedenisles apart genomen. 'Ik kap ermee,' zei hij. 'Ik ga naar Californië. Ga met me mee.' Ze adoreerde Jamie al sinds ze pas op de middelbare school zaten, toen hij een sonnet mooi vond dat ze voor Engels had geschreven. Nu hij bijna achttien was, had hij lang haar en een vlassig baardje, hield hij niet van autoriteiten, en had hij een Volkswagenbusje waarin ze volgens hem zouden kunnen wonen.

‘Het is een soort kamperen,’ had hij gezegd, ‘alleen kunnen we overal naartoe.’ En ze wilde zo ontzettend graag met hem mee, waar dan ook naartoe, zodat ze zijn scheve, verlegen glimlach kon kussen. Maar hoe kwamen ze aan geld voor eten, waar zouden ze hun was doen, en hoe zat het met douchen? Wat zouden haar ouders zeggen? De buren, hun leraren, haar vriendinnen? Ze had Jamie op zijn wang gezoend en gehuild toen hij uiteindelijk uit het zicht verdwenen was.

Maanden later, toen ze op Denison zat, zat ze met haar studievrienden naar de loting voor de dienstplicht te kijken, die live te zien was op de korrelige televisie in de gedeelde zitkamer. Jamies verjaardag – 7 maart – rolde eruit bij de tweede lotingsronde. Hij zou dus een van de eersten zijn die werden opgeroepen om te gaan vechten, dacht ze, en ze vroeg zich af waar hij nu was, of hij wist wat hem boven het hoofd hing, of hij zich zou melden, of dat hij zou weglopen. Naast haar kneep Billy Richardson in haar hand. Zijn verjaardag zat in een van de allerlaatste rondes, en trouwens, hij was student en hem was al uitstel verleend. Hij zat goed. Tegen de tijd dat ze zouden afstuderen, zou de oorlog voorbij zijn, en dan zouden ze trouwen, een huis kopen, een gezin stichten. Ze had nergens spijt van, hield ze zichzelf voor. Het was idioot dat ze überhaupt had overwogen om met hem mee te gaan. Wat ze voor Jamie had gevoeld was niet meer dan een piepklein vlammetje, dat ook weer uitgedoofd was.

Haar hele leven had ze geleerd dat hartstocht even gevaarlijk was als vuur. Het liep zo snel uit de hand. Het klom over muren en sprong over greppels. Vonkjes sprongen weg als vlooien en zo verspreidde het vuur zich razendsnel; een briesje kon de sintels kilometers ver meenemen. Het was maar het beste om de eerste vonk onder controle te houden en hem heel voorzichtig door te geven aan de volgende generatie, als een olympische fakkel. Of misschien om het voorzichtig te voeden, als een eeuwige vlam: iets wat je herinnerde aan het licht en het goede dat nooit brand zou stichten – nooit brand zou kúnnen stichten. Zorgvuldig onder controle gehouden. Onder de duim. Blij in gevangenschap. Een vuurzee moest te allen tijde worden vermeden, vond ze.

Deze filosofie droeg ze al haar hele leven met zich mee, en ze vond altijd dat die haar goed van pas was gekomen. Ze had natuurlijk wel hier en daar wat dingen moeten opgeven, maar ze had een schitterend huis, een vaste baan, een liefhebbende echtgenoot, een stel gezonde, gelukkige kinderen. Dat was het toch zeker allemaal waard geweest? Regels waren er niet zonder reden: als je je eraan hield lachte het succes je toe. Hield je je er niet aan, dan zou de hele wereld in vlammen kunnen opgaan.

En toch, hier was Mia, die de arme Linda zoveel ellende aandeed, alsof ze niet al genoeg had meegemaakt, alsof Mia zelf zo'n goede moeder was. Ze sleepte haar vaderloze kind van de ene plek naar de andere, scharrelde haar kostje bij elkaar met slechtbetaalde baantjes, wat ze goedpraatte door zichzelf – en alle anderen – wijs te maken dat ze Kúnst maakte. Een beetje haar smoezelige neus in andermans zaken steken. Rotzooi trappen. Het achteloos vonken laten regenen. Mevrouw Richardson was woedend, en diep vanbinnen vatte die zorgvuldig ingedamde woede toch vlam. Mia deed gewoon waar ze zin in had, dacht mevrouw Richardson, en waar zou het toe leiden? Tot het gebroken hart van haar liefste vriendin. Tot chaos voor iedereen. Dat kan niet zomaar, dacht ze. Waarom mocht Mia dat wel, terwijl iedereen zich verder inhield?

Het was alleen uit loyaliteit jegens de McCulloughs, hield ze zichzelf voor, deze drang om het recht te laten zegevieren voor haar vriendin, die haar uiteindelijk over de streep trok: zodra ze de kans kreeg, zou ze naar Pennsylvania afreizen om Mia's ouders te bezoeken. Ze zou weleens even uitzoeken wie deze vrouw precies was.

12

In die dagen had Pearl het gevoel dat alles doordrenkt was met seks; het stroomde aan alle kanten over, als ranzige honing. Zelfs het nieuws stond er bol van. Op *The Today Show* besprak de presentator de geruchten over de president en een bevlekte blauwe jurk; nog veel smeriger verhalen deden de ronde over een sigaar en waar die in verdwenen was. In het hele land schakelden scholen maatschappelijk werkers in om 'jonge mensen te helpen bij het verwerken van het nieuws', maar in de gangen van Shaker Heights High School heerste eerder hilariteit dan trauma. De flauwe moppen over sigaren en pijpen waren niet van de lucht, en ze vroeg zich af of het hele land één grote aflevering van Jerry Springer was geworden.

Tussen wiskunde en biologie en Engels wisselden mensen grappen uit alsof het honkbalplaatjes waren, zo gretig, en met de dag werden ze explicieter. 'Heb je gehoord van de Oval Office-sigaar? Die heeft ribbels en glijmiddel.' Of: 'Monica Lewinsky heeft een nieuwe baan. Erectiesecretaresse.' Pearl bloosde, maar deed alsof ze hem al eens had gehoord. De vieze woorden leken iedereen zo gemakkelijk uit de mond te rollen, terwijl zij ze zelf niet eens zou durven fluisteren. Iedereen sprak blijkbaar vloeiend schuine teksten. Het bevestigde wat ze al dacht: dat iedereen meer wist over seks dan je zou denken, iedereen behalve zij.

In deze stemming liep Pearl half februari in haar eentje naar het huis van de Richardsons. Izzy zou nu bij Mia over een vel met afdrukken gebogen staan, dingen bijsnijden, Mia's aandacht opslokken, zodat er ruimte was voor Pearl om zich uit de voeten te maken. Moody had een onvoldoende voor een proefwerk over Jane Eyre en moest nablijven om het over te doen. Meneer en mevrouw Richardson waren aan het werk. En Lexie had uiteraard andere bezigheden. Toen Pearl haar tegenkwam bij de kluisjes had Lexie gezegd: 'Later! Brian en ik gaan... chillen, en in Pearls gedachten vulde alles wat toch al in de lucht hing de stilte die Lexie had laten vallen. Ze liep er nog steeds over te denken toen ze bij de Richardsons aankwam en daar alleen Trip aantrof, die op de bank in de serre lag, lang en slank, met een wiskundeboek opengeslagen op het kussen naast hem; hij had zijn tennisschoenen uitgeschopt, maar had zijn witte sokken nog aan, en dat vond ze vreemd aandoenlijk.

Een maand geleden zou Pearl nog snel weggelopen zijn en had ze hem alleen gelaten, maar ze wist zeker dat ieder ander tegen Trip zou hebben gezegd dat hij moest opschuiven, om naast hem op de bank te ploffen. Dus bleef ze, en hing aarzelend op het randje van een beslissing. Ze waren helemaal alleen thuis: er zou van alles kunnen gebeuren, realiseerde ze zich, en die gedachte was betoverend. 'Hoi,' zei ze. Trip keek op en grijnsde.

'Hé, nerd,' zei hij. 'Kom deze jongen eens even helpen.' Hij kwam overeind en schoof op om ruimte voor haar te maken, en duwde zijn schrift haar kant op. Pearl pakte het op en bestudeerde de opgave, zich scherp bewust van het feit dat hun knieën elkaar raakten.

'Oké, dit is een makkie,' zei ze. 'Dus, om *x* te vinden...' Ze boog zich over het schrift en verbeterde zijn werk, terwijl Trip naar haar zat te kijken. Hij had haar altijd een beetje een grijze muis gevonden, wel schattig, maar geen meisje waar hij veel bij stilstond, los van de puberhormonen die maakten dat alles wat vrouw was het bekijken waard was. Maar vandaag was er iets met Pearl, iets aan haar uitstraling. Haar blik was snel en helder – was dat altijd al zo geweest? Ze veegde een lok haar uit haar gezicht en hij vroeg zich af hoe het zou zijn om het aan te raken, voorzichtig, zoals je een vogel zou aaien. Met drie snelle haaltjes schetste ze het probleem op de bladzijde – op, neer, en dan een golvende lijn die hem ineens deed denken aan lippen en heupen en andere rondingen.

‘Snap je het nou?’ vroeg Pearl, en tot zijn eigen stomme verbazing begreep Trip het inderdaad.

‘Hé,’ zei hij. ‘Jij bent hier echt goed in.’

‘Ik ben goed in zoveel dingen,’ zei ze, en toen kuste hij haar.

Het was Trip die haar achteroverduwde op de bank, zijn boek op de grond gooide, zijn handen eerst op en toen onder haar shirt legde. Maar het was Pearl die zich een poosje later onder hem uit wurmde, hem bij de hand nam en hem meetrok naar zijn kamer.

In Trips half opgemaakte bed, in Trips kamer met het shirt van gisteren op de vloer, met de lampen uit en de luxaflex halfdicht, zodat hun lichamen met strepen zonlicht overgoten werden, gaf ze zich over aan haar instinct. Het was alsof, voor het eerst in haar leven, haar gedachten uitgeschakeld waren en haar lichaam zijn eigen gang ging. Trip was degene die aarzelde, die prutste aan haar behasluiting, hoewel hij er al talloze moest hebben losgemaakt. Ze legde dit – terecht – uit als een teken dat hij gespannen was, dat dit moment iets betekende voor hem, en dat vond ze lief.

‘Zeg maar wanneer ik moet stoppen,’ zei hij, en zij zei: ‘Niet stoppen.’

Toen het gebeurde was er een felle pijn, die plotselinge lichamelijkheid van hun lijven, van zijn gewicht boven op haar, van haar knieën die tegen zijn heupen duwden. Het ging snel. Het genot kwam voor haar pas achteraf – deze keer, in elk geval – toen hij intens huiverde en tegen haar aan viel en zijn gezicht in haar hals drukte. Hij klampte zich aan haar vast, alsof hij gedreven werd door een intense, niet te stuiten behoefte. Ze vond het een kick, het idee van wat ze net hadden gedaan, het effect dat ze op hem kon hebben. Ze kuste hem op de zijkant van zijn oor, en zonder zijn ogen te openen schonk hij haar een slaperige glimlach, en ze vroeg zich even af hoe het zou zijn om naast hem in slaap te vallen, en elke ochtend naast hem wakker te worden.

‘Wakker worden,’ zei ze. ‘Straks komt er iemand thuis.’

Ze trokken snel hun kleren aan, in stilte, en pas toen begon Pearl zich te generen. Zou haar moeder het doorhebben? vroeg ze zich af. Zou ze er nu op een of andere manier anders uitzien? Zou iedereen die haar zag aan haar gezicht kunnen aflezen wat ze had gedaan? Trip gooide haar T-shirt naar haar toe en ze trok het over haar hoofd, ineens verlegen bij het idee van zijn ogen op haar lichaam. 'Ik moet gaan,' zei ze.

'Wacht,' zei Trip en hij trok voorzichtig haar haren uit haar kraag. 'Zo, dat is beter.' Ze grijnsden ongemakkelijk naar elkaar en keken toen allebei weg. 'Ik zie je morgen,' zei hij, en Pearl knikte en glipte de deur uit.

Die avond hield Pearl haar moeder scherp in de gaten. Ze had steeds maar weer in de spiegel gekeken en wist bijna zeker dat er met het blote oog niets anders aan haar te zien was. Wat er ook maar was veranderd – en ze voelde zich tegelijkertijd hetzelfde en volkomen anders – het zat vanbinnen. En toch, telkens als Mia haar aankeek verstijfde ze. Na het eten trok ze zich terug op haar slaapkamer met de mededeling dat ze heel veel huiswerk had, om te laten bezinken wat er was gebeurd. Had ze nu verkering met Trip? vroeg ze zich af. Had hij haar gebruikt? Of – en dit was een verbijsterende gedachte – had zij hém soms gebruikt? Ze vroeg zich af of ze zich nog steeds zo tot hem aangetrokken zou voelen als ze hem weer zou zien. Of hij, als hij haar zag, zou doen alsof er niets gebeurd was – of erger nog: haar in haar gezicht zou uitlachen. Ze probeerde zich elk moment van die middag voor de geest te halen: elke beweging van hun handen, elk woord dat ze hadden gezegd, en elke teug adem die ze hadden genomen. Moest ze met hem praten, of moest ze hem uit de weg gaan tot hij haar opzocht? Die vragen kolkten de hele avond door haar hoofd, en de volgende ochtend, toen Moody haar kwam halen om samen naar school te lopen, kon ze hem niet in de ogen kijken.

De hele dag deed Pearl haar best om normaal te lijken. Ze hield haar hoofd gebogen over haar aantekeningen; ze stak nooit haar hand op. Aan het eind van elke les zette ze zich schrap voor de mogelijkheid dat ze Trip in de gang zou tegenkomen, en ze oefende wat ze dan zou zeggen. Maar het gebeurde nooit, en telkens haalde ze het volgende lokaal zonder hem te zien en slaakte een zucht van verlichting. Moody, die naast haar zat, merkte alleen dat ze stilletjes was en vroeg zich af of ze soms ergens over inzat. Om haar heen gonsde het schoolleven zoals altijd, en aan het eind van de dag ging ze naar huis; ze zei dat ze zich niet zo lekker voelde. Wat er ook gebeurde als ze Trip weer zou zien, ze wilde niet dat Lexie en Moody er dan bij zouden zijn. Mia merkte ook dat Pearl stilletjes was, en vroeg zich af of ze soms iets onder de leden had en stuurde haar vroeg naar bed, maar Pearl lag lang wakker, en toen ze 's ochtends haar gezicht ging wassen, zag ze donkere kringen onder haar ogen en wist ze zeker dat Trip nooit meer naar haar wilde kijken.

Maar aan het eind van de dag verscheen Trip bij haar locker. 'Wat ga je doen?' vroeg hij, bijna verlegen, en ze verschoot van kleur en wist precies wat hij haar eigenlijk vroeg.

'Gewoon, chillen,' zei ze. 'Met Moody.' Ze speelde met de draaischijf van haar combinatieslot, draaide hem heen en weer, en besloot om weer stoer te doen. 'Tenzij jij een beter idee hebt?'

Trip legde zijn vingers op de blauw geschilderde rand van de lockerdeur. 'Is je moeder thuis?'

Pearl knikte. 'Izzy is er ook.' Ieder voor zich gingen ze in hun hoofd een lijstje locaties na, maar op geen van die plekken zouden ze alleen zijn. Toen zei Trip ineens: 'Ik weet misschien wel iets.' Hij trok zijn pieper uit zijn zak en viste een kwartje uit zijn boekentas. Piepers waren op school ten strengste verboden, dus alle coole leerlingen hadden er eentje. 'Kom maar naar de telefooncel als je klaar bent, oké?' Hij sprintte weg, en Pearl pakte haar boeken bij elkaar en deed haar locker op slot. Haar hart ging tekeer alsof ze als een klein kind tikkertje aan het spelen was – al wist ze niet wie in dit geval de tikker was. Ze stak de hal door en liep naar de voorkant van de school, waar de telefooncel stond, voor het auditorium. Trip hing net op.

'Wie heb je gebeld?' vroeg Pearl en Trip keek ineens beschaamd.

'Ken je Tim Michaels?' vroeg hij. 'We zitten al sinds ons tiende samen op voetbal. Zijn ouders komen pas om acht uur thuis, en hij neemt weleens een date mee naar de speelkamer in de kelder.' Hij zweeg, en Pearl begreep het.

'Of hij laat jou weleens een date meenemen?' vroeg ze.

Trip bloosde en hij kwam dichterbij staan, zodat ze bijna in zijn armen kon verdwijnen. 'Al heel lang geleden,' zei hij. 'Jij bent het enige meisje dat ik daar nu mee naartoe wil nemen.' Hij liet een vinger over haar sleutelbeen glijden. Zo was hij anders nooit, zo serieus, en ze had hem bijna ter plekke gekust. Op dat moment ging de pieper in zijn hand af. Pearl zag alleen een reeks cijfers, maar voor Trip betekende het iets. De leerlingen met piepers communiceerden in codes en spelden hun berichten met cijfers. KAN IK JOUW HUIS GEBRUIKEN, had Trip ingetoetst in de telefooncel, en Tim, die zich net in de kleedkamer stond om te kleden voor zijn basketbaltraining, had een blik op zijn zoemende pieper geworpen en gefronst. Hij wist helemaal niet dat Trip de laatste tijd met iemand bezig was.

'Hij zegt dat het goed is.' Hij trok aan een van de riemen van Pearls boekentas. 'Dus?'

Ineens kon het Pearl niet meer schelen met welke meisjes hij daar al eerder was geweest. 'Ben je met de auto?' vroeg ze.

Ze stonden al bij de achterdeur van Tim Michaels' huis toen ze pas weer aan Moody dacht. Hij zou zich wel afvragen waar ze was, en waarom ze niet zoals altijd op hem had gewacht bij de natuur- en scheikundelokalen, zodat ze samen naar huis konden lopen. Hij zou een poosje blijven wachten en dan zelf maar op weg gaan, maar thuis zou ze ook niet zijn. Ze zou hem iets van een uitleg moeten geven, besefte ze, en toen had Trip de reservesleutel onder de deurmat vandaan gevist en hij pakte haar hand; ze dacht niet meer aan Moody en liep achter hem aan naar binnen.

'Hebben we eigenlijk verkering?' vroeg ze, toen ze na afloop samen op de bank in Tim Michaels' speelkamer lagen. 'Of is dit het?'

'Wil je mijn baseballjack dragen, of zo?'

Pearl lachte. 'Nee.' Toen zei ze ernstig: 'Ik wil alleen weten waar ik aan toe ben.'

Trips ogen zochten de hare, uitgestreken en helder en intens bruin. 'Ik ben in elk geval niet van plan om met iemand anders verkering te nemen. Is dat wat je wilde weten?'

Hij leek oprecht. 'Oké. Ik ook niet.' Na een poosje zei ze: 'Moody gaat waarschijnlijk over de rooie. En Lexie. Iedereen, eigenlijk.'

Trip dacht er even over na. 'Nou,' zei hij, 'we hoeven het toch niet te vertellen.' Hij neigde zijn hoofd naar het hare zodat hun voorhoofden elkaar raakten. Nog even, dacht Pearl, en ze zouden moeten opstaan; dan zouden ze zich weer moeten aankleden en naar buiten moeten, de wereld in, waar nog zoveel andere mensen waren.

'Ik vind het niet erg om een geheim te zijn,' zei ze, en ze kuste hem.

Trip hield zich aan zijn woord: hoewel Tim Michaels hem geregeld aan zijn hoofd zeurde, weigerde hij de naam van zijn mysterieuze nieuwe meisje prijs te geven, en als zijn andere vrienden hem vroegen waar hij na school naartoe ging, verzon hij een smoesje. Pearl vertelde het ook aan niemand. Wat kon ze er ook over zeggen? Ergens wilde ze het wel aan Lexie vertellen, onthullen dat ze lid was van die exclusieve club van ervaringsdeskundigen waartoe ze nu alle twee behoorden. Maar Lexie zou alles tot in detail willen weten, en ze zou het aan Serena Wong vertellen, en dan wist binnen een week de hele school het. Izzy zou het natuurlijk walgelijk vinden. En wat Moody betrof – nou ja, het was uitgesloten dat ze het aan hem zou vertellen. Pearl was zich er al een poosje van bewust dat Moody's gevoelens voor haar anders waren, zowel in kwantiteit als in kwaliteit, dan haar gevoelens voor hem. Een maand eerder, toen ze zich door een mensenmassa bij een bioscoop wurmden – ze waren eindelijk naar *Titanic* gegaan, en de lobby stond bomvol – stak hij zijn hand uit en pakte de hare, zodat ze elkaar niet kwijt zouden raken. En hoewel ze blij was dat iemand haar door die menigte loodste, voelde ze iets aan de manier waarop hij haar vastgreep, zo stevig, zo bezitterig. En toen wist ze het. Ze liet hem haar hand vasthouden tot ze door de deur de zaal in liepen en toen maakte ze zich voorzichtig van hem los, zogenaamd omdat ze in haar tasje op zoek ging naar lippenbalsem. Tijdens de film – terwijl Leonardo DiCaprio een tekening van de naakte Kate Winslet maakte en de camera inzoomde op een hand die over een beslagen autoruit gleed – voelde ze Moody verstijven en opzijkijken naar haar. Toen had ze haar hand in de zak met popcorn gestoken, alsof het tragische spektakel op het scherm haar verveelde. Na afloop, toen Moody opperde om bij Arabica langs te gaan voor een kop koffie, zei ze dat ze naar huis moest. De volgende morgen, op school, leek alles weer bij het oude, maar ze wist dat er iets was veranderd, en ze droeg die wetenschap met zich mee als een splinter, iets waar ze niet aan wilde komen.

Dus leerde ze liegen. Om de zoveel dagen, als ze stiekem met Trip meeging – als Tim Michaels' trainingsschema het toeliet – liet ze een briefje achter in Moody's locker. *Ben tot laat op school. Zie je bij jou thuis, om halfvijf?* Later, als Moody ernaar vroeg, had Pearl altijd een plausibel vaag smoesje. Dat ze posters had moeten maken voor het jaarlijkse spaghettidiner voor het goede doel. Dat ze met haar leraar Engels had gepraat over het essay dat ze moesten schrijven. In werkelijkheid zette Trip haar, na hun samenzijn, een paar straten verderop af, en zij liep dan zoals gewoonlijk naar het huis van de Richardsons, terwijl hij naar ijshockeytraining ging, of het huis van een vriend, of hij reed nog een stukje rond en kwam dan ook thuis.

Ze werden maar één keer gezien. Meneer Yang, die op weg naar huis was na zijn dienst op de bus, draaide zijn lichtblauwe Saturn Parkland Drive op en zag een Jeep Cherokee aan de kant van de weg staan, met daarin twee tegen elkaar aan gedrukte tieners. Toen hij voorbijreed, lieten ze elkaar eindelijk los en het meisje deed het portier aan haar kant open en stapte uit en hij herkende zijn bovenbuurmeisje, Mia's rustige, knappe dochter. Het ging hem niets aan, dacht hij bij zichzelf, maar de rest van de middag zat hij te dagdromen over zijn eigen tienerjaren in Hongkong, waarin hij stiekem naar de botanische tuinen ging met Betsy Choy. Hij had nooit iemand iets verteld over die magische middagen, en had er zelf al jaren niet meer aan gedacht. Jonge mensen zijn altijd, overal hetzelfde, dacht hij, en hij schakelde en reed door.

Sinds het halloweenfeestje verdwenen Lexie en Brian zelf ook zo vaak als ze konden – na training, aan het eind en soms ook aan het begin van hun weekendafspraakjes, en een keer tijdens hun tentamenweek, midden op de dag, tussen Lexies scheikundetentamen en Brians mondeling Spaans. 'Je bent verslaafd,' had Serena geplaagd. Tot Lexies grote irritatie was er altijd iemand thuis bij de Richardsons als zij en Brian alleen wilden zijn. Maar aangezien Brians vader veel diensten werkte en zijn moeder vaak overwerkte, was er bij de Avery's meestal niemand thuis, en als het echt niet anders kon deden ze het in Lexies auto, die ze op een verlaten parkeerplaats neerzetten om vervolgens op de achterbank onder het oude dekbed te kruipen dat ze daar speciaal voor dat doel had liggen.

Wat Lexie betrof was de wereld bijna perfect, en haar fantasieën waren precies zoals haar echte leven, alleen dan met fellere kleuren. Na hun dates, als zij en Brian zich met tegenzin van elkaar hadden losgemaakt en ze weer naar huis was gegaan, kroop ze in bed en voelde ze zijn warmte, en stelde zich voor hoe het later zou zijn, als ze samenwoonden. Het zou fantastisch zijn, dacht ze, om in zijn armen in slaap te vallen, om naast hem wakker te worden. Ze kon zich niets heerlijkers voorstellen: het idee vervulde haar met een warme, bijna-postcoïtale gloed. Ze zouden natuurlijk samenwonen, in een klein huisje. Met een achtertuin waar ze kon zonnen; en een basketbalbucket voor Brian. Ze zou een bosje seringen neerzetten op het dressoir en een gestreept linnen laken op het bed leggen. Geld, huur, banen waren geen punt van zorg; in haar echte leven dacht ze ook nooit over dat soort dingen na, dus speelden ze ook geen rol in haar fantasieleven. En ooit – hier begon de fantasie pirouettes te draaien en te vonken als vuurwerk tegen een nachtelijke hemel – zou er een baby komen. Die zou precies lijken op de foto die Brians moeder op de schoorsteenmantel had staan: eentje van Brian, toen hij een jaar oud was. Krullend haar, bolle wangetjes, met bruine ogen, zo groot en zacht dat je het gevoel had dat je smolt als je erin keek. Brian zou de baby op zijn heup laten hobbelen en in de lucht gooien. Ze zouden samen picknicken in het park en dan zou de baby omrollen in het gras en lachen als de grassprietjes aan zijn voetjes kietelden. En 's nachts zouden ze slapen met de baby tussen hen in als een warm, zacht, naar melk geurend hoopje.

In Shaker Heights kreeg iedere leerling niet een keer, maar vijf keer in zijn schoolcarrière seksuele voorlichting: in groep drie en vier van de basisschool, bij wijze van 'vroeg ingrijpen'; in de 'gevaarlijke jaren', groep vijf en zes; en dan nog een keer op de middelbare school, als genadeklap. Die laatste keer werd de voorlichting gecombineerd met basale voedingsadviezen, discussies over eigenwaarde, en sollicitatietips. Maar Lexie en Brian waren ook pubers, slecht in kansberekening en nog slechter in het inschatten van risico's. Ze waren jong en wisten zeker dat ze van elkaar hielden. Ze waren verblind en duizelig van het visioen van de toekomst die ze samen zouden delen, waar Lexie soms zo ontzettend naar verlangde dat ze er 's nachts wakker van lag. Wat inhield dat ze zich er niet van lieten weerhouden, meer dan eens, als Lexie in haar tas naar een condoom zocht en er geen vond. 'Het komt wel goed,' fluisterde ze tegen Brian. 'Laten we maar gewoon...'

En dus, in de eerste week van maart, stond Lexie in de drogisterij naar de plank met zwangerschapstests te staren.

Ze pakte een dubbele verpakking van de onderste plank, stopte die onder haar tas en liep ermee naar de kassa. De caissière was nog jong, een jaar of dertig, vijfendertig pas, maar ze had al allemaal rimpels om haar mond, waardoor het leek of ze de hele tijd haar lippen tuitte. Stel in vredesnaam geen vragen, bad Lexie. Doe alsjeblieft alsof je niet ziet wat ik koop.

'Ik weet nog dat ik erachter kwam dat ik zwanger was van mijn eerste,' zei de vrouw ineens. 'Heb de test op mijn werk gedaan. Ik was zo nerveus dat ik moest overgeven.' Ze stopte de tests in een plastic tasje en gaf die aan Lexie. 'Succes, meid.' Lexie moest bijna huilen om deze onverwachte vriendelijkheid – of het nu lag aan de schaamte dat iemand haar doorhad, of de angst dat haar test ook positief zou zijn, dat wist ze niet precies – en ze nam het tasje aan en liep snel weg, zonder te groeten.

Thuis sloot Lexie zich op in de badkamer en deed het doosje

open. De gebruiksaanwijzing was simpel. Een streepje was nee, twee streepjes ja. Net een Magic 8-bal die je voor waarzegspelletjes gebruikte, maar dan met grotere gevolgen. Ze legde de vochtige stick op de wastafel en boog zich eroverheen. Ze zag de streepjes al opkomen. Twee stuks, felroze.

Er klopte iemand op de badkamerdeur. 'Wacht even,' riep ze. Ze wikkelde de stick snel in toiletpapier, bijna een halve rol, en duwde hem helemaal onder in de prullenbak. Izzy stond nog steeds op de gang te wachten toen ze eenmaal had doorgetrokken, haar handen had gewassen en eindelijk de deur opendeed.

'Stond je jezelf te bewonderen in de spiegel?' Izzy wierp een blik langs haar zus heen de badkamer in, alsof daar misschien nog iemand verstopt zat.

'Sommige mensen vinden het nu eenmaal fijn om zo nu en dan een borstel door hun haar te halen,' zei Lexie. Ze liep langs Izzy heen en ging naar haar slaapkamer, waar ze zodra de deur op slot zat in bed kroop en probeerde te bedenken wat ze nu moest doen.

Heel even dacht Lexie oprecht dat ze de baby zouden kunnen houden. Ze zouden er wel iets op bedenken. Het kwam wel goed, zoals altijd alles wel goed kwam met haar. Ze zou – ze telde het af op haar vingers – in november uitgerekend zijn. Misschien kon ze Yale een semester uitstellen en later beginnen. Of misschien kon de baby wel bij haar ouders wonen als zij ging studeren. Ze zou natuurlijk elke vakantie thuiskomen om hem te zien. Of misschien – dit was de mooiste droom van allemaal – misschien kon Brian ook wel naar Yale komen, of zij naar Princeton. Dan zouden ze een klein huisje huren. Trouwen, misschien. Ze drukte haar hand op haar buik – nog steeds zo plat als altijd – en ze dacht aan een enkele pulserende cel die zich diep vanbinnen deelde, zoals in de video's tijdens de biologieles. In haar zat een piepklein stukje Brian, een vonkje dat zich rond- en rondwentelde en zich transformeerde. Het was een schitterende gedachte. Het voelde als een belofte, een cadeau dat iemand haar had laten zien om vervolgens weg te leggen op een hoge plank in de kast, voor later. Iets wat ze sowieso zou krijgen, dus waarom niet nu al?

Ze begon erover in bedekte termen, door over Mirabelle te praten, zoals ze al maanden deed. 'Je gelooft echt niet hoe piepklein haar vingertjes zijn, Bry,' zei ze. 'Met minuscule nageltjes. Net een pop, echt onvoorstelbaar. En als je haar vasthoudt zakt ze echt helemaal tegen je aan.' Toen begon ze over andere baby's die ze de laatste tijd had gezien, met behulp van het tijdschrift *People*. Ze gebruikte Brians schouder als kussen, bladerde door de glossy bladzijden en rangschikte de kindjes in volgorde van schattigheid, waarbij ze af en toe zijn mening vroeg.

'Maar weet je wie pas écht schattige baby's zouden krijgen,' zei ze. Haar hart begon sneller te kloppen. 'Wij. Onze kinderen zouden om op te vreten zijn. Denk je ook niet? Gemengde kindjes zijn altijd zo mooi. Misschien omdat onze genen zo verschillend zijn.' Ze bladerde verder in het tijdschrift. 'Ik bedoel, zelfs het kind van Michael Jackson is een snoesje. En hij is zelf een verschrikking. Dat heb je nu eenmaal met halfbloedjes.'

Brian legde een ezelsoor in zijn boek. 'Michael Jackson kun je nauwelijks zwart noemen. Neem dat maar van mij aan. En die baby ziet er blank uit.'

Ze leunde tegen Brians arm en trok de fotoapportage wat dichter bij haar gezicht. Ze zag Michael Jackson op een gouden troon zitten, met een klein kind in zijn armen. 'Maar kijk dan hoe schattig.' Ze bleef even stil. 'Zou het niet leuk zijn als wij er, zeg maar, nu al eentje hadden?'

Brian kwam overeind, zo onverwacht dat Lexie bijna omviel. 'Je bent niet goed snik,' zei hij. 'Dat is echt de gestoordste shit die ik ooit heb gehoord.' Hij schudde zijn hoofd. 'Je moet echt ophouden.'

'Ik fantaseer maar wat, Bry. Jemig.' Lexie voelde haar keel dichtknijpen.

'Je fantaseert over een baby. Ik fantaseer over Cliff en Clair die me dan zullen vermoorden. Ze zouden me niet eens hoeven aanraken. Ze hoeven me alleen maar aan te kijken met zo'n blik en ik ben er geweest. Meteen. Morsdood.' Hij haalde zijn hand over zijn haar. 'En ik weet ook al wat ze zouden zeggen: "Zo hebben we je niet opgevoed."'

'Maar lijkt het je dan echt zo afschuwelijk? Een klein kindje, van ons samen?' Ze drukte de rand van het tijdschrift in met haar nagels. 'Ik dacht dat je wilde dat we voor altijd bij elkaar bleven.'

'Dat wil ik ook. Misschien. Lex, we zijn pas achttien. Weet je wat mensen zouden zeggen? Iedereen zou zeggen: O kijk, weer zo'n zwarte gast die een meisje zwanger heeft gemaakt, nog voordat hij zelfs maar een schooldiploma heeft behaald. Weer een stel tienerouders. Hij zal wel niet meer gaan studeren. Dát zou iedereen zeggen.' Hij klapte zijn boek dicht en gooide het op tafel. '*No way* dat ik dat ooit zou doen. *No. Way.*'

'Oké.' Lexie deed haar ogen dicht en hoopte dat Brian het niet zou zien. 'Ik zeg ook niet dat we meteen nú kinderen moeten krijgen. Ik probeer het me gewoon voor te stellen. Hoe het in de toekomst zou kunnen zijn, meer niet.'

Het viel niet mee om het te moeten toegeven, maar ze wist best dat hij gelijk had. In Shaker kreeg niemand op de middelbare school al een kind. Hier ging je naar selectieklassen, en daarna naar de universiteit. In de tweede ging de roddel dat Carrie Wilson zwanger was: iedereen wist dat haar vriendje zeventien was en van Cleveland Heights was getrapt, en Tiana Jones, Carries beste vriendin, had tegen een paar mensen gezegd dat het echt waar was. Carrie liep er een paar weken zelfgenoegzaam en mysterieus bij, en wreef steeds over haar buik, totdat meneer Avengard, de conrector, het hele jaar bijeenriep in de aula. 'Ik heb begrepen dat er allerlei geruchten de ronde doen,' zei hij, terwijl hij zijn publiek boos aankeek. Wat zagen al die gezichten er toch jong uit, dacht hij: beugels, acne, de eerste baardhaartjes. Die kinderen vinden alles één grote grap, dacht hij. 'Er is helemaal niemand zwanger,' zei hij tegen hen. 'Ik weet zeker dat niemand van jullie jonge dames en heren zo onverantwoordelijk zou zijn.' En inderdaad, naarmate de weken verstreken bleef Carrie Wilsons buik zo plat als een dubbeltje, en uiteindelijk vergat iedereen het hele verhaal. In Shaker Heights werden tieners niet zwanger, of als dat wel gebeurde wisten ze het heel goed te verbergen. Want wat zouden de mensen zeggen? 'Slet,' zouden ze op school zeggen. 'Hoer.' Ook al waren zij en Brian al achttien en dus voor de wet volwassen, en ook al waren ze al zo lang bij elkaar. De buren? Die zouden er waarschijnlijk niets van zeggen, tenminste, niet als ze met een dikke buik of een kinderwagen voorbijliep – maar zodra ze binnen was zouden ze kletsen. Haar moeder zou door de grond gaan. Er zou schaamte zijn, en medelijden, en Lexie wist dat ze beide dingen niet zou trekken.

Dus er zat maar één ding op. Ze rolde zich op op haar bed, voelde zich klein en roze en kwetsbaar als een garnaal, en ze liet haar fantasie los, als een ballon die opsteeg, de lucht in, tot hij knapte.

Die avond kondigde mevrouw Richardson aan tafel aan dat ze naar Pittsburgh zou gaan – 'Voor research,' zei ze. 'Een verhaal over zebramosselen in Lake Erie. Pittsburgh heeft immers ook zo zijn problemen gehad met uitheemse soorten.' Ze had goed nagedacht over een plausibel excuus, en na veel gepieker was ze met een onderwerp gekomen waar niemand vragen over zou stellen. Zoals ze al had gedacht, besteedden ze er allemaal nauwelijks aandacht aan – behalve Lexie, die even haar ogen sloot en de godheid, welke het ook maar was, bedankte die dit had geregeld. De volgende ochtend deed Lexie alsof ze zich had verslapen, maar zodra iedereen weg was checkte ze of ze inderdaad alleen thuis was, en belde toen een kliniek in de buurt, waarvan ze het nummer de avond ervoor had opgezocht. 'De elfde,' zei ze tegen hen. 'Het moet op de elfde.'

De avond voor haar moeder naar Pittsburgh vertrok belde Lexie met Pearl. 'Je moet wat voor me doen,' zei ze fluisterend, ook al belde ze met de telefoon die ze alleen met Trip deelde, en Trip was er niet.

Pearl, die nog steeds op haar hoede was na het halloweenfeestje, slaakte een zucht. 'Wat dan?' vroeg ze. Ze ging in gedachten het lijstje af van de dingen die Lexie in vredesnaam van haar nodig zou hebben. De gebruikelijke dingen sloegen allemaal nergens op. Een blouse lenen? Een lippenstift? Pearl had niets wat Lexie

Richardson ooit van haar zou willen. Advies, dan? Lexie vroeg nooit iemand om advies. Lexie was degene die advies uitdeelde, of je er nu om had gevraagd of niet.

'Ik wil graag dat je morgen met me meegaat naar een kliniek,' zei Lexie. 'Een abortuskliniek.'

Het bleef lang stil terwijl Pearl deze informatie probeerde te verwerken. Dus Lexie was zwanger? Een flits egocentrische paniek schoot door haar heen – zij en Trip waren die middag nog naar Tim Michaels' huis geweest. Waren ze wel voorzichtig genoeg geweest? En de keer ervoor? Ze probeerde dat wat Lexie haar nu vertelde te rijmen met de Lexie die ze kende. Lexie wilde een abortus? Lexie die zo gek was op baby's, Lexie die zo snel klaarstond met haar oordeel over anderen? Lexie die zo keihard was geweest over Bebe's 'fout'?

'Waarom vraag je Serena niet?' vroeg ze uiteindelijk.

Lexie aarzelde. 'Ik wil Serena er niet bij hebben,' zei ze. 'Ik wil jou.' Ze zuchtte. 'Weet ik veel. Ik dacht dat jij er meer begrip voor zou hebben. Ik dacht dat jij niet zou oordelen.'

Ondanks alles voelde Pearl toch iets van trots. 'Ik oordeel ook niet,' zei ze.

'Ik heb je gewoon nodig,' zei Lexie, 'dus wil je me nou helpen, of niet?'

Om halfacht 's ochtends parkeerde Lexie voor het huis in Winslow Road. Zoals ze had beloofd stond Pearl op de stoep te wachten. Ze had tegen haar moeder gezegd dat Lexie haar een lift naar school zou geven.

'Weet je het zeker?' vroeg ze. Ze had zich de avond ervoor proberen in te beelden wat zij zou doen als ze in Lexies schoenen stond, en steeds weer was er die paniek die door haar heen schoot, van haar voetzolen tot haar schedel. Dat zou aanhouden tot de week erop, toen de kramp in haar buik begon en ze een zucht van verlichting kon slaken.

Lexie bleef strak door de voorruit kijken. 'Ik weet het zeker.'

'Het is wel een enorme beslissing.' Pearl zocht naar een vergelijking die Lexie zou begrijpen. 'Je kunt het niet meer terugdraaien. Het is niet zoiets als een trui kopen.'

‘Dat weet ik heus wel.’

Lexie nam gas terug toen ze een verkeerslicht naderden en Pearl zag de donkere kringen onder haar ogen. Ze had Lexie nog nooit zo moe gezien, en zo ernstig.

‘Je hebt het toch aan niemand verteld, hè?’ vroeg Lexie toen de auto weer in beweging kwam.

‘Tuurlijk niet.’

‘Zelfs niet aan Moody?’

Pearl dacht aan de leugen die ze Moody de vorige avond op de mouw had gespeld – dat ze niet zoals gewoonlijk met hem naar school kon lopen, omdat ze die ochtend een afspraak bij de tandarts had. Hij was niet achterdochtig; het kwam gewoon niet bij hem op dat Pearl zou kunnen liegen. Ze was opgelucht, maar ook een beetje gekwetst: dat hij haar altijd maar weer zo gemakkelijk geloofde, dat hij haar niet in staat achtte tot iets anders dan de waarheid.

‘Ik heb hem niks verteld,’ zei ze.

De kliniek was een pretentieloos beige gebouw met schone, glimmende ramen, bloeiende struiken aan de voorkant, en een parkeerplaats. Je kon er terecht om je ogen te laten meten, je verzekeringsagent te spreken, je belastingen te laten doen. Lexie koos een plek aan de rand van het parkeerterrein en gaf de sleutels aan Pearl. ‘Hier,’ zei ze. ‘Jij moet straks terugrijden. Heb je je voorlopige rijbewijs wel bij je?’

Pearl knikte en wees haar maar niet op het feit dat je juridisch gesproken alleen met een voorlopig rijbewijs mocht rijden als er een volwassene van boven de eenentwintig meereed, die zelf een gewoon rijbewijs had. Lexie omklemde de sleutels, haar vingers wit en koud, en in een impuls nam Pearl Lexies hand in de hare.

‘Het komt allemaal goed,’ zei ze, en samen liepen ze de kliniek in, waar de deuren opengleden alsof ze verwacht werden.

De zuster achter de balie was een forse vrouw met koperkleurig haar die de twee meisjes goedmoedig meelevend aankeek. Ze zag dit natuurlijk elke dag, dacht Pearl: meisjes die doodsbang waren voor wat er ging gebeuren, en al even bang voor wat er zou gebeuren als ze dit niet deden.

'Heb je een afspraak, lieverd?' vroeg ze. Ze keek vriendelijk van Pearl naar Lexie.

'Ja,' zei Lexie. 'Om acht uur.'

De vrouw tikte iets in op haar toetsenbord. 'En je naam is?'

Zachtjes, alsof ze zich schaamde, alsof het echt haar naam was, zei Lexie: 'Pearl Warren.'

Pearl kon nog net voorkomen dat haar mond openviel. Lexie meed haar blik terwijl de vrouw op haar scherm keek. 'Heb je iemand bij je om je naar huis te brengen?'

'Ja,' zei Lexie. Ze boog even haar hoofd Pearls kant op, weer zonder haar in de ogen te kijken. 'Mijn zus is meegekomen. Die rijdt straks terug naar huis.'

Zusjes, dacht Pearl. Ze leken totaal niet op elkaar, zij en Lexie. Geen mens zou geloven dat zij – klein, met pluizig haar – familie was van de lange, ranke Lexie. Je kon net zo goed beweren dat een Schotse terriër en een hazewindhond uit hetzelfde nestje kwamen. De vrouw wierp een snelle blik op hen en besloot toen ofwel dat ze het plausibel vond of dat ze zou doen alsof.

'Vul deze maar even in,' zei ze, en ze gaf Lexie een klembord met roze formulieren. 'Ze komen je over een paar minuten halen.'

Toen ze veilig in hun stoelen zaten, zo ver mogelijk bij de balie vandaan, leunde Pearl over het klembord.

'Ik kan echt niet geloven dat je míjn naam hebt opgegeven,' siste ze.

Lexie zakte ineen op haar stoel. 'Ik raakte in paniek,' zei ze. 'Toen ik belde vroegen ze me naar mijn naam, en toen herinnerde ik me ineens dat mijn moeder de directeur hier kent. En, nou ja, mijn vader is in het nieuws geweest vanwege dat gedoe met de McCulloughs. Ik wilde niet dat ze mijn naam zouden herkennen. Dus toen zei ik gewoon de eerste de beste naam die me te binnen schoot. En dat was die van jou.'

Pearl nam hier geen genoegen mee. 'Nu denkt iedereen dat ík degene ben die zwanger was.'

'Het is maar een naam,' zei Lexie. 'Ik ben degene die in de problemen zit. Het maakt niet uit of ze mijn echte naam kennen of niet.' Ze haalde diep adem, maar leek alleen nog maar verder in te zakken. Zelfs haar haar, zag Pearl, hing er slap bij en viel voor haar ogen, zodat het haar ogen half bedekte. 'Jij... Jij bent gewoon een willekeurig iemand.'

'Godallemachtig.' Pearl pakte het klembord over van Lexie. 'Geef mij die maar.' Ze begon de formulieren in te vullen, te beginnen met haar eigen naam. *Pearl Warren*.

Ze was er bijna klaar mee toen de deur aan het eind van de wachtkamer openging en een in het wit geklede zuster binnenkwam. 'Pearl?' zei ze met een blik op de dossiermap die ze vast had. 'We zijn klaar voor je.'

Op de regel 'contactpersoon in geval van nood' noteerde Pearl de naam van haar eigen moeder en hun telefoonnummer. 'Zo,' zei ze, en ze duwde Lexie het klembord in handen. 'Klaar.'

Lexie stond langzaam op, als iemand in een droom. Heel even bleven ze zo staan, ieder met een eind van het klembord in hun hand, en Pearl wist zeker dat ze Lexies hart helemaal in haar eigen vingertoppen kon voelen bonzen, dwars door het hout van het klembord.

'Sterkte,' zei ze zachtjes tegen Lexie. Lexie knikte en nam de formulieren mee, maar bij de deur bleef ze staan en keek achterom, alsof ze wilde controleren of Pearl er nog wel was. De blik in haar ogen zei: *Alsjeblieft. Toe, ik heb geen idee waar ik mee bezig ben. Wacht alsjeblieft tot ik terug ben.* Pearl vocht tegen de drang om naar haar toe te rennen en haar hand vast te pakken, om met haar mee te lopen, de gang in, alsof ze echt zusjes waren, het soort meisjes dat elkaar tot steun was bij zo'n soort beproeving, het soort meisjes dat jaren later elkaars hand zou vasthouden tijdens een bevalling. Het soort meisjes dat geen probleem had met elkaars naaktheid en pijn, dat eigenlijk niets voor elkaar te verbergen had.

'Sterkte,' zei ze nog eens, wat harder deze keer, en Lexie knikte en liep achter de zuster aan, de deur door.

Op het moment dat haar dochter haar ziekenhuispon aantrok, belde mevrouw Richardson aan bij meneer en mevrouw Wright. Ze had de rit van drie uur naar Pittsburgh in één ruk afgelegd, zonder te stoppen om naar het toilet te gaan of haar benen te strekken. Ging ze dit echt doen? vroeg ze zich af. Ze wist niet precies wat ze tegen de familie Wright zou gaan zeggen, en ook niet wat voor informatie ze eigenlijk van hen hoopte te krijgen. Maar ze had een mysterie te pakken, dat wist ze zeker, en ze was er al even zeker van dat de Wrights de sleutel tot dat mysterie hadden. Ze was in het verleden al een paar keer op reis geweest voor verhalen - naar Columbus, om onderzoek te doen naar bezuinigingsmaatregelen van de staat; naar Ann Arbor, toen een voormalige leerling uit Shaker als quarterback meespeelde in Michigan tegen OSU. Dit was precies zoiets, hield ze zichzelf voor. Het was gerechtvaardigd. Ze moest het verhaal horen, met eigen oren.

Als mevrouw Richardson al twijfels had of ze wel bij de juiste familie was, dan verdwenen die meteen toen de deur openging. Mevrouw Wright leek opvallend veel op Mia – haar haar was iets lichter, en ze had het kort laten knippen, maar haar ogen en gezicht leken zo op die van Mia dat mevrouw Richardson kon zien hoe Mia er over dertig jaar zou uitzien.

'Mevrouw Wright?' begon ze. 'Ik ben Elena Richardson. Ik ben verslaggever bij een krant in Cleveland.'

Mevrouw Wright kneep haar ogen achterdochtig tot spleetjes. 'Ja?'

'Ik schrijf een stuk over veelbelovende jonge sporters, wier carrière vroeg tot een eind gekomen is. Ik zou graag met u willen praten over uw zoon.'

'Over Warren?' Verbazing en argwaan flitsten over mevrouw Wrights gezicht, en mevrouw Richardson zag de worsteling van de twee emoties. 'Waarom?'

'Ik kwam zijn naam tegen tijdens mijn research,' zei ze voorzichtig. 'Er waren een aantal artikelen waarin hij werd omschreven als de meest veelbelovende tiener die ze in jaren hadden meegemaakt. Dat hij een goede kans maakte om professional te worden.'

'Er zijn een paar scouts wezen kijken bij zijn wedstrijden,' zei mevrouw Wright. 'Na zijn dood hebben ze allerlei heel aardige dingen over hem gezegd.' Er viel een lange stilte, en toen ze weer opkeek, was de achterdocht verdwenen om plaats te maken voor versleten trots. 'Nou ja, kom dan maar binnen.'

Mevrouw Richardson had het begin uitgestippeld en vertrouwde verder op haar intuïtie om het gesprek in de gewenste richting te leiden. Ze had in de loop der jaren geleerd dat informatie uit mensen die je interviewde trekken zoiets was als een grote, onwillige koe de juiste kant op leiden: je moest zo'n koe op het goede pad zien te krijgen en haar het idee geven dat ze dat pad zelf had gekozen. De Wrights bleken echter onverwacht gemakkelijk. Bij een kop koffie en een schaal dure koekjes leken ze bijna blij om over Warren te kunnen praten. 'Ik zou vooral graag de herinnering aan hem levend willen houden,' zei ze, en zodra ze vragen begon te stellen, kwam er zo'n enorme stroom informatie uit hen dat ze hen bijna niet kon bijbenen met haar aantekeningen.

Warren was inderdaad een running back in het Americanfootballteam geweest; en het klopte ook dat hij als forward in het ijshockeyteam speelde. Daar was hij op zijn zevende of achtste mee begonnen. Of mevrouw Richardson soms wat foto's wilde zien. Hij had gewoon aanleg voor sport, zij hadden daar zelf nooit iets voor gedaan. Nee, meneer Wright was zelf nooit zo sportief geweest. Hij was meer een toeschouwer dan een speler. Maar Warren was anders – hij had gewoon talent. Zijn trainer had gezegd dat hij naar een speciale sportacademie kon als hij hard genoeg trainde. Als hij dat ongeluk nooit had gehad...

Hier vielen meneer en mevrouw Wright allebei even stil, en al wilde mevrouw Richardson graag meer weten, toch voelde ze ineens oprecht medelijden. Ze keek naar de foto van Warren Wright in zijn footballtenue, die mevrouw Wright van de schoorsteenmantel had gepakt om aan haar te laten zien. Hij moest een jaar of zeventien zijn geweest, even oud als Trip. Ze leken totaal niet op elkaar, de twee jongens, maar iets in zijn pose deed haar toch aan haar zoon denken: het iets schuin gehouden hoofd, de ondeugende sporen van een grijns om de mondhoeken. 'Hij was vast een hartenbreker,' zei ze zachtjes, en mevrouw Wright knikte.

'Ik heb ook kinderen,' hoorde mevrouw Richardson zichzelf

zeggen. ‘En een jongen van die leeftijd. Ik vind het zo erg voor jullie.’

‘Dank u.’ Mevrouw Wright wierp nog een keer een lange blik op de foto, zette hem toen weer op zijn plek, in precies de goede hoek, en veegde een stofje van het glas. Deze vrouw, dacht mevrouw Richardson, had zoveel moeten doorstaan. Ergens wilde ze haar opschrijfboekje dichtklappen, de dop op haar pen doen en haar voor haar tijd bedanken. Maar ze aarzelde en dacht aan waar ze voor gekomen was. Als háár dochter weggelopen was en zou liegen over wie ze was, zei ze tegen zichzelf, als het háár dochter was die onrust stookte in het leven van goedbedoelende mensen – nou, dan zou ze het niemand kwalijk nemen dat ze navraag naar haar deden. Mevrouw Richardson haalde diep adem.

‘Ik hoopte ook Warrens zusje te kunnen spreken,’ zei ze, en ze deed alsof ze in haar aantekeningen bladerde. ‘Mia. Hebt u misschien haar huidige telefoonnummer voor me?’

Meneer en mevrouw Wright wisselden een ongemakkelijke blik, zoals ze al had verwacht.

‘Ik vrees dat we al een poos geen contact meer hebben met onze dochter,’ zei mevrouw Wright.

‘O jee, het spijt me.’ Mevrouw Richardson keek van de ene ouder naar de andere. ‘Ik hoop dat ik geen taboe heb aangesneden.’ Ze wachtte af en liet de ongemakkelijke stilte groeien. Ze wist uit ervaring dat geen mens zo’n stilte uiteindelijk lang volhield. Als je maar lang genoeg wachtte begon er altijd iemand te praten, en vaak boden ze je daarbij de kans om dieper te graven, om het gesprek open te breken en op te diepen wat je moest weten.

‘Dat valt wel mee,’ zei meneer Wright na een poosje. ‘Maar we hebben haar al niet meer gesproken sinds vlak na het overlijden van Warren.’

‘Wat verdrietig,’ zei mevrouw Richardson. ‘Je hoort het vaker, dat iemand in het gezin het heel moeilijk heeft met zo’n verlies. En dat die dan van de radar verdwijnt.’

‘Maar wat er met Mia gebeurde had niets te maken met wat Warren is overkomen,’ zei mevrouw Wright. ‘Wat er met Warren gebeurde was een ongeluk. Jonge jongens en hun roekeloze gedrag.

Of misschien alleen de sneeuw. Mia... Nou ja, dat is een heel ander verhaal. Zij was volwassen. Zij maakte haar eigen keuzes. George en ik...' De tranen welden op in de ogen van mevrouw Wright.

'We zijn niet bepaald in goede harmonie uit elkaar gegaan,' zei meneer Wright.

'Wat vreselijk.' Mevrouw Richardson leunde wat naar voren. 'Dat moet heel zwaar voor u zijn geweest, om in één klap allebei uw kinderen te verliezen, in zekere zin.'

'Ze gaf ons niet echt een keus,' zei mevrouw Wright fel. 'Door hier in zo'n staat te komen.'

'Regina,' zei meneer Wright, maar mevrouw Wright hield niet op.

'Ik zei tegen haar dat het me niet kon schelen hoe aardig die lui van Ryan waren, want ik keurde het gewoon af. Ik vond het verkeerd en dom om je eigen kind te verkopen.'

De pen van mevrouw Richardson bleef halverwege in de lucht hangen. 'Pardon?'

Mevrouw Wright schudde haar hoofd. 'Ze dacht dat ze het gewoon kon opgeven en dan doorgaan met haar leven. Alsof er niets was gebeurd. Maar ik had zelf twee kinderen, snapt u? Dus ik wist waar ik het over had. Zelfs voordat we Warren verloren.' Ze kneep boven in haar neus, alsof er een vlek zat die ze weg wilde wrijven. 'Je komt er nooit overheen, afscheid nemen van je kind. Hoe het ook gebeurt. Het is je eigen vlees en bloed.'

Mevrouw Richardsons hoofd tolde. Ze liet haar pen zakken. 'Wacht even, begrijp ik het nou goed?' zei ze. 'Mia was zwanger en was van plan om dat echtpaar, de Ryans, haar baby te laten adopteren?'

Meneer en mevrouw Wright keken elkaar weer even aan, maar deze keer zeiden hun blikken: we hebben nu A gezegd, dus... Het was duidelijk voor het geoefende oog van mevrouw Richardson dat ze erover wilden praten, dat ze misschien al heel, heel lang hadden zitten wachten tot ze er met iemand over kónden praten.

'Zo was het niet helemaal,' zei meneer Wright. Er viel een lange stilte. Toen: 'Het was ook hún kind. Ze konden zelf geen kinderen krijgen. Ze droeg het voor hen.'

13

In de herfst van 1980 verliet Mia Wright, net achttien geworden, het kleine gele huis in Bethel Park om naar de New York School of Fine Arts te gaan. Ze was Pennsylvania nog nooit uit geweest en vertrok met twee koffers, de liefste wensen van haar broer en de zegen van haar ouders.

Ze had haar ouders niet verteld dat ze toelatingsexamen voor de kunstacademie had gedaan tot de brief kwam waarin stond dat ze was aangenomen. Het was niet helemaal onverwacht, tenminste, dat had het niet moeten zijn. Als kind was ze al gefascineerd door dingen die anderen tot haar verwondering helemaal niet zagen. 'Je was altijd al zo'n dromer,' zei haar moeder dan. 'Dan zat je eindeloos naar het grasveld te staren in je wandelwagen. Of je zat in bad en dan liet je rustig een uur lang water van het ene bekertje in het andere stromen, als ik je de kans gaf.' Wat Mia zich van die momenten herinnerde waren de grassprieten in de wind, hoe ze van kleur veranderden als ze bewogen, van donker naar licht, als de vleug in fluweel als je er met je hand overheen ging; en hoe stromend water in druppels opbrak als het tegen de rand van de beker klotste. Alles, viel haar op, kon zichzelf omtoveren. Zelfs de twee zwerfkeien in de achtertuin werden soms zilver, in het vroegeochtendlicht. In de boeken die ze las kon elk beekje een riviergod zijn, elke boom een vermomde dryade, iedere oude vrouw een machtige fee, elke kiezel een betoverde ziel. Alles had het in zich om te transformeren, en dat leek haar de werkelijke betekenis van kunst.

Haar broer Warren was de enige die de verborgen laag die zij in dingen zag leek te begrijpen, maar ja, ze hadden altijd al een bijzonder contact gehad, zelfs al voor zijn geboorte. 'Mijn baby,' zei Mia tegen iedereen die het horen wilde, en dan tikte ze tegen de buik van haar moeder met een vingertje, waarop Warren altijd antwoordde met een schopje. 'Mijn baby. Daarbinnen,' informeerde ze wildvreemden in de supermarkt, al wijzend. Toen ze met hem thuiskwamen uit het ziekenhuis had ze hem onmiddellijk geclaimd.

'Mijn Wren,' noemde ze hem. In die eerste jaren had hij eruitgezien als een waakzaam vogeltje en zocht hij de kamer af naar haar, met zijn hoofd een beetje schuin, en twee onvoorstelbaar felle, geconcentreerde ogen. Als hij huilde, wist zij precies welk speeltje hem rustig kreeg. Als hij niet wilde slapen, ging Mia naast hem liggen, midden op het bed van hun ouders, met dekens als een nestje van chenille om hen heen gedrapeerd, en dan zong ze liedjes voor hem en aaide zijn wangetje tot hij indutte. Als hij van het klimrek viel, was het Mia naar wie hij huilend toe liep, Mia die de wond op zijn slaap met jodium bette en er een pleister op plakte.

'Je zou denken dat zíj zijn moeder was,' had zijn moeder eens gezegd, half klagend, half bewonderend.

Ze hadden hun eigen woorden voor dingen, een jargon met onduidelijke oorsprong: om redenen die ze zelf vergeten waren, noemden ze boter 'kaas', en de troepialen die hoog in de bomen zaten 'kietelvogels'. Het was een cirkel die ze om hen tweeën heen trokken, als een soort baldakijn. 'Je mag het aan geen enkele Fransman vertellen,' begon Mia, voordat ze een geheim fluisterde, en Warren antwoordde dan altijd: 'Ik vertel het aan niemand, zelfs niet aan een wilde giraf.'

En toen, op haar elfde – bijna twaalfde – ontdekte Mia de fotografie.

Warren, die net tien was, had zelf niet alleen sport ontdekt, maar ook het feit dat hij er goed in was. Honkbal in de zomer, American football in de herfst, ijshockey in de winter, basketbal in alle tijd die er dan nog over was. Hij en Mia waren nog steeds close, maar hij bracht lange middagen door op het basketbalveld in het park, en oefende urenlang zijn passes en lay-ups.

Dus het sprak vanzelf dat Mia ook een passie zocht.

In een tweehandswinkel zag ze een oude Brownie Starflex in de etalage liggen. De camera had geen flitser en geen halsriem meer, maar de eigenaar van de winkel verzekerde haar dat hij het nog deed, en zodra Mia de kleine zilveren kap opendeed en de winkel in de lens als een wazig miniatuur weerspiegeld zag, wilde ze de camera dolgraag hebben. Ze dook in de katvormige spaarpot waarin ze haar zakgeld bewaarde en begon de camera overal mee naartoe te nemen. Ze legde de suggestie in de handleiding om naar Kodak Company te schrijven om het handige boekje 'Hoe maak ik goede foto's' aan te vragen naast zich neer, en ging alleen op haar intuïtie af. Met de camera bungelend aan twee aan elkaar geknoopte zijden sjaaltjes van haar moeder begon ze foto's te nemen – vreemde foto's, wat haar ouders betrof: van vervallen huizen, roestende auto's, objecten die langs de weg gegooid waren. 'Wat raar om daar een foto van te nemen,' merkte de winkelbediende in de fotozaak op toen hij haar de envelop met afdrukken overhandigde. Die specifieke set bevatte drie afbeeldingen die ze in de loop van een paar opeenvolgende dagen had gefotografeerd: dat van een vogellijkje op de stoep. De winkelbediende vroeg zich af, niet voor het eerst, of dat meisje van Wright wel helemaal goed bij haar hoofd was.

Maar voor Mia waren die foto's niet meer dan een vage benadering van wat ze eigenlijk wilde uitdrukken, en al snel begon ze niet alleen de afdrukken te veranderen – met van alles, van een balpen tot spetters wasmiddel – maar begon ze ook met de camera zelf te experimenteren en de beperkte mogelijkheden die het apparaat haar bood naar haar hand te zetten. Met de Starflex, zoals met alle Brownies, kon je niet inzoomen. De sluiter ging automatisch dicht om dubbele belichting te voorkomen – wat volgens de handleiding juist gemakkelijk was voor de amateur. Het enige wat je hoefde te doen was meteen het enige wat je kón doen: in de zoeker kijken en afdrukken. In plaats van de camera recht te houden, op borsthoogte, zoals de gebruiksaanwijzing voorschreef, hield Mia hem schuin in verschillende hoeken, en knoopte ze haar geïmproviseerde halsriem hoger of lager. Ze drapeerde zijden sjaaltjes en bakpapier over de lens; ze probeerde om in de mist te fotograferen, als het hoosde van de regen, of in de rokerige steeg achter de bowlingbaan.

'Geldverspilling,' zei haar moeder honend als Mia weer eens thuiskwam met een envelop vol vage en korrelige foto's.

Maar met elk filmrolletje begon ze beter te begrijpen hoe een foto samengesteld was, waar hij toe in staat was en waartoe niet, en hoe ver je hem kon rekken en draaien. Al wist ze het op dat moment nog niet, het was allemaal training voor de fotograaf die ze zou worden. Met maar twaalf foto's per rolletje leerde ze dat ze haar beelden zorgvuldig moest componeren. En zonder hulpmiddelen – zonder controle over sluitertijd, zonder inzoomfunctie – leerde ze om creatief te zijn en hoe ze haar camera en haar scène moest manipuleren.

Op dat moment greep hun buurman, meneer Wilkinson, gelukkig in. Hij woonde verder op de heuvel en hij had Mia met haar Brownie door de buurt zien zwerven en foto's zien maken van van alles en nog wat. Mia en Warren wisten maar één ding over meneer Wilkinson: hij was inkoper van speelgoed, en was meestal op reis naar speelgoedbeurzen om nieuwe koopwaar te bekijken, en aan het hoofdkantoor te rapporteren welk speelgoed ze moesten inkopen. Om de zoveel maanden riep mevrouw Wilkinson alle kinderen uit de buurt bij elkaar om het gratis speelgoed dat meneer Wilkinson had meegekregen uit te delen. Het waren fantastische dingen: een setje mallen waar je gips in kon gieten om kerstversieringen mee te maken, een Saturnus-vormige bal waar je op kon stuiteren zoals met een pogostick, een gigantisch poppenhoofd met goudkleurig haar waar je kappertje mee kon spelen, een doos met parfummetjes die je kon mengen en met flesjes zo groot als je pink om je creaties in te kunnen bewaren. 'Ik heb mijn kelder nodig,' zei ze dan lachend, en ze zorgde ervoor dat ieder kind iets kreeg, al was het maar een jojo. De zoon van de Wilkinsons was inmiddels al volwassen en woonde ergens in Maryland, en hij had geen speelgoed meer nodig.

Dit was heel lang de enige indruk die Mia van meneer Wilkinson had, een geheimzinnige kruising tussen Marco Polo en de

Kerstman die zijn huis vulde met schatten. Maar op een middag, vlak na haar dertiende verjaardag, had meneer Wilkinson haar ernstig bij hem op zijn veranda geroepen.

'Ik zie jou nu al een jaar rondbanjeren,' had hij gezegd. 'Ik wil weleens zien waar je allemaal mee bezig bent.'

De volgende ochtend liep Mia doodsbang met een stapel foto's naar het huis van de Wilkinsons. Warren was tot dusverre haar enige bewonderaar, maar ja, Warren zei natuurlijk altijd o en ah. Maar meneer Wilkinson was een volwassene, een man, een man die ze nauwelijks kende. Hij had geen enkele reden om aardig voor haar te zijn.

Toen ze bij de Wilkinsons aanbelde, bracht mevrouw Wilkinson haar naar de studeerkamer, waar meneer Wilkinson achter een groot bureau zat te typen op een crèmekleurige typemachine. Maar toen Mia binnenkwam, draaide hij zijn stoel rond en duwde tegen de plank waarop de typemachine stond tot die keurig in de kast verdween, alsof hij opgeslokt werd.

'Zo,' zei hij. Hij pakte de bril die om zijn nek hing en zette die op zijn neus, terwijl Mia daar met knikkende knieën stond. 'Laat maar eens zien.'

Het bleek dat meneer Wilkinson zelf ook fotograaf was, hoewel hij zelf de voorkeur gaf aan landschappen. 'Ik hou niet van plaatjes met mensen erop,' zei hij tegen haar. 'Geef mij maar een boom.' Als hij op reis ging, nam hij zijn camera altijd mee en plande een halve dag in om op onderzoek uit te gaan. Hij haalde een stapeltje foto's uit een map: een sequoiabos in de vroege ochtend, een rivier die door een bedauwd veld kronkelde, een meer dat de zon weerspiegelde in een glinsterende driehoek die naar de bossen in de verte leek te wijzen. Ineens besefte Mia dat alle foto's in de gang ook van zijn hand waren.

'Jij hebt er oog voor,' zei meneer Wilkinson ten slotte. 'Je hebt er oog voor en een goede intuïtie. Kijk, deze.' Hij tikte op de bovenste foto, waarop Warren in de onderste takken van een esdoorn zat en omkeek naar de camera, een silhouet tegen de lucht. 'Dat is een uitstekend shot. Hoe wist je dat je dat zo wilde inkaderen?'

'Ik weet niet,' gaf Mia toe. 'Het klopte gewoon.'

Meneer Wilkinson bekeek nog een foto, met half dichtgeknepen ogen. 'Dat moet je vasthouden. Vertrouw op je eigen blik. Je ziet het goed.' Hij viste er nog een foto uit. 'Maar zie je deze? Je wilde die eekhoorn, toch?' Mia knikte. De eekhoorn rende over de rand van de schutting en ze was betoverd door de golvende boog die zijn lijfje en zijn staart vormden terwijl hij bleef rennen. Het was alsof je naar een stuiterende bal keek, dacht ze terwijl ze afdrukte. Maar de foto was wazig geworden, en je zag de schutting in plaats van de eekhoorn, die een veeg geworden was. Ze vroeg zich af hoe meneer Wilkinson dat wist.

'Dacht ik al. Je hebt een betere camera nodig. Die je nu hebt is prima voor een beginneling, of voor verjaardagsfeestjes en kerst. Maar niet voor jou.' Hij liep naar de kast en rommelde wat achterin. De oude overjassen en in zakken verpakte jurken verstomden zijn stem. 'Jij... Jij hoort echte foto's te nemen.' Het duurde even, maar toen kwam hij weer tevoorschijn, met een kleine doos. 'Wat jij nodig hebt is een echte camera, geen speelgoed.'

Het was een Nikon F, een klein zilver-met-zwart toestel, zwaar en solide in haar handen. Mia liet haar vingers over de hobbelige buitenkant glijden. 'Maar dit kan ik niet aannemen.'

'Ik geef hem ook niet aan je, je mag hem lenen. Wil je dat, of niet?' Zonder op antwoord te wachten trok meneer Wilkinson een la van zijn bureau open. 'Ik gebruik hem niet meer. Dus kan iemand anders er maar beter plezier van hebben.' Hij haalde een zwart kokertje met een filmrolletje tevoorschijn en gooide dat naar Mia toe. 'En trouwens,' zei hij, 'ik ben benieuwd wat jij ermee kan.'

Tegen de tijd dat Mia die middag weer naar huis ging, had ze geleerd hoe ze de film in de camera om de spoel moest wikkelen, hoe ze kon inzoomen, en hoe ze de lens moest instellen. Er buitelden allemaal vreemde, betoverende woorden door haar hoofd: f/-stop, diafragma. Steeds maar weer bracht ze de camera naar haar oog om erdoorheen te kijken. Onder het dunne kruisje in het midden van de zoeker zag alles er anders uit.

Meneer Wilkinson leerde haar hoe ze de film uit de rol moest halen en hoe ze hem moest ontwikkelen, en Mia begon te houden van die scherpe, bijtende geur van de ontwikkelvloeistof, en hoe je moest opletten tot er een zilveren gloed op de oppervlakte van de film kwam, want dan wist je dat de foto klaar was. Als een piloot die een vliegtuig in een neerwaartse spiraal laat duiken om te leren hoe je het toestel daar weer uit trekt, nam ze haar foto's soms expres onscherp, met de verkeerde sluitertijd of de verkeerde ISO, gewoon om te zien wat er dan zou gebeuren. Ze leerde hoe ze het licht en de camera kon beheersen om de effecten te bereiken die ze wilde, als een muzikant die de fijne kneepjes van zijn instrument leerde kennen.

'Maar hoe kun je...' vroeg ze, terwijl ze het beeld op het papier zag verschijnen en dat vergeleek met het beeld dat ze in haar hoofd had gehad. In het begin wist meneer Wilkinson steeds wat het antwoord was: 'Doordrukken.' 'Een helder, diffuus vullicht.' 'Laten we het eens met freelensen proberen.' Maar al snel werden haar vragen ingewikkelder en moest hij zijn toevlucht nemen tot het exemplaar van *Fotografietechnieken* dat hij op de boekenplank had staan.

'De jongedame wenst meer diepte in het beeld,' peinsde hij op een middag. Mia was inmiddels vijftien. 'Wat de jongedame nodig heeft is een platencamera.'

Mia had nog nooit van zoiets gehoord. Maar algauw spaarde ze alles wat ze verdiende met het helpen in Dicksons Pharmacy en het bedienen in Eat'n Park op voor een nieuwe camera, en ze zat uren te bladeren in de cameracatalogi en fototijdschriften van meneer Wilkinson.

'Je zit vaker te lezen dan dat je echt aan het fotograferen bent,' plaagde meneer Wilkinson, maar uiteindelijk koos ze er eentje uit – de Graphic View II – en zelfs hij kon niets tegen die keuze inbrengen.

'Dat is een heel goede camera,' zei hij. 'Echt waar voor je geld. Als je hem goed onderhoudt, heb je er je hele leven plezier van.' En toen de Graphic View II arriveerde die ze tweedehands had gekocht van iemand die hem in de krant te koop had gezet, als een dure viool vol liefde in de oorspronkelijke doos verpakt, wist Mia dat hij gelijk had.

Haar ouders waren minder onder de indruk van de camera. 'Hóéveel heb je daarvoor betaald?' vroeg haar moeder, terwijl haar vader met zijn hoofd schudde. In hun ogen zag het ding eruit als iets uit de victoriaanse tijd, balancerend op drie van die dunne pootjes, met een harmonicabuik die wel iets weg had van een blaasbalg en die donkere lap waar Mia onder dook. Ze probeerde hun uit te leggen hoe het werkte, maar meteen al toen ze over de tilt-shiftlens begon verloor ze hun aandacht. Zelfs haar geliefde Warren haakte op dat punt af – 'Ik hoef niet te weten hoe het werkt, Mi,' zei hij uiteindelijk tegen haar, 'ik hoef alleen de foto's maar te zien' – en Mia besefte dat ze deze weg alleen zou moeten gaan.

Ze nam foto's van het klimtoestel in het park, van straatlantaarns in de avond, van gemeentewerkers die een door de bliksem getroffen eik omhakten. Ze sleepte de camera mee naar het stadscentrum om een roestige brug te fotograferen die het punt overspande waar de drie rivieren samenkwamen. Door met de instellingen te spelen kon ze een foto van Warrens footballwedstrijd maken van bovenaf op de tribune, zodat de spelers op miniatuurpoppetjes leken, zoals van een modelspoorbaan. 'Ben ik dat?' had Warren gevraagd, turend naar een van de figuurtjes, het lange, dat in de *end zone* op een pass stond te wachten. 'Dat ben jij, Warren,' zei Mia. Ineens zag ze zichzelf als een tovenares die met haar hand over het veld zwaaide en alle jongens daar beneden in plastic poppetjes ter grootte van een doperwt veranderde.

Die afdruk nam ze de volgende dag mee naar meneer Wilkinson, maar er werd opengedaan door een vreemde vrouw. Het bleek de schoondochter van meneer Wilkinson. 'Della is in haar slaap overleden,' zei de schoondochter tegen Mia, toen ze haar daar zag staan met de camera om haar nek en de foto in haar hand. 'Wat wilde je ook alweer?' Na de begrafenis overtuigde de schoondochter en haar man meneer Wilkinson ervan dat hij in een bejaardentehuis in Silver Spring moest gaan wonen, dichter bij hen. Het gebeurde zo snel dat Mia niet eens de kans kreeg om afscheid te nemen, laat staan om hem de foto te laten zien, en toen waren zij en haar camera weer alleen.

In de herfst van 1979, haar eindexamenjaar, deed Mia toelatingsexamen voor de New York School of Fine Arts met een serie foto's van verlaten gebouwen in de stad. Ze had de afdrukken bewerkt met een vochtige doek en schraapte met de punt van een naald door de nog natte emulsie, waarmee ze een dunne witte lijn door de afbeelding haalde. Het resulteerde in een soort omgekeerd beensnijwerk: een spookachtige arbeider die ineengezakt op de trap voor een dichtgetimmerde fabriek zat, de contouren van een sedan boven op een verlaten hydraulische brug bij Jamison's Auto Repair, een paar fantoomkinderen die hand in hand een heuvel van slakken beklommen. Toen hij die kinderen zag, had Warren zijn ogen tot spleetjes geknepen en de foto van dichterbij bekeken. Die twee zouden een paar willekeurige kinderen kunnen zijn, maar dat waren ze niet: daar had je dat kleine omhoogstaande plukje, boven op Warrens hoofd, en daar de geknoopte zijden sjaal om de nek van Mia, die door het gewicht van de camera een beetje scheefgetrokken werd. Er waren geen foto's van hun tweeën op zo'n heuvel, maar ze hadden het gevoel dat ze hun hele jeugd op zulke slakkenhopen, die langs de rand van het park lagen, hadden gespeeld. En toen hij zijn zusjes werk zag, had Warren het gevoel dat Mia een foto had genomen van de schimmen van hun verleden die op het punt stonden in de ether op te lossen. 'Mag ik deze hebben als je hem weer terugkrijgt?' had hij gevraagd.

Haar ouders waren minder verrukt van de foto's, en van Mia's werk in het algemeen. Ze noemden wat ze deed niet eens 'werk' of 'fotografie', of 'kunst', wat wat hen betrof even erg zou zijn. Ze waren keurige burgers, die al hun hele getrouwde levens in een boterkleurig burgerlijk huis woonden in een burgerlijk stadje. Voor hen bestond werk uit iets repareren of iets nuttigs maken; als het geen nut had, begrepen ze niet waarom je je ermee bezig zou houden. 'Kunst' was iets voor mensen met te veel tijd en te veel geld. Je kon het hun niet kwalijk nemen. Haar vader was een klusjesman, de oprichter en eigenaar van Wright's Repair, die de ene dag aan een afgebroken plank aan de dakrand van de kerk werkte, omdat een eekhoornfamilie zich daar een weg naar binnen in het middenschip hadden gebaand, en de volgende dag de leidingen van de buren verlegde of een verroeste zwanenhals onder het aanrecht verving. Haar moeder werkte als verpleegster in het ziekenhuis, telde pillen, nam bloed af, verschoonde po's, en was niet onbekend met nacht- en dubbele diensten. Ze werkten allebei met hun handen, maakten lange dagen, spaarden zo veel mogelijk en stopten het geld in het afbetalen van hun huis en in twee Buicks en in hun twee kinderen, die het – zoals ze zelf graag zo trots mochten zeggen – aan niets ontbrak, maar die niet verwend waren.

Maar daar lag Mia languit op de grond om een prima foto van Warren uit te knippen, als een aankleedpoppetje, om hem vervolgens in een diorama van bladeren in een oude schoenendoos neer te zetten – en dat allemaal voor een foto waarin Warren een elfje leek tussen gigantische eikels: knap gedaan, maar was het nou echt al die tijd waard die ze erin stak? En daar had je Mia die, zodra haar vader weer thuis was, zijn schoenen nauwelijks uitgetrokken had en het vet nog niet van zijn handen had gewassen, smeekte om twee dollar voor een filmrolletje met de belofte dat ze het écht zou terugbetalen, hoewel ze dat in werkelijkheid bijna nooit deed. En daar was Mia die, als haar moeder haar geld gaf voor nieuwe schoolkleren, de gaten in haar oude spijkerbroek oplapte en het geld uitgaf aan nog veel meer filmrolletjes, die rondliep in te korte rokjes, blouses die verschoten en sleets waren, en nog veel meer foto's nam. En dan had je nog Mia die, toen ze een baantje had geregeld als serveerster bij de Eat'n Park, haar verdiende geld niet in kleren of een tweedehands auto stopte, maar alles opspaarde en uitgaf aan een camera, nota bene. En niet eens aan een camera die ze allemaal konden gebruiken – ze had hun ooit eens iets uitgelegd over beweging en lensinstelling en ze waren allemaal meteen afgehaakt – hoewel ze in haar eindexamenjaar wel een familieportret van hun vieren had gemaakt, dat haar moeder in de zitkamer aan de muur had gehangen. Je kon die camera opvouwen tot een soort koffertje, en op een of andere manier vonden haar ouders het daarom extra teleurstellend: al dat geld voor zoiets kleins.

Je kon het Mia's ouders niet echt kwalijk nemen dat ze het niet snapten. Ze waren geboren ten tijde van de oorlog; ze waren grootgebracht door ouders die opgegroeid waren tijdens de economische depressie van de jaren dertig, mensen die nooit iets weggooiden, zelfs geen beschimmeld voedsel. Ze waren oud genoeg om zich nog te herinneren dat er vilt werd gemaakt van lompen, voor de soldaten, en blikjes en oud metaal werden ingezameld voor kogels en explosieven. De praktische inslag was hun ingebakken. Ze verspilden niets, en al helemaal geen geld.

Dus toen het over studeren ging, waren zij ervan uitgegaan dat ze naar een praktische universiteit zou gaan. De universiteit van Pittsburgh, of Penn State, misschien om iets als bedrijfseconomie of hotelmanagement te gaan studeren. Ze hadden gedacht dat dat gefotografeer een puberale fase was, zoiets als achter de jongens aan zitten of vegetariër worden. Waar hadden ze anders al die jaren zo hard voor gewerkt? Zodat Mia hun geld kon weggooien op de kunstacademie? Nee, als ze daar zo nodig naartoe wilde, dan zou ze het zelf maar moeten betalen. Dat was niet gemeen, hielden ze vol. Het was gewoon gezond verstand. Ze verboden het haar niet om te gaan. Ze waren ook niet boos, drukten ze haar op het hart; absoluut niet, nee hoor. Maar ze hadden haar laten plaatsnemen in de zitkamer en hadden het ronduit gezegd: dat hele kunstgedoe was tijdverspilling. Ze waren teleurgesteld in haar. En ze zouden er absoluut niet voor gaan betalen. 'Ik dacht dat we je hadden opgevoed tot een verstandig kind,' had haar moeder gezegd, met een stem die droop van afkeuring.

Mia hoorde hen verdrietig aan, maar dit was wel wat ze had gedacht. Ze had altijd al geweten dat haar ouders het niet goed zouden vinden. Haar hobby hadden ze haar wel gegund, maar nu ze achttien was, lagen de zaken anders. Nu was ze volwassen en hoorde ze die kinderlijke pleziertjes opzij te zetten in plaats van er helemaal in op te gaan. Ze had al een hele reeks berekeningen gemaakt en als haar ouders bereid waren geweest om überhaupt iets bij te dragen, had het haar erg verbaasd. De academie was zo onder de indruk van haar portfolio dat ze haar een beurs hadden aangeboden die het collegegeld dekte. Ze schatte dat ze haar kamer, eten en materialen zou kunnen betalen als ze een parttime baantje nam. Haar ouders keken elkaar aan, alsof ze wel hadden geweten dat hun dreigement niet zou werken, en ze lieten deze mededeling in stilte op zich inwerken.

De week voordat Mia zou vertrekken, verscheen Warren in de deuropening van haar kamer.

'Mi, ik heb zitten denken,' zei hij, zo ernstig dat ze bijna moest giechelen, tot hij zijn hand in zijn achterzak stak en er een stapeltje opgevouwen biljetten uit haalde. 'Ik vind dat je dit moet aannemen. Het is niet het hele bedrag dat je nodig hebt, maar wel bijna.'

'En je auto dan, Warren?' vroeg ze. Warren was aan het sparen voor een auto en had er na veel vooronderzoek zelfs al eentje uitgekozen die hij graag wilde: een Volkswagen Golf. Het was niet de auto die ze bij hem had verwacht: ze zou hem eerder inschatten op een Trans Am, of een Thunderbird, iets flitsends en stoers. Maar de benzine was heel duur op dat moment, en niet alleen was de Golf een van de weinige auto's die hij zich kon veroorloven, volgens de advertenties was hij ook heel erg zuinig, en ze vond het grappig dat Warrens praktische kant uitgerekend wat de auto betrof naar boven kwam.

Ze vouwde zijn hand over de biljetten en duwde hem zachtjes van zich af. 'Ga die auto nou maar kopen, Wren,' zei ze. 'Koop die auto en beloof me dat je me ophaalt bij het busstation als ik naar huis kom.'

Mia was op de Greyhound naar Philadelphia gestapt, en daarna op die naar New York, met één koffer met kleren en eentje met camera's. Via een advertentie vond ze een appartement in de Village, niet ver van de campus, samen met twee andere meisjes. Ze vond ook een baantje als serveerster in een kleine diner vlak bij Grand Central Station, en nog eentje bij Dick Blick in SoHo. Met haar allerlaatste spaargeld ging ze naar de fotografiewinkel op West 17th Street, waar een jongeman haar filmrolletjes en fotopapier verkocht terwijl zij haar best deed om niet naar zijn keppeltje te kijken. Uitgerust met deze spullen begon ze aan haar opleiding: Inleiding figuurtekenen, Inleiding licht en kleur, Inleiding in de kunstgeschiedenis, Inleiding kunstkritiek, en – het mooist van alles – Inleiding fotografie, met colleges van de vermaarde Pauline Hawthorne.

Het bleek dat haar ouders haar, in weerwil van hun goede bedoelingen, juist uitstekend voorbereid hadden op de kunstacademie.

Elke ochtend stond ze om halfvijf op om koffie te verkopen aan zakenmannen die op weg waren naar hun trein. De hete borden die ze uit de keuken aandroeg, schroeiden halvemaanvormige littekens in haar onderarmen. Het was haar moeder zelfs tijdens haar dubbele diensten altijd gelukt om haar patiënten het gevoel te geven dat ze meer waren dan een lichaam in een bed – ze kletste met hen over de balletuitvoering van hun dochter of de recente autopech van hun broer, en informeerde naar hun huisdieren – en Mia, die haar jarenlang had gadegeslagen, had dat talent van haar overgenomen: ze onthield wie er melk en suiker in de koffie gebruikte, wie graag ketchup bij zijn eieren wilde, en wie altijd de korstjes op de rand van het bord liet liggen zodat ze die er tot zijn grote vreugde voortaan al in de keuken voor hem af sneed. Ze leerde om te anticiperen op wat mensen wilden: zoals haar moeder precies wist wanneer ze de kamer in moest lopen met de volgende dosis morfine of om de po te legen, zo leerde zij om precies op het moment dat ze hun lege mok op tafel zetten met de koffiepot te komen, en herkende ze de kleine zenuwtrekjes van mensen die haast hadden of de rekening wilden, en zag ze wie juist nog even wilde ontspannen en wilde blijven. Dit was de reden waarom de zakenlui en kerels van de reclamebureaus graag door haar bediend wilden worden, en vaak lieten ze een extra dollar op tafel achter – soms zelfs vijf. In de keuken at ze als de bedrijfsleider niet keek de restjes toast en happen koud roerei van de borden, in plaats van het in de vuilnisbak te gooien. Dat was haar ontbijt.

Als haar dienst erop zat kleedde ze zich om in de bezemkast die moest doorgaan voor personeelstoilet, rolde haar uniform en schort op tot een strakke rol voordat ze die in haar rugzak stopte, zodat ze niet zouden kreuken. Ze had geen strijkijzer en als ze voorzichtig was, deed ze zo een week of nog langer met hetzelfde uniform voordat ze weer naar de wasserette moest. Vervolgens ging ze in spijkerbroek en T-shirt naar college.

Van haar vader had ze geleerd om de olie van de auto te verversen, om de bedrading in een stopcontact aan te leggen, om te beitelen, te zagen – en dat betekende dat ze vakkundig met haar gereedschap kon omgaan: ze wist precies hoe ver je een stuk draad of een metalen plaat kon buigen voor hij brak, hoe ze rechte lijnen en zachte bollingen en krommingen moest maken, hoe je hoeken en bochten in een koperen pijp kon krijgen. Van haar moeder had ze geleerd hoe je met textiel moest omgaan – van soepel kaasdoek tot dik canvas – en hoe je het in toom kon houden, wat de grenzen waren, hoe ver je het kon rekken en hoeveel het kon dragen. Hoe je gereedschap moest schoonmaken, fatsóénlijk schoonmaken, zodat er geen spoortje meer op te bekennen was van wat je ermee had aangeraakt. Dus als ze nu op de academie een stoel moesten maken van metaal, wist zij al hoe je moest lassen en hoe je sterke verbindingen kon maken; als ze met stof moesten werken wist zij – na een snel kneepje in het materiaal – hoe ze ribstof en linnen kon omtoveren in een manshoge boom die zelfs de docent versteld deed staan. Ze wist hoeveel je verf moest verdunnen om het mooi te laten vloeien en hoe dik je het moest maken om kleiachtige klontjes op het doek te krijgen waar je mee kon beeldhouwen. Bij figuurtekenen, als het model haar badjas opendeed en aan haar voeten liet vallen, was zij de enige die geen tijd verspilde aan blozen, maar begon ze meteen de lange benen en de ronding van haar borsten te schetsen; want toen ze haar moeder hielp, in het ziekenhuis, had ze al zoveel lichamen gezien dat ze niks haar nog verlegen maakte.

Om drie uur, na afloop van de lessen, ging ze weer aan het werk. Twee keer per week had ze een dienst bij Dick Blick, waar ze materialen verkocht aan medestudenten of de voorraden in het magazijn aanvulde. Ze praatte met de oudere studenten over kunst, en zij vertelden haar waar ze mee bezig waren, waarom ze liever met een mes werkten dan met een penseel, of liever met acryl- dan met olieverf, of waarom ze de voorkeur gaven aan Fujicolor boven Kodachrome. In het kantoortje achter in de zaak zei haar baas – die een dochter van Mia's leeftijd had en daarom een zwak had voor dit meisje dat al die baantjes had om haar huur te kunnen betalen – dat ze de potloden en pastelkrijtjes die tijdens de distributie waren gebroken mocht houden, en de lekkende tubetjes verf, en de penselen waar een knikje in zat, en de doeken waarvan de nietjes loskwamen. Alles wat niet meer verkoopbaar was, nam Mia mee naar huis om te repareren. Ze spande schilderdoek opnieuw over het frame, of plakte het achterop vast met tape, schuurde de versplinterde steel van een penseel weer glad, sleep twee halve potloden die ooit een heel waren, zodat ze weer bruikbaar waren. Op die manier kreeg ze een flink deel van haar benodigde materialen gratis.

Drie avonden per week stapte Mia op de metro naar 116th Street, waar ze weer een ander uniform aantrok en serveerde in een bar vlak bij Columbia University. De studenten die ze bediende waren meestal ofwel hooghartig en irritant, of schunnig en irritant, hoe later op de avond, hoe erger, maar ze gaven wel fooi, en aan het eind van een goede avond had ze soms wel dertig of veertig dollar in haar schort. Ze at de laatste happen van hun hamburgers en hun vergeten frietjes en de stompjes van hun augurken bij wijze van avondeten, en stak alle cash opgevouwen in de zak van haar spijkerbroek.

Zo schraapte ze geld bij elkaar om door haar eerste jaar heen te komen, betaalde haar huur en kon zelfs nog wat sparen. Af en toe, als ze naar huis belde – want ze belde wel nog naar huis, aangezien zij en haar ouders beweerden dat ze nog steeds het beste met elkaar voorhadden; zij vroegen beleefd hoe het met haar studie ging en toonden interesse in haar antwoorden, of veinsden het op zijn minst – vroeg Warren of het het allemaal waard was. Hij was altijd de zorgeloze van hun twee geweest, degene die dingen nam zoals ze kwamen. Zij was de gedrevene, de ambitieuze, de planner.

'Het is het waard,' verzekerde ze hem. En dan vertelde ze hem over de lessen die ze volgde, welke schilderijen ze die week had bestudeerd, en over haar lievelingsvak, de werkelijke reden waarom ze elke ochtend om halfvijf opstond en elke avond tot laat opbleef: fotografie.

Als ze over Pauline Hawthorne sprak, was haar toon voor de helft die van een verliefd schoolmeisje, en voor de andere helft die van gelovige die een heilige aanbad. Het was aanvankelijk niet duidelijk dat het zo zou uitpakken. De eerste dag dat ze fotografie hadden, zaten de studenten allemaal klaar achter hun tafeltjes, hun 35mm-camera's en twee schriften in de aanslag – zoals voorgeschreven stond in de materialenlijst. Toen de les begon beende Pauline naar de achterkant van het lokaal, deed het licht uit, en zonder zich voor te stellen klikte ze de diaprojector aan. Een foto van Man Ray knalde van het scherm voor hen: een voluptueuze vrouw, wier rug tot een cello was omgetoverd door de twee F-sleutels die erop geschilderd waren. Het lokaal viel volkomen stil. Na vijf minuten klikte Pauline door met haar duim, en de cellovrouw werd vervangen door een landschap van Ansel Adams, met een dreigende Mount McKinley uittorenend boven een meer van zuiver wit. Niemand zei iets. Weer een klik: een portret van Dorothea Lange van een Dust Bowl-vrouw, haar donkere haar in een scherpe scheiding getrokken, met een fractie van een glimlach om haar mondhoeken. Dit ging zo de volle twee uur door, een voorstelling van foto's die ze allemaal wel herkenden, maar die ze – zoals Pauline zich moet hebben gerealiseerd – nooit echt goed hadden bekeken. Van haar opzoekwerk in de bibliotheek herkende Mia alle foto's, maar ze merkte dat ze er, als ze er maar lang genoeg naar keek, nieuw contouren in ontdekte, net zoals in de gezichten van mensen van wie ze hield.

Toen de twee uur voorbij waren, zette Pauline de diaprojector uit en de klas zat met knipperende ogen in het plotselinge felle licht. 'Neem de volgende keer de foto mee die je zelf je allerbeste vindt,' zei ze, en ze liep het lokaal uit. Het waren de eerste en de enige woorden die ze had gesproken.

Na lang nadenken nam Mia de volgende les een van de foto's mee die ze met haar grootformaat camera had genomen. Inleiding fotografie concentreerde zich op draagbare camera's, maar Pauline had nu eenmaal gezegd 'de foto die je zelf je allerbeste vindt', en dat was deze foto: een shot van haar broer die straathockey speelt in hun achtertuin, met hun huis en de rest van hun buurt op de achtergrond verspreid als miniaturen. Ze was helemaal boven op de heuvel achter hun huis gaan staan om hem te nemen. Bij binnenkomst zagen ze overal aan de muren kaartjes hangen met de namen van alle studenten, met klemmetjes eronder. Twee minuten nadat de les had moeten beginnen kwam Pauline binnen – weer zonder zich voor te stellen – en de studenten gingen allemaal steeds om elke foto heen staan, terwijl Pauline commentaar gaf op de compositie of de techniek van de foto, waarbij de studenten verlegen antwoord gaven op haar vragen over het gezichtspunt of de toon. Sommige foto's toonden zorgvuldig geconstrueerde scènes. Een paar studenten hadden iets artistieks geprobeerd: een silhouet van een meisje uitgelicht tegen een gigantisch filmdoek, een close-up van een kluwen telefoondraad om een hoorn.

Mia en haar medestudenten hadden zich schrap gezet voor het vragenvuur dat Pauline op hen zou loslaten. Na die eerste les wisten ze zeker dat zij een van de draken was, zoals de strengere docenten werden genoemd: degenen die het leuk vonden om hun studenten een ongemakkelijk gevoel te bezorgen, die meenden dat je je studenten uit hun comfortzones kon duwen door hen met je bulldozerkritiek te verpulveren. Maar nu bleek dat Pauline geen draak was. Ondanks haar no-nonsensehouding wist ze in elke foto iets uit te lichten en te prijzen. Het was de reden waarom ze – al had ze al een enorme reputatie – het liefst lesgaf aan beginnende studenten. 'Kijk eens hoe het kleine zusje hier moet lachen,' zei ze, terwijl ze op een van de familieportretten tikte. 'Ze is de enige die niet in de camera kijkt, en dat geeft je het gevoel dat er iets gebeurt buiten het frame. Is ze een rebels type? Of geeft dit iets weer van de sfeer in dit gezin?' Of: 'Kijk eens hoe deze wolkenkrabber de maan lijkt te doorboren. Hier is goed nagedacht over perspectief.' Zelfs haar kritiek – even gebruikelijk als haar lof – was niet wat Mia had gedacht. 'Water is lastig,' zei ze alleen, als iemand opmerkte dat een foto van een waterval wel heel erg vaag was. 'Laten we aannemen dat het met opzet zo gedaan is. Wat voor effect heeft het dan?'

Mia's foto kwam als laatste aan de beurt, en toen de klas eromheen kwam staan, bleef Pauline even stil, alsof ze ervan schrok. Ze had hem een minuut of twee, drie, vier, vijf bestudeerd en toen begon de stilte in het lokaal ongemakkelijk te worden. 'Wie is Mia Wright?' vroeg ze uiteindelijk, en Mia deed een stap naar voren. De rest deed allemaal een halve stap naar achteren, alsof ze bang waren ook te worden geraakt door wat voor bliksemschicht er ook maar zou vallen. Toen begon Pauline vragen te stellen. Waarom had ze die lijn van rechts naar links laten lopen? Waarom had ze de camera in die hoek neergezet? Waarom had ze op de hockeystick gefocust, en niet op de goal? Mia gaf zo goed mogelijk antwoord: ze wilde laten zien hoe klein het huis en het gazon waren ten opzichte van de heuvels erachter; ze wilde de textuur van het gras laten zien, en hoe de sprietjes onder de schoenen van haar broer knakten. Maar op een gegeven moment werden Paulines vragen technischer en werd Mia nerveuzer en kwam ze minder goed uit haar woorden. Die lijn vond ze er zo gewoon goed uitzien. De hoek leek haar zo precies goed. De diepte van het veld vond ze zo wel mooi. Toen was de les voorbij en Pauline liep weg met een knikje.

'Neem de volgende keer jullie camera's mee,' zei ze. 'Dan gaan we eens wat foto's nemen.' Ze pakte haar tas op en liep het lokaal uit, en Mia bleef achter zonder te weten of ze nu geslaagd of juist volkomen gezakt was.

De paar daaropvolgende lessen behandelde Pauline Mia precies als alle andere studenten. Ze leerden hoe ze de film in de camera moesten draaien, hoe ze een foto moesten componeren, hoe je de juiste sluitertijd en diafragma moest berekenen. Dit wist Mia allemaal al van de lessen van meneer Wilkinson en haar eigen jarenlange experimenten. Maar met de uitleg van Pauline werd ze zich meer bewust van haar intuïtieve gevoelens over hoe ze haar beelden moest vormgeven. Ze leerde haar redenen om een specifieke f/-stop te gebruiken onder woorden te brengen, en om niet alleen de instellingen te gebruiken die haar goed leken, maar ook om uit te leggen waaróm het er zo het best uitzag. Toen het semester twee weken bezig was, en de klas met hun eerste afdrukken aan de slag ging, bleef Pauline bij Mia's werkplek in de doka staan. In de gloed van het rode licht leek het alsof ze uit een enorme robijn gehouwen was.

'Hoe lang werk je al met die platencamera?' vroeg ze, en toen Mia het haar vertelde zei ze: 'Zou je me misschien nog wat van je foto's willen laten zien?'

De daaropvolgende zaterdag stond Mia in de lobby van Paulines appartementengebouw, een envelop vol foto's in haar hand geklemd. Het gebouw had een portier en aangezien Mia er nog nooit eentje had ontmoet, was ze zo onder de indruk dat ze niet luisterde toen hij tegen haar zei op welke verdieping ze moest zijn, en ze drukte alle knoppen van de lift een voor een in om op alle naamplaatjes bij de deuren te kijken, om vervolgens weer snel de lift in te duiken om op de volgende knop te drukken. Toen ze uiteindelijk op de zesde verdieping kwam, stond Pauline in de deuropening te wachten.

'Daar ben je,' zei ze. 'De portier belde tien minuten geleden al om te zeggen dat je eraan kwam. Ik begon me al zorgen te maken.' Ze was op blote voeten, maar verder zag ze er precies zo uit als in de les: een zwart T-shirt en een lange zwarte rok en lange kralenoorbellen die rinkelden als een windgong als ze liep. Mia liep blozend achter haar aan een lange, in het zonlicht badende kamer met witte muren in, waar alles leek te stralen. Ze had gedacht dat het appartement van een fotograaf vol zou hangen met foto's, maar de muren waren kaal. Later kwam ze erachter dat Pauline haar atelier een verdieping hoger had, en dat ze nooit iets ophing omdat ze, als ze niet werkte, witte ruimte nodig had. Om je smaakpapillen te reinigen, zou Pauline uitleggen. Maar op dat moment ging Mia gewoon naast haar op de bobbelige grijze bank zitten, waar ze de ene na de andere foto op de salontafel neerlegden. Waarom heb je hier de camera zo laag neergezet? Waarom hier zo dichtbij? Heb je overwogen om hier de kanteling aan te passen? Waar dacht je aan toen je dit shot nam? In de foto's verloor Mia haar verlegenheid. Ze gingen er zo in op dat ze schrok toen er een vrouw binnenkwam en twee kopjes koffie neerzette aan het uiteinde van de tafel, voor allebei eentje.

'Mal,' zei Pauline met een achteloos handgebaar. 'Mal, dit is Mia Wright, een van mijn studenten.'

Mal was slank en had lang, golvend bruin haar. Ze droeg een spijkerbroek en een groene blouse en liep net als Pauline op blote voeten.

'Ik dacht dat jullie misschien trek in koffie zouden hebben,' zei Mal. 'Leuk je te ontmoeten, Mia.' Ze gaf Pauline een kus op haar wang en liep weer weg.

Mia bleef de hele middag, tot het tijd was voor haar dienst in de bar. Pauline en Mal drongen aan dat ze bleef eten, tot ze eindelijk moest toegeven dat ze moest werken. 'Volgende week dan,' opperde Pauline, 'als je een dag vrij hebt.' De daaropvolgende maanden kwam ze vaak bij Pauline en Mal op bezoek om met Pauline over fotografie te praten, haar werk in het atelier te bekijken, te luisteren als Pauline hardop nadacht over waar ze op dat moment aan werkte. 'Ik ben aan het lezen over het oude Egypte,' kon Pauline ineens zeggen als ze een boek opensloeg. 'Zeg eens wat je hiervan vindt.' Bij hen aan tafel at Mia dingen die ze nog nooit had geproefd: artisjokken, olijven, brie. Mal bleek een dichteres te zijn, die al verschillende poëziebundels had gepubliceerd. 'Maar poëzie boeit niemand,' zei Mal met een wrang lachje. Ze leende Mia stapels boeken: Elizabeth Bishop, Anne Sexton, Adrienne Rich.

Tegen de tijd dat de winter kwam, nam Mia elke week haar nieuwe foto's mee naar Pauline en dan praatten ze erover, waarbij Pauline bij haar aandrong om onder woorden te brengen welke keuzes ze had gemaakt en waarom. Voorheen had Mia op het gevoel foto's gemaakt, en vertrouwde ze op haar intuïtie om te beslissen wat goed was en wat niet. Pauline daagde haar uit om bewuster te werk te gaan, om haar werk te plannen, om met elke foto een statement te maken, hoe eenvoudig het beeld ook mocht lijken. 'Niets gebeurt per toeval,' zei Pauline steeds maar weer. Het was haar favoriete mantra, had Mia gemerkt, zowel in haar fotografie als in het echte leven. Bij Pauline en Mal thuis was niets eenvoudig. Bij haar ouders thuis had je goed en kwaad, fout of correct, nuttig of onzinnig. Daar zat nooit iets tussenin. Maar hier, leerde ze, was alles genuanceerd; alles had een kant die je nog niet kon zien, of een diepte die je nog niet kende. Alles was de moeite waard om nader te bekijken.

Na deze sessies drongen Pauline en Mal er altijd op aan dat Mia bleef eten. Ze wisten inmiddels van haar drie baantjes, en Mal schepte haar altijd extra op, of gaf haar een Tupperware-bakje vol kliekjes mee naar huis, die ze de volgende keer weer mee terug nam. Ze zouden zelfs hebben aangedrongen dat ze bleef logeren, en dat ze in een van hun logeerkamers zou trekken en voorgoed zou blijven, als ze hadden geweten hoe ze dat hadden moeten voorstellen.

Want Mia was trots: dat was overduidelijk. Hoewel ze hun gastvrijheid dankbaar aanvaardde, zorgde ze er na dat eerste bezoek voor nooit met lege handen te komen. Ze nam kleine dingetjes voor hen mee die ze zelf had gemaakt: bosjes bladeren die ze in Central Park had gevonden en met een lintje tot een rossig boeketje had gebonden, een mandje van geweven gras ter grootte van een duim. Een keer maakte ze een pentekening van hen beiden, en ze nam zelfs een keer een handvol zuiver witte kiezelsteentjes mee toen Pauline had verteld dat ze aan een nieuw project was begonnen, iets met stenen. Het was zowel Pauline als Mal duidelijk dat deze cadeautjes bedoeld waren om Mia's schuldgevoel te verminderen om alles wat zij haar boden – hun eten, hun kennis, hun affectie – en dat Mia's trots haar anders niet zou toestaan om terug te komen.

En ze wilden heel graag dat ze weer terugkwam. Tegen de kerstdagen was het iedereen duidelijk – Pauline, Mal en Mia's andere docenten en medestudenten – dat Mia uitzonderlijk getalenteerd was.

'Jij gaat heel beroemd worden, dat weet je wel, toch?' zei Warren op een avond tegen zijn zus. Ze was thuis voor de feestdagen, en hij was haar inderdaad zoals beloofd komen afhalen van het busstation in de kleine, beige Volkswagen Golf die hij die herfst had gekocht. Nu, vier dagen na kerst, bracht hij haar weer terug. Zonder het te hoeven bespreken kwamen ze overeen om de lange route te nemen, over de slingerende landweggetjes, om die laatste paar minuten samen zo lang mogelijk te rekken. Warren zat inmiddels in de middenbouw en Mia meende dat hij was gegroeid tijdens haar afwezigheid: niet in lengte, maar op een of andere manier had hij meer diepgang. Zijn stem was zwaarder geworden en hij was in zijn handen en vingers en voeten gegroeid, die het afgelopen jaar nog te groot voor hem waren geweest, als puppypootjes. In het wegstervende middaglicht leken de stoppels in zijn hals niet meer dan een schaduw, maar ze wist precies wat het echt was.

'We zullen wel zien,' zei ze alleen. 'En jij? Wat word jij als je later groot bent?' Als de juf op de kleuterschool hem die vraag stelde, had Warren altijd geantwoord met zijn plannen voor die middag – verder kon zijn vijfjarige brein niet in de toekomst kijken. Sinds die tijd was 'Wat word jij als je later groot bent?' hun manier om te vragen naar hun plannen voor die dag, en zelfs nu, plaagde Mia, was Warren nog steeds niet in staat om verder vooruit te kijken dan een week of twee.

'Ik ga vrijdag jagen met Tommy Flaherty,' zei hij. 'Nog één tripje voor school weer begint.' Mia trok een gezicht. Ze hield niet van de jacht, al had iedereen in de buurt wel ergens een hertenkop in huis hangen.

'Ik bel je als ik aangekomen ben,' zei ze, en ze gaf hem een kus op zijn wang. Ze was weer onder de indruk van hoe hij gegroeid was, hoeveel slanker en sterker en steviger hij was dan ze zich herinnerde. Ze vroeg zich af of er soms een meisje in zijn leven was. Hoe zou hij eruitzien, de volgende keer dat ze naar huis kwam, vroeg ze zich af – en wanneer zou dat eigenlijk zijn? In de zomer misschien. Tenzij ze een baantje nam om te sparen voor het komende jaar. Er was zoveel te doen. In de paar maanden dat ze nu in New York woonde, had haar werk zich al ontwikkeld: door de tijd die ze met Pauline doorbracht, en door het bestuderen van het werk van haar studiegenoten, en zelfs door al die uren op haar verschillende werkadressen en al die onbekende mensen die ze daar tegenkwam. Het was intelligenter en meer weloverwogen geworden, technisch bekwamer en avontuurlijker, ze nam meer risico. En iedereen – ook Mia zelf, en Warren, die door het raam aan de passagierskant naar haar zwaaide voor hij verder naar voren leunde om het dicht te draaien – wist zeker dat ze het ver zou schoppen. Ze zou zich door niets laten afleiden, beloofde ze zichzelf. Alles draaide om het werk. Ze zou zichzelf niet toestaan om aan andere dingen te denken.

Ze was zo geconcentreerd op haar werk dat ze het die middag in maart, toen de man met het koffertje haar begon aan te staren, niet meteen doorhad. Het was halverwege de middag toen ze instapte op Houston Street om naar haar werk bij Columbia te gaan, en het was stil in de metro, met maar een handjevol andere passagiers. Mia zat te denken aan haar project voor Pauline – *Leg een transformatie vast over een bepaalde tijdsperiode* – en ineens voelde ze aan het prikken van haar huid dat er iemand naar haar keek. Mia was wel gewend aan gestaar – dit was New York, per slot van rekening – en zoals alle vrouwen had ze geleerd om die blikken te negeren, net als het gefluit dat er soms aan te pas kwam. Maar deze man kon ze niet goed plaatsen. Hij zag er best respectabel uit: keurig krijtstreeppak, donker haar, koffertje tussen zijn voeten. Wall Street, schatte ze in. Uit de blik in zijn ogen sprak geen lust, en zelfs geen geflirt. Het was iets anders – een vreemde mengeling van herkenning en honger – en het bracht haar van haar stuk. Toen de man na drie haltes nog steeds zat te staren, pakte ze haar spullen bij elkaar en stapte uit op Columbus Circle.

Eerst dacht ze dat ze van hem af was. De metro trok op en ze ging op een viezig bankje zitten om op de volgende te wachten, en toen, terwijl er groepjes passagiers het station uit liepen, zag ze hem weer: hij had zijn koffertje nu in zijn hand en zocht het perron af. Op zoek naar haar, dat wist ze zeker. Voor hij haar zou zien draaide ze zich om en liep naar de trap aan het andere eind van het perron, en liep de tunnel door, zo snel ze kon zonder aandacht te trekken, naar het perron voor lijn C. Ze zou te laat op het werk zijn, maar dat gaf niet. Als ze hem van zich afgeschud had, zou ze een of twee haltes later uitstappen en dan naar Broadway lopen om daar weer op de juiste lijn te stappen, ook al zou het haar extra reiskosten opleveren.

Toen de C aankwam, stapte Mia in een van de middelste wagons in en scande de stoeltjes. Het rijtuig was halfvol, genoeg mensen om om hulp te roepen mocht het nodig zijn, maar niet zo vol dat iemand die iets kwaads in de zin had zich achter de menigte kon verstoppen. Ze ging op een lege stoel in het midden zitten. Op 72nd Street was er geen spoor van hem te bekennen. Maar op 81st Street, net toen Mia opstond om uit te stappen, gingen de deuren aan het eind van het rijtuig open en liep de man met het koffertje naar binnen. Hij zag er iets minder correct uit en er vielen wat lokken haar in zijn gezicht, alsof hij haastig door de wagons was gelopen, op zoek naar haar. Ze keek hem in de ogen en ze kon nu niet meer doen alsof ze hem niet had gezien. Mia's huisgenootje was al twee keer beroofd toen ze 's avonds naar huis liep en haar studiegenoot Becca had haar verteld dat een man haar aan haar paardenstaart een steeg in getrokken had bij Christopher Street; het was haar gelukt hem van zich af te schudden, maar hij had wel een pluk haar uit haar hoofd getrokken. Mia had de kale plek gezien. Wat er ook zou gebeuren, gebeuren zou het, of ze in de metro bleef zitten of niet.

Ze stapte uit en hij kwam achter haar aan, en toen de deuren dichtgingen bleven ze even als aan de grond genageld op het perron staan. Er was geen conducteur of politieagent te zien, alleen een oud dametje met een rollator dat langzaam op de trap afstevende, en aan de andere kant van het perron een slapende zwerver met afgetrapte gympen. Als ze nu zou gaan rennen, dacht ze, was ze de trap op voordat hij haar kon inhalen.

'Wacht,' riep de man toen de metro wegreed. 'Ik wil alleen even met je praten. Alsjeblieft.' Hij bleef staan en stak zijn handen in de lucht. Ze kon nu zien dat hij jonger was dan ze had gedacht, begin dertig misschien, en dat hij ook een stuk dunner was. Ze zag wel dat zijn pak duur was geweest aan het fijne zilverdraadje dat door de wol liep, en zijn schoenen ook: cordovanleer met kwastjes en gladleren zolen. Niet de schoenen van een man die rende.

'Alsjeblieft,' zei de man. 'Het spijt me dat ik je gevolgd ben. Het spijt me dat ik zo heb zitten staren. Je zult wel gedacht hebben...'

Hij schudde zijn hoofd. 'Ik wil nooit dat mijn vrouw de metro neemt, omdat ik bang ben dat er dan iemand achter haar aan komt, zoals ik jou nu achternakom.'

'Wat moet je van me?' zei Mia schor. Ze had niet doorgehad dat ze zo'n droge keel had. Achter haar rug pakte ze haar sleutelbos steviger beet, en liet er eentje uitsteken. 'Het ziet er onschuldig uit, maar het doet goed pijn,' had Becca haar verteld.

'Ik zal het uitleggen,' zei de man. 'Ik blijf wel hier staan. Ik zal niet dichterbij komen. Ik wil alleen praten.' Hij zette zijn koffertje weer aan zijn voeten, tussen hen in, en Mia ontspande een piepklein beetje. Als hij haar nu wilde bespringen, zou hij over dat koffertje struikelen.

Hij heette Joseph Ryan – 'Joey', verbeterde hij zichzelf – en hij werkte, zoals ze al had geraden, op Wall Street: hij ratelde een reeks namen af die ze herkende als een van de grote effectenhandelaren. Hij en zijn vrouw woonden aan Riverside Drive; hij was nu op weg naar huis. Ze waren negen jaar getrouwd, ze hadden al verkering sinds de middelbare school, en ze hadden geen kinderen. 'We kunnen geen kinderen krijgen,' verklaarde Joseph Ryan. 'Zij kan geen kinderen krijgen. En...' Hij zweeg en keek Mia smekend aan, haalde een hand door zijn haar en ademde diep in, met het air van een man die weet dat hij iets volkomen krankzinnigs gaat voorstellen. 'We zijn op zoek naar een draagmoeder. De juiste persoon.' En toen: 'We zouden haar betalen. Veel.'

Mia's hoofd begon te tollen. Ze stak de punten van haar sleutels in de muis van haar hand – nu niet meer om zichzelf te beschermen, maar om zeker te zijn dat dit echt gebeurde. 'Je wilt...' bracht ze ten slotte uit. 'Waarom ik?'

Joseph Ryan stak zijn hand in zijn zak en haalde er een visitekaartje uit, en na een korte aarzeling deed Mia een stap naar voren en stak haar arm uit om het kaartje aan te nemen. 'Zou je alsjeblieft eens met ons willen komen praten? Morgen? Lunchtijd? Op onze kosten, uiteraard.'

Mia schudde haar hoofd. 'Ik moet werken,' zei ze. 'Ik kan niet...'

'Avondeten, dan. Mijn vrouw en ik leggen het je dan allemaal uit. Luister... bij het Four Seasons. Zeven uur? Ik beloof je dat je in elk geval lekker eet.' Hij liet zijn hoofd zakken als een verlegen schooljongen en pakte zijn koffertje weer op. 'Als je niet komt begrijp ik dat heus wel,' zei hij. 'Het is natuurlijk ook heel vreemd, dat iemand je zo'n voorstel doet. Op een metrostation.' Hij schudde zijn hoofd. 'Maar denk er alsjeblieft over na. Je zou ons ongelofelijk kunnen helpen. Je zou ons een heel ander leven kunnen geven.' En toen draaide hij zich om en liep de trap op, Mia achterlatend op het perron met zijn kaartje tussen haar vingertoppen.

De rest van haar leven zou Mia zich afvragen hoe dat eruit zou hebben gezien als ze die dag niet naar dat restaurant zou zijn gegaan. Op dat moment vond ze het wel geestig: ze ging uit nieuwsgierigheid en zou nog een gratis maaltijd op de koop toe krijgen ook. Later zou ze zich natuurlijk realiseren dat het alles voorgoed had veranderd.

Die avond stapte ze van 52nd Street de lobby van het Four Seasons in, in de enige mooie jurk die ze bezat: de jurk die ze het jaar ervoor had gedragen naar de bruiloft van haar nichtje Debbie. Ze was sindsdien nog gegroeid, dus de jurk was iets te kort en zat iets te krap, en zelfs al had hij als gegoten gezeten, dan nog zou hij in geen velden of wegen passen bij de stijl van die chique lobby, met zijn gigantische kroonluchters en zijn dikke tapijt en zijn jungle van kamerplanten. Zelfs de lucht leek hier weelderig en dik, als fluweel, en slokte de klikkende hakjes van de damesschoenen en het geklets van mannen in pakken op, zodat ze stilletjes passeerden, als voorbijglijdende schepen. Joseph Ryan had niet gezegd waar ze hen zou ontmoeten, dus stond ze ongemakkelijk te doen alsof ze het schilderij bewonderde dat een van de gigantische muren van de lobby bedekte, en probeerde de aandacht van de maître d' te mijden die bij de ingang rondhing als een bezorgde geest.

Vijf minuten, dacht ze, en als ze er dan nog niet waren, zou ze naar huis gaan. Ze was vergeten een horloge om te doen, dus begon ze langzaam af te tellen, zoals Warren en zij altijd deden als ze vroeger verstoppertje speelden. Ze zou tot driehonderd tellen en dan ging ze, en zou ze vergeten dat dit krankzinnige voorval ooit had plaatsgevonden. Toen, bij honderdnegenentachtig, stond Joseph Ryan ineens naast haar, als een ober.

'Picasso,' zei hij.

'Wat?'

'Het wandtapijt.' Hier in de lobby leek hij bijna bleu, en ze was de dreiging die de dag ervoor van hem uitging bijna vergeten. 'Of nou ja, het is natuurlijk niet echt een wandtapijt. Hij heeft het op een gordijn geschilderd. Ze hadden hem om een schilderij gevraagd, maar hij had geen tijd er eentje te maken dus toen heeft hij hun dit gegeven. Ik vind het altijd heel mooi.'

'Ik dacht dat je je vrouw zou meenemen,' zei Mia.

'Ze zit al aan tafel.' Hij wilde haar bij de arm pakken, maar bedacht zich en stak zijn handen in zijn jaszakken. Het was bijna komisch, zijn ridderlijkheid, dacht ze terwijl ze achter hem aan de hal door liep.

Ze kwamen in een enorme witte zaal met – ze moest met haar ogen knipperen – een jadegroen zwembad in het midden. Er stonden bomen naast, vol roze bloesem en knipperende lichtjes. Als een sprookjesbos verstopt in het hart van een New Yorks kantoorgebouw. Overal zacht gegons van pratende mensen. Voor de ramen een scherm van dunne kettinkjes, die rimpelden ook al was er geen tocht. En toen gebeurde er iets vreemds. Toen ze de eetzaal in liepen en Joseph Ryan de tafel in de hoek naderde, zag Mia zichzelf daar al zitten, in een keurige donkerblauwe jurk, met een cocktail in haar hand. Heel even dacht Mia dat ze naar een spiegel toe liep en ze bleef verward staan. Toen stond de vrouw op van het tafeltje en stak haar hand naar Mia uit.

'Ik ben Madeline,' zei ze, en toen hun handen elkaar raakten, had Mia het eigenaardige gevoel dat ze haar spiegelbeeld in het water aanraakte.

De rest van de avond voltrok zich als in een droom. Telkens als ze Madeline Ryan aankeek zag ze zichzelf; ze hadden niet alleen hetzelfde donkere krulhaar en dezelfde trekken, maar ook deelden ze bepaalde maniertjes: allebei hadden ze de neiging om op hun onderlip te bijten, trokken ze afwezig een krul omlaag langs hun oorlel, als een springveer, om hem dan weer terug te laten veren. Ze waren niet identiek – Madelines kin was iets puntiger, en haar neus wat smaller, haar stem lager, rijker, hees bijna – maar toch leken ze zoveel op elkaar dat ze makkelijk voor zussen door konden. Later die avond, lang nadat de taxi die de Ryans voor haar hadden betaald haar thuis had afgezet, bleef Mia wakker en dacht aan alles wat ze had gehoord.

Dat Madeline op haar zeventiende nog steeds niet ongesteld was, en dat de arts haar toen had onderzocht en tot de ontdekking was gekomen dat ze geen baarmoeder had. Een op de vijfduizend vrouwen, legde Madeline uit – het had een lange Duitse naam, Mayer-nogwat-syndroom, maar die had Mia niet helemaal meegekregen. Ze konden alleen met behulp van een draagmoeder een kind krijgen. Dit speelde in 1981, drie jaar nadat de krantenkoppen de geboorte van Louise Brown aankondigden, de eerste reageerbuisbaby ter wereld, maar de kans van slagen van IVF was in die tijd nog heel klein, en mensen stonden nog achterdochtig tegenover het idee van baby's in petrischaaltjes. 'Dat is niks voor ons,' had Madeline gezegd, terwijl ze de steel van het wijnglas tussen haar elegante vingers liet ronddraaien. 'Geen Frankensteinbaby's, alsjeblieft niet.' In plaats daarvan hadden de Ryans besloten voor de ouderwetsere optie te gaan, zoals in de Bijbel, had Joseph gezegd. Sperma van de vader, eitje – en baarmoeder – van een vrouw die een goede match leek. Ze hadden al maanden geadverteerd – discreet, merkte Madeline daarbij op – om een draagmoeder te vinden met de juiste kenmerken, maar ze hadden er geen kunnen vinden. En toen had Joseph Ryan, die met de metro van een lunchafspraak kwam, ineens een griezelig bekend gezicht aan de andere kant van het rijtuig gezien, en het voelde als het lot.

'Wij zien dit als iets waar beide partijen iets goeds voor de ander kunnen doen,' zei hij. Hij en Madeline keken elkaar even aan, en Madeline knikte nauwelijks zichtbaar, waarna ze allebei iets rechterop gingen zitten, en ze wendden zich tot Mia, die haar vork neerlegde.

'Je moet niet denken dat we hier luchthartig in staan,' zei Madeline. 'We denken hier al heel lang over na. En we zijn op zoek naar precies de juiste vrouw.' Ze pakte de waterkaraf en schonk Mia's glas nog eens vol. 'We denken dat jij die vrouw bent.'

Nu ze in haar kamer zat maakte Mia berekeningen. Tienduizend dollar hadden ze geboden als ze een gezonde baby voor hen ter wereld bracht. Ze hadden het gebracht alsof het een arbeidscontract betrof en ze presenteerden de secundaire voorwaarden zo gunstig mogelijk. 'En uiteraard zijn alle medische kosten voor onze rekening.'

Aan het eind van het diner had Joseph een dubbelgevouwen vel papier over tafel geschoven. 'Ons telefoonnummer thuis,' zei hij. 'Denk er maar eens over na. Dan zullen we een conceptcontract voor je opstellen. We hopen wat van je te horen.' Hij had de rekening al betaald, die Mia niet had gezien, maar die schrikbarend hoog moest zijn geweest: ze hadden oesters gehad, en wijn. Een man in smoking had steak tartare bereid aan tafel; handig vouwde hij een goudgele eidooier in het robijnrode vlees. Joseph had een taxi aangehouden voor Mia. 'We hopen dat je belt,' zei hij nog eens. Achter hem, achter de glazen ruit van de lobby, knoopte Madeline de bontkraag van haar jas dicht. Pas toen hij het portier had dichtgedaan en de taxi op weg was naar Mia's krappe appartement, vouwde ze het papier open om nog eens naar het verbijsterende bedrag te kijken: tienduizend dollar. Met daaronder één enkel woord: *alsjeblieft*.

De volgende ochtend dacht ze dat het allemaal een bizarre droom was geweest, tot ze het gekreukte vel papier op haar kast zag liggen. Waanzin, dacht ze. Haar baarmoeder was geen appartement dat je kon huren. Ze kon zich nauwelijks voorstellen dat ze ooit een kind zou krijgen, laat staan dat ze er eentje zou weggeven. In het grauwe, kille ochtendlicht leek wat er de vorige avond was gebeurd op een kinderlijke fantasie. Ze schudde haar hoofd, liet het briefje in de lade van haar kast vallen en trok haar uniform aan om te gaan werken.

En toen, een paar weken later, hoorde Mia dat haar beurs niet zou worden verlengd. Pauline en Mal deden de deur open, en zonder iets te zeggen overhandigde ze de envelop, die ze rafelig met een vinger had opengescheurd.

Geachte mevrouw Wright,

We nemen aan dat u veel hebt geleerd in uw eerste jaar aan de New York School of Fine Arts. Het spijt ons echter u te moeten informeren dat we vanwege bezuinigingen niet in staat zijn u ook in het universitaire jaar 1981-1982 financiële steun te bieden. We hopen uiteraard dat u desondanks uw opleiding aan ons instituut zult voortzetten en dat...'

'Ze zijn gestoord,' zei Pauline en ze gooide de brief op de salontafel. 'Ze hebben geen idee wat ze hiermee verliezen.'

'Het komt door de staat,' zei Mal. Ze pakte de brief op en stak hem terug in de envelop. 'Ze hebben de geldkraan dichtgedraaid, dus de opleiding moet bezuinigen, en dus zijn de beurzen geschrapt.'

'Het maakt niet uit,' zei Mia. 'Ik neem er gewoon nog een baan bij. En dan spaar ik in de zomer.'

Maar toen ze die avond met de lift naar beneden ging, liet ze haar hoofd tegen de spiegelwand rusten en ze moest haar tranen verbijten. Ze kon niet nog meer uren draaien dan ze al werkte, want dan zou ze geen tijd meer voor haar studie hebben, en ze kon nu al nauwelijks rondkomen. Als ze de hele zomer fulltime zou werken... In gedachten maakte ze weer haar rekensommetjes. Tenzij ze een baan vond die twee keer zoveel betaalde, kon ze het zich niet veroorloven te blijven.

'Gaat het wel, mevrouw?' De liftdeur was opengegaan en daar stond ze, in de lobby, en de vriendelijke portier keek haar aan door zijn brillenglazen. Achter hem was een wijnkleurig tapijt uitgerold, helemaal tot aan Fifth Avenue. In de lobby hing dezelfde stilte als in een bibliotheek, maar achter die deuren, wist ze, waren de stoepen met hun gescheurde beton en de drukte en het lawaai en de genadeloosheid van de stad.

'Goed, hoor,' zei ze. Ze kenden elkaar inmiddels een beetje, zoals mensen in New York elkaar zo vaak kennen: hij heette Martin, en hij was opgegroeid in Queens en hij was fan van de Mets – niet de Yankees, zei hij, absolúút niet – en hij had thuis een teckel die Rosie heette. Martin wist op zijn beurt dat ze Mia heette en dat ze de protegee was van de Dames Kunstenaar van boven – zo noemde hij Pauline en Mal altijd vol genegenheid – en hoewel Mia hem verder weinig over haar leven had verteld, kon zijn geoefende oog wel het een en ander opmaken uit de tweedehands camera om haar nek, het zwart-witte uniform dat ze soms nog aanhad als ze hier aankwam, de bakjes met eten die ze vaak op aandringen van Mal mee naar huis nam. Hij weerstond de neiging om haar een schouderklopje te geven en duwde de deur voor haar open met een gehandschoende hand.

'Fijne avond,' zei hij, en Mia stapte Fifth Avenue op en liet zich opslokken door de stad.

14

Mia overlegde niet met haar ouders of haar huisgenootjes, en zelfs niet met Pauline en Mal. Achteraf zou ze beseffen dat daaruit bleek dat ze haar besluit al had genomen. De dag nadat ze de brief van de kunstacademie had ontvangen, informeerde Mia bij de bedrijfsleider van de diner of er loonsverhoging in zat. 'Kon het maar, schat,' zei hij tegen haar, 'maar ik kan jullie niet meer betalen zonder mijn prijzen te verhogen, en dan raak ik klanten kwijt.' De bedrijfsleider bij Dick Blick had dezelfde reactie, en daarna nam ze niet eens meer de moeite om het de manager van de bar te vragen. Een week lang ging ze niet in op Paulines uitnodiging om te komen eten; Mal, en Pauline waarschijnlijk ook, zou meteen doorhebben dat ze er niet bij was met haar gedachten. Dus stuurde ze een briefje naar het appartement in plaats van er zoals altijd op zondag op bezoek te gaan, waarin ze beweerde dat ze buikgriep had en dat ze thuis moest blijven. Een week lang dacht ze alleen maar aan haar collegegeld – en aan de Ryans. Ze verpestte een heel filmrolletje door het met het licht aan uit het kokertje te trekken, iets wat ze nog nooit had gedaan. In de diner liet ze een bord met eieren vallen, sneed haar vinger aan een scherf en zag het bloed op het witte porselein stromen. Overdag liet ze steeds weer haar hand over haar platte buik glijden, alsof ze daar iets zou voelen wat haar duidelijkheid kon verschaffen.

Op een middag, voor ze van haar ene naar haar andere baantje zou geen, haalde ze Joseph Ryans visitekaartje – het kaartje dat hij haar die eerste dag had gegeven – uit haar zak en liep naar de metro. Misschien was hij wel een bedrieger. Hoe wist ze of die Ryans haar zouden betalen wat ze hadden beloofd, en of ze überhaupt echt Ryan heetten? Maar het adres op het kaartje bracht haar inderdaad bij het glimmende glazen gebouw van Dykmann, Strauss & Tanner, op Wall Street. Mia bleef een paar minuten aarzelend voor de glazen lobby staan en keek naar de voorbijglijdende spiegelbeelden van de mensen op de stoep en, daarachter, naar de schaduwen van de mensen in het gebouw. Toen liep ze door de draaideur naar binnen en ging naar de rij telefooncellen aan de ene kant van de lobby. Ze stak een muntje in de gleuf en belde het nummer op het kaartje. Ze kreeg bijna meteen een vrouw aan de lijn.

'Dykmann, Strauss & Tanner,' zei de vrouw. 'Dit is het kantoor van Joseph Ryan. Wat kan ik voor u doen?'

Mia hing op en trok het telefoonboek op schoot. Er waren zes Joseph Ryans in New York, maar niet een die aan Riverside Drive woonde. Ze liet het telefoonboek aan zijn ketting bungelen en viste nog een muntje uit haar zak. Deze keer belde ze met Inlichtingen, die haar een adres opgaven. Het was bijna tijd om aan het werk te gaan in de bar, maar ze nam toch de metro uptown, en stond ineens voor een vooroorlogs bakstenen gebouw met een zwarte luifel en een portier. Wie hier woonde kon zich zonder meer tienduizend dollar voor een kind veroorloven.

Toen Madeline Ryan de volgende middag dat gebouw uit kwam volgde Mia haar. Een uur lang achtervolgde ze haar: helemaal 86th Street door, een rondje door de buurt, en weer terug naar huis. Ze zag dat Madeline naar de portier knikte toen ze het gebouw uit liep en dat hij meteen de deur voor haar opendeed, dat ze even op de stoep bleef staan en weer terugliep om iets te zeggen waar de portier om moest lachen, waarna ze hem een vriendelijk klopje zijn onderarm gaf en weer wegliep. Ze zag dat Madeline haar pas inhield als ze vrouwen met kinderwagens passeerde, en lachte naar de baby's die daar in lagen, of die nu vrolijk of moeilijk waren of sliepen, zag dat ze lachte en de vrouwen groette, vroeg hoe het met hen ging, iets opmerkte over het werk, ondanks de intense honger in haar blik – die Mia zelfs van een afstand kon zien. Madeline sprong snel bij om de deuren voor deze vrouwen open te houden, zelfs voor de nanny's die kinderen met een heel blanke huid voortduwden die duidelijk niet van henzelf waren, en bleef dan die deuren openhouden tot vrouw en kind de buurtsuper of de lunchroom of de bakkerij in gelopen waren, om ze vervolgens met een melancholieke, bijna treurige blik langzaam dicht te laten vallen. Als een moeder – gehaast, op hakken – voorbij klikklakte, raapte Madeline Ryan een uit de buggy gegooide fopspeen op en rende erachteraan om hem terug te geven. Het was Mia nooit opgevallen hoeveel baby's er waren: ze waren overal, het krioelde er letterlijk van. De straten stroomden over van schaamteloze vruchtbaarheid en ineens voelde ze intens medelijden met Madeline Ryan. Madeline stopte bij een bloemenstalletje, kocht een bosje in groen vloeipapier verpakte pioenrozen, de knoppen nog steeds als stevig gebalde vuistjes. Ze liep terug naar huis, en Mia liet haar gaan.

Uiteindelijk maakte ze zichzelf wijs dat het de rekensom was die haar ertoe deed besluiten. Het bod van de Ryans was genoeg voor nog drie of meer semesters van haar opleiding. Daarmee zou ze tijd winnen en de rest van het geld zelf kunnen verdienen. Als ze dit zou doen, kon ze door. Als ze het niet deed, kon dat niet. Als je het zo bekeek, lag de keuze voor de hand. En ze zou hun een dienst bewijzen. Het waren aardige, eerlijke mensen; dat kon ze zo zien. Ze moesten wel heel graag een kind willen, dacht ze. Zij kon hen helpen. Dat herhaalde ze bij zichzelf, steeds maar weer, en toen pakte ze de hoorn van de haak en toetste hun nummer in.

Drie weken later verliet ze de spreekkamer van een verloskundige met een verklaring dat ze gezond was, geen besmettelijke ziekten had, en dat ze de juiste anatomie had. 'Perfecte baarheupen,' had hij gegrapt toen ze haar voeten uit de beugels haalde. 'Vanbinnen ziet het er allemaal prima uit. Als je zwanger zou willen worden, zou dat geen enkel probleem moeten zijn.' Een week daarna vroeg ze een jaar verlof van school aan. En toen, begin april, toen alle vakken ten einde liepen, bevond ze zich ineens in de logeerkamer van het elegante appartement van de Ryans. Madeline had een prachtige, roze badstof badjas voor haar gekocht.

‘Turks katoen,’ had ze gezegd toen ze hem met een paar pantoffels op bed legde. ‘We willen graag dat je je op je gemak voelt.’ Het bed was opgemaakt met frisse witte lakens, alsof ze een geliefde logee was. Buiten zag ze de zon glinsteren op de Hudson. In de gang, wist ze, zou Joseph druk in de weer zijn in hun eigen slaapkamer, ter voorbereiding.

Er werd zacht op de deur geklopt en Mia trok de badjas wat strakker om zich heen. Haar kleren lagen keurig opgevouwen op de leunstoel in de hoek. Madeline klopte nog eens en deed toen de deur open.

‘Ben je er klaar voor?’ vroeg ze. In haar handen droeg ze een houten dienblad met een afgedekt theekopje en een vleesbedruiper met een knalgele bol erop. Ze zette het blad op het nachtkastje en knielde toen – verlegen – neer bij het bed en sloeg haar armen om Mia heen. ‘Dank je wel,’ fluisterde ze.

Toen Madeline weg was haalde Mia diep adem. Wist ze dit wel zeker? Ze pakte de vleesbedruiper van het dienblad: hij was warm. Madeline moest hem met heet water hebben afgespoeld zodat hij niet zo kil aanvoelde, realiseerde ze zich, en het kleine, vriendelijke gebaar bracht tranen in haar ogen. Ze tilde het dekseltje van het theekopje, maakte de riem van haar badjas wat losser en ging op bed liggen.

Een halfuur later – ‘je moet je benen minstens twintig minuten omhooghouden,’ had Madeline haar uitgelegd, ‘om de kans op conceptie te vergroten’ – kwam Mia de logeerkamer uit en trof Madeline en Joseph in de zitkamer, hand in hand. Ze had haar eigen kleren weer aangetrokken, maar toen ze haar eensgezind aankeken – grote ogen, als gespannen kinderen – voelde ze zich toch ineens naakt.

‘Het is gebeurd,’ zei ze, en ze klopte op de taille van haar spijkerbroek.

Madeline stond in één vloeiende beweging op van de bank en nam Mia’s handen stevig in de hare. ‘We weten niet hoe we je moeten bedanken,’ zei ze. ‘Laten we hopen dat het raak is.’ Ze legde haar beide handpalmen op Mia’s buik, alsof ze hem wilde zegenen, en Mia’s spieren vertrokken en verhardden.

'Ik zal de auto roepen; Joey brengt je wel thuis,' zei Madeline, en toen zei ze: 'We weten natuurlijk best dat er een paar pogingen voor nodig zullen zijn. Dit vraagt om doorzettingsvermogen, van ons allemaal. Zien we je overmorgen weer?'

Mia dacht aan het dienblad dat nog in de logeerkamer stond, aan dat Madeline de vleesbedruiper en het kopje straks in de gootsteen zou afspoelen, en zou klaarmaken voor de volgende keer. 'Natuurlijk,' zei ze. 'Natuurlijk.' De hele rit naar de Village zweeg ze, terwijl Joseph Ryan kletste over hoe hij en Madeline elkaar hadden ontmoet, waar hij opgegroeid was en de dingen die ze voor hun kind van plan waren.

Dit werd de hele zomer hun vaste routine. De verloskundige had haar een schema gegeven met daarin haar meest vruchtbare perioden, en in die week kwam ze om de dag bij de Ryans thuis. Dan, de week erop, zou ze wachten en hield ze haar lichaam in de gaten, op zoek naar een teken. Telkens kreeg ze rugpijn, hoofdpijn, kramp, en vervolgens – uiteraard – geen baby.

'Het duurt even,' zei Madeline toen juli bijna voorbij was. Het was nu al vier maanden niet gelukt. 'Dat wisten we altijd al. Het gebeurt niet altijd meteen.' Maar Mia maakte zich zorgen. Volgens het contract dat ze had getekend, mochten de Ryans de overeenkomst na zes maanden ontbinden als er geen zwangerschap was. Ze had haar baantjes in de diner en de bar en de kunstmaterialenwinkel gehouden – en ze had vragen van haar medestudenten ontweken toen zij na de zomer terugkwamen en hun materialen kwamen kopen en vroegen waarom ze niet meer naar de lessen kwam. 'Ik neem een jaar vrij om geld te verdienen,' had ze gezegd, wat ook zo was, en dat had ze ook tegen Pauline en Mal gezegd toen die tactvol hadden laten weten dat ze haar een lening wilde geven. Ze was te trots om die aan te nemen. Maar ze wist ook dat als er geen baby zou komen, ze niets zou krijgen, en dan zou ze het hele jaar voor niets gemist hebben, en zou haar tijdelijke afwezigheid waarschijnlijk permanent worden.

En toen, in september, zat ze te wachten en te wachten, maar er gebeurde niets. Geen bloed. Geen kramp. Alleen een intense vermoeidheid, een overweldigend verlangen om in bed te kruipen en zich als een kat onder de sprei te begraven. Madeline danste bijna van vreugde toen Mia, die zich nog altijd beroerd voelde, twee dagen later bij haar thuis kwam. Ze sloeg haar jas om Mia heen, alsof ze een klein kind was, en nam haar mee naar de lift, om vervolgens een taxi te nemen naar een drogisterij op Broadway. Uit het overweldigende aanbod van doosjes met zelfverzekerde namen – Predictor, Fact, Accu-Test – koos ze er eentje uit en duwde die Mia in de hand.

De test bleek ingewikkeld te zijn. Er kwam een glazen reageerbuis aan te pas, in een speciale standaard, die je boven een schuin spiegeltje moest hangen. Mia moest er een paar druppels urine in doen en dan een uur wachten. Als er een donkere kring te zien zou zijn, was ze zwanger. Mia en Madeline zaten drie kwartier zwijgend naast elkaar op de rand van het bad, en toen pakte Madeline ineens Mia's hand. 'Kijk,' fluisterde ze, en ze leunde voorover naar het badkamermeubel. En in het kleine spiegeltje zag Mia langzaam een ijzerkleurig schot in de roos verschijnen.

Vanaf dat moment veranderde alles heel snel. Mia's huisgenootjes merkten niks, totdat ze begon over te geven in de badkamer. 'Fijn klusje,' zei een van hen. De ander zei: 'Ik zou dat allemaal niet willen, nog voor geen miljoen.' Er gingen weken voorbij. De Ryans verhuisden haar naar een kleine studio die hun eigendom was, een rustig appartement op de eerste verdieping in een zijstraat van West End Avenue. 'We verhuren het, maar de huurders zijn er net uit getrokken,' zei Madeline tegen Mia. 'Dit is rustiger voor je. Ruimer. Minder aanloop. En je bent ook een stuk dichter bij ons, voor als er dingen gaan gebeuren.' Mia had ontslag genomen bij de kunstwinkel – haar buik begon zichtbaar te worden – maar hield haar andere baantjes aan, hoewel ze de Ryans in de waan liet dat ze helemaal gestopt was met werken. Na elke doktersafspraak ging ze langs om verslag te doen, en steeds als haar kleding strakker begon te zitten, kochten zij nieuwe kleren voor haar. 'Ik had een jurk zien hangen,' zei Madeline dan, om Mia vervolgens een met vloeipapier gevoerde winkeltas te overhandigen met daarin een gebloemde positiejurk. 'En ik dacht, die staat je vast geweldig.' Mia realiseerde zich dat ze de positiekleding voor haar kocht die ze anders voor zichzelf zou hebben aangeschaft, en ze nam de jurk glimlachend in ontvangst, en trok hem aan bij haar volgende bezoekje.

Haar ouders vertelde ze hier allemaal niets van; toen de kerstdagen naderde, zei ze alleen dat ze niet thuis zou komen. Te duur, beweerde ze, in de wetenschap dat ze haar nooit naar haar opleiding vroegen als zij er niet zelf over begon, en ze vroegen er inderdaad niet naar. Maar eind januari vertelde ze Warren uiteindelijk de waarheid. 'Je hebt het nooit meer over je lessen,' zei hij op een avond aan de telefoon. Ze was toen vijf maanden zwanger, en hoewel ze dat ook had kunnen verzwijgen – hoe zou hij er ooit achter komen? – vond ze het geen prettige gedachte om het hem niet te vertellen.

'Warren, beloof me dat je het niet tegen pa en ma zegt,' zei ze, en ze haalde diep adem. Toen ze uitverteld was, bleef het lang stil aan de andere kant van de lijn.

'Mia,' zei hij, en ze wist dat hij het serieus meende, want hij noemde haar nooit voluit Mia. 'Ik kan niet geloven dat je zoiets hebt gedaan.'

'Ik heb er goed over nagedacht.' Mia legde een hand op haar buik, waar ze sinds kort licht gefladder in voelde. 'Het leven,' had Madeline het genoemd toen ze haar handen op Mia's huid had gelegd – een beetje een tuttige uitdrukking, vond Mia. 'Het zijn zulke goeie mensen. Aardige mensen. Ik help hen hiermee, Wren. En zij helpen mij ook. Ze hebben al zoveel voor me gedaan.'

'Maar denk je niet dat het moeilijk is om het straks af te staan?' vroeg Warren. 'Ik geloof niet dat ik het zou kunnen.'

'Nou ja, jij hoeft het ook niet te doen.'

'Doe nou niet zo kattig,' zei Warren. 'Als je het mij had gevraagd, had ik gezegd dat je het niet moest doen.'

'Als je het maar niet aan pa en ma vertelt,' zei Mia nog eens.

'Zal ik niet doen,' zei Warren uiteindelijk. 'Maar ik zal je één ding wel vertellen. Ik ben de oom van de baby, en ik vind het maar niks.' Er klonk een woede in zijn stem door die ze niet van hem kende, tenminste, geen woede die op haar gericht was.

Daarna spraken zij en Warren elkaar een poos niet. Elke week, als ze overwoog om hem te bellen, deed ze het niet. Waarom zou ze bellen als er toch maar ruzie van kwam, dacht ze. Over een paar maanden zou de baby worden geboren en dan zou ze haar oude leventje weer hervatten, en dan zou alles weer zijn zoals vroeger. 'Niet te gehecht raken,' zei ze tegen haar buik als de baby haar een schopje gaf. Het was haar toen al niet duidelijk tegen wie ze het had: tegen de baby, of tegen haar buik, of tegen zichzelf.

Zij en Warren praatten nog steeds niet met elkaar toen haar moeder haar 's ochtends heel vroeg belde met het nieuws over het ongeluk.

Het had gesneeuwd, dat was alles wat ze ervan wist. Hij en Tommy Flaherty waren tot laat op stap – waar ze geweest waren had haar moeder niet verteld – en ze waren te snel door de bocht gereden en Tommy's Buick was in een slip geraakt en omgeslagen. De details zou Mia zich voorlopig niet herinneren: dat het dak van de auto geplet was, dat de hulpdiensten de Buick als een blikje hadden moeten opensnijden, dat noch Warren noch Tommy een veiligheidsgordel om had. Ze zou zich, althans een hele tijd, niet herinneren dat Tommy Flaherty met een klaplong, een hersenschudding en zeven botbreuken in een ziekenhuisbed lag, ook al woonde hij hun hele jeugd aan de andere kant van de heuvel, ook al waren hij en Warren al jaren bevriend, ook al was hij ooit nog eens verliefd op haar geweest. Het enige wat ze zich zou herinneren was dat Warren achter het stuur had gezeten, en dat hij nu dood was.

Een vliegticket was duur, maar ze vond het een ondraaglijk idee om zelfs maar een paar uur te wachten. Ze wilde zich laten opslokken door het huis waar zij en Warren opgegroeid waren en hadden gespeeld en geruzied en plannen gesmeed. Waar hij nu niet meer op haar wachtte, waar hij nooit meer binnen zou komen. Ze wilde op haar knieën vallen op de plek op het koude wegdek waar hij was overleden. Ze wilde haar ouders zien, niet alleen zijn met dat verschrikkelijke verdoofde gevoel dat dreigde zich meester van haar te maken.

Maar toen ze uit de taxi vanaf het vliegveld stapte en de voordeur binnenliep, verstijfden haar ouders en staarden naar de bolling van haar buik, die zo groot was dat ze haar jas niet meer dichtgeritst kreeg. Mia's handen dwaalden af naar haar middel, alsof ze met een handpalm kon verhullen wat er aan de hand was.

'Ma,' zei ze. 'Pa. Dit is niet wat jullie denken.'

Er ontspon zich een lange stilte in de keuken, als een grijs lint. Urenlang, voor Mia's gevoel.

'Wat dan,' zei haar moeder uiteindelijk. 'Wat denken wij dan?'

'Ik bedoel,' Mia keek omlaag naar haar buik, alsof ze zelf ook geen idee had hoe die daar kwam. 'Het is niet míjn baby.' Binnen in haar gaf de baby een stevige schop.

'Hoe bedoel je, het is niet jóúw baby?' vroeg haar moeder. 'Hoe kan dit nou niet jouw baby zijn?'

'Ik ben draagmoeder. Ik krijg dit kind voor een echtpaar dat ik ken.' Mia begon het uit te leggen: van de Ryans, hoe aardig die waren, hoe graag ze een kind wilden, hoe blij ze zouden zijn. Ze probeerde de nadruk te leggen op hoe ze hen hiermee hielp, alsof het liefdadigheid van haar was, zuiver altruïsme: zoiets als soep uitdelen in een gaarkeuken, of een hond uit het asiel adopteren. Maar haar moeder had het meteen door.

'Die Ryans,' zei ze. 'Ik neem aan dat je dit alleen doet om iets goeds voor hen te doen?'

'Nee,' gaf Mia toe. 'Ze betalen me ervoor. Als de baby straks geboren is.' Ineens besefte ze dat ze haar sjaal en muts nog niet had afgedaan. Een dun straaltje grijze modder druppelde van haar schoenzolen op het crèmekleurige linoleum.

Haar moeder draaide zich om en liep naar de deur. 'Ik kan dit nu niet aan,' zei ze, en haar stem stierf weg toen ze de zitkamer in stapte. 'Niet nu.' Onder aan de trap bleef ze staan en siste met een venijn waar Mia van schrok: 'Je broer is dood... Dóód, besef je dat wel? En jij komt in deze toestand naar huis?' Voeten bonkten op de trap.

Mia keek naar haar vader. Ze voelde zich precies zoals ze zich als kind had gevoeld als ze iets had gebroken of kapotgemaakt had, of als ze het geld dat haar moeder haar had gegeven voor kleren aan filmrolletjes had uitgegeven. Op zulke momenten ging haar moeder altijd schreeuwend tekeer, om vervolgens naar haar kamer te vertrekken en Mia bij haar vader achter te laten, die haar dan in haar hand kneep en de kalmte als melk over hen heen liet vloeien, en dan zachtjes zei: 'Koop maar een nieuwe' of: 'Geef haar een uurtje en ga dan je excuses aanbieden,' of soms alleen: 'Leg het maar gauw bij.' Zo hadden ze altijd ruziegemaakt. Maar deze keer pakte haar vader haar hand niet. Hij zei niet: 'Leg het maar gauw bij.' In plaats daarvan keek hij naar haar buik, alsof hij haar niet in de ogen kon kijken. Zijn ogen waren vochtig en zijn kaak stond strak.

'Pa?' vroeg ze uiteindelijk. Ze had nog liever dat geschreeuw dan deze langgerekte, messcherpe stilte.

'Ik kan niet geloven dat je je eigen kind kunt verkopen,' zei hij, en toen verliet ook hij de kamer.

Ze zeiden niet dat ze weg moest gaan, maar zelfs nadat ze haar jas in de gangkast had gehangen, haar tas in haar oude slaapkamer had gezet, spraken ze nog steeds niet met haar. Bij het eten zat zij op haar oude plek aan tafel, en haar moeder legde een bord en een vork voor haar neer, en haar vader gaf haar de ovenschotel aan die een van hun buren had gebracht, maar ze zeiden niets tegen haar, en als zij hun vragen stelde – Wanneer zou de begrafenis zijn? Hadden ze Warren nog gezien? – gaven ze zo kort mogelijk antwoord. Uiteindelijk gaf Mia de moed op en wond de pasta met tonijn om haar vork. De hele koelkast stond vol met ovenschotels, een toren van Pisa vol glazen schalen, elk met plastic folie eromheen. Alsof geen mens wist wat ze anders moesten doen bij zoiets tragisch dan het zwaarste, meest vullende, meest prozaïsche gerecht maken dat ze konden bedenken om de nabestaanden iets concreets te geven waar ze zich aan konden vasthouden. Geen van hen benoemde of keek naar Warrens lege stoel bij het raam.

Ze namen alle beslissingen zonder haar; welke bloemen er moesten komen, welke muziek er moest worden gedraaid, de kleur van de kist waarin Warren zou worden gelegd: walnoot, gevoerd met blauwe zijde. Ze opperden tactvol dat Mia maar niet naar buiten moest gaan; ze zou wel moe zijn, zeiden ze, ze zouden niet willen dat ze uitgleed over de ijzel, maar ze begreep het best. Ze wilden niet dat de buren haar zouden zien. Toen Mia een overhemd en das uitzocht voor Warren – de das en het hemd die hij altijd koos als hij gedwongen werd iets nets aan te trekken – koos haar moeder iets anders: het witte overhemd met de roodgestreepte das die ze voor Warren had gekocht toen hij naar highschool ging en waarin hij naar eigen zeggen net een beurshandelaar leek, waardoor hij ze nooit droeg. Ze hadden het nooit meer over haar toestand of de lastige situatie waarin ze zich bevond. Maar toen ze zeiden dat het maar het beste was als ze de begrafenis niet zou bijwonen – 'We willen gewoon niet dat mensen het verkeerde idee krijgen', zoals haar moeder het uitdrukte – gaf Mia toe. De avond voor de begrafenis pakte ze haar spullen. Ze haalde haar oude reistas achter uit de kast, en haalde het dekbed van haar bed en een paar oude dekens. Toen sloop ze naar Warrens kamer, aan de andere kant van de gang.

Zijn bed was nog niet opgemaakt; ze vroeg zich af of haar moeder dat ooit nog zou doen, of dat ze het bed zou afhalen, de kamer zou leeghalen, alles wit zou schilderen en zou doen alsof hier nooit iets was gebeurd. Wat zouden ze eigenlijk doen met Warrens spullen? vroeg ze zich af. Zouden ze die weggeven? Zouden ze alles in kratten stoppen en op zolder zetten, waar het zou verstoffen, vervagen en oud worden? Op Warrens prikbord zag ze de foto van haar toelatingsexamen hangen: de geëtste afbeelding van hun tweeën, als kinderen, de berg slakken beklimmend. Ze haalde hem los en stopte hem in haar tas. Toen vond ze op zijn bureau waar ze naar op zoek was: de sleutels van Warrens auto.

Haar ouders lagen te slapen; haar moeder nam 's avonds slaappillen tegen de spanning, en de kier onder hun slaapkamerdeur was donker. De Golf startte met een hees gegrom. 'Een Porsche spint als een kat,' had Warren ooit tegen haar gezegd, 'een Volkswagen sputtert maar zo'n beetje.' Ze moest de bestuurdersstoel helemaal naar voren verzetten om bij de koppeling te kunnen; zijn benen waren altijd al langer geweest dan die van haar. Toen drukte ze de versnellingspook in en na wat gepruts lukte het haar de auto in zijn achteruit te krijgen, en het donkere huis vervaagde in de koplampen toen de auto de oprit af reed.

Ze reed de hele nacht door en reed bij zonsopkomst de Upper West Side binnen. Ze had nog nooit hoeven parkeren in Manhattan en ze reed tien minuten lang rondjes voor ze de auto in een plekje op 72nd Street kon persen. In haar appartement plofte ze neer op haar geleende bed en sloeg het dekbed om zich heen. Ze wist dat het nog heel lang zou duren voordat ze ooit weer in zo'n comfortabel bed zou slapen. Toen ze wakker werd, ging de middagzon alweer onder boven de Hudson, en ze ging aan de slag. Alleen de dingen die ze zelf had meegenomen, die echt van haar waren, verdwenen in de tas: haar te strakke kleren, de paar ruimvallende jurken die ze zelf had gekocht bij het Leger des Heils, een paar oude dekens, wat verschoten lakens, een handjevol bestek. Een archiefdoos vol negatieven, en haar camera's. De chique positiejurken van de Ryans vouwde ze keurig op en stopte ze in een papieren boodschappentas.

Zodra ze klaar was, ging ze zitten met een pen en een stuk papier. De hele rit vanaf Pittsburgh had ze nagedacht over wat ze zou schrijven, en uiteindelijk besloot ze te liegen. 'Ik weet niet hoe ik het jullie moet vertellen,' schreef ze, 'maar ik ben de baby kwijtgeraakt. Ik schaam me zo en het spijt me verschrikkelijk. Jullie zijn me niets verschuldigd volgens ons contract, maar ik heb het gevoel dat ik jullie iets verschuldigd ben. Dit is wat geld om de doktersafspraken terug te betalen. Ik hoop dat het genoeg is; het is alles wat ik kan missen.' Ze legde haar briefje boven op een stapel bankbiljetten – negenhonderd dollar van haar opgespaarde loon. Toen bundelde ze alles samen en stak het in de tas met de positiejurken.

De vaste portier had die avond geen dienst, en doordat Mia haar jas om zich heen getrokken had leek de nachtportier haar buik niet te zien. Hij nam het pakje voor de Ryans aan zonder haar zelfs maar aan te kijken, en Mia liep terug naar de Golf, die een paar straten verderop geparkeerd stond. In haar buik gaf de baby een keer een schopje, om zich vervolgens om te draaien alsof hij ging slapen.

Ze reed de hele nacht, door New Jersey en Pennsylvania, kilometers snelweg schoten voorbij in het donker. Toen de zon opkwam verliet ze even na Erie de snelweg en reed door tot ze op een stille landweg kwam. Ze parkeerde een flink eind van de weg, deed alle portieren op slot en wikkelde zich in haar oude dekbed. Ze had gedacht dat het naar wasmiddel zou ruiken, naar thuis, en ze zette zich schrap tegen de golf nostalgie. Maar het dekbed, dat het afgelopen jaar onaangeroerd op haar bed had gelegen, rook naar niets – niet schoon, niet stoffig, helemaal nergens naar – en toen ze het over haar hoofd had getrokken om haar ogen tegen de zon af te schermen, viel Mia in slaap.

Zo reed ze de hele week koortsachtig door, tot de uitputting haar dwong om te stoppen en te slapen tot ze voldoende uitgerust was om weer verder te gaan, zonder op de klok te letten en of het licht of donker was. Als ze een stadje passeerde, stopte ze zo nu en dan om brood, pindakaas en appels te kopen, en om bij een pomp de jerrycan die op de passagiersstoel stond met water te vullen. Ze had de tweeduizend dollar die ze had opgespaard van haar fooien en loon sinds ze naar New York was gekomen tussen haar eigendommen verstopt: in de doos met negatieven, in het dashboardkastje, in de rechtercup van haar beha. Ohio, Illinois, Nebraska, Nevada. En toen, ineens, het ziedende water bij San Francisco, de Stille Oceaan, die zich blauw-grijs en wit kolkend voor haar uitstrekte, en ze niet meer verder kon.

Wat is er verder nog te vertellen? Mia vond een appartement, een kamer in de wijk Sunset, in een huis met stucwerk dat de kleur had van zeezout, met een strenge, oudere huisbazin die naar haar buik had gekeken en alleen had gevraagd: 'Komt er over een week een heel boze echtgenoot bij me aankloppen?' De laatste drie maanden van haar zwangerschap liep Mia door de stad, wandelde om de lagune in Golden Gate Park, beklom de Coit Tower, en stak op een dag de Golden Gate Bridge over in zo'n dichte mist dat ze het verkeer alleen voorbij hóórde razen, maar niets kon zien. Die mist weerspiegelde haar stemming zo perfect dat ze het gevoel had door haar eigen hoofd te wandelen: een waas van vormeloze, allesoverheersende emotie waar ze niet de vinger op kon leggen, vol dreigende gedachten die zomaar uit het niets opdoken, haar lieten schrikken, om zich vervolgens, nog voordat ze wist wat ze precies had gezien, weer terug te trekken in het wit. Mevrouw Delaney, haar huisbazin, glimlachte nooit als ze haar in de gang passeerde, of ze elkaar toevallig tegenkwamen in de keuken, maar naarmate de weken vorderden, had ze vaak een bord voor Mia in de oven gezet en lag er een briefje op het aanrecht waarop stond: 'Had eten over. Zonde om weg te gooien.'

Toen Pearl geboren was – op een ongewoon warme middag in mei, in het ziekenhuis, na een bevalling van veertien uur – nam Mia de geboortepapieren van de zuster aan. Ze had al maanden nagedacht over hoe ze dit kind zou willen noemen, en ging in haar hoofd alle mensen na die ze ooit had gekend, en de boeken die ze op highschool had gelezen. Er zat niets tussen wat haar beviel, tot ze ineens aan *The Scarlet Letter* dacht, en ineens wist ze precies wat de goede naam was: Pearl. Rond, simpel, klinkend als een klok. En natuurlijk ook geboren onder moeilijke omstandigheden. Daarnaast, op de regel voor 'naam moeder' schreef ze in keurige letters: MIA WARREN. Daarna had ze haar handen uitgestoken naar het wiegje naast haar bed en had ze haar dochter in haar armen genomen.

De eerste nacht dat ze weer in haar gehuurde kamer waren, had Pearl gehuild en gehuild tot Mia zelf meehuilde. Ze vroeg zich af of in New York de Ryans wakker lagen in hun prachtappartement, en wat ze zouden zeggen als ze nu de telefoon zou pakken en zou zeggen: 'Ik heb gelogen. De baby is hier. Kom haar maar halen.' Ze zouden op het eerste het beste vliegtuig stappen en voor haar deur staan om Pearl mee te kapen, dat wist ze zeker. Ze wist niet of het een verschrikkelijk of een verleidelijk idee was, of allebei, en samen met Pearl jankte ze nog even door. Toen werd er zacht op de deur geklopt en de strenge mevrouw Delaney kwam binnen en stak haar armen uit. 'Geef haar eens aan mij,' zei ze zo autoritair dat Mia haar het zachte bundeltje zonder nadenken aanreikte. 'Ga jij nou maar liggen en rust wat uit,' zei mevrouw Delaney en ze trok de deur achter zich dicht, en in de plotselinge stilte plofte Mia op het bed en viel als een blok in slaap.

Toen ze wakker werd liep ze wazig de keuken in, en toen naar de zitkamer, waar mevrouw Delaney in een poel lamplicht een slapende Pearl zat te wiegen.

'Heb je kunnen rusten?' vroeg ze aan Mia, en toen Mia knikte zei ze: 'Mooi zo,' en ze legde de baby weer in Mia's armen. 'Het is jouw kind,' zei mevrouw Delaney, 'dus jij mag voor haar zorgen.'

De daaropvolgende weken voltrokken zich in precies dezelfde waas, maar er was toch iets van een omslag. Mevrouw Delaney kwam de baby nooit meer halen, hoe hard Pearl ook huilde, maar 's avonds klopte ze wel aan met een kom soep, een boterham met kaas, een stukje gehaktbrood. Kliekjes, beweerde ze altijd, maar Mia begreep precies wat voor geschenk het was, en ook als mevrouw Delaney haar giften liet volgen door een botte opmerking: 'De huur moet dinsdag betaald zijn,' of: 'Geen modder de gang in lopen,' wist ze precies wat ze eigenlijk probeerde te zeggen.

Pearl was drie weken oud – nog steeds net een oud mannetje, met een verfrommeld gezichtje – en de mist begon nog maar net op te trekken toen Mals telefoontje kwam.

Mia had Pauline en Mal een brief gestuurd zodra ze gesetteld was, met daarin haar nieuwe adres en telefoonnummer. 'Met mij is alles goed,' had ze hun geschreven, 'maar ik kom niet meer terug naar New York. Als jullie me nodig hebben, kunnen jullie me hier bereiken.' En nu had Mal haar nodig. Een paar weken geleden had Pauline ineens steeds hoofdpijn gekregen. Vreemde symptomen. 'Aura's,' zei Mal. 'Ze zei dat ik net een engel leek, met een stralende gloed om me heen.' Een scan had een tumor in haar hersenen gevonden, zo groot als een golfbal.

'Ik denk...' zei Mal na een lange stilte, 'als je haar nog wilt zien, dan kun je misschien beter meteen komen.'

Die avond boekte Mia een vliegticket, het tweede dat ze ooit had gekocht. Het kostte haar bijna al haar spaargeld, maar een busreis dwars door het hele land zou dagen kosten. Te lang. Ze arriveerde in het appartement van Pauline en Mal met een rugzak over haar schouder en Pearl in haar armen. Pauline, tien kilo lichter, leek op een geconcentreerdere versie van zichzelf: teruggebracht tot haar essentie, op een of andere manier.

Ze brachten de middag samen door, en Mal en Pauline kirden tegen de baby, en voor de eerste en laatste keer bleef Mia in hun logeerkamer slapen, met Pearl naast haar. Toen ze de volgende ochtend wakker werd om Pearl te voeden op de bank in de zitkamer kwam Pauline binnen.

'Blijf zitten,' zei Pauline. Haar ogen waren bijna koortsachtig fel, en Mia wilde opstaan om haar armen om Pauline heen te slaan. Maar Pauline gebaarde dat ze moest blijven zitten en hield haar camera op. 'Alsjeblieft,' zei ze, 'ik wil jullie samen op de plaat zetten.'

Ze schoot een heel rolletje vol, de ene foto na de andere, en toen kwam Mal binnen met een pot thee en een sjaal voor Paulines schouders, en Pauline legde de camera weg. Tegen de tijd dat Mia die avond weer in het vliegtuig naar San Francisco stapte, met Pearl in haar armen, was ze de fotosessie alweer helemaal vergeten. 'Doe wat je moet doen,' zei Pauline tegen haar toen ze haar omhelsde bij het afscheid. Voor het eerst had ze Mia op haar wang gekust. 'Ik verwacht grootse dingen van jou.' Haar gebruik van de onvoltooid tegenwoordige tijd – alsof dit een heel gewoon afscheid was, alsof zij, Pauline, verwachtte dat ze zou meemaken hoe Mia's carrière zich in de komende tientallen jaren zou ontwikkelen – deed Mia's stem stokken in haar keel. Ze had Pauline dicht tegen zich aan getrokken en haar opgesnoven, haar specifieke geur, lavendel en eucalyptus, en zich omgedraaid voordat Pauline kon zien dat ze huilde.

Anderhalve week later had Mal weer gebeld, het telefoontje dat Mia al had verwacht. Elf dagen, dacht ze. Ze wist wel dat het snel zou gaan, maar kon niet geloven dat Pauline elf dagen geleden nog leefde. Het was nog warm, het was juni. De bladzijde op de kalender was nog niet eens omgeslagen. En toen, een paar weken later, kwam er een pakketje met de post. 'Deze heeft ze voor je uitgezocht,' stond er in Mals hoekige handschrift in het begeleidende briefje. In het pakje zaten acht afdrukken van twintig bij vijfentwintig, zwart-wit, die allemaal leken te stralen alsof ze van achteren bijgelicht waren op die bijzondere manier die je in

Paulines werk terugzag. Mia met Pearl in haar armen. Mia die Pearl hoog boven haar hoofd tilde. Mia die Pearl de borst gaf, met de plooi van haar blouse die de bleke bolling van haar borst nog net verhulde. Achter op elke foto stond Paulines onmiskenbare handtekening. En er zat een briefje bij, dat met een paperclip vastzat aan een visitekaartje: *Anita verkoopt deze voor je als je geld nodig hebt. Stuur ook je eigen werk, als je er klaar voor bent. Ik heb tegen haar gezegd dat ze je kan verwachten. P.*

Daarna begon Mia weer te fotograferen, met een koortsachtigheid die haar bijna opluchtte. Ze liep weer uren door de stad, met Pearl in een draagdoek die ze van een oude zijden blouse had gemaakt op haar rug. Het grootse deel van haar spaargeld was inmiddels op, en elk filmrolletje was kostbaar, dus ze ging heel behoedzaam te werk en kaderde elk beeld eerst eindeloos in gedachten in voordat ze afdrukte. Met elke klik van de sluiter dacht ze aan Pauline. Toen het zomer werd had ze zeven foto's die misschien 'iets hadden', zoals Pauline altijd zei.

Anita was het er niet helemaal mee eens. 'Veelbelovend,' schreef ze als reactie op de afdrukken die Mia haar stuurde. 'Maar het is het nog niet helemaal. Neem meer risico's.' Als reactie stuurde Mia haar de eerste van Paulines foto's. 'Dan heb ik meer tijd nodig,' schreef ze terug. 'Zorg dat deze foto zo veel mogelijk oplevert. Geef mijn naam aan niemand door.' Na een verwoede strijd op de veiling leverde Anita Mia twee jaar extra tijd, zelfs met aftrek van de vijftig procent commissie. (Ze zou alles uit die extra tijd halen. Pas vijftien jaar later, toen ze een ziekenhuisrekening moest betalen nadat Pearl longontsteking had gehad, verkocht ze nog een foto.) Binnen een jaar stuurde Mia nog een set afdrukken naar Anita – allemaal kronieken van een langzaam verval: een dode populier, een onbewoonbaar verklaard huis, een roestende auto – die bereid was ze aan te nemen.

'Gefeliciteerd,' zei ze tegen Mia toen ze een maand later belde. 'Ik heb er een verkocht, die ene met de auto. Vierhonderd dollar. Niet veel, maar het is een begin.'

Mia zag er een teken in. Ze droomde al een poosje over woestijnen, over cactussen, en weidse, rode luchten. Er begonnen zich nieuwe beelden te vormen in haar hoofd. 'Ik bel je over een week of twee,' zei ze, 'om te zeggen waar je het geld naartoe moet overmaken.'

Mevrouw Delaney keek door het raam van de zitkamer toe terwijl Mia de achterbak van de Golf vollaadde. Pearls slaapmandje paste precies op de grond voor de passagiersstoel. Tot Mia's verbijstering trok mevrouw Delaney haar geheel tegen haar gewoonte in tegen zich aan toen ze de huissleutel van haar sleutelbos had losgewurmd en hem aan haar teruggaf.

'Ik heb je nooit verteld over mijn dochter, hè?' zei ze geëmotioneerd, maar voor Mia iets kon zeggen nam ze de sleutel aan en schoot snel de trap op, terwijl het stalen hek achter haar dichtkletterde.

De hele lange rit dacht Mia hierover na, tot voorbij Provo, waar ze besloot te stoppen – de eerste van vele plaatsen die Pearl en zij in de loop der jaren zouden aandoen. En de hele rit lag Pearl te pruttelen in haar mandje, alsof ze zelfs op deze jonge leeftijd zeker wist dat ze op weg waren naar grootse en belangrijke dingen, alsof ze dwars door tijd en ruimte kon kijken en alles kon zien wat ze onderweg zouden tegenkomen.

15

Mevrouw Richardson kon dit natuurlijk allemaal niet weten. Ze kon alleen wat kale feiten opmaken uit het verhaal dat de Wrights haar hadden verteld: dat Mia met een dikke buik was verschenen en had beweerd dat ze draagmoeder was voor een of andere familie genaamd Ryan – de Wrights konden zich geen voornamen herinneren. 'Jamie, Johnny, zoiets,' had meneer Wright gezegd. 'Iemand op Wall Street, zei ze. Iemand met veel geld.'

'Ik wist niet zeker of het wel waar was,' gaf mevrouw Wright toe. 'Ik dacht dat ze misschien gewoon in de penarie zat en dat ze tegen ons loog. Maar toen belde die advocaat.' Een paar weken nadat Mia was vertrokken, had een advocaat naar de Wrights gebeld met de vraag of zij contactgegevens van Mia hadden. 'Hij stuurde ons een visitekaartje,' herinnerde mevrouw Wright zich. 'Voor het geval ze ons ooit haar adres zou sturen. Maar we hebben nooit meer iets van haar gehoord.' Ze bette haar ooghoeken weer met een zakdoekje.

Na wat zoeken en rommelen vond mevrouw Wright het kaartje van de advocaat en mevrouw Richardson nam het adres over. *Thomas Riley, Riley & Schwartz, advocaten*. Op 53rd Street. Ze bedankte de Wrights, en toen mevrouw Wright haar wat extra koekjes opdrong, sloeg ze die verlegen af. De Wrights boden ook aan om haar foto's te lenen van Warren in zijn footballtenue – misschien wilde de krant die afdrukken bij het verhaal, opperden ze. 'Als we ze maar weer terugkrijgen,' voegde mevrouw Wright toe. 'We hebben alleen de afdrukken.' Het schuldgevoel klauwde als een spin in de nek van mevrouw Richardson. Het leken haar aardige mensen, de Wrights – aardige mensen die veel hadden doorstaan, aardige mensen die haar buren hadden kunnen zijn in Shaker Heights. 'Als de krant foto's wil, neem ik weer contact met u op,' zei ze. Dat was tenminste waar, hield ze zichzelf voor.

'Ik vind het zo erg voor u, wat u allemaal hebt meegemaakt,' zei ze bij de deur, en ze meende het. Toen aarzelde ze. 'U bent er nooit achter gekomen waar uw dochter nu is, maar zou u wel weer contact met haar willen?'

'Misschien,' zei mevrouw Wright. 'We hebben overwogen om een detective in de arm te nemen om haar te zoeken. Misschien dat die aanknopingspunten zou kunnen vinden. Maar toen dachten we: als ze gevonden wilde worden, had ze wel contact opgenomen. Ze weet waar we wonen. Ons telefoonnummer is nog hetzelfde als het haar hele leven al is geweest. Ze zal wel denken dat we nog steeds kwaad op haar zijn.'

'Bent u dat dan?' vroeg mevrouw Richardson impulsief, en noch meneer, noch mevrouw Wright gaf antwoord.

Het telefoonnummer van het advocatenkantoor was zestien jaar oud, maar mevrouw Richardson besloot dat het de moeite van het proberen waard was. Weer terug in haar hotel belde ze het, en tot haar immense opluchting werd er bijna direct opgenomen door een secretaresse.

'Riley, Schwartz en Henderson,' zei de vrouw.

'Hallo,' begon mevrouw Richardson. 'Ik bel u over een zaak waar meneer Riley heel lang geleden aan heeft gewerkt.' Ze zweeg even en dacht snel na. 'Ik heb informatie die volgens mijn cliënt relevant zou kunnen zijn. Maar voordat ik die informatie wil doorgeven, wil ik eerst zeker weten dat meneer Riley de Ryans nog steeds vertegenwoordigt. U zult begrijpen dat het om heel gevoelige informatie gaat.'

De secretaresse bleef even stil. 'Bij welke zaak bent u betrokken, zei u?'

'Die van de Ryans. De informatie die ik heb heeft betrekking op Mia Wright.'

Er klonk een geluid van een lade die werd opengetrokken en van het ritselen van dossiers. 'Hier heb ik het. Joseph en Madeline Ryan. Ja, meneer Riley vertegenwoordigt hen nog steeds, hoewel' – ze zweeg even – 'dit dossier al vrij lang niet meer actief is. Maar meneer Riley is momenteel op kantoor en ik wil u met alle plezier doorverbinden. Hoe was uw naam, zei u?'

Mevrouw Richardson hing op. Haar hart bonsde. Toen, nadat ze eerst een paar minuten goed had nagedacht, sloeg ze haar adressenboekje open en belde haar vriend Michael, die bij de *New York Times* werkte. Ze kenden elkaar nog van hun studie en hadden samengewerkt bij de *Denisonian*, en ze hadden altijd contact gehouden, hoewel Michael een sprong had gemaakt naar de *Stamford Advocate*, en vervolgens snel carrière had gemaakt en op de nieuwsredactie van de *Times* terechtgekomen was, terwijl zij weer naar haar geboorteplaats teruggegaan was en voor de regionale pers was gaan werken. Ze wist vrij zeker dat hij ooit verliefd op haar was geweest, hoewel hij daar nooit iets over had gezegd, en inmiddels waren ze allebei al jaren getrouwd. Hij was onlangs genomineerd voor een Pulitzerprijs, maar hij had verloren van iemand bij Associated Press die verslag gedaan had van de volkerenmoord in Rwanda.

'Michael,' zei ze. 'Kun jij iets voor me doen?'

Een week later zou Michael terugbellen en bevestigen wat ze al vermoedde: met behulp van een journalistieke truc die hij alleen kende, was het hem gelukt om ziekenhuisrekeningen van ene Mia Wright te vinden, uit 1981, in het St. Elizabeth in Midtown Manhattan. Ze waren betaald door ene Joseph Ryan, en hielden op in februari 1982, toen Mia zes maanden zwanger moest zijn geweest, en als mevrouw Richardson al twijfels had over waar Pearl vandaan kwam, dan waren die nu verdwenen. Ze moest nu bedenken wat – óf – ze iets met deze informatie zou doen. Die arme Ryans: die wilden zo graag een kind dat ze dit soort stappen hadden genomen om er eentje te krijgen. Ja, daar wist ze wel het een en ander van, dacht ze, denkend aan Linda en Mark McCullough. Maar ze voelde ook iets van medeleven met Mia, iets wat ze daarvoor nooit had gevoeld, en wat ze ook niet had verwacht ooit te zullen voelen: hoe verschrikkelijk het moest zijn geweest, het idee dat ze haar kind moest weggeven.

Wat zou zijzelf hebben gedaan, in die situatie? Mevrouw Richardson stelde zichzelf die vraag keer op keer, vóór Michaels telefoontje, en weken – maanden – daarna. Telkens als ze zich deze onmogelijke keuze inbeeldde kwam ze tot dezelfde conclusie. Ik zou nooit in die situatie terechtgekomen zijn, hield ze zichzelf voor. Ik zou altijd verstandigere keuzes hebben gemaakt.

Voorlopig stopte mevrouw Richardson haar aantekeningen in een map die ze de discrete naam MW gaf. De volgende dag zou ze weer naar huis rijden.

Op de terugweg van de kliniek had Lexie moeite om te verwerken wat haar allemaal was overkomen, wat er net met haar was gebeurd. Haar benen en lichaam stapten vol zelfvertrouwen door, terwijl haar hoofd er als een treuzelende ballon achteraan dreef. Net was ze zwanger en nu niet meer. Net leefde er nog iets in haar en nu niet meer. Diep in haar buik voelde ze een vage kramp en er druppelde warm vocht in het dikke maandverband dat de zuster haar had gegeven. De rest van het pak zat in haar tas, met een pot Advil. 'Die heb je straks nodig, als de verdoving uitgewerkt is,' had de zuster tegen haar gezegd.

Pearl nam haar bij de arm. 'Gaat het?'

Lexie knikte en de parkeerplaats draaide rond en kwam op zijn kant terecht. Pearl ving haar op voordat ze kon vallen. 'Oké. Kom. We zijn er bijna.'

Het oorspronkelijke plan was om Lexie naar huis te rijden. Haar moeder zou pas de volgende middag weer thuiskomen, en tegen die tijd, nam Lexie aan, zou ze weer de oude zijn, klaar om net te doen alsof er niets was gebeurd. Maar het was Pearl duidelijk, toen ze Lexie naar de passagiersstoel van de Explorer bracht, dat Lexie zo niet naar huis kon. Ze was wattig van de verdoving, en Pearl moest zelfs de veiligheidsgordel bij haar omdoen.

'Goed,' zei ze. 'We gaan naar mijn huis.'

'En je moeder dan?' vroeg Lexie, en toen Pearl zei: 'Die kan heel goed geheimen bewaren,' vond Lexie dat het verdrietigste wat ze ooit had gehoord en ze barstte in tranen uit.

Het was iets na twaalven toen ze het huis in Winslow Road binnenliepen, en Mia – die een esdoorn uit een advertentie in een tijdschrift aan het snijden was met een X-Acto-mesje – keek verschrikt op toen ze de keuken binnenkwamen. Bij de aanblik van het scalpel in Mia's hand begon Lexie – die tegen het eind van de rit wat tot bedaren was gekomen – weer te huilen. Tot ieders verbazing, zelfs die van haarzelf, nam Mia Lexie in haar armen.

'Het komt wel goed,' zei ze. 'Het komt allemaal goed.'

Achteraf wist Lexie niet zeker of ze Mia had verteld wat er was gebeurd, of dat Pearl dat had gedaan, of dat Mia het gewoon zelf had aangevoeld. Het enige wat ze zich nog herinnerde was dat Mia haar stevig had vastgehouden, zo stevig dat de wereld eindelijk stopte met rondtollen, dat Mia haar in een laag, zacht bed legde dat, zoals later bleek, Mia's eigen bed was.

Mia had al zo haar vermoedens over Lexies situatie. Hoewel Brian hun condooms altijd voorzichtig door het toilet spoelde, had Mia toen ze de prullenmand in Lexies kamer leegde een paar keer proppen toiletpapier met daarin de folie van de condooms gevonden. En op een middag, toen ze het huis van de Richardsons weer in gelopen was om haar tas te halen, die ze daar die ochtend per ongeluk had laten staan, was ze gestruikeld over Brians enorme tennisschoenen naast Lexies wedgesandalen. Er was geen spoor van de twee te bekennen, maar Mia had snel haar tas gepakt en was meteen vertrokken, bang voor wat ze misschien van boven zou horen. Ze had de deur zachtjes dichtgetrokken en hoopte dat ze het niet zouden horen. Mia vond Lexie elke keer dat ze haar zag zo schrikbarend jong, en ze wilde liever niet nadenken over de dingen waar Lexie zich vrijwel zeker mee bezighield, en over wat Pearl misschien ook wel uitvrat.

Dus toen Lexie in de deuropening verscheen, half steunend op Pearls arm, wierp Mia één blik op haar grauw-bleke gezicht, en het roze ontslagformulier van de kliniek dat ze nog steeds in haar hand hield, en de plastic zak vol maandverband die aan Pearls arm bungelde, en ze begreep meteen wat er was gebeurd. Als iemand Mia een maand, of zelfs een week ervoor, zou hebben gevraagd hoe ze zich in dat geval zou hebben gevoeld, had ze misschien een piezeltje leedvermaak verwacht, of op zijn minst heel even een superioriteitsgevoel. Maar nu op dit moment voelde ze niets anders dan een golf intens medeleven met Lexie, om de moeilijke ellendige situatie waarin ze zich had bevonden, om de pijn – zowel fysiek als emotioneel – waar ze de strijd mee aan moest om zich aan die ellendige situatie te ontworstelen.

Lexie werd wakker onder een frisse witte sprei. Het was halverwege de middag en de gordijnen waren dichtgetrokken, maar in de hoek brandde een lamp met een handdoek over de kap om het licht wat te dempen. Het was zo'n attent gebaar dat het dwars door haar heen sneed. Voor de derde keer die dag was ze in tranen. En toen was Mia er ineens, naast het bed, die haar over haar rug streelde.

'Het is oké,' zei ze tegen Lexie, en hoewel ze verder niks had gezegd – alleen dat 'het is oké, het is oké' – merkte Lexie dat ze er rustiger van ging ademen. Mia ging in kleermakerszit op de grond zitten en gaf Lexie een tissue, en Lexie had ineens door dat het niet gewoon een laag bed was: het was een matras op de vloer. Ze snoot haar neus. Ze zag nergens een prullenmand, maar Mia hield haar hand op, en na een moment van gêne gaf Lexie haar de vochtige prop papier.

'Je hebt heel lang geslapen. Dat is goed. Denk je dat je al iets kunt eten?' In de keuken zette Mia haar een kom soep voor, en Lexie bracht een lepel naar haar mond: kippensoep met noedels, hartig, gloeiend heet. Er was geen spoor van Pearl te bekennen, maar de klok boven het fornuis gaf kwart over drie aan. School was al een poosje uit. Ze had haar moeder vast alles verteld, dacht Lexie.

'Dit had allemaal nooit mogen gebeuren,' flapte ze eruit. Ze wilde het heel graag uitleggen, om ervoor te zorgen dat Mia haar niet zou veroordelen. Precies op dat moment liep Pearl het appartement binnen. Ze zag rood en hijgde een beetje.

'Ik heb Moody's fiets geleend,' zei ze. 'Ik wilde even naar huis om te kijken hoe het met je ging.'

'Je hebt toch niks...' begon Lexie, en Pearl schudde haar hoofd.

'Natuurlijk heb ik niks tegen hem gezegd,' zei ze. 'Ik zei dat ik was vergeten dat ik vroeg thuis moest zijn om mijn moeder ergens mee te helpen.' Ze vond het wel naar dat ze alweer zo makkelijk tegen Moody had kunnen liegen, maar ze schudde het gevoel van zich af, alsof ze spinrag van zich afveegde. 'Hoe gaat het met je?'

'Het komt allemaal wel goed,' zei Mia en ze gaf Lexies hand een klopje. 'Dat weet ik zeker.'

Tien minuten later, toen Mia de soepkom in de gootsteen zette en er water in liet lopen, hoorde ze nog een paar voeten op de trap klossen, en daar was Izzy. De middagen waren altijd voor haar en Mia, en de laatste uren op school verheugde ze zich er altijd op om te zien waar Mia mee aan het werk zou zijn, en bedacht alvast over welke dingen ze met haar wilde praten. Toen ze Lexie zag zitten, bleef ze als aan de grond genageld in de deuropening staan.

'Wat doe jíj hier?'

Lexie keek haar boos aan. 'Ik kom hier chillen met Pearl, natuurlijk,' zei ze bits. 'Heb je daar een probleem mee?'

Izzy keek intens achterdochtig van Lexie naar Pearl. Haar zus kwam nooit naar het huis in Winslow Road; ze zat veel liever in de comfortabele televisiekamer van de Richardsons, waar gemakkelijke stoelen stonden en een grote tv en waar snacks en cola light in overvloed waren. Hier was geen tv, zelfs geen bank. Niks voor Lexie. Waarom zou ze hier met Pearl afspreken in plaats van daar? En toch zat Lexie hier, bleek en onzeker, en zag Izzy daar nou rode ogen...? Ook dat was allemaal helemaal niks voor Lexie.

'Ik help Lexie met haar essay voor Engels,' zei Pearl. 'We dachten dat we hier meer gedaan konden krijgen.'

'Het is oké, Izzy,' zei Mia. 'Maar nu de meiden hier zijn, ga ik vandaag niet aan het werk. Morgen weer, goed?' Toen Izzy aarzelde zei ze: 'Morgen, beloofd. Na school. Zoals altijd.' Ze kneep Izzy even in haar elleboog toen ze zich omdraaide in de deuropening, en Izzy schonk Lexie nog een boze blik en stampte toen de trap weer af. Een tel later hoorde ze de deur dichtslaan.

'Ze is superkwaad op me,' mompelde Lexie. 'Nou ja, dat is ook niks nieuws.' Nu Izzy weg was voelde ze zich leeg, en ze zakte achterover op haar stoel en liet haar paardenstaart over de rugleuning vallen.

Pearl bekeek haar eens goed. 'Je ziet er niet al te best uit.'

'Ga maar weer naar bed,' zei Mia rustig. 'Je hebt een hoop meegemaakt vandaag.' In de slaapkamer hielp ze Lexie weer op het matras, legde de sprei over haar heen en gaf een zacht klopje op haar rug, alsof ze een kind was. Het was vreemd troostrijk.

'Shit,' zei Lexie. 'De presentielijst. Nu weten mijn ouders dat ik niet op school was.' Presentie was een serieuze zaak in Shaker Heights: aan het begin van elke les vulde de leraar een lijstje in met de afwezigen. Op de administratie belde de secretaresse dan naar de ouders om hen op de hoogte te stellen van het spijbelen van hun kinderen.

'Ik heb je al afgemeld,' zei Mia. 'Toen Pearl en jij hier aankwamen. Ik heb gezegd dat je je vandaag niet zo lekker voelde en dat je vandaag en morgen niet op school zou zijn.'

Lexies hoofd leek wel van hout. 'Maar dat moet een ouder toch doen?' mompelde ze en ze duwde zich op haar onderarmen omhoog. De kamer begon te wiebelen.

'Ik heb gezegd dat ik je moeder was. Dat horen ze toch niet.' Mia legde een hand op Lexies schouder en duwde haar zachtjes omlaag. Ze klonk zo rustig, vond Lexie. Alsof ze overal mee wegkwam. 'Rust nou maar uit,' hoorde Lexie haar zeggen, en ze viel bijna meteen in slaap.

Toen ze weer wakker werd was het laat in de avond. Ze lag in de schemering te kijken naar hoe de hemel donker werd, tot Mia op de deur klopte met een dampende beker thee. 'Ik dacht, je zult wel dorst hebben,' zei ze, en Lexie nam de beker aan en nam een dankbare slok. Pepermunt. Het solide gevoel van de beker in haar vingers bood haar troost, als een warme, sterke schouder.

'Ik heb je vader gebeld,' zei Mia. Haar moeder, herinnerde Lexie zich ineens, zou de volgende middag weer thuiskomen.

'Shit,' fluisterde ze. 'Heb je het hem verteld?'

'Ik heb gezegd dat je hier vannacht blijft slapen. Dat Pearl had gevraagd of je wilde blijven logeren.'

Lexie bleef even stil en zei toen: 'Dank je wel.'

'Je kunt zo lang blijven als nodig is. Maar ik denk zo dat je er morgen wel klaar voor bent om naar huis te gaan.'

Lexie draaide de beker langzaam rond tussen haar handen. 'En dan?'

'Dan is het aan jou wat je verder doet. Aan wie je het vertelt.'

Mia stond op om weg te lopen, maar Lexie greep in paniek haar hand.

'Wacht,' zei ze. 'Denk je dat ik een enorme fout heb gemaakt?' Ze slikte. 'Vind je mij een verschrikkelijk iemand?' Ze had nooit veel nagedacht over Mia, maar ineens was het van levensbelang voor haar om te weten wat Mia van haar vond. Mia was zo aardig voor haar geweest dat ze het een ondraaglijke gedachte zou vinden als die haar afkeurde.

'Ach, Lexie.' Mia ging weer zitten, en bleef Lexies hand vasthouden. 'Het was een heel erg moeilijke situatie. Een situatie waar niemand zich in zou willen bevinden.'

'Maar stel dat ik de verkeerde keuze heb gemaakt?' Lexie bleef even stil en probeerde zich dat vonkje van leven voor de geest te halen dat ze eerst nog binnen in zich had voelen buitelen. 'Misschien had ik het toch moeten houden. Misschien had ik het toch aan Brian moeten vertellen. We hadden het best kunnen proberen.'

'Was je er klaar voor om een goede moeder te zijn?' vroeg Mia. 'Het soort moeder dat je zou willen zijn? Het soort moeder dat een kind verdient?' Ze zaten er een poosje in stilte bij, Mia met haar warme hand op die van Lexie. Lexie voelde een onweerstaanbare drang om haar hoofd tegen Mia's schouder te leggen, en uiteindelijk deed ze dat ook. Voor het eerst vroeg ze zich af hoe het moest zijn om op te groeien zoals Pearl, om Mia als moeder te hebben, om zelf dit leven te leiden. De gedachte maakte haar een beetje duizelig.

'Je zult hier altijd verdrietig om zijn,' zei Mia zachtjes. 'Maar dat wil nog niet zeggen dat je de verkeerde keuze hebt gemaakt. Het is gewoon iets wat je met je mee zult moeten dragen.' Ze maakte zich voorzichtig los van Lexie, gaf haar een schouderklopje en boog toen om de lege beker op te pakken.

'Maar denk je dat ik de verkeerde keuze heb gemaakt?' drong Lexie aan. Ze wist zeker dat Mia het wel zou weten.

Mia bleef staan, met de deurknop in haar hand. 'Dat weet ik niet, Lexie,' zei ze. 'Ik denk dat jij de enige bent die dat kan weten.' De deur viel zachtjes achter haar dicht.

Toen Lexie haar ogen weer opendeed was het vroeg in de ochtend. Er was in de kamer geen spoor van de anderen te bekennen, maar iemand had de lamp uitgedaan, en iemand had een glas water naast haar bed gezet.

Pearl zat in de keuken met een kom cornflakes.

'Je ziet er beter uit,' zei ze tegen Lexie. 'Gaat het?'

'Gaat wel.' Lexie ging voorzichtig op de andere, niet-bijpassende stoel tegenover Pearl zitten. 'Waar is je moeder?'

'Bij jou thuis. Ze is er al vroeg naartoe gegaan om schoon te maken. Ze draait vandaag de lunchdienst in het restaurant.' Ineens herinnerde Pearl zich Lexies idee over de zaak van de McCulloughs en besloot om niet te zeggen wat de reden was van dit ongebruikelijke werkschema: Bebe had een afspraak met haar advocaat om zich voor te bereiden op de rechtszaak, die over een kleine twee weken zou beginnen. In plaats daarvan gaf ze de doos cornflakes een duwtje in Lexies richting, die hem schuin hield en er een handjevol uit schudde.

'Heeft ze op de vloer geslapen?'

'Bij mij.'

'Sorry.'

Pearl haalde haar schouders op. 'Geeft niks. We zijn eraan gewend. Soms hebben we niet genoeg ruimte voor twee bedden.' Ze duwde een kom over tafel. 'Niet uit de doos eten. Gek.' Lexie leek op een of andere manier veel jonger, en ze wist niet of het kwam door het ochtendlicht, zacht en lichtgeel, of dat het Lexie zelf was – zonder make-up, haar haar los om haar gezicht – of omdat het een vreemd moment was, Lexie die in haar keuken zat te ontbijten, en om wat ze de vorige dag samen hadden doorgemaakt.

'Je moeder was gisteravond heel lief voor me.' Lexie roerde door de cornflakes in haar kom.

'Mijn moeder ís heel lief,' zei Pearl met iets van trots.

'Ik dacht altijd dat ze me niet mocht.'

'Nou ja.' Pearl dacht hierover na. Zelf had ze dat gevoel ook gehad, maar er was nu wel wat veranderd. 'Ik denk dat jullie elkaar niet echt kenden.'

'Denk je dat ze me nu wel aardig vindt?' vroeg Lexie.

'Misschien,' zei Pearl grijnzend, en Lexie stond op, sloeg een arm om haar schouder, en gaf haar een zoen op haar wang.

De avond ervoor, toen ze naast elkaar in Pearls twijfelaar lagen, had Mia haar dochter over haar rug gewreven, iets wat ze al in geen jaren meer had gedaan. Toen Pearl nog jong was, sliepen ze vaak in hetzelfde bed: één matras was gemakkelijker te vinden dan twee, natuurlijk, maar er ging ook een intense troost van uit om zo dicht bij elkaar te zijn, als kleine diertjes, beschut in hun holletje. Toen Pearl groter werd, werd het steeds minder haalbaar om een bed te delen, en het was al lang geleden dat ze voor het laatst zo hadden geslapen.

'Arme Lexie,' mompelde Mia. 'Dit is zo'n moeilijke situatie.' Ze had het gevoel dat ze iets moest zeggen, maar ze wist niet hoe, en toen kwam ze er maar gewoon mee voor de draad. 'Ben jij... Doe jij...' Ze zweeg. 'We hebben het hier eigenlijk nog nooit over gehad.'

Pearl draaide zich weg en plofte op haar rug. 'O mijn god, mama. Moet dit?'

'Ik wil gewoon zeker weten dat je weet hoe je het veilig moet doen.' Mia wreef over een kras op haar duimnagel. Die had ze de dag ervoor geschramd tijdens het werk. 'Ik weet dat Moody en jij close zijn.'

Ze voelde Pearls lichaam naast zich verstijven, en toen al even plotseling weer ontspannen.

'Mam,' zei Pearl. 'Moody en ik zijn gewoon vrienden.'

'Maar misschien worden jullie op een dag wel meer dan dat. Ik weet precies hoe dat gaat...' Mia zweeg. Ze wist het helemaal niet, besefte ze ineens; ze had geen flauw idee hoe het precies ging. Als puber had ze veel vrienden, ook een paar jongens – maar met niemand was ze zo close als haar dochter met Moody leek te zijn. Die waren onafscheidelijk, leek het; ze maakten elkaars zinnen af, en spraken een patois van inside jokes en dingen die zij nauwelijks begreep. Ze had Pearl al zo vaak achteloos Moody's kraag recht zien trekken; laatst nog had ze gezien dat Moody een verdwaald blaadje uit Pearls haar plukte, zo teder dat dat alleen maar liefde kon zijn. Maar zelf had ze nooit zulke gevoelens voor iemand gehad, niet als puber, niet op de kunstacademie, en later ook nooit. Ze bedacht dat ze behalve haar broer, toen ze nog klein waren, nog nooit een man naakt had gezien. Sterker nog: ze had nog nooit iemand aangeraakt en die warmte gevoeld, die elektrische spanning om de nabijheid van een ander. Het enige waar ze ooit dat gevoel van had gekregen was kunst – en van Pearl, natuurlijk. Ze had dus niks zinnigs te zeggen, bedacht ze, en de stilte tussen hen werd steeds groter.

'Mam.' In het donker wist Mia niet of Pearl serieus keek of glimlachte. 'Je hoeft je geen zorgen te maken. Dat beloof ik. Er is niks aan de hand tussen mij en Moody.' Ze rolde op haar zij, van Mia af, en het kussen smoorde haar stem. 'En ik had een tien voor seksuele voorlichting. Ik weet precies hoe het werkt.' Dat was ook waar, hield ze zichzelf voor; er was geen woord aan gelogen. Iets niet vertellen, vond Pearl, is niet hetzelfde als liegen. Ze voelde dat Mia weer over haar rug wreef, hetzelfde zachte gebaar waarmee ze haar als kind duidelijk maakte dat ze niet alleen was, dat haar moeder bij haar was, en dat dus alles goed was. En net als toen, al die jaren geleden, viel ze er bijna meteen door in slaap.

Nadat Pearl zachtjes was gaan snurken, hield Mia haar hand daar, alsof ze een beeldhouwer was die Pearls schouderbladen vormgaf. Ze kon Pearls hart heel vaag onder haar handpalm voelen kloppen. Het was lang geleden dat haar dochter haar zo dichtbij had laten komen. Ouders, dacht ze, leren hoe ze moeten leven met steeds minder lichamelijk contact met hun kinderen. Als baby had Pearl zich aan haar vastgeklampt; ze droeg Pearl altijd in de draagdoek, want als ze haar neerlegde begon Pearl meteen te huilen. Er ging geen moment voorbij dat ze niet tegen elkaar aan gedrukt werden. Toen ze ouder werd, klampte Pearl zich nog steeds aan haar moeders been vast, en later aan haar hand, alsof haar moeder iets in zich had wat ze door haar huid heen wilde opslokken. Zelfs toen ze eenmaal haar eigen bed had, kroop ze vaak midden in de nacht bij Mia in bed, om zich onder de oude lappendeken te begraven, en dan werden ze in de ochtend verstrikt in elkaar wakker, met Mia's arm onder Pearls hoofd, of Pearls benen dwars over Mia's buik. Nu, als tiener, werden Pearls aanrakingen steeds zeldzamer – een kusje op de wang, een halfslachtige knuffel, met één arm – en daardoor des te kostbaarder. Zo gaan die dingen, dacht Mia bij zichzelf, maar wat was het moeilijk. Af en toe een omhelzing, een hoofd dat heel even op je schouder werd gelegd, terwijl je ze eigenlijk het liefst in je armen wilde nemen en zo stevig wilde vastpakken dat je aan elkaar gesmeed werd en niemand je ooit nog van elkaar kon losmaken. Het was alsof je jezelf moest leren om alleen van de geur van een appel te leven, terwijl je hem eigenlijk wilde verslinden, je tanden erin wilde zetten en hem met klokhuis, pitjes en al wilde verorberen.

Toen Pearl naar school ging, bleef Lexie de hele ochtend in het huis in Winslow Road. Ze lag op het bed en dommelde in, en lag nog steeds te slapen toen Mia thuiskwam van het restaurant, met twee piepschuimen bakjes vol restjes noedels, en met een nieuw idee. Toen om twee uur de telefoon ging, waardoor Lexie uiteindelijk wakker werd, zat Mia aan tafel met een potlood een schets te maken op een los vel papier.

'Ik weet het, Bebe,' zei Mia in de hoorn toen Lexie de zitkamer in liep. 'Maar je moet je daar niet door van je stuk laten brengen. Tijdens de hoorzitting wordt het nog veel erger. Dit is nog maar het topje van de ijsberg.' Ze keek even naar Lexie en concentreerde zich toen weer op haar gesprek. 'Het komt goed. Even diep ademhalen. Ik bel je later.'

'Was dat de moeder van... Mirabelle?' vroeg Lexie toen Mia had opgehangen. Ze geneerde zich dat ze zich de oorspronkelijke naam van de baby niet kon herinneren.

'Ze is een vriendin van me.' Mia ging weer aan tafel zitten en Lexie trok een stoel bij. 'Er stond vandaag een onaardig artikel over haar in de krant. Ze suggereerden dat ze niet geschikt was als moeder.' Ze keek Lexie even aan. 'Misschien wist je dat al.

Aangezien jouw vader de McCulloughs vertegenwoordigt.'
Lexie bloosde. Haar vader had het de laatste tijd heel druk – hij werkte veel over om de rechtszaak voor te bereiden, die steeds dichterbij kwam – maar ze was te veel met Brian bezig geweest, met haar aanstaande studie, met het bezoek aan de kliniek en alles wat daaraan voorafging om er veel aandacht aan te kunnen besteden. 'Ik wist van niks,' zei ze stijfjes. Dan: 'Maar is ze dat? Ongeschikt als moeder, bedoel ik?'
Mia pakte haar potlood op en stortte zich weer op haar schets. Een net, dacht Lexie – of nee, een kooi, misschien. 'Eerst misschien wel. Haar omstandigheden waren toen heel slecht.'
'Maar ze heeft de baby in de steek gelaten.' Dit had Lexie haar moeder zo vaak horen zeggen – aan de telefoon tegen mevrouw McCullough, en elke keer als het over de zaak ging – dat het zich als feit in haar hoofd had geëtst.
'Ik denk dat ze probeerde te doen wat voor het kind het best was. Ze wist dat ze het zelf niet aankon.' Mia maakte een snelle aantekening in de hoek van haar tekening. 'De vraag is of die omstandigheden nog hetzelfde zijn. Of ze niet nog een kans moet krijgen.'
'En vind jij dat ze nog een kans moet krijgen?'
Mia bleef even stil. Toen zei ze: 'Iedereen verdient meestal meer dan één kans. We doen allemaal weleens iets waar we spijt van krijgen. Dat moet je dan maar met je meedragen.'
Lexie viel stil. Onbewust gleed een van haar handen naar haar buik, waar een pijnlijk gevoel zich begon te verspreiden.
'Ik ga maar eens naar huis,' zei ze uiteindelijk. 'De school gaat bijna uit, en mijn moeder zal inmiddels wel thuis zijn.'
Mia veegde kruimels gum van tafel en stond op. 'Ben je er klaar voor?' vroeg ze, zo vriendelijk dat Lexies hart ervan ineenkromp.
'Nee,' zei Lexie nerveus. 'Maar dat ben ik waarschijnlijk nooit.' Ze stond op. 'Bedankt voor... Nou ja. Bedankt.'
'Ga je het aan haar vertellen?' vroeg Mia, terwijl Lexie haar spullen bij elkaar zocht.
Lexie dacht even na. 'Ik weet het niet,' zei ze toen. 'Misschien. Niet nu. Maar misschien ooit.' Ze haalde haar autosleutels uit

haar zak en tilde haar tas op. Eronder lag de roze ontslagbrief van de kliniek. Ze bleef staan, maakte er toen een prop van, gooide die in de vuilnisbak, en ze vertrok.

16

Mia had gelijk: tegen de tijd dat de rechtszaak om de voogdij begon, was er een hele reeks verhalen in het nieuws geweest – zowel in de krant als op televisie – over Bebe Chow en haar geschiktheid als moeder. In sommige ervan werd ze neergezet als een hardwerkende immigrant die hier gekomen was op zoek naar kansen en die daarbij – tijdelijk, beweerden haar aanhangers – op obstakels en het lot was gestuit. Andere verhalen waren minder vriendelijk: ze was instabiel, onbetrouwbaar, een typisch voorbeeld van een ontzettend slechte moeder. De laatste week van maart, toen de rechtszaak begon, werd de trap voor het gerechtsgebouw bevolkt door journalisten en verslaggevers van roddelbladen, allemaal driftig op zoek naar flinters nieuws die uit de getuigenverhoren naar voren kwamen.

Omdat de zitting besloten was, zoals altijd bij familierechtszaken, bleef het nieuws sensationeel en simplistisch, met gemakkelijke argumenten voor de ene of de andere partij. Alleen de aanwezigen in de rechtszaal – de McCulloughs, hun advocaat, meneer Richardson, Ed Lim, Bebe en de rechter zelf – hoorden alles wat er was gebeurd, in al zijn warrige complexiteit.

En complex was het zeker, wat er was gebeurd. Het was een verschrikkelijk moeizame, tartend trage, pijnlijk intieme geschiedenis die zich in de loop van die week ontvouwde, afwisselend verteld door meneer Richardson en Ed Lim: een van hen scoorde een punt voor zijn cliënt, en de ander pakte de bal behendig op en legde hem weer keurig bij de ander.

Toen de baby werd gevonden, was ze ondervoed geweest. Haar fontanel was ingezakt, een overduidelijk teken van uitdroging, en je kon haar ribben en de kleine botjes van haar ruggengraat zo onder haar vel zien liggen, als een kralensnoer. Ze was twee maanden oud en woog maar acht pond.

(Maar de baby weigerde de borst. Bebe had het eindeloos geprobeerd, tot haar tepels scheurden en bloedden. Ze had gehuild, met harde borsten vol met melk die ze niet aan haar kind kon geven, terwijl de baby krijsend tegen haar aan lag en woedend haar gezichtje afwendde, en bij het geluid van de kreten van de baby lekte de roze melk spontaan uit haar borsten, op haar schoot. Dit was twee weken zo doorgegaan, en toen was Bebe's melk opgedroogd. Ze had haar laatste zeven dollar uitgegeven aan melkpoeder en toen was haar portemonnee leeg, op het nepbiljet van een miljoen dollar na dat een collega haar had gegeven, als talisman.)

De ernstige luieruitslag van de baby duidde erop dat ze al uren – misschien zelfs dagen – niet verschoond was.

(Maar Bebe had geen geld voor luiers. Ze had immers haar laatste zeven dollar uitgegeven aan melkpoeder. Ze had haar best gedaan. Ze had haar dochter de vuile luier afgedaan en die zo goed mogelijk schoongeschraapt, om hem daarna weer om te binden. Ze had vaseline – het enige wat ze had – op de felrode vlekken gesmeerd die op de billen van haar dochter waren ontstaan.)

Buren hadden de baby urenlang horen huilen. 'De hele dag, en de hele nacht,' had de buurman van 3B gezegd. 'Als ik 's ochtends naar mijn werk ging krijste ze, en als ik 's avonds thuiskwam krijste ze nog.' Hij had overwogen om de politie te bellen, maar wilde liever niet ingrijpen. 'Ik bemoei me niet andermans zaken.'

(Maar Bebe huilde zelf ook. Ja, ze had liggen huilen, soms met de baby op haar borst, als een bezetene haar ruggetje en haartjes strelend, soms in haar eentje, op de grond, naast de lade die ze als wieg gebruikte, terwijl de baby bleef jammeren, en hun stemmen in een pijnlijke harmonie naar het plafond opstegen.)

In haar anderhalve maand van turbulent moederschap heeft Bebe niet één keer hulp gezocht bij een psycholoog of een arts.

(Dat had ze inderdaad moeten doen. Maar ze had geen idee waar ze moest aankloppen. Haar Engels was op zijn best middelmatig; haar leesvaardigheid minimaal. Ze wist niet waar ze de maatschappelijk werkers zou kunnen vinden die haar hadden kunnen helpen; ze wist niet eens dat die bestonden. Ze wist niet hoe ze bijstand had kunnen aanvragen. Ze wist niet dat dat een mogelijkheid was. Als ze omlaagkeek, zag ze geen enkel vangnet, alleen een woud van wolkenkrabbers die als naalden in de lucht staken en waarop ze gespiesd zou worden. Kun je het haar kwalijk nemen dat ze haar dochter veilig op een randje legde, voordat ze zelf neerstortte?)

Bebe had haar baby in de nacht van 5 januari 1997 bij de brandweerkazerne in Kinsman Road neergelegd. Die nacht was de temperatuur gedaald tot onder het vriespunt, en door de wind voelde het aan als min tien. Om halfdrie 's nachts, toen de brandweermannen de deur opendeden en de baby ontdekten in de kartonnen doos, was het net gaan sneeuwen, en alles lag onder een laagje zilveren ijskristalletjes.

(Het was inderdaad behoorlijk koud toen Bebe haar baby op de trap voor de brandweerkazerne neerzette, maar het kind droeg drie truitjes en twee broekjes en was ingebakerd in vier dekentjes – alle babyspullen die Bebe bezat. Haar kleine handjes waren ingestopt om ze warm te houden en er was een dekentje om haar hoofd gevouwen om haar af te schermen tegen de wind. Volgens schattingen had ze hooguit twintig minuten buiten gestaan toen de brandweercommandant de deur opende, en hooguit twee minuten in de sneeuw. Er zat maar een heel klein beetje sneeuw op de dekentjes, alsof ze met poedersuiker bestrooid was, of in diamanten was gedoopt.)

Bebe was pas twee jaar in het land tegen de tijd dat haar baby werd geboren, en nog geen jaar in Cleveland. In de tijd dat ze in Cleveland verbleef, had ze al in drie verschillende appartementen gewoond, had de huur opgezegd van het ene en was bij het andere altijd te laat met de huur, die ze in delen betaalde, en ze had nog nooit een baantje gehad waarbij ze meer dan het minimumloon verdiende.

(Ze schaamde zich elke maand weer dat ze te laat betaalde. Ze had een keer een maand de hele huur op tijd betaald en toen had ze geen geld meer over voor boodschappen en elektriciteit: wat vreselijk, om te moeten kiezen tussen honger lijden of in het donker zitten. Daarna had ze besloten te betalen wat ze kon, en op dagen dat ze goed fooi had gekregen, schreef ze haar naam op een briefje, vouwde er een briefje van twintig in en schoof dat onder de deur van haar huisbaas. Ze hield de schuld bij op een oude envelop die altijd op het aanrecht lag. Het zag er zo uit:

> September $100 tekort
> 8/9 $20 betaald
> 13/9 $20 betaald
> 18/9 $20 betaald
> Oktober $80 te weinig, dus nu $120 tekort
> 3/10 $20 betaald
> 14/10 $20 betaald
> 26/10 $20 betaald
> November $70 te weinig, dus nu $130 tekort

Hoe moest ze het allemaal inlopen als ze eenmaal een achterstand had? En wat voor ander werk zou ze kunnen krijgen als ze maar weinig Engels sprak, en niet eens een highschooldiploma had?)

Tijdens haar zwangerschap, tot vlak voordat ze haar baby had achtergelaten, werkte Bebe in een restaurant waar een van de koks was gearresteerd voor het dealen van heroïne. Daarvóór hadden een paar andere collega's het vermoeden dat die twee iets hadden. Ze flirtten met elkaar. En de kok in kwestie had Bebe minstens eenmaal een lift naar huis gegeven, aan het eind van de avond. Was het niet waarschijnlijk dat Bebe met zulke dubieuze kennissen zelf ook bij illegale praktijken betrokken was?

(De kok, Vinny, had inderdaad heroïne gedeald. Dat was niet te ontkennen. Maar zijn belangstelling in Bebe was puur platonisch. Hij had medelijden met haar, had haar buik steeds dikker zien worden, en wist dat die rattige vriend van haar de benen had genomen en haar met de sores had laten zitten. Tien maanden eerder had zijn zus in hetzelfde schuitje gezeten, en elke avond als hij thuiskwam in het appartement dat ze met hun moeder deelden, zag Teresa grauwer, en lag de baby bij haar op schoot te brullen, ineengezakt als een klein oud mannetje, en zaten ze samen op de bank en oogden bejaard en uitgeput. Is het dan een wonder dat zijn hart ineenkromp, elke ochtend als hij Bebe weer zag? Was het dan zo erg dat hij grapjes met haar maakte, probeerde om haar een glimlach te ontlokken – wat hem bij zijn zusje niet meer lukte – en haar een lift gaf als hij haar voeten zo had zien opzwellen dat de veters bijna uit haar schoenen sprongen?

Wat Bebe betrof, ze vond Vinny aantrekkelijk, dat klopt. Maar die aantrekkingskracht was vooral gelegen in zijn vriendelijkheid, en het idee dat een man – welke man dan ook – haar zou aanraken terwijl de baby in haar buik rondschopte vond ze weerzinwekkend. Toen Vinny werd opgepakt door de politie was Bebe intens verdrietig voor hem, alsof hij een broer was die ze nooit meer zou zien.)

Bebe's huidige baan als serveerster betaalde het wettelijk minimumloon voor bedienend personeel dat ook nog fooien ontving: $2,35 per uur. Dus als ze vijftig uur per week werkte, plus fooien, verdiende ze gemiddeld $117,50 per week. Kon ze in alle redelijkheid verwachten dat ze met zo'n inkomen een kind kon grootbrengen en dat ze het alles kon bieden wat het nodig had? Zou ze zich niet gedwongen zien om aanvullende bijstand aan te vragen, en voedselbonnen, en gratis schoollunches, en zouden zij en haar kind zo niet allerlei gemeenschapsgelden opslokken?

(Maar er zou ook liefde zijn, heel erg veel liefde. En als dat er was, had je maar heel weinig nodig. Ze had genoeg geld voor de basisdingen: huur, eten, kleding. Je kon toch de liefde van een moeder niet afzetten tegen wat het kost om een kind groot te brengen?)

Mark en Linda McCullough, zoveel was duidelijk, hadden alle noodzakelijke middelen om een kind op te voeden. Meneer McCullough had een vaste, goed betaalde baan. Mevrouw McCullough had de afgelopen veertien maanden fulltime voor de baby gezorgd en was van plan dat voor onbepaalde tijd te blijven doen. Ze hadden een eigen huis in een veilige, gegoede buurt. Wat hun inkomen betrof zaten ze in de bovenste vier procent van de bevolking. In de tijd dat het kind nu aan hun zorg toevertrouwd was, was het kind goed gekleed, goed doorvoed en goed verzorgd geweest. Ze onderging regelmatig medische controles, werd goed gesocialiseerd en haar ontwikkeling werd flink gestimuleerd: voorleessessies in de bibliotheek, babyzwemmen, muzieklessen voor moeder en kind. Het huis van de McCulloughs was grondig gecheckt en had het predicaat 'loodvrij' gekregen.

Daarnaast hadden de McCulloughs laten zien dat ze uitzonderlijk toegewijd waren aan de opvoeding van een kind. Uit de documentatie bleek dat ze al tien jaar bezig geweest waren om zelf kinderen te krijgen en ze stonden daarnaast al vier jaar op een wachtlijst voor adoptie. Ze hadden het advies van alle medisch specialisten in de stad en regio rondom Cleveland ingewonnen – onder wie de allerbeste vruchtbaarheidsartsen in de Cleveland Clinic – en vervolgens het meest vooraanstaande adoptiebureau van de hele staat in de arm genomen. Bleek daar dan niet uit dat ze het kind de meest liefdevolle zorg zouden bieden, en de allerbeste kansen?

(Maar de baby had al een moeder. En het bloed van die moeder stroomt door haar aderen. Die moeder had haar maanden bij zich gedragen, had haar schopjes en bewegingen gevoeld in haar buik, had een bevalling van eenentwintig uur doorgemaakt toen zij met haar gezicht naar voren en schreeuwend in het felle licht van de verloskamer ter wereld kwam, en die moeder was extatisch in tranen uitgebarsten toen ze de stem van haar kind voor het eerst hoorde, en die moeder – nog voordat de verpleegsters het kind hadden schoongeveegd, zelfs nog voordat ze de navelstreng hadden doorgeknipt – had haar kind overal aangeraakt, van haar piepkleine briesende neusgaten en de lichte schaduw van haar wenkbrauwen tot de glibberige zolen van haar voetjes, om er zeker van te zijn dat alles erop en eraan zat, om te weten hoe ze voelde, om haar nooit meer te kunnen vergeten.)

Mocht de voogdij weer naar Bebe gaan, dan zou ze haar kind

natuurlijk als alleenstaande, werkende moeder opvoeden. Wie zou er voor haar kind zorgen als ze naar haar werk was? Zou het kind niet veel beter af zijn in een huishouden met twee ouders – van wie er een niet werkte en altijd thuis was om zich fulltime met haar opvoeding bezig te houden – in plaats van dat ze de hele dag in een kinderdagverblijf zat? En zou het kind niet veel beter af zijn in een huis met een moeder én een vader, aangezien onderzoek had aangetoond hoe belangrijk een sterke mannelijke figuur was in het leven van een kind?

(Het kwam steeds weer neer op die ene vraag: wat maakt iemand een móéder? Was het alleen biologie, of was het liefde?)

Terug in de rechtszaal was meneer Richardson blij dat er de laatste dag, toen mevrouw McCullough werd gehoord, verder niemand bij was. Ze was naar voren gelopen – bij familierechtszaken heb je geen getuigenbankje; er staat alleen een stoel naast het bureau van de rechter – en was gaan zitten. Aan de manier waarop ze steeds weer haar enkels kruiste, aan hoe ze maar niet kon besluiten waar ze haar handen moest laten, op de leuningen van de stoel, of in de zachte hangmat van haar rok, kon hij zien hoe gespannen ze was. Hij had zich nooit zo gerealiseerd dat een getuigenbankje, al was het nog zo formeel en intimiderend, je vanaf je middel aan het zicht onttrok, zodat de wereld tenminste niet het nerveuze geschuifel van je voeten kon zien, dat jijzelf misschien werd veroordeeld, maar je benen niet.

Ed Lim stond op zijn gemak op toen hij haar ging ondervragen. Hij was een lange man, zeker voor een Aziaat: ruim een meter tachtig, met de bouw van een basketballer – in de jaren zestig had hij ook inderdaad bij het universiteitsteam van Shaker gespeeld. Hij en mevrouw McCullough scheelden maar drie jaar op school, en woonden allebei al hun hele leven in Shaker Heights; vóór deze zaak kende hij haar alleen als een verlegen, beetje mollige eerstejaars met lang, goudbruin haar. Hij was een van de twee Aziaten in zijn jaar – de andere was Susie Chang; klasgenoten plaagden hen altijd door te zeggen dat ze later vast met elkaar zouden trouwen. Dat was natuurlijk niet gebeurd; Susie was meteen na haar eindexamen naar Oregon verhuisd, maar Ed had tijdens zijn studie inderdaad een leuk Chinees meisje ontmoet met wie hij uiteindelijk was getrouwd. Kind van eerstegeneratieimmigranten, net als hij. Maar mevrouw McCullough kon zich niets van dat alles herinneren, zelfs niet Susie Chang, met wie ze een jaar bij de cheerleaders had gezeten.

'Zo, mevrouw McCullough,' zei Ed Lim, terwijl hij zijn pen op zijn tafeltje neerlegde. 'U woont al uw hele leven hier in Shaker, dat klopt toch?'

Mevrouw McCullough bevestigde dit.

'Shaker Heights High School. U ging in 1971 van school. Bent u altijd alleen in Shaker naar school geweest?'

'Vanaf de kleuterschool. Op Boulevard, toen zat daar nog alles bij elkaar, de kleuterschool en de basisschool. En toen naar highschool, natuurlijk.'

'En daarna bent u naar Ohio University gegaan?'

'Ja. Ik ben in 1975 begonnen.'

'En vervolgens bent u weer teruggegaan naar Shaker Heights. Meteen daarna?'

'Ja, ik kreeg hier een baan aangeboden, en mijn man – mijn verloofde, in die tijd – en ik wilden hier graag een gezin stichten.' Ze keek even snel naar meneer Richardson achter zijn tafel en hij gaf haar een nauwelijks zichtbaar knikje. Ze hadden het hierover gehad tijdens de voorbereidingen: ze moesten steeds zo veel mogelijk de aandacht vestigen op hoe graag meneer McCullough en zij dit kind wilden, hoe centraal het gezin in hun leven stond, hoe toegewijd ze waren aan de kleine Mirabelle.

'Dus u woont in feite al uw hele leven in Ohio.' Ed Lim ging op de armleuning van zijn stoel zitten. 'May Lings ouders, zoals we inmiddels allemaal wel weten, kwamen uit Guangdong. U kent dat misschien als Kanton. Bent u daar weleens geweest?'

Mevrouw McCullough ging verzitten op haar stoel. 'We zijn natuurlijk van plan om daar met Mirabelle naartoe te gaan om te kijken waar haar wortels liggen. Als ze iets ouder is.'

'Spreekt u Kantonees?'

Mevrouw McCullough schudde haar hoofd.

'Mandarijn? Shanghainees? Thaishanhua? Wat voor Chinees dialect dan ook?'

Meneer Richardson klikte geërgerd met zijn pen. Ed Lim zat een beetje te pochen, vond hij.

'Hebt u überhaupt de Chinese cultuur weleens bestudeerd?' vroeg Ed Lim. 'De Chinese geschiedenis?'

'Dat gaan we uiteraard allemaal nog doen,' zei mevrouw McCullough. 'We vinden het heel belangrijk dat Mirabelle verbonden blijft met haar geboortecultuur. Maar wat we het allerbelangrijkst vinden is dat ze een warm thuis heeft, met twee liefhebbende ouders.' Ze keek weer naar meneer Richardson, tevreden dat ze dit weer een keer kon noemen. Jullie zijn met zijn tweeën, had hij gezegd; dat kon weleens een belangrijk voordeel zijn ten opzichte van een alleenstaande moeder.

'Het is duidelijk dat u en meneer McCullough veel om haar geven. Ik geloof niet dat iemand daaraan twijfelt.' Ed Lim schonk mevrouw McCullough een glimlach, en meneer Richardson verstrakte. Hij kende zijn pappenheimers en wist dat de andere advocaat op het punt stond het luik voor de val dicht te gooien. 'Wat bent u precies van plan om ervoor te zorgen dat May Ling "verbonden blijft met haar geboortecultuur", zoals u het uitdrukt?'

Er viel een lange stilte.

'Misschien is dat een te brede vraag. Laten we een stapje terug doen. May Ling is nu veertien maanden bij u. Wat hebt u in de tijd dat ze nu bij u is gedaan om haar met de Chinese cultuur in contact te brengen?'

'Nou ja.' Weer een stilte, een nog veel langere deze keer. Meneer Richardson wenste vurig dat mevrouw McCullough iets zou zeggen, wat dan ook. 'Pearl of the Orient is een van onze lievelingsrestaurants. We proberen daar een keer per maand met haar naartoe te gaan. Ik denk dat het goed voor haar is om Chinees te horen, dat het een beetje in haar gehoor komt te liggen. Dat het iets natuurlijks is, in haar jeugd. En ze zal het eten daar later natuurlijk zelf ook heerlijk vinden.' Een gapende stilte in de rechtszaal. Mevrouw McCullough voelde de behoefte die te vullen. 'Misschien kunnen we wel samen een kookcursus doen in het buurtcentrum. Als ze wat ouder is.'

Ed Lim zei niets, en mevrouw McCullough kletste nerveus door. 'We doen ons best om waar we kunnen rekening te houden met dit soort dingen.' Ineens was daar de inspiratie. 'Voor haar eerste verjaardag, bijvoorbeeld, wilden we haar graag een teddybeer geven. Eentje die ze de rest van haar leven kan koesteren. Er was keuze uit een bruine beer, een ijsbeer en een panda, dus toen hebben we erover nagedacht en de panda gekocht. We dachten dat ze zich daar misschien meer mee verbonden zou voelen.'

'Heeft May Ling veel poppen?' vroeg Ed Lim.

'Ja, natuurlijk. Veel te veel,' zei mevrouw McCullough giechelend. 'Ze vindt ze geweldig. Zoals ieder klein meisje. Wij kopen poppen voor haar, mijn zusje geeft haar poppen, en onze vrienden geven haar poppen...' Weer moest ze lachen, en meneer Richardsons gezicht verstrakte. 'Ze heeft er zeker een stuk of tien.'

'En hoe zien ze eruit, die poppen?' drong Ed Lim aan.

'Hoe ze eruitzien?' vroeg mevrouw McCullough fronsend. 'Gewoon... Als poppen. Sommige zijn babypoppen, andere zijn meisjes...' Het was duidelijk dat ze de vraag niet begreep. 'Sommige kun je een flesje geven, en ze heeft ook poppen die je kunt verkleden, en eentje heeft ogen die dichtgaan als je haar neerlegt. De meeste hebben echt haar om te kappen...'

'Wat voor kleur haar hebben ze?'

Mevrouw McCullough dacht er even over na. 'Nou... De meeste zijn blond. Eentje heeft bruin haar. Of misschien twee.'

'En de pop die kan slapen? Wat voor kleur ogen heeft die?'

'Blauw.' Mevrouw McCullough sloeg haar benen over elkaar en zette ze toen weer naast elkaar. 'Maar dat heeft toch helemaal niks te betekenen. Ga maar eens in een speelgoedwinkel kijken; de meeste poppen zijn blond met blauwe ogen. Ik bedoel, dat is gewoon de standaard.'

'De standaard,' herhaalde Ed Lim, en mevrouw McCullough had het gevoel dat ze ergens op betrapt was, al wist ze niet precies waarop.

'Het is niet racistisch, of zo,' hield ze vol. 'Ze maken nu eenmaal gewoon een standaard soort meisjespop. Eentje die iedereen zal aanspreken, snapt u wel?'

'Maar die pop lijkt niet op iedereen, of wel? Ze lijkt niet op May Ling.' Ed Lim stond op en leek ineens heel groot in de rechtszaal. 'Heeft May Ling ook Aziatische poppen, ik bedoel, poppen die op haar lijken?'

'Nee... Maar als ze wat ouder is, als ze eraan toe is, kunnen we een Chinese Barbie voor haar kopen.'

'Hebt u ooit weleens een Chinese Barbie gezien?' vroeg Ed Lim.

Mevrouw McCullough liep rood aan. 'Nou... Ik heb er nooit naar gezocht. Tot nu toe. Maar die is er vast.'

'Die is er niet. Mattel maakt ze niet.' Ed Lims dochter Monique zat nu op de middelbare school, maar toen ze klein was, waren hij en zijn vrouw er tot hun ongenoegen achter gekomen dat er geen poppen te vinden waren die op haar leken. Op haar tiende had Monique zich op de speelgoedgids gestort alsof het een boek was – dure poppen, met namen en verhalen en historische kleding, absurd gedetailleerd en nog absurder geprijsd. 'Jenny Cohen heeft deze,' had ze tegen hen gezegd, terwijl ze haar vinger over een blonde pop liet glijden die ook inderdaad op Jenny Cohen leek: een lief gezichtje, met een pony, en een tikkeltje aan de mollige kant. 'En ze hebben een nieuwe laten maken met rood haar. Die gaat haar moeder voor haar zusje Sarah kopen met Chanoeka.' Sarah Cohen had vuurrood haar, de kleur van een penny in de zomerzon. Maar er was geen pop met zwart haar, laat staan een gezichtje dat ook maar bij dat van Monique in de buurt kwam. Ed Lim was naar vier verschillende speelgoedwinkels geweest op zoek naar een Chinese pop; die zou hij voor zijn dochter hebben willen kopen, wat ze ook zou kosten, maar zoiets bestond helemaal niet.

Hij had zelfs naar Mattel geschreven met de vraag of er een Chinese Barbie was, en ze antwoordden dat ze inderdaad een 'oosterse Barbie' hadden, en stuurden hem een flyer. Hij had heel lang naar die flyer zitten staren, naar de Barbie met de vreemde cocktail van klederdrachten van rood en goud satijn, een kostuum waar je geen enkele Chinese, Japanse of Koreaanse vrouw ooit in zou zien lopen, naar het haar tot in de taille en haar schuine ogen. *Ik kom uit Hongkong*, stond er in de flyer. *Dat is in het Verre Oosten. In het Verre Oosten doen mensen hun boodschappen op marktjes waar de producten, bijvoorbeeld vis, groente, zijde en specerijen, open en bloot in kraampjes uitgestald liggen.* Het jaar ervoor was hij met zijn vrouw en Monique in Hongkong geweest, wat in zijn ogen voornamelijk een speldenkussen van glimmende wolkenkrabbers was. In een gigantisch in glas verpakt winkelcentrum kocht hij een duifgrijze kasjmier trui, die hij onder zijn colbert droeg als het koud was. *Ga eens op bezoek in het Verre Oosten. Ik weet zeker dat je het exotisch en boeiend zult vinden.*

Hij had de flyer weggegooid. Van vrienden met jongere kinderen had hij gehoord dat een duurder poppenmerk inmiddels één Aziatische pop in de collectie had – en ook een paar zwarte – maar die had hij zelf nog nooit gezien. Monique was inmiddels zeventien en was poppen allang ontgroeid.

Nu, in de rechtszaal, liep Ed Lim een paar passen heen en weer. 'En boeken dan? Wat voor boeken leest u voor aan May Ling?'

'Nou.' Mevrouw McCullough dacht na. 'We lezen haar veel klassieken voor. *Goodnight Moon*, natuurlijk. En *Pat the Bunny*, daar is ze gek op. *Madeline. Eloise. Blueberries for Sal.* Ik heb al mijn lievelingsboeken van vroeger nog, en het is heel bijzonder om die met Mirabelle te delen.'

'Hebt u ook boeken met Chinese personages?'

Deze kon mevrouw McCullough pareren. 'Zeker, die hebben we. We hebben een boek over vijf Chinese broertjes, een beroemd Chinees volksverhaal, schitterend naverteld.'

'Ik ken dat boek.' Ed Lim glimlachte weer, en de spanning zette zich vast in de schouders van meneer Richardson. Hij had inmiddels door dat je moest uitkijken als Ed Lim glimlachte. Je hebt geen idee wat er in dat hoofd omgaat, dacht meneer Richardson, meteen gevolgd door een ontstemd: zo mag ik toch niet denken. Hij liep rood aan. 'Hoe zien de vijf Chinese broers in dat boek eruit?' vroeg Ed Lim.

'Ze... Ze zijn getekend. Ze lijken allemaal op elkaar... Ik bedoel, heel veel, want het zijn broers, dat is nu eenmaal het verhaal, dat je ze niet uit elkaar kunt houden...' stamelde mevrouw McCullough.

'Ze hebben staartjes in hun haar, toch? En kleine koeliehoedjes? En spleetogen?' Ed Lim wachtte niet op een reactie van mevrouw McCullough. Toen ze nog op de basisschool zat, had zijn dochter dit boek in de schoolbibliotheek gevonden, en was ontzet thuisgekomen. 'Papa, zien mijn ogen er zo uit?' 'Het is niet bepaald het beeld van Chinese mensen dat ik May Ling zou willen meegeven in 1998. Wat vindt u zelf?'

'Het is een heel oud verhaal,' hield mevrouw McCullough vol. 'Ze dragen klederdracht.'

'En verder, mevrouw McCullough? Nog andere boeken met Chinese personages?'

Mevrouw McCullough beet op haar lip. 'Ik ben er niet echt naar op zoek geweest,' gaf ze toe. 'Ik had er niet bij stilgestaan.'

'Bespaart u zich de moeite,' zei Ed Lim. 'Er zijn er ook niet zoveel. Dus, May Ling heeft geen poppen die op haar lijken, en geen boeken met plaatjes van mensen die op haar lijken.' Ed Lim zette nog een paar passen. Bijna twintig jaar later zouden anderen deze zelfde vragen stellen. Ze zouden boeken 'spiegels' noemen, en 'ramen', en Ed Lim, die er tegen die tijd inmiddels moe van was, was even gefrustreerd als dankbaar. Dit wisten we toch altijd al, zou hij denken. Waarom heeft het zo lang moeten duren?

Nu, in de rechtszaal, bleef Ed Lim voor mevrouw McCulloughs stoel staan. 'U en uw man spreken geen Chinees en weten niet veel van de Chinese cultuur. U hebt, zo hebt u zelf getuigd, zelfs niet eens stilgestaan bij dat aspect van May Lings identiteit. Kunnen we stellen dat als May Ling bij u en meneer McCullough blijft, ze in feite gescheiden zal zijn van haar geboortecultuur?'

Op dat moment barstte mevrouw McCullough in tranen uit. In de eerste weken had ze Mirabelle om de vier uur de fles gegeven, haar steeds als ze huilde vastgehouden, en ze had haar zien groeien tot haar hakken bijna door de voetjes van haar trappelpakjes barstten. Zij was degene die Mirabelle regelmatig had gewogen, die doperwtjes en zoete aardappel en verse spinazie voor haar had gestoomd en gepureerd en met poppenlepeltjes aan Mirabelle had gevoerd. Toen Mirabelle een keer hoge koorts had, was zij het die een koud washandje op haar voorhoofd legde, die haar lippen op dat kleine voorhoofdje drukte om haar temperatuur in te schatten. En toen een oorontsteking de oorzaak van de koorts bleek te zijn, was zij degene die de antibioticasiroop druppel voor druppel in Mirabelles roze mondje liet vallen en het haar als een kitten liet oplikken. Toen ze zich vooroverboog om het warme wangetje van de baby te kussen, bedacht ze dat ze niet méér van dit kind had kunnen houden als het haar eigen vlees en bloed was geweest. Omdat de koortsige Mirabelle alleen kon slapen als ze bewogen werd, liep mevrouw McCullough de hele nacht met haar in de armen door de kamer te ijsberen. Tegen de ochtend had ze dik zes kilometer gelopen. Zij was het die na het ontbijt, voor het badje en als ze haar in bed stopte Mirabelles zachte buikje neusde tot de baby kirrend begon te lachen. Zij was het die Mirabelle in haar armen opving als het haar niet lukte om rechtop te blijven staan; zij was het naar wie Mirabelle haar armpjes uitstak als ze pijn had, of bang was, of eenzaam. Ze zou Mirabelle in het pikdonker herkennen aan haar huiltje – nee, aan de aanraking van haar handje. Nee, aan één wolkje van haar geur.

'Het is geen vereiste,' zei ze met klem. 'Het is niet vereist dat wij experts zijn in de Chinese cultuur. De enige vereiste is dat we van Mirabelle houden. En dat doen we. We willen haar een beter leven geven.' Ze huilde nog steeds, en de rechter liet haar gaan.

'Het is oké,' zei meneer Richardson toen ze weer naast hem ging zitten. 'Je deed het prima.' Maar zelfs hij begon vanbinnen toch iets van twijfel te voelen. Mirabelle zou natuurlijk een goed leven hebben bij Mark en Linda. Dat stond wel vast. Maar zou er niet iets – wat het ook was – ontbreken in haar leven als ze daar zou opgroeien? Meneer Richardson was zich ineens intens bewust van Mirabelle, van het enorme gewicht van de complexe wereld op dit ene kleine, kwetsbare mensje.

Toen de verslaggevers hem op het bordes voor de rechtbank staande hielden, stelde hij in een korte, nietszeggende verklaring dat hij alle vertrouwen had in de procedure. 'Ik heb volledig vertrouwen in rechter Rheinbeck, en dat hij een zorgvuldige afweging zal maken en tot een redelijke beslissing zal komen.'

De McCulloughs leken deze subtiele verschuiving in zijn toon niet op te merken – in eerdere verklaringen had hij altijd met klem gezegd dat de voogdij aan hen zou moeten worden gegeven, dat het volkomen duidelijk was dat zij haar de beste opvoeding konden geven, dat het zo klaar als een klontje was dat Mirabelle bij de McCulloughs hoorde. ('Ze ís een McCullough,' had hij gesteld.) De kranten merkten het ook niet. Die drukten verhalen af met koppen als: ADVOCAAT ADOPTIEOUDERS ZEKER VAN WINST. Maar meneer Richardson was een stuk minder zeker van de zaak dan die artikelen deden geloven.

Toen mevrouw Richardson die avond onder het eten vroeg hoe de zitting die dag was verlopen, zei hij maar weinig. 'Linda heeft vandaag getuigd,' zei hij. 'Ed Lim maakte het haar behoorlijk moeilijk. Het was niet best.' Hij bedoelde 'voor mevrouw McCullough,' maar hij had de woorden nog niet gezegd of hij kreeg ineens een idee, een manier om hier een draai aan te geven, en later die avond zou hij zijn contactpersonen bij de krant bellen. De volgende ochtend zou de *Plain Dealer* een stuk publiceren over de 'agressieve' tactiek van Ed Lim, hoe hij die arme mevrouw McCullough zo had aangepakt dat ze in tranen uitgebarsten was. Mannen zoals hij, suggereerde het artikel, hoorden hun geduld niet te verliezen – al werd niet duidelijk of 'zoals hij' verwees naar advocaten of naar iets heel anders. Maar de waarheid was – zoals meneer Richardson erkende – dat een boze Aziaat niet matchte met de verwachtingen van het publiek, en dat het daarom ongemakkelijk voelde. Aziatische mannen konden best sociaal onhandig en incompetent en belachelijk zijn, een soort Long Duk Dong, of op zijn hoogst een niet-bedreigende lolbroek, een soort Jackie Chan. Maar ze mochten niet boos of welbespraakt of machtig zijn. Of gelijk hebben, dacht meneer Richardson wat ongemakkelijk. Zodra het artikel werd gepubliceerd, schaarde een aantal voordien neutrale mensen zich achter de McCulloughs; een aantal mensen dat eerst aan Bebe's kant stond merkte dat hun gevoel voor haar zaak bekoelde.

Voorlopig, terwijl zijn idee steeds meer vorm kreeg, zei hij alleen: 'We moeten maar eens zien hoe het allemaal gaat lopen.'

'Ik heb medelijden met haar,' zei Lexie ineens aan de andere kant van de tafel. 'Met Bebe, bedoel ik. Ze moet zich zo verschrikkelijk voelen.'

'Wacht even, hoor,' zei Izzy, 'maar heb je het nu over dezelfde Bebe die jij vorige maand nog uitmaakte voor nalatige moeder?'

Lexie bloosde. 'Ze had beter voor het kind moeten zorgen,' gaf ze toe. 'Maar, ik weet niet... Ik vraag me af of het haar niet gewoon allemaal te veel was. Of ze wel wist waar ze aan begonnen was.'

'Dat is precies de reden waarom je niet te gemakkelijk moet denken over zwanger worden,' zei mevrouw Richardson. 'Horen jullie me, Alexandra Grace? Isabelle Marie?' Ze pakte de schaal met amandelschaafsel bestrooide sperziebonen en schepte een lepel op. 'Natuurlijk is het zwaar, een baby krijgen. Het verandert je hele leven. Bebe was daar duidelijk niet klaar voor, niet in praktische zin en niet in emotionele zin. En dat is misschien wel het beste argument om de baby aan Linda en Mark toe te wijzen.'

'Dus je maakt één fout, en dat is het dan?' vroeg Lexie. 'Ik ben nog niet klaar voor een baby. Maar stel dat ik...' Ze aarzelde. 'Stel dat ik zwanger word, zou ik het kind dan ook moeten afstaan van jou?'

'Lexie, dat zou nooit gebeuren. We hebben jou verstandig opgevoed.' Haar moeder zette de schaal weer terug in het midden van de tafel en prikte een boontje aan haar vork.

'Nou zeg, iemands hart is vandaag drie maten gegroeid,' zei Izzy tegen Lexie. 'Wat is er met jou aan de hand?'

'Niks,' zei Lexie. 'Ik bedoel gewoon, het is een moeilijke situatie, meer niet.' Ze schraapte haar keel. 'Brian vertelde dat zelfs zijn ouders het er niet over eens zijn.'

Moody rolde met zijn ogen. 'De zaak die families in heel Cleveland verscheurde.'

'John en Deborah hebben ieder recht op hun eigen mening,' zei meneer Richardson. 'Zoals iedereen aan deze tafel.' Zijn blik gleed van de een naar de ander. 'Trip, wat hoor ik over een hattrick, tijdens de wedstrijd van gisteren?'

Maar na het eten was meneer Richardson nog steeds somber. 'Denk jij,' vroeg hij aan mevrouw Richardson toen ze de tafel afruimden, 'dat Mark en Linda echt weten hoe ze een Chinees kind moeten opvoeden?'

Mevrouw Richardson staarde hem aan. 'Het is precies hetzelfde als het opvoeden van ieder ander kind,' zei ze geërgerd en ze zette de borden in de vaatwasser. 'Waarom zou het in vredesnaam anders zijn?'

Meneer Richardson schraapte de restanten van eiernoedels van het volgende bord in de vuilnisbak en gaf het toen aan haar. 'Alle belangrijke dingen zijn natuurlijk hetzelfde,' gaf hij toe. 'Maar ik bedoel, als dat meisje ouder wordt, gaat ze wel allerlei vragen stellen. Over wie ze is, waar ze vandaan komt. Ze wil dingen weten over haar eigen achtergrond. Denk je dat zij haar dat kunnen bijbrengen?'

'Daar zijn toch allerlei informatiebronnen voor.' Mevrouw Richardson maakte een afwijzend gebaar en liet daarbij per ongeluk wat druppels stroganoffsaus op het aanrecht vallen. 'Ik zie niet in waarom zij niet samen die kennis zouden kunnen opdoen. Daar wordt hun band toch alleen maar sterker van, als ze met zijn allen de Chinese cultuur gaan bestuderen?' Ze had een levendige jeugdherinnering aan Linda die met haar Raggedy Ann-pop rondliep in een oude lap, en haar liefdevol instopte. Ze wist beter dan wie dan ook hoe dolgraag Linda McCullough een kind had gewild, hoe diep het verlangen om moeder te worden – die magische, fantastische, doodenge rol op zich te nemen – in haar vriendin geworteld was. Mia zou dat toch juist beter moeten begrijpen dan wie dan ook: had ze dat niet ook bij de Ryans gezien? Had ze dat niet ook zelf gevoeld, en was dat niet de reden waarom ze er met Pearl vandoor was gegaan? Ze veegde over het aanrecht met haar duim en maakte een vlek op het graniet. 'Ik denk eerlijk gezegd dat dit voor Mirabelle juist geweldig is. Ze groeit op in een huishouden dat niet kijkt naar rassen. Waar het niets, maar dan ook helemaal niets uitmaakt hoe ze eruitziet. Wat is er nou mooier dan dat? Ik denk weleens,' zei ze fel, 'dat we allemaal beter af zouden zijn als we zo waren. Misschien zou iedereen bij de geboorte door een gezin van een ander ras moeten worden grootgebracht. Misschien dat dat voor eens en voor altijd een eind aan racisme maakt.'

Ze deed de vaatwasser met een knal dicht en liep de keuken uit. De borden rammelden nog na. Meneer Richardson pakte een spons en veegde het plakkerige aanrecht schoon. Hij had er beter niet over kunnen beginnen, besefte hij. Dit was te persoonlijk voor haar. Ze kon er niet helder naar kijken. Ze was zo nauw bij de zaak betrokken dat ze niet eens zag dat ze er niet helder naar kon kijken. Voor haar was het zo klaar als een klontje: Bebe Chow was een slechte moeder geweest, Linda McCullough een goede moeder. De een had zich aan de regels gehouden, de ander niet. Maar het probleem met regels, overpeinsde hij, was dat ze impliceerden dat er altijd een goede en een foute manier was om dingen aan te pakken. Terwijl het in werkelijkheid ging om verschillende manieren om dingen aan te pakken, en geen van die manieren was honderd procent goed of honderd procent fout, en je had nergens houvast aan als je een kant moest kiezen. Hij had het idealisme van zijn vrouw altijd bewonderd, haar overtuiging dat je de wereld kon veranderen, orde kon scheppen, dat je hem misschien zelfs volmaakt kon maken. Voor het eerst vroeg hij zich af of hij daar zelf wel in geloofde.

17

Het werd echter al snel duidelijk dat meneer Richardson niet de enige was die een innerlijke strijd voerde. De rechter leek ook moeite te hebben met de beslissing. Er ging een week voorbij na de zitting, en toen nog een, en nog steeds hadden ze niets van hem gehoord. Half april moest Lexie voor controle terug naar de kliniek, en tot zowel Pearls als Mia's verbazing had ze gevraagd of Mia met haar mee wilde gaan.

'Je hoeft helemaal niks te dóén,' drukte ze Mia op het hart. 'Ik vind het gewoon een fijner idee als jij erbij bent.' De oprechtheid in haar stem was overtuigend, en op de middag van de afspraak, na het laatste uur op school, parkeerde Lexie haar auto voor het huis in Winslow Road. Mia startte de Golf en Lexie stapte voorin in, en samen reden ze weg, alsof zij écht Pearl was, alsof Mia écht haar moeder was die met haar naar deze zeer persoonlijke afspraak ging.

Sinds het bezoek aan de kliniek had Pearl ook in werkelijkheid het vreemde gevoel dat de rollen omgedraaid waren: alsof Lexie, toen ze samen onder hetzelfde dak hadden geslapen, op een of andere manier haar plek ingenomen had en zij die van Lexie, en dat ze zich daar nog niet helemaal uit hadden kunnen losmaken. Lexie was naar huis gegaan in een geleend T-shirt, en Pearl, die Lexie die dag in háár kleren de deur uit had zien lopen, had het griezelige gevoel alsof ze zichzelf had zien vertrekken. De volgende ochtend vond ze Lexies eigen blouse op haar bed: door Mia gewassen en keurig opgevouwen, waarschijnlijk opdat Pearl hem mee naar school kon nemen. In plaats van hem in haar tas te stoppen, had Pearl hem aangetrokken, en in deze geleende huid had ze zich mooier gevoeld, grappiger, en was ze in de les Engels zelfs een beetje brutaal geweest, wat zowel haar klasgenoten als haar leraar vermakelijk hadden gevonden. Toen de bel ging hadden een paar leerlingen naar haar omgekeken, onder de indruk, alsof ze haar nu pas voor het eerst zagen. Dus zo voelt het om Lexie te zijn, had ze gedacht. Lexie zelf was weer terug op school, bleek en een beetje stilletjes, met donkere kringen onder haar ogen, maar ze stond nog overeind. 'Je hebt mijn blouse gestolen, bitch,' zei ze tegen Pearl, maar vol genegenheid, en toen: 'Hij staat je goed.'

Dagen later, toen de blouse weer terug was en zij haar eigen shirt terug had, voelde Pearl Lexies zelfvertrouwen nog steeds door haar aderen bruisen. Dus toen er niemand thuis was, een zeldzaamheid, besloot ze deze kans ten volle te benutten. Ze liet een briefje voor Trip achter in zijn locker; ze zei tegen Moody dat ze haar moeder had beloofd om de hele middag thuis te blijven om haar ergens mee te helpen. Op haar beurt had Mia tegen Izzy gezegd dat ze die middag in het restaurant moest werken – 'Ga maar iets leuks doen,' had ze gezegd. 'Dan zie ik je morgen weer, goed?' – dus er was niemand toen Trip en Pearl het huis in Winslow Road binnenkwamen en naar boven gingen, naar Pearls slaapkamer. Het was de eerste keer dat Trip bij haar thuis was, en ze vond het iets geweldigs om met hem te kunnen gaan liggen op een plek die ze zelf had uitgekozen, in plaats van op die aftandse bank in Tim Michaels' kelder, tussen de PlayStation en de airhockeytafel en Tims oude voetbaltrofeeën, allemaal attributen uit het leven van iemand anders. Nu waren ze in haar eigen kamer, haar eigen bed, en toen ze dat die ochtend zorgvuldig opmaakte voelde ze een warme gloed onder in haar keel bij het idee dat Trips hoofd straks op dat kussen zou liggen.

Moody, die niks te doen had, had net zijn locker dichtgedaan en ging op weg naar huis toen hij iemand zijn naam hoorde roepen. Het was Tim Michaels, die zijn sporttas over zijn schouder had geslagen. Tim was lang en stoer en hij was nooit zo aardig tegen Moody geweest: jaren geleden, toen Tim en Trip closer waren, en hij af en toe bij de Richardsons thuis kwam om te gamen, had hij Moody de bijnaam Jake gegeven – 'Jake, haal nog eens een colaatje voor me', 'Jake, doe die bolle kop van je eens aan de kant, ik zie zo niks'. Moody had het in zijn hoofd gehaald dat hij het uit genegenheid zei, maar toen hoorde hij het woord op school en begreep hij wat het echt betekende, in de straattaal van Shaker. De Dave Matthews Band was 'dope'; Bryan Adams was 'jake'. Een meisje in bed weten te krijgen was 'dope'; huisarrest krijgen was 'jake'. Daarna bleef hij altijd boven als Tim langskwam, en het was misschien onaardig, maar hij was heel blij dat Trip en hij uit elkaar waren gegroeid. En nu riep Tim dus Moody's naam – zijn echte naam – en rende door de gang bij de theaterzaal op hem af.

'Gast,' zei Tim toen hij Moody had ingehaald. 'Weet jij iets over dat mysterieuze vriendinnetje van je broer?'

Het duurde even voordat Moody deze vraag had verwerkt. 'Mysterieuze vriendinnetje?'

'Als ik naar training ben neemt hij altijd een of ander meisje mee naar mijn huis. Hij wil niet zeggen wie.' Tim hing zijn sporttas over zijn andere schouder. 'Trip is nooit zo geheimzinnig, snap je wat ik bedoel? Dus het is óf een heel dubieus kind, of hij is echt gek op haar.'

Moody bleef even stil. Tim was een dombo, maar fantasie had hij niet, dus dingen verzinnen kon hij niet. Er begon zich een vermoeden te vormen in zijn hoofd.

'Weet je helemaal niks over haar?' vroeg hij.

'Niks. En het is nu al, wat zal het zijn, twee maanden aan de gang. Ik ben bijna in de verleiding om er een keer naartoe te gaan om ze op heterdaad te betrappen. Heeft hij ook niks tegen jou gezegd?'

'Hij vertelt mij nooit wat,' zei Moody, en hij duwde de deur open en liep het grasveld op.

Hij was nog aan het piekeren toen hij thuiskwam en daar Izzy met een boek op de bank aantrof.

'Wat doe jij nou zo vroeg thuis?' vroeg hij.

'Mia moest vandaag naar haar andere werk,' zei Izzy. Ze sloeg een bladzijde om. 'Waar hangt iedereen uit? Is Pearl niet bij jou?'

Moody gaf geen antwoord. Het vermoeden begon een onaangenaam vaste vorm aan te nemen. 'Mijn moeder is met een of ander nieuw project bezig,' had Pearl tegen hem gezegd. 'Dus ze heeft een extra paar handen nodig.' En toch zat Izzy – iemand met een prima paar extra handen – hier nu thuis en zei dat Mia weg was. Zonder Izzy antwoord te geven, liet hij zijn boekentas op de salontafel vallen en liep naar de garage om zijn fiets te pakken.

De hele weg naar de duplexwoning op Winslow Road hield hij zichzelf voor dat hij zich maar iets in zijn hoofd haalde. Dat er niks aan de hand was, dat het allemaal toeval was. Maar zoals hij al verwachtte, stond Trips auto aan de overkant van de straat geparkeerd. Daar bleef hij staan en hij staarde omhoog naar Pearls kamer. Urenlang, voor zijn gevoel. Hij probeerde niet te denken aan wat er daarbinnen gebeurde, maar wegkijken kon hij niet. Het zag er zo onschuldig uit, dat kleine bakstenen huisje, met zijn smetteloos witte deur, en de perzikboom in de voortuin getooid met roze bloesem.

Toen Trip en Pearl naar buiten kwamen, liepen ze hand in hand, maar dat was niet wat hem zo schokte. Ze waren zo vertrouwd met elkaar, en Moody wist zeker dat dat alleen kon komen door het feit dat ze elkaars lichaam door en door kenden. De manier waarop hun schouders tegen elkaar aan kwamen toen ze het pad af liepen. De manier waarop Pearl dichterbij kwam om de rits van Trips rugzak dicht te trekken, de manier waarop hij zich naar haar toe boog om een verdwaalde krul uit haar gezicht te vegen. Toen keken ze allebei op en zagen Moody staan, met zijn fiets tussen zijn benen, en ze verstijfden. Voordat een van hen kon reageren, zette hij zijn voet op het pedaal en racete weg.

Het was nooit bij Moody opgekomen om zijn broer te confronteren; van Trip had hij niet anders verwacht. Al zijn woede was voorbehouden aan Pearl, en later die middag, toen ze zachtjes naar boven sloop en op zijn deur klopte, was hij niet in de stemming om haar smoesjes aan te horen.

'Het gebeurde gewoon,' zei ze, toen ze de deur achter zich dichtgedaan had. Moody kon aan haar stem horen dat ze de waarheid sprak, maar het bood hem weinig troost. Hij rolde met zijn ogen, omdat ze precies op een personage uit een foute puberserie leek, en stortte zich weer op het stemmen van zijn gitaar.

'*Whatever*,' zei hij. 'Ik bedoel, als jij het met die loser van een broer van me wilt doen, dan...' Pearl kromp ineen, en onwillekeurig zweeg hij. 'Je weet toch dat hij je alleen maar gebruikt, hè?' zei hij na een korte stilte. 'Zo is hij nu eenmaal. Hij is nog nooit serieus geweest met een meisje. Hij verveelt zich heel snel en dan neemt hij weer een ander.'

Pearl bleef koppig stil. Dit was anders, dat wist ze heel zeker. Ze hadden allebei gelijk: Trip raakte inderdaad snel verveeld, en dacht zelden nog aan een meisje zodra ze uit het zicht verdwenen was. Maar een meisje zoals Pearl had hij nog nooit meegemaakt, iemand die zich niet geneerde voor haar intelligentie, die niet helemaal paste in de ordelijke wereld van Shaker Heights, of ze zich daar nu van bewust was of niet. De afgelopen twee maanden had ze zich zijn hoofd in gewurmd, elk moment van de dag: in het scheikundelokaal, tijdens de training, en 's avonds, terwijl hij anders altijd snel in slaap viel en over banale dingen droomde. De meisjes in Shaker met wie hij opgegroeid was – en trouwens, de jongens ook – leken allemaal zo doelgericht: ze waren ontzettend ambitieus, bulkten van het zelfvertrouwen, waren overal zo zeker over. Ze waren net als zijn zusjes, vond hij, en zijn moeder: volkomen overtuigd van wat goed was en wat fout, en zeker van het feit dat ze die twee dingen op een rijtje hadden. Pearl was slimmer dan zij allemaal en toch leek ze zich niet druk te maken over alle dingen die ze niet wist: ze voelde zich ook in grijs gebied op haar gemak. Ze dacht na over grote dingen, had hij ontdekt, en nadat ze die middagen hadden gevreeën, praatten ze samen over die grote dingen: hoe rot het voelde dat hij en Moody niet met elkaar konden opschieten. ('We zijn broers,' zei hij. 'Dan hoor je toch vrienden te zijn?') Over dat hij, op zijn zeventiende, nog geen idee had wat hij met zijn leven aan moest. Iedereen vroeg er steeds naar; hij zou nu eigenlijk moeten nadenken over een studie, hij zou het eigenlijk al moeten wéten, en hij had geen idee, totaal niet, zelfs. Je hebt nog tijd zat, had Pearl hem gerustgesteld, er is altijd nog tijd. Als hij met Pearl was voelde de wereld groter, en op haar beurt voelde Pearl zich, puur door bij hem te zijn, meer geaard, minder abstract, echter.

'Je vergist je in hem,' zei ze na een poosje.

'Het maakt me verder niet uit,' zei Moody. 'Als je er geen bezwaar tegen hebt de nieuwste in een lange lijst veroveringen te zijn. Ik had alleen gedacht dat je meer zelfrespect had.' Als hij nu zou opkijken, zou hij de pijn in Pearls ogen zien, dat wist hij wel. En dus bleef hij strak naar de gitaar op zijn schoot staren. 'Ik dacht dat je slimmer was dan die sletten die meestal met hem meegaan.' Hij haalde zijn duim over een van de snaren en draaide de stemsleutel wat strakker aan. 'Maar dat zag ik blijkbaar verkeerd.'

'Ik heb tenminste iemand die me wil. Ik blijf tenminste niet mijn hele highschooltijd een gefrustreerde maagd.' Pearl vocht tegen de neiging om de kamer door te lopen om die gitaar uit Moody's handen te rukken en hem tegen het bureau stuk te slaan. 'En dat je het weet, ik ben geen verovering. Ik ben degene die hém heeft veroverd.'

Moody had Pearl nog nooit kwaad meegemaakt, en tot zijn schaamte reageerde hij erop door in tranen uit te barsten. Hij wist niet precies wat hij wilde zeggen – *Het spijt me. Ik meende het niet zo* – hij voelde alleen de steeds intenser wordende spijt om hoe het nu tussen hen was geworden, het wanhopige en onmogelijke verlangen naar hoe het eerst was. In plaats daarvan beet hij op zijn wang om het huilen tegen te houden, tot de scherpe, zilte smaak van bloed zich over zijn tong verspreidde.

'Het maakt me verder niet uit,' zei hij uiteindelijk. 'Doe me een plezier en laten we het er niet meer over hebben. Oké?'

Het bleek dat dit inhield dat ze helemaal niet meer met elkaar praatten. De volgende ochtend liepen ze apart van elkaar naar school, en gingen het eerste en alle daaropvolgende lesuren ieder aan de andere kant van het lokaal zitten.

Moody was vooral teleurgesteld in Pearl, maakte hij zichzelf wijs. Dat ze uiteindelijk toch zo oppervlakkig was dat ze voor Trip ging. Niet dat hij had verwacht dat ze hém zou kiezen – natuurlijk niet. Hij, Moody, was niet het soort jongen waar meisjes verliefd op werden. Maar Trip – dat was onvergeeflijk. Hij had het gevoel alsof hij in een diep, helder meer was gedoken, maar tot de ontdekking kwam dat het een vijver was waarin het water maar tot zijn knieën kwam. Wat deed je dan? Nou, dan stond je weer op. Je spoelde de modder van je benen en trok je voeten uit de drassige grond. En daarna was je voorzichtiger. Vanaf dat moment wist je dat de wereld veel kleiner was dan je had gedacht.

Halverwege wiskunde, toen Pearl naar de wc ging en er verder niemand keek, deed hij haar boekentas open en haalde er het kleine Moleskine-opschrijfboekje uit dat hij haar al die maanden geleden had gegeven. Zoals hij al vermoedde, was de rug ervan nog helemaal ongeschonden. Die avond, in de privacy van zijn eigen kamer, scheurde hij er handenvol papier uit, waar hij proppen van maakte die hij in de prullenbak gooide. Toen die vol lag liet hij het leren omslag – leeg, slap als de bladeren om een maiskolf – erbovenop vallen en schopte de prullenbak onder zijn bureau. Ze zou het boekje niet eens missen, en op een of andere manier vond hij dat nog het pijnlijkst van alles.

Ondertussen had Lexie ook zo haar romantische strubbelingen. Sinds ze uit de kliniek gekomen was, was ze begrijpelijkerwijs niet zo happig om weer met Brian naar bed te gaan, en de druk werd voelbaar. Ze had hem niets verteld over de abortus, en het hing tussen hen in als een vlies waardoor alles wazig werd. Brian begon zijn geduld te verliezen.

'Wat is er met jou?' zei hij chagrijnig, toen hij op een middag vooroverboog om Lexie te kussen en zij, alweer, haar gezicht had afgewend. 'Heb je nou alweer PMS?'

Lexie liep rood aan. 'Jongens. Jullie denken altijd dat alles aan de hormonen ligt. Hormonen en ongesteldheid. Als mannen ooit ongesteld zouden zijn, geloof me, dan zouden jullie allemaal op de grond liggen kermen van de kramp.'

'Hoor eens, als je kwaad op me bent, vertel dan maar gewoon wat ik misdaan heb. Ik kan geen gedachten lezen, Lex. En ik ga niet zomaar in het wilde weg mijn excuses aanbieden.'

'Wie zegt dat ik op jouw excuses zit te wachten?' Lexie keek naar haar handen, alsof ze verwachtte dat er woorden in haar handpalmen geschreven waren, als een spiekbriefje om haar hierdoorheen te loodsen. 'Wie zegt überhaupt dat ik kwaad op je ben?'

'Waarom doe je dan zo, als je niet kwaad bent?'

'Ik wil gewoon wat ruimte, meer niet. Je hoeft toch niet de hele tijd aan me te zitten.'

'Ruimte.' Brian sloeg met zijn handen op het stuur. 'Ik doe al een maand niks anders dan jou ruimte geven. Je hebt me al een week niet gekust. Hoeveel meer ruimte heb je nog nodig?'

'Misschien alle ruimte die er is.' De woorden vielen als stenen uit Lexies mond. 'Ik ga naar Yale en jij naar Princeton; misschien is het wel beter zo.'

Verblufte stilte vulde de auto terwijl Lexie en Brian nadachten over wat ze had gezegd.

'Is dat wat je wilt?' zei Brian uiteindelijk. 'Oké, dan is het klaar.' Hij klikte het slot van het portier open. 'Tot ziens.'

Lexie zwaaide haar boekentas over haar schouder en stapte uit de auto. Ze hadden in een stille zijstraat geparkeerd, op een plek die ze vaker gebruikten als ze even alleen wilden zijn. Hij gaat heus niet zomaar weg, dacht ze bij zichzelf. Het kan toch niet zo eindigen? Maar zodra ze het portier achter zich had dichtgeslagen, startte Brian de auto grommend en reed weg. Hij keek niet meer achterom, hoewel Lexie meende dat ze zijn ogen even naar de achteruitkijkspiegel zag schieten, één keertje maar, voordat hij de hoek omsloeg.

Zonder te weten waar ze naartoe ging begon ze te lopen: de stoep af, de hoek om, de hoofdstraat in, stukken waar ze wel had gereden maar bijna nooit had gewandeld. Zij en Brian waren al sinds de eerste vrienden, en ze hadden nu al bijna twee jaar verkering. Ze dacht aan alles wat ze samen hadden gedaan – hoog op de tribune zitten schreeuwen bij wedstrijden van de Indians, op de parkeerplaats bij de school zitten kijken naar het vuurwerk hoog boven de stad, op de avond van Fourth of July. *Homecoming*, waarbij Brian haar een rooscorsage om haar pols had gebonden en een Italiaans etentje had geregeld bij Giovanni's waarvan ze geen van beiden de namen van de gerechten konden uitspreken. Dansen op de Fugees in de sportschool tot ze allebei onder de zweetdruppels zaten, en hij haar vervolgens in zijn armen nam op 'I Don't Want to Miss a Thing', en zo dicht tegen zich aan drukte dat die zweetdruppels zich met elkaar vermengden. Nu was dat allemaal stuk. Ze liep en liep, volgde de bocht in de straat, en stopte alleen zo nu en dan om auto's langs te laten, en ineens merkte ze dat haar voeten haar naar een plek brachten die ze niet had verwacht, maar die de enige plek op de hele wereld was waar ze nu zou willen zijn: niet naar huis, maar naar het appartement in Winslow Road. Door de ramen van de bovenverdieping zag ze dat Mia hard aan het werk was, en Lexie wist dat Mia precies het goede tegen haar zou zeggen, dat zij haar de ruimte zou geven om hierover na te denken, om te verwerken wat er was gebeurd, wat er hierna zou gebeuren, waarom ze net weggegaan was bij wie ze altijd als het perfecte vriendje had gezien, een perfecte relatie, hoe het ineens allemaal kapotgegaan was.

Toen Lexie de trap op ging en de deur naar de keuken opende, was Izzy er ook. Ze zat naast Mia aan tafel en vouwde stukjes papier tot kraanvogels. Er lagen al handenvol in allerlei maten op tafel, rondgestrooid als confetti. Izzy keek Lexie vijandig aan, maar voordat ze haar mond open kon doen, legde Mia haar het zwijgen op.

'Lexie, fijn dat je er bent.'

Ze trok er een stoel bij en Lexie ging zitten, haar gezicht zo roerloos dat zelfs Izzy kon zien dat er iets mis was. Lexie zag eruit alsof ze moest overgeven. Ze haar zus nog nooit zo meegemaakt.

'Gaat het wel?' vroeg ze.

'Ja, prima,' zei Lexie met droge lippen. 'Het gaat prima.'

'Het is goed,' zei Mia met een kneepje in Lexies schouder. 'Het komt goed.' Ze haalde een extra beker uit de kast en zette water op.

Zonder Izzy aan te kijken zei Lexie: 'Voordat je ernaar vraagt, Brian en ik hebben het uitgemaakt.'

'Wat erg voor je,' zei Izzy en ze meende het nog ook. Brian was altijd aardig voor haar geweest, en vond het goed dat ze een paar keer meeging voor milkshakes by Yours Truly, toen hij en Lexie pas verkering hadden. Hij had haar ook weleens een lift gegeven als hij langsreed en haar zag lopen. Ze keek naar Lexie, en toen naar Mia. 'Wil je... dat ik wegga?'

Bij het fornuis deed Mia alsof ze druk bezig was met het openscheuren van een theezakje. Lexie schudde haar hoofd. 'Blijf maar,' zei ze. 'Het is prima. Het gaat goed. Dus... blijf maar gewoon.'

Het bleef even stil, en toen schoof Izzy een vierkant stukje papier over de tafel, en Lexie pakte het op en volgde het voorbeeld van haar zusje: dubbelvouwen, en weer terug, naar het midden, naar buiten, tot ze uiteindelijk de puntjes vastpakte, eraan trok en een kraanvogel opbloeide, als een bleke bloem in haar hand.

'Rechter Rheinbeck zegt dat hij nog geen beslissing heeft kunnen nemen,' zei meneer Richardson tegen mevrouw Richardson, in de laatste week van april. Harold Rheinbeck was negenenzestig, had grijs haar, was al bijna zijn hele leven boksfan, en een enthousiast recreatief jager, maar het was ook een gevoelige man, die zich terdege bewust was van de emotionele complexiteit van de zaak. De afgelopen maand, sinds de hoorzitting achter de rug was, had hij zelfs nachten wakker gelegen vanwege de kleine May Ling-Mirabelle, zoals hij haar in gedachten noemde – hij probeerde daar heel eerlijk in te zijn, en telkens als hij de ene naam hoorde, vulde hij die in zijn hoofd aan met de andere naam, en wat hem betrof waren de twee namen één onlosmakelijk geheel geworden. Omdat de baby zelf bij een oppas was en niet in de rechtszaal aanwezig – baby's waren notoir ongeschikt voor het bijwonen van lange zittingen – was Ed Lim zo verstandig geweest om een foto uit te vergroten en op zijn tafeltje te zetten, en alle aanwezigen hadden er elke dag naar zitten staren. Daardoor zag de rechter haar kleine gezichtje voor zich als hij de getuigenissen overdacht en hoe meer hij erover nadacht, hoe onmogelijker het werd om tot een oordeel in de zaak te komen. Hij voelde ineens intens medeleven met koning Salomon, en door slaapgebrek en de worsteling in zijn hoofd blafte hij elke ochtend zijn griffiers en zijn secretaresse af, zonder te weten waarom hij dat precies deed.

'Het is een martelgang,' zei mevrouw McCullough tegen mevrouw Richardson bij een meelevende kop koffie. Ze waren zoals gewoonlijk bij mevrouw McCullough thuis, om priemende blikken te vermijden. 'Wat wil hij nog meer weten? Hoe kan dit nou zo'n moeilijke beslissing zijn?' De babyfoon naast hen op tafel kraakte en ze zette het volume iets hoger. Beide vrouwen vielen stil en het stille geluid van Mirabelles slapende ademhaling vulde de keuken.

'Kun je nog iets anders bedenken wat je de rechter zou kunnen vertellen?' vroeg mevrouw Richardson. 'Dingen die hem meer context bieden. Andere factoren die hij kan meewegen.' Ze leunde over de tafel heen. 'Is er nog iets anders wat jij en Bill nog niet aan de orde hebben gesteld? Redenen waarom jullie de beste keuze zijn voor de voogdij? Of...' Ze aarzelde, maar zette toch door: '... of andere redenen waarom Bebe ongeschikt zou zijn? Wat dan ook?'

Mevrouw McCullough beet op een nagel. Dat was al sinds ze klein was een zenuwtrek, en mevrouw Richardson zag het haar de laatste tijd steeds weer doen. 'Nou,' zei ze, maar zweeg toen weer. 'Het is waarschijnlijk niet eens waar.'

'Dit kon weleens je laatste kans zijn, Linda,' zei mevrouw Richardson zachtjes. 'Dus wat het dan ook is, je kunt het maar beter te berde brengen.'

'Het is maar een vermoeden. Ik heb geen enkel bewijs.' Mevrouw McCullough slaakte een zucht. 'Een maand of drie geleden zag ik dat Bebe... molliger leek. Haar gezicht werd steeds ronder, dat viel me vooral op als ze met de maatschappelijk werker langskwam om Mirabelle op te halen. En haar... haar borst. En de maatschappelijk werkster vertelde me iets vreemds. Ze zei dat Bebe tijdens een van hun bezoekjes ineens wegrende naar het toilet. Ze waren in de bibliotheek, en plotseling gaf ze de baby aan Adrienne en liep snel weg. Adrienne zei dat ze Bebe hoorde overgeven.' Mevrouw McCullough keek op naar mevrouw Richardson. 'Dus ik vroeg me af of ze misschien zwanger kon zijn. Ze leek ook zo onvoorstelbaar moe. Ik had gewoon zo'n voorgevoel. Vrouwen krijgen dan altijd een bepaald iets over zich; je kunt het aan ze zien. Al die jaren, al die keren dat we het zelf probeerden, en de ene na de andere vriendin zwanger werd; ik kon het steeds al aan ze zien voordat ze het me vertelden. Ik wist het ook elke keer dat jij in verwachting was. Of niet, Elena?'

'Dat klopt,' zei mevrouw Richardson. 'Je wist het bij allemaal. Nog voordat ik er iets over had gezegd.'

'En toen, een maand geleden, zag ze er ineens weer normaal uit. Haar gezicht werd weer smal. Haar lichaam werd weer mager als een stopnaald. Dus ik vroeg me af...' Mevrouw McCullough haalde diep adem. 'Ik vroeg me af of ze misschien zwanger was en er een eind aan heeft laten maken.'

'Een abortus.' Mevrouw Richardson leunde naar achteren. 'Dat is nogal een beschuldiging.'

'Ik beschuldig haar niet,' hield mevrouw McCullough vol. 'Ik zei toch al, ik heb geen bewijs. Alleen een vermoeden. En je zei net zelf "wat het dan ook is".' Ze nam een slok van de koffie, die koud geworden was. 'Maar áls ze een abortus heeft ondergaan, zou dat dan uitmaken?'

'Misschien.' Mevrouw Richardson dacht erover na. 'Hoewel ze natuurlijk nog geen slechte moeder is als ze een abortus laat plegen. Maar als het bekend wordt, zou de publieke opinie zich wel tegen haar keren. Mensen vinden het niet prettig om over abortus te praten. En een abortus ondergaan als je bezig bent om een kind terug te krijgen dat je te vondeling hebt gelegd?' Ze trommelde met haar vingers op tafel. 'Dat zou op zijn minst suggereren dat ze niet erg voorzichtig is geweest om nog een zwangerschap te voorkomen.' Ze pakte mevrouw McCulloughs hand en kneep er even in. 'Ik zal er eens wat onderzoek naar doen. Om te zien of dit zou kunnen helpen. Als dat zo is, kunnen we het aankaarten bij de rechter.'

'Elena,' zei mevrouw McCullough met een zucht. 'Jij weet ook altijd precies wat er moet gebeuren. Wat moet ik in vredesnaam zonder jou?'

'Zeg maar niks tegen Bill of Mark,' zei mevrouw Richardson,

en ze pakte haar tasje. 'Laten we ze nog maar geen hoop geven. Vertrouw maar op mij. Ik regel alles.'

Bebe was niet zwanger geweest. Vanwege de stress van de ophanden zijnde rechtszaak, en door de filmcrews van het nieuws die op een dag voor de deur van het restaurant stonden, en een journalist die haar op straat aanhield en een microfoon onder haar neus duwde, en om de dag een nieuw verhaal over de zaak – tenminste, zo voelde het – en haar baas die mopperde over het feit dat ze vrij moest nemen voor de zitting, was ze foute dingen gaan eten: Oreo's, frites, een keer een hele zak varkenszwoerdjes, en was ze binnen een maand zeven kilo aangekomen. Ze had extra uren gewerkt om de uren die ze vrij moest nemen te compenseren en werkte tot twee of drie uur 's nachts, op de dagen dat ze afsloot, om de volgende ochtend om negen uur weer te openen. Die tijd was een waas, in haar herinnering. En toen kreeg ze voedselvergiftiging – een bakje kliekjes dat ze te lang in de koelkast had laten staan – en had ze in de bibliotheek moeten overgeven, waar de maatschappelijk werkster bij was. Ze had daarna dagenlang geen hap door haar keel kunnen krijgen, en toen ze weer wat hersteld was, was ze vanwege de rechtszaak te gespannen om te eten. Dus toen de zittingen begonnen, was ze niet alleen die zeven kilo, maar nog vijf extra kilo's kwijt.

Dat wist mevrouw Richardson allemaal niet. En omdat ze geen bewijs kon vinden dat het niet zo was, ging ze logischerwijs op zoek naar bewijs dat het wél zo was. Ze kon immers altijd overal achter komen, bracht ze zichzelf in herinnering. En als ze het zelf niet meer wist, had ze haar connecties. De volgende ochtend pakte ze haar Rolodex en draaide hem op de M: MANWILL, ELIZABETH.

Als eerstejaars had ze een kamer gedeeld met Elizabeth Manwill, en hoewel ze in hun verdere studiejaren andere kamergenootjes hadden gehad, hadden ze altijd contact gehouden, tot hun afstuderen en daarna. Ze hadden de band weer aangehaald toen Elizabeth naar Cleveland was verhuisd en hoofd werd van een medische kliniek ten oosten van Shaker Heights – en toevallig de enige kliniek in de regio waar je terechtkon voor een abortus.

Het was maar iets kleins wat mevrouw Richardson wilde weten: een klein, stiekem, lichtelijk illegaal dingetje. Zou ze misschien in de administratie van de kliniek kunnen kijken of Bebe Chows naam voorkwam op de lijst van recente abortussen? 'Onofficieel. *Off the record*,' drukte mevrouw Richardson haar vriendin op het hart, met de hoorn van de telefoon tegen haar schouder geklemd en een extra blik op de deur om zeker te zijn dat die dichtzat.

'Elena,' zei Elizabeth Manwill, die de deur van haar eigen kantoortje dichttrok. 'Je weet best dat ik dat niet kan doen.'

'Zo erg is het toch niet? Geen mens hoeft het ooit te weten.'

'Het is vertrouwelijk. Weet je hoe hoog de boetes zijn die we kunnen krijgen? Om nog te zwijgen van de ethische kant van het verhaal.'

Elizabeth Manwill was al jaren bevriend met mevrouw Richardson en ze was mevrouw Richardson veel verschuldigd, al vond ze het zelf vreselijk om dat onder ogen te zien. Ze was op Denison aangekomen als Betsy, een pijnlijk verlegen meisje uit Dayton, opgelucht om te kunnen ontsnappen aan het onophoudelijke gepest waar haar highschooltijd van aan elkaar had gehangen, en doodsbang dat het op de universiteit precies zo zou gaan. Op haar achttiende was Elizabeth Manwill een gemakkelijk doelwit voor spot: een bril die de hele tijd van haar neus gleed, een voorhoofd dat hobbelig was van de acne, tuttige en slecht passende kleren. Haar nieuwe kamergenootje leek precies op die bekakte meiden die haar op school het leven zuur hadden gemaakt: mooi, prachtig gekleed, zeker van hun plek in de wereld, en die eerste nacht had ze zichzelf in slaap gehuild.

Maar Elena had haar onder haar hoede genomen en ze had haar getransformeerd. Ze had haar haar lippenstift en antipukkelmiddel gegeven, was met haar gaan winkelen, had haar nieuwe kapsels leren maken. Terwijl ze met Elena naar college liep, naast haar zat in de kantine, had Elizabeth zelfvertrouwen opgedaan. Ze begon precies zo te praten als Elena – alsof ze wist dat mensen haar ideeën wilde horen – en liep rechterop, als een danseres. Tegen de tijd dat ze afstudeerden was Elizabeth een ander mens, Liz Manwill; iemand die broekpakken droeg en een architectenbril, waardoor ze er bijna even intelligent uitzag als ze was, iemand die in de toekomst met gemak een kliniek zou runnen. In de daaropvolgende jaren was Elena – inmiddels mevrouw Richardson – haar blijven helpen. Met haar vele connecties in de regio had ze een goed woordje voor Elizabeth gedaan toen die bij de kliniek had gesolliciteerd, en toen Elizabeth de baan had gekregen en in de stad was komen wonen, had ze haar met allerlei mensen laten kennismaken, zowel professioneel als privé. Sterker nog, Elizabeth had haar man leren kennen tijdens een borrel die de Richardsons jaren geleden hadden gegeven; hij was een collega van meneer Richardson. Mevrouw Richardson had haar nooit om een tegengunst gevraagd, of zelfs maar een hint in die richting gegeven, en daar waren ze zich allebei terdege van bewust.

'Hoe is het trouwens met Derrick?' vroeg mevrouw Richardson ineens. 'En met Mackenzie?'

'Prima, met allebei. Derrick werkt natuurlijk te hard.'

'Niet te geloven dat Mackenzie alweer tien is,' overpeinsde mevrouw Richardson. 'Redt ze zich een beetje op Laurel?'

'Ze vindt het er geweldig. Ze lijkt zoveel meer zelfvertrouwen te hebben. Ik denk dat het echt iets uitmaakt, een meisjesschool.' Elizabeth Manwill viel even stil. 'Bedankt voor je hulp.'

'Betsy! Doe niet zo raar. Het was me een genoegen.' Mevrouw Richardson tikte met haar pen op haar bureau. 'Waar zijn we anders vriendinnen voor?'

'Je weet natuurlijk best dat ik je dolgraag zou willen helpen. Maar het punt is, als iemand er ooit achter komt...'

'Je kunt me ook niks laten zién. Natuurlijk niet. Maar ik bedoel, als ik je nu eens kom ophalen, en je mee uit lunchen neem en als ik dan toevallig over je schouder naar de lijst van de afgelopen maanden keek, dan kan toch niemand beweren dat jij me die expres hebt laten zien?'

'En stel dat de naam van die vrouw er inderdaad op staat?' vroeg Elizabeth. 'Wat heb je er dan aan? Bill kan het dan toch niet aanvoeren in de rechtszaal.'

'Als de naam erop staat, kan hij op zoek naar ander bewijs. Ik weet dat het een enorme gunst is, Betsy. Hij moet alleen weten of het de moeite loont om te gaan spitten. En als haar naam er niet op staat, dan blijft het hierbij.'

Elizabeth Manwill slaakte een zucht. 'Oké,' zei ze uiteindelijk. 'Ik ben de komende dagen druk, maar kun jij donderdag?'

De vrouwen maakten een lunchafspraak en mevrouw Richardson hing op. Ze zou dit binnenkort opgehelderd hebben. Dat arme mens, dacht ze, en ze bekeek Bebe met een nieuw soort barmhartigheid. Wie zou het haar kwalijk nemen als ze inderdaad een abortus had laten plegen? Midden in deze voogdijstrijd, met een hopeloos baantje, en na wat ze met haar eerste kind had meegemaakt. Geen mens liet een kind weghalen zonder spijt, dacht ze. Abortus was een laatste redmiddel, als er geen betere optie was. Nee, mevrouw Richardson kon het Bebe niet aanwrijven, ook al hoopte ze nog steeds dat de McCulloughs de baby mochten houden. Maar zij kan er altijd nog eentje nemen, dacht mevrouw Richardson, zodra ze haar leven op de rit heeft, en ze zette de deur van haar kantoor weer op een kier.

18

Mevrouw Richardsons welwillendheid ten opzichte van Bebe hield aan tot haar lunchafspraak met Elizabeth Manwill.

'Betsy,' zei ze, toen de deur werd opengedaan en ze het kantoor in liep. 'Het is alweer veel te lang geleden. Wanneer hebben we elkaar nou voor het laatst gezien?'

'Ik weet het niet eens meer. Misschien vorig jaar met een kerstborrel? Hoe is het met de kinderen?'

Mevrouw Richardson nam even de tijd om op te scheppen: over Lexies plannen voor Yale, Trips laatste lacrossewedstrijd, Moody's hoge cijfers. Zoals altijd sloeg ze Izzy over, maar dat viel Elizabeth niet op. Tot aan dat moment was ze nog van plan geweest om Elena te helpen; Elena had per slot van rekening zoveel voor haar gedaan, en trouwens, Elena Richardson zou niet stoppen totdat ze precies had wat ze wilde. Ze had zelfs de gegevens opgezocht waar Elena om had gevraagd: een lijst met alle patiënten die de afgelopen maanden een abortus hadden ondergaan in de kliniek. Ze stonden in een ander scherm op haar computer, achter een boekhoudkundige spreadsheet. Maar nu Elena daar zo stond te kletsen over haar geweldige kinderen, de belangrijke rechtszaak van haar man, de plannen die ze hadden voor de achtertuin die zomer, veranderde Elizabeth alsnog van gedachten. Totdat ze oog in oog stonden, was ze alweer vergeten dat Elena haar vaak toesprak als een klein kind, alsof zij, Elena, de expert was en Elizabeth maar beter aantekeningen kon maken. Nou, ze was geen klein kind. Dit was háár kantoor, háár kliniek. Uit gewoonte had ze een pen opgepakt toen ze Elena zag, maar die legde ze nu weer neer.

‘Het zal wel vreemd zijn om er volgend jaar nog maar drie in huis te hebben,’ zei mevrouw Richardson. ‘En Bill is natuurlijk volkomen uitgeput door deze rechtszaak. Je herinnert je Linda en Mark toch nog wel van onze feestjes? Linda heeft je een paar jaar geleden nog die hondenuitlaatservice aangeraden. We hopen allemaal dat het snel achter de rug is, en dat ze hun baby voorgoed kunnen houden.’

Elizabeth stond op. ‘Klaar voor de lunch?’ vroeg ze, en ze pakte haar handtas, maar mevrouw Richardson stond niet op uit haar stoel.

‘Er was nog iets waar ik graag je advies over wilde, Betsy,’ zei ze. ‘Weet je nog?’

Elizabeth duwde de deur dicht, ging weer zitten en slaakte een zucht. ‘Elena,’ zei ze. ‘Het spijt me. Het kan echt niet.’

‘Betsy,’ zei mevrouw Richardson zachtjes. ‘Eén snelle blik. Meer niet. Alleen om te weten of er überhaupt iets aan de hand is.’

‘Het is niet dat ik je niet wil helpen...’

‘Ik zou jouw reputatie nooit op het spel zetten. Ik zou deze informatie nooit gebrúíken. Het is alleen nodig om te weten of we verder moeten spitten.’

‘Ik zou je echt graag helpen, Elena. Maar ik heb er nog eens over nagedacht, en...’

‘Betsy, hoe vaak hebben we nu al onze nek voor elkaar uitgestoken? Wat hebben we niet allemaal al voor elkaar gedaan?’ Betsy Manwill, dacht mevrouw Richardson, was altijd al voorzichtig geweest. Ze had altijd al een flinke duw in de rug nodig gehad om haar in beweging te krijgen, zelfs voor de dingen die ze graag wilde. Je moest haar voor het minste of geringste toestemming geven: dat ze lippenstift mocht dragen, een mooie jurk mocht kopen, haar hand mocht opsteken tijdens een werkgroep. Slappe hap. Je moest haar stevig aanpakken.

‘Dit is vertrouwelijke informatie.’ Elizabeth rechtte haar rug. ‘Het spijt me.’

‘Betsy. Ik moet toegeven dat ik me wel een beetje gekwetst voel. Dat je me niet vertrouwt, terwijl we al jaren vriendinnen zijn.’

‘Het heeft niks te maken met vertrouwen,’ begon Elizabeth,

maar mevrouw Richardson praatte door alsof ze niet in de rede werd gevallen. Na alles wat ze voor Betsy had gedaan, dacht ze. Ze had haar als een moeder onder haar hoede genomen en haar uit haar schulp laten komen, en nu zat Betsy hier achter haar grote bureau in haar chique kantoor, terwijl Elena haar aan deze baan had geholpen, en ze wilde haar niet eens deze kleine gunst bewijzen.

Ze deed haar tas open en haalde er een gouden lippenstifthuls uit en een make-upspiegeltje. 'Je vertrouwde anders onze hele studie wel op mijn advies, of niet soms? En die keer, tien jaar geleden, dat ik zei dat je naar onze kerstborrel moest komen? Je vertrouwde me ook toen ik zei dat jij Derrick moest bellen, in plaats van op zijn telefoontje te wachten. En toen waren jullie met... wat was het... Valentijnsdag al verloofd.' Met kleine, precieze haaltjes ging ze langs de contouren van haar mond, en klikte de lippenstift toen dicht. 'Je hebt een man en een kind te danken aan jouw vertrouwen in mij, dus ik zou zeggen dat mijn oordeel je de afgelopen jaren behoorlijk wat heeft opgeleverd.'

Het bevestigde iets wat Elizabeth allang vermoedde: dat Elena al die jaren bezig was geweest krediet op te bouwen. Misschien had ze oprecht willen helpen, misschien kwam het allemaal uit een goed hart. Maar toch had ze ook precies bijgehouden wat ze ooit voor Elizabeth had gedaan, van elk beetje steun dat ze haar ooit had gegeven, en nu verwachtte ze daar iets voor terug. Elena vond dat ze er recht op had, realiseerde Elizabeth zich ineens. Ze vond het niet meer dan fair, ze vond dat de regels voorschreven dat ze kreeg waar ze recht op had.

'Ik mag hopen dat je niet de credits opeist voor mijn hele huwelijk,' zei ze, en mevrouw Richardson was onaangenaam verrast door de felheid in haar stem.

'Dat bedoelde ik natuurlijk niet...' begon ze.

'Je weet heel goed dat ik je help als dat maar enigszins mogelijk is. Maar er zijn wetten. En er is zoiets als ethiek, Elena. Het stelt me teleur dat je zoiets zelfs maar durft te vragen. Jij die je altijd zo druk maakt over wat goed en fout is.' Hun blikken ontmoetten elkaar over het bureau heen, en mevrouw Richardson had Betsy nog nooit zo helder en zelfverzekerd en fel zien kijken. Ze spraken geen van beiden, en in het kleine moment van stilte begon de telefoon op het bureau te rinkelen. Elizabeth bleef mevrouw Richardson nog even strak aankijken en nam toen op.

'Elizabeth Manwill.' Een vaag gemompel aan de andere kant van de lijn. 'Je treft het. Ik stond op het punt om buiten de deur te gaan lunchen.' Opnieuw gemompel. Het klonk mevrouw Richardson verontschuldigend in de oren. 'Eric, ik zit niet op smoesjes te wachten, ik wil gewoon dat dit gebeurt. Nee, ik zit er al een week op te wachten en ik wacht geen minuut langer. Luister, ik kom eraan.' Elizabeth hing op en keek mevrouw Richardson weer aan. 'Ik moet even snel naar beneden; ik zit te wachten op een rapport en ik moet hem voortdurend achter zijn vodden zitten. Een van de genoegens van het directeurschap.' Ze stond op. 'Ik ben zo terug, en dan gaan we lunchen. Ik heb trek, en ik heb om halftwee weer een vergadering.'

Toen ze weg was, bleef mevrouw Richardson verbluft achter. Was dat echt Betsy Manwill die haar zo had toegesproken? Dat ze durfde te impliceren dat zij niet ethisch was! En dan die steek onder water over haar directéúrschap – alsof Betsy haar eraan wilde herinneren hoe belangrijk ze was, alsof ze wilde zeggen: 'Ik ben inmiddels belangrijker dan jij.' Terwijl zij Betsy hier in het zadel had geholpen. Mevrouw Richardson klemde haar lippen op elkaar. De deur van het kantoor was dichtgeduwd; niemand kon van buiten naar binnen kijken. Ze liep snel naar de andere kant van het bureau, ging in Elizabeths stoel zitten en bewoog de muis over de mat, en het zwarte scherm van Elizabeths computer kwam flikkerend tot leven: een spreadsheet met daarin de kosten van dat jaar. Mevrouw Richardson wachtte even. De kliniek had toch zeker wel ergens een database met patiëntgegevens? Met een klik maakte ze de spreadsheet kleiner en als bij toverslag stond het daar: een scherm met de patiënten, voor precies de periode waar ze naar op zoek was. Dus Betsy was op het allerlaatst van gedachten veranderd, dacht ze zelfvoldaan. Had ze het niet altijd al gezegd? Slappe hap.

Mevrouw Richardson leunde over het bureau en scrolde snel

door de lijst. Er stond geen Bebe Chow in. Maar een naam onder aan de lijst van begin maart trok mevrouw Richardsons aandacht: Pearl Warren.

Zes minuten later kwam Elizabeth Manwill terug en trof mevrouw Richardson in haar eigen stoel, kalm en onaangedaan, afgezien van één hand, die ze om de leuning van haar stoel had geklemd. Ze had de spreadsheet met het budget weer opengeklikt en de monitor op sluimeren gezet en toen Elizabeth later die middag weer plaatsnam achter haar bureau, zag ze niet dat er iets mis was. Ze zou de lijst opgelucht wegklikken, trots dat ze zich eindelijk eens tegen Elena Richardson had verzet.

'Klaar voor de lunch, Elena?'

Bij hun saag paneer en tika masala legde mevrouw Richardson haar hand op Elizabeths arm. 'We zijn al zo lang vriendinnen, Betsy. Ik zou het vreselijk vinden als zoiets als dit tussen ons in kwam te staan. Ik hoop dat je snapt dat ik jou volkomen begrijp en dat ik je dit nooit kwalijk zou nemen.'

'Natuurlijk niet,' zei Elizabeth, en ze prikte een stukje kip aan haar vork. Sinds ze weggegaan waren van kantoor was Elena al een beetje afstandelijk en koel. Zo was Elena Richardson altijd al geweest, dacht ze: charmant en hartelijk en altijd klaar met een aardig woordje, zodat je haar niets kon weigeren, vond ze, als ze eens iets van je wilde. Nou, dit keer had ze dan toch het onmogelijke gedaan: ze had nee gezegd. 'Doet Lexie nog steeds aan toneel?' vroeg ze, en de rest van de maaltijd hadden ze oppervlakkig gekletst over de gemene delers van hun levens: de kinderen, de drukte op de weg, het weer. Dit zou de laatste keer zijn dat de vrouwen samen lunchten, al zouden ze de rest van hun leven vriendelijk tegen elkaar blijven doen.

Dus die onschuldige kleine Pearl was helemaal niet zo onschuldig, dacht mevrouw Richardson op de terugweg naar kantoor. Ze twijfelde er natuurlijk niet aan wie de vader was. Ze had al langer het vermoeden dat de relatie van Pearl en Moody verder ging dan alleen vriendschap – een jongen en een meisje konden niet zoveel tijd samen doorbrengen zonder dat er íéts gebeurde – en ze was geschokt. Dat ze zo achteloos hadden kunnen zijn! Ze wist hoeveel nadruk school op seksuele voorlichting legde; ze had twee jaar eerder in het schoolbestuur gezeten, en toen had een ouder geklaagd over het feit dat haar dochter tijdens zo'n les een condoom om een banaan had moeten doen, bij wijze van oefening. Tieners hadden nu eenmaal seks, had mevrouw Richardson toen gezegd; dat is de leeftijd, dat zijn de hormonen, daar doen we niets aan. We kunnen ze hoogstens leren hoe ze het veilig moeten doen. Inmiddels leek dat standpunt haar hopeloos naïef. Hoe konden ze nou zo onverantwoordelijk zijn geweest? vroeg ze zich af. En belangrijker nog: hoe hadden ze het voor haar verborgen weten te houden? Hoe had het recht onder haar neus kunnen gebeuren?

Ze overwoog om naar de school te gaan en die twee uit hun lokaal te sleuren, en te vragen hoe ze ooit zo stompzinnig hadden kunnen zijn. Maar ze besloot dat ze maar beter geen scène kon maken. Anders zou iedereen het weten. Ze nam aan dat meisjes in Shaker soms een abortus ondergingen – het waren per slot van rekening tieners – maar dat werd natuurlijk altijd stilgehouden. Niemand had zin om zijn vuile was buiten te hangen. Iedereen zou het erover hebben, en ze wist precies hoe dat ging met roddels. Zoiets kon voor altijd aan een meisje blijven kleven. Het kon je voor je leven tekenen. Ze zou Moody er die avond over aanspreken, zodra ze thuiskwam.

Eenmaal terug op kantoor had ze haar jas nog niet uit of de telefoon ging.

'Bill,' zei ze. 'Wat is er aan de hand?'

Meneer Richardsons stem klonk ver weg en er was veel commotie op de achtergrond. 'Rechter Rheinbeck heeft een besluit genomen. Hij heeft ons een uur geleden bij zich geroepen. We hadden het totaal niet verwacht.' Hij schraapte zijn keel. 'Ze blijft bij Mark en Linda. We hebben gewonnen.'

Mevrouw Richardson zakte op haar stoel. Wat moest Linda gelukkig zijn, dacht ze. Tegelijkertijd wurmde er een dun slangetje van teleurstelling door haar borst. Ze had zich er zo op verheugd om in Bebe's verleden te gaan graven, om het geheime wapen te leveren waardoor alles toch nog goed zou komen.

Maar ze bleek helemaal niet nodig. 'Wat fantastisch.'

'Ze zijn buiten zinnen van blijdschap. Maar voor Bebe Chow was het moeilijk. Ze begon te schreeuwen. De bewaker moest haar afvoeren.' Hij zweeg. 'Dat arme mens. Ik vind het vreselijk voor haar.'

'Ze heeft haar baby zelf te vondeling gelegd,' zei mevrouw Richardson. Dat was precies wat ze zes maanden geleden ook al had gezegd, maar deze keer klonk het minder overtuigend. Ze schraapte haar keel. 'Waar zijn Mark en Linda nu?'

'Ze maken zich op voor een persconferentie. De nieuwsteams hebben er lucht van gekregen en komen van alle kanten opduiken, en we hebben gezegd dat we om drie uur een verklaring afleggen, dus ik moet ophangen.' Meneer Richardson slaakte een diepe zucht. 'Maar het is dus voorbij. Ze is nu van hen. Ze moeten nu alleen nog even volhouden totdat de belangstelling wegebt en dan kunnen ze weer gewoon door met hun leven.'

'Dat is fantastisch,' zei mevrouw Richardson nog een keer. Het nieuws over Pearl en Moody drukte zwaar op haar, en ze wilde het zo graag met haar man delen zodat hij iets van het gewicht zou overnemen, maar ze onderdrukte de neiging. Dit was niet het geschikte moment, hield ze zichzelf voor. En stellig zette ze Moody uit haar hoofd. Dit was het moment om feest te vieren met Linda.

'Ik kom naar de rechtbank,' zei ze. 'Drie uur, zei je toch?'

Aan de andere kant van de stad, in het kleine huis in Winslow Road, zat Bebe aan Mia's keukentafel te huilen. Zodra de uitspraak achter de rug was, hoorde ze een verschrikkelijk snijdend geluid, zo erg dat ze haar handen voor haar oren had geslagen en op de grond was gezakt, in een balletje. Pas toen de bewaker haar meenam, de zaal uit, besefte ze dat het gekrijs uit haar eigen mond kwam. De bewaker, die een dochter had die ongeveer even oud was als Bebe, nam haar mee naar een zijkamertje en duwde haar een beker lauwe koffie in handen. Bebe had het opgedronken, de ene na de andere waterige slok, en zette haar tanden in de rand van het piepschuimen bekertje telkens als ze weer een kreet in haar keel voelde opstijgen, en tegen de tijd dat de koffie op was, had ze het bekertje bijna aan flarden gebeten. Ze had niet eens woorden, alleen een gevoel, een verschrikkelijk leeg gevoel, alsof ze helemaal uitgehold was vanbinnen.

Toen de koffie op was en ze weer wat tot bedaren was gekomen, pakte de bewaker de flarden piepschuim voorzichtig uit haar handen en gooide ze weg. Toen nam hij haar via een achteruitgang mee naar buiten, waar een taxi stond te wachten. 'Zet haar maar af waar ze wil,' zei hij tegen de chauffeur, die hij twee briefjes van twintig gaf, uit zijn eigen portemonnee. Tegen Bebe zei hij: 'Het komt wel goed met je, lieverd. Het komt wel goed. God laat Zich op Zijn eigen manier aan ons zien. Dus kop op.' Hij deed het portier van de taxi dicht en liep hoofdschuddend weer naar binnen. Op deze manier kon Bebe al die camera's en journalisten ontwijken, die voor de ingang in de rij stonden, en de persconferentie die de McCulloughs aan het voorbereiden waren. En de verslaggevers die hadden gehoopt haar te kunnen vragen of ze, in het licht van deze beslissing, van plan was om nog een kind te nemen. In plaats daarvan pareerde Ed Lim hun vragen, terwijl de taxi over Stokes Boulevard naar Shaker Heights snelde, en Bebe, met haar hoofd in haar handen tegen het raam gezakt, de kans op een laatste glimp van haar dochter miste, die door iemand van het maatschappelijk werk van de wachtruimte door de hal werd gedragen, en in de wachtende armen van mevrouw McCullough werd gelegd.

Drie kwartier later – het was druk op de weg – hield de taxi halt voor het huis in Winslow Road. Mia was nog thuis en probeerde een stuk af te ronden waarmee ze aan het werk was, en met één blik op Bebe begreep ze wat er was gebeurd. Ze zou de details later horen – sommige van Bebe zelf, toen die wat was gekalmeerd; andere kwam ze te weten via de nieuwsuitzendingen op de radio die avond, en de krantenartikelen de volgende ochtend. De voogdij ging naar de staat, met het advies om de adoptie door de McCulloughs te bespoedigen. Beëindiging van het bezoekrecht. Een gerechtelijk bevel dat verder contact tussen Bebe en haar dochter verbood tenzij de McCulloughs daar toestemming voor gaven, wat ze waarschijnlijk nooit zouden doen. Op dat moment sloeg ze alleen haar armen om Bebe heen en nam haar mee naar de keuken, waar ze een kop hete thee voor haar neerzette en haar liet huilen.

Toen de laatste bel ging, was het nieuws zich net aan het verspreiden op school. Monique Lim werd opgepiept door haar vader, en Sara Hendricks – wier vader voor Channel 5 werkte – kreeg een bericht van de hare, en vanaf toen ging het als een lopend vuurtje. Maar Izzy wist van niets toen ze na school bij Mia's huis kwam, zichzelf zoals gewoonlijk binnenliet, omdat de deur niet op slot zat, en eenmaal boven Bebe ineengezakt aan de keukentafel zag zitten.

'Wat is er gebeurd?' vroeg ze fluisterend, ook al wist ze het best. Ze had nog nooit een volwassene zo zien huilen, met zo'n dierlijk geluid. Zo ongeremd. Alsof er niets meer te verliezen was. Ze zou nog jaren midden in de nacht met bonzend hart wakker worden, omdat ze meende dat ze dat verschrikkelijke gebrul weer hoorde.

Mia sprong op, leidde Izzy weer naar de trap en trok de keukendeur achter zich dicht. 'Gaat ze... dood?' fluisterde Izzy. Het was een belachelijke vraag, maar op dat moment vreesde ze serieus dat het weleens zo zou kunnen zijn. Als een ziel een lichaam kon verlaten, dacht ze, dan zou het zo'n geluid maken: als het piepen van een spijker die uit oud hout wordt getrokken. Instinctief drukte ze zich tegen Mia aan en ze verstopte haar gezicht tegen haar lichaam.

'Ze gaat niet dood,' zei Mia. Ze sloeg haar armen om Izzy heen en hield haar dicht tegen zich aan.

'Maar komt het wel weer goed met haar?'

'Ze overleeft het wel, als je dat bedoelt.' Mia streelde Izzy's haar, dat als rookpluimen tussen haar vingers golfde. Het leek precies op dat van Pearl, en op dat van haarzelf, toen ze klein was: hoe meer je je best deed om het glad te strijken, des te meer ging het zijn eigen gang. 'Ze komt er wel doorheen. Ze moet wel.'

'Maar hoe?' Izzy kon niet geloven dat iemand zoveel pijn te verdragen kreeg en dat toch kon overleven.

'Ik weet het eerlijk gezegd ook niet. Maar ze gaat dit overleven. Soms, als je denkt dat je alles kwijt bent, vind je toch een manier.'

Mia pijnigde haar hersenen hoe ze dit kon uitleggen. 'Zoals de prairie, na een brand. Jaren geleden, toen we in Nebraska waren, heb ik dat een keer gezien. Het alsof de wereld verging. De aarde was helemaal verschroeid en zwart, en er was geen groen meer te bekennen. Maar na de brand is de grond vruchtbaarder en kunnen er allemaal nieuwe dingen groeien.' Ze hield Izzy een stukje van zich af, veegde met een vingertop over haar wang en streek haar nog een laatste keer over haar haren. 'Mensen zijn ook zo. Ze beginnen opnieuw. Ze vinden wel een manier.'

Izzy knikte en draaide zich om om weg te gaan, maar keerde zich toch weer om. 'Wil je tegen haar zeggen dat ik het heel erg voor haar vind?' zei ze.

Mia knikte. 'Ik zie je morgen, goed?'

Ondertussen wachtte Lexie en Moody bij thuiskomst een bericht op het antwoordapparaat dat de zaak voorbij was. 'Bestel maar een pizza,' zei de blikkerige stem van hun moeder. 'Er ligt geld in de la onder het telefoonboek. Als ik mijn stuk heb ingeleverd kom ik thuis. Papa zal wel heel laat zijn; hij gaat de laatste administratieve dingen afronden.' Zou Pearl het al weten, vroeg Moody zich af, maar ze hadden elkaar sinds hun ruzie nauwelijks nog gesproken, en hij trok zich terug op zijn kamer en deed zijn best niet te denken aan wat Pearl nu aan het doen was. Zoals hij al vermoedde, was Pearl die middag weg met Trip en hoorde ze het nieuws pas uren later, toen ze thuiskwam en Bebe – die inmiddels stil was – nog steeds aan hun keukentafel zat.

'Het is voorbij,' zei Mia zachtjes tegen haar, en meer hoefde ze ook niet te zeggen.

'Ik vind het zo erg, Bebe,' zei Pearl. 'Ik... Ik vind het echt zo erg voor je.' Bebe keek niet eens op, en Pearl verdween naar haar slaapkamer en deed de deur achter zich dicht.

Mia en Bebe zaten er een poosje zwijgend bij, tot het buiten helemaal donker was en Bebe eindelijk opstond.

'Ze zal altijd jouw kind zijn,' zei Mia tegen Bebe, en ze pakte haar hand. 'Jij zult altijd haar moeder zijn. Er is niets wat dat ooit kan veranderen.' Ze kuste Bebe op haar wang en liet haar los. Bebe zei niets, zoals ze al die tijd al niets had gezegd, en Mia vroeg zich af of ze haar moest vragen wat er door haar heen ging, of ze moest aandringen dat ze zou blijven, of het echt wel goed zou komen met Bebe. Als zij in haar schoenen had gestaan, dacht ze, zou ze liever niet worden gedwongen om te praten, en dus won de tact uiteindelijk. Later zou ze zich realiseren dat Bebe dit anders moest hebben opgevat. Zij moest in deze woorden iets van toestemming hebben gehoord. Ze vroeg zich af of Bebe haar zou hebben verteld wat ze van plan was als ze meer had aangedrongen, en of ze had moeten proberen om Bebe tegen te houden, of dat ze haar zou hebben geholpen, als ze het had geweten. Zelfs jaren later zou ze nog geen bevredigend antwoord op die vraag hebben gevonden.

De persconferentie duurde langer dan verwacht – bijna elk nieuwsmedium had vragen voor de McCulloughs, en de McCulloughs, duizelig van geluk, bleven om iedereen te woord te staan. Waren ze opgelucht dat deze marteling achter de rug was? Ja, natuurlijk waren ze opgelucht. Wat waren hun plannen voor de komende dagen? Ze zouden wat tijd voor zichzelf nemen nu Mirabelle voorgoed bij hen zou blijven. Ze verheugden zich op een leven als gezin. Wat zou Mirabelles eerste maaltijd worden als ze straks weer thuis waren? Mevrouw McCullough antwoordde: 'Macaroni met kaas, haar lievelingskostje.' Wanneer zou de adoptie worden afgerond? Heel snel al, hoopten ze.

Een verslaggever van Channel 19, die helemaal achteraan stond, stak haar hand op. Hadden ze medelijden met Bebe Chow, die haar dochter nu nooit meer zou zien?

Mevrouw McCullough verstarde: 'Laten we niet vergeten,' zei ze scherp, 'dat Bebe Chow niet voor Mirabelle kon zorgen, dat ze haar in de steek heeft gelaten, dat ze weggelopen is voor haar verantwoordelijkheden als moeder. Natuurlijk vind ik het verdrietig dat iemand dit allemaal moet doorstaan. Maar waar het om gaat is dat de rechter heeft besloten dat Mark en ik het meest geschikt zijn als ouders voor Mirabelle, en dat Mirabelle nu een stabiel, permanent thuis zal hebben. Dat spreekt boekdelen.'

Toen de persconferentie op haar eind liep, en de McCulloughs Mirabelle voorgoed mee naar huis hadden genomen, was het bijna halfzes. Mevrouw Richardson kon, vanwege de betrokkenheid van haar man bij de zaak, niet voor de *Sun Press* over de uitspraak schrijven, dus had Sam Levi die taak toegewezen gekregen. Mevrouw Richardson moest Sams normale taak overnemen – de plaatselijke politiek. Het was bijna negen uur toen mevrouw Richardson eindelijk haar stukjes had ingeleverd en thuiskwam. Haar kinderen waren allemaal elders. De auto's van Lexie en Trip waren weg, en op het aanrecht vond mevrouw Richardson een briefje: *Ma, ik ben naar Serena. Terug rond 11 uur. L.* Geen briefje van Trip, maar dat verbaasde haar niet: Trip dacht er nooit aan om een berichtje achter te laten. Normaal gesproken was dat een bron van ergernis, maar deze keer was mevrouw Richardson opgelucht: gewoonlijk waren er altijd zoveel mensen in huis, er was altijd publiek, en ze had vanavond geen zin in publiek.

Boven zat Izzy's deur dicht. Binnen klonk klaaglijke muziek. Ze was naar boven gegaan nog voordat de pizza arriveerde en had al die tijd in haar kamer aan Bebe zitten denken, en hoe volkomen kapot die had geleken. Ze kon het zelf ergens ook wel uitschreeuwen, en dus had ze een cd van Tori Amos in de stereo gedaan, het volume opgeschroefd en had ze het schreeuwen aan Tori overgelaten. Ze kon ook wel huilen – al huilde ze nooit, had ze al jaren niet meer gehuild. Ze lag midden op bed, en duwde haar nagels zo stevig in haar handpalmen dat ze een rij halvemaantjes achterlieten, om ervoor te zorgen dat de tranen niet zouden vallen. Tegen de tijd dat haar moeder langs haar slaapkamerdeur liep, de gang door, op weg naar Moody's kamer, had ze het album al vier keer beluisterd, en was ze net aan de vijfde keer begonnen.

Op een gewone dag zou mevrouw Richardson de deur opendoen om Izzy te manen het geluid zachter te zetten, een paar denigrerende opmerkingen maken over de deprimerende en boze muziek die Izzy altijd afspeelde. Maar vandaag had ze belangrijkere zaken aan haar hoofd. Dus liep ze de gang door, naar Moody's kamer, en klopte op zijn deur.

'Jou moet ik even spreken,' zei ze.

Moody lag languit op bed, met zijn gitaar naast zich, dingen in een schrift te schrijven. 'Wat?' vroeg hij, zonder op te kijken. Hij nam niet de moeite overeind te komen toen zijn moeder binnenkwam, wat haar nog meer irriteerde. Ze deed de deur achter zich dicht en trok hem het schrift uit handen.

'Kijk me aan als ik tegen je praat,' zei ze. 'Ik weet alles, snap je? Dacht je nou echt dat ik er niet achter zou komen?'

Moody staarde haar aan. 'Waar ben je dan achter gekomen?'

'Denk je soms dat ik mijn ogen in mijn zak heb zitten? Dacht je nou echt dat ik er niets van zou merken?' Mevrouw Richardson klapte het schrift dicht. 'Jullie zitten de hele tijd zo stiekem te doen met zijn tweetjes. Ik ben niet gek, Moody. Ik weet heus wel wat jullie allemaal uitspookten. Ik had alleen gedacht dat jij iets meer verantwoordelijkheidsbesef zou hebben.'

In Izzy's kamer werd de muziek uitgezet, maar noch Moody, noch zijn moeder merkte daar iets van.

Moody duwde zichzelf langzaam overeind tot hij zat. 'Waar héb je het over?'

'Ik weet ervan,' zei mevrouw Richardson. 'Van Pearl. Van de baby.' De schok op Moody's gezicht en zijn verblufte stilte zeiden haar alles wat ze moest weten. Hij wist er niet van, besefte ze. 'Heeft ze het je dan niet verteld?' Moody's blik had zich langzaam van haar gezicht losgemaakt, als een op drift geraakt schip. 'Ze heeft het je dus niet verteld,' zei mevrouw Richardson, en ze zakte op het bed naast hem neer. 'Pearl heeft een abortus laten plegen.' Ze voelde zich ineens heel schuldig. Zou het uitgemaakt hebben als hij het wel had geweten? vroeg ze zich af. Toen Moody nog steeds niets zei pakte ze zijn hand. 'Ik dacht dat je het wist,' zei ze. 'Ik nam aan dat jullie het hadden besproken en dat jullie samen hadden besloten het te beëindigen.'

Moody trok langzaam en koeltjes zijn hand terug. 'Ik denk dat je de verkeerde zoon voor je hebt,' zei hij. Toen was het mevrouw Richardsons beurt om te schrikken. 'Ik heb niks met Pearl. Het was niet van mij.' Hij liet een gespannen, verbitterd lachje horen. 'Vraag het eens aan Trip. Hij is degene die het met haar doet.'

Met één hand pakte hij het schrift van zijn moeders schoot,

sloeg het weer open, en concentreerde zich op zijn eigen handschrift om te voorkomen dat zijn tranen aan zijn ogen zouden ontsnappen. Nu was het ineens echt, wat het eerst nog niet was. Ze was dus met Trip geweest, hij had de liefde met haar bedreven en zij had hem zijn gang laten gaan, en nu was dit gebeurd. Maar mevrouw Richardson zag het niet. Ze stond verdwaasd op en liep door de gang naar haar eigen kamer om alles te overdenken. Trip? dacht ze. Dat kon toch niet? Noch zij, noch Moody was zich bewust van de plotselinge stilte in Izzy's kamer, het feit dat Izzy's deur op een kier stond, en dat ook Izzy in verbijsterd stilzwijgen op zich liet inwerken wat ze net had gehoord.

Mevrouw Richardson ging op vrijdagochtend vroeg aan het werk, en vertrok een halfuur eerder om geen van haar kinderen onder ogen te hoeven komen. De avond ervoor was Lexie iets voor middernacht thuisgekomen, en Trip nog veel later, en hoewel ze hun normaal gesproken een veeg uit de pan zou hebben gegeven, omdat ze zo laat waren terwijl ze de volgende dag weer naar school moesten, was ze in haar kamer gebleven en had hun pogingen om stiekem de trap op te sluipen genegeerd. Ze probeerde het allemaal te begrijpen. Vanwege de extra stress had ze zichzelf een tweede glas wijn gegund, dat warm was geworden. Trip en Pearl? Ze snapte natuurlijk best waarom Pearl voor Trip viel – alle meisjes vielen voor Trip – maar wat Trip in Pearl zag was haar een raadsel. Ze piekerde hierover tot ze uiteindelijk in slaap viel, en toen ze de volgende dag wakker was geworden had ze nog steeds geen idee. Hij was niet het type, dacht ze toen ze achteruit de garage uit reed, dat op serieuze, intellectuele meisjes viel. Dat wilde ze best toegeven, ook al was ze zijn moeder en ook al droeg ze hem op handen. Hij ging altijd voor de buitenkant, haar prachtige, zonnige, oppervlakkige jongen, en aan de buitenkant kon zij niet opmaken wat hem trok in Pearl. Dus Pearl had onvermoede krachten, of had Trip die juist? Deze gedachte hield haar de hele rit naar kantoor bezig.

De hele ochtend probeerde ze te bedenken wat ze nu moest doen. Trip hiermee confronteren? Of Pearl? Of hen samen, tegelijkertijd confronteren? Zij en haar man spraken bijna nooit met hun kinderen over hun liefdesleven – toen ze voor het eerst ongesteld werden had ze met Lexie en Izzy gepraat over hun verantwoordelijkheden. ('Kwetsbaarheden,' had Izzy haar verbeterd, en toen was ze de kamer uit gelopen.) Maar over het algemeen ging ze er liever van uit dat haar kinderen slim genoeg waren om hun eigen beslissingen te nemen, en dat de school hen met kennis had bewapend. Als ze dingen 'uitvraten' – zoals ze het eufemistisch noemde – wilde ze het niet weten en hóéfde ze er ook niets van te weten. Om tegenover Trip en dat meisje te staan en tegen hen te zeggen: 'Ik weet wat jullie hebben gedaan' – het leek haar even gruwelijk als hun de kleren van het lijf trekken.

Uiteindelijk, halverwege de ochtend, stapte ze ineens in haar auto en reed naar het huis in Winslow Road. Mia zou thuis zijn, wist ze, om aan haar foto's te werken. Mevrouw Richardson deed de gedeelde zijdeur open en ging naar binnen zonder te kloppen. Dit was per slot van rekening haar huis, niet dat van Mia. Als huisbaas had ze het recht om dat te doen. In het appartement beneden was het stil; het was elf uur en meneer Yang was aan het werk. Maar boven kon ze Mia in de keuken horen; het geborrel van een ketel water die aan de kook kwam, een fluit die tot leven kwam en weer ophield toen iemand de ketel van het fornuis tilde. Mevrouw Richardson liep de trap op naar de tweede verdieping en zag dat het linoleum losliet in de hoeken van de traptreden. Dat moest ze laten repareren, dacht ze. Ze zou de hele trap – nee, het hele appartement – laten strippen en opnieuw laten stofferen. De deur van het bovenste appartement was niet op slot, en Mia keek geschrokken op toen mevrouw Richardson de keuken in liep.

'Ik verwachtte geen bezoek,' zei ze. De fluitketel jammerde vaag toen ze hem terugzette op de hete kookplaat. 'Had u iets nodig?' Mevrouw Richardsons blik gleed door het appartement: de gootsteen met Pearls ontbijtspullen nog opgestapeld op het afvoerputje, de verzameling kussens die moest doorgaan voor bank, de halfopen deur naar Mia's slaapkamer, waar een matras op het kleed lag. Wat een sneu leven, vond ze; ze hadden maar zo weinig. En toen zag ze iets bekends over de rugleuning van een van de niet bij elkaar passende keukenstoelen: Izzy's jack. Izzy had het tijdens haar laatste bezoekje laten hangen, en de achteloosheid van dit gebaar schoot mevrouw Richardson in het verkeerde keelgat. Alsof Izzy hier woonde, alsof dit haar huis was, alsof ze Mia's dochter was, en niet mevrouw Richardsons eigen kind.

'Ik heb altijd al gedacht dat er iets was, met jou,' zei ze.

'Pardon?'

Mevrouw Richardson gaf niet direct antwoord. Niet eens een echt bed, dacht ze. Niet eens een echte bank. Welke volwassen vrouw zit en slaapt in vredesnaam op de grond? Wat is dit voor een leven?

'Je zult wel gedacht hebben dat je je kon verstoppen,' zei ze tegen de keukentafel, waar Mia bezig was met het voorzichtig vervlechten van de foto's van een hond en een man. 'Je dacht zeker dat niemand er ooit achter zou komen.'

'Ik weet niet waar je het over hebt,' begon Mia. Haar knokkels omklemden het oor van haar beker.

'O nee? Nou, Joseph en Madeline Ryan weten dat anders wel.' Mia viel stil. 'Die zouden vast dolgraag willen weten waar jij uithangt. Net als je ouders. En ze zouden ook vast heel graag weten waar Pearl is.' Mevrouw Richardson keek Mia even snel aan. 'En probeer maar niet te liegen. Je bent een goeie leugenaar, maar ik weet alles. Ik weet alles over jou.'

'Wat wilt u?'

'Ik had er bijna niks van gezegd. Ik dacht: wat gebeurd is, is gebeurd. Misschien heeft ze een frisse start gemaakt. Maar nu blijkt dat je dochter al even immoreel is opgevoed als jij zelf bent.'

'Pearl?' Mia zette grote ogen op. 'Waar hebt u het over?'

'Wat ben jij hypocriet, zeg. Je hebt het kind van dat stel gestolen en vervolgens probeer je de McCulloughs hun kind af te pakken.'

'Pearl is *míjn* kind.'

'Maar je hebt wel een beetje hulp gehad toen ze gemaakt werd, of niet soms?' Mevrouw Richardson trok een wenkbrauw op. 'Linda McCullough en ik zijn al veertig jaar vriendinnen. Ze is als een zus voor me. En er is niemand die meer een kind verdient dan zij.'

‘Het is geen kwestie van verdienen. Ik vind gewoon dat een moeder het recht heeft haar eigen kind groot te brengen.’

‘Is dat zo? Of is dat alleen wat je jezelf wijsmaakt zodat je ’s nachts kunt slapen?’

Mia liep rood aan. ‘Als May Ling zou kunnen kiezen, denkt u dan niet dat ze bij haar echte moeder zou willen blijven? De moeder die haar heeft gebaard?’

‘Misschien.’ Mevrouw Richardson keek Mia eens goed aan. ‘De Ryans zijn rijk. Ze wilden heel erg graag een kind. Ze zouden haar een geweldig leven hebben gegeven. Als Pearl had mogen kiezen, denk je dan dat ze bij jou had willen blijven? Dat ze als een zwerver had willen leven?’

‘Dat zit u dwars, hè?’ zei Mia ineens. ‘Ik denk dat u het zich niet kunt voorstellen. Waarom iemand liever een ander leven heeft dan het leven dat u leeft. Waarom iemand iets anders zou willen dan een groot huis met een enorm gazon, een dure auto, een kantoorbaan. Waarom iemand andere keuzes zou maken dan u.’ Nu was het haar beurt om mevrouw Richardsons gezicht te bestuderen, alsof de code om haar te kunnen begrijpen in haar gezicht te ontcijferen was. ‘U vindt het doodeng. Dat u iets gemist hebt. Dat u iets hebt opgegeven wat u graag wilde, zonder te weten dát u het wilde.’ Een bits, medelijdend lachje kneep haar mondhoeken samen. ‘Wat was het? Een jongen? Een roeping? Of was het soms een heel leven?’

Mevrouw Richardson husselde de flinters van Mia’s foto’s op tafel door elkaar. Onder haar handen werden deeltjes hond en deeltjes man van elkaar gescheiden, en weer vermengd en tot iets nieuws gevormd.

‘Ik denk dat het tijd is dat jij weer eens verder gaat,’ zei ze. Met één hand nam ze Izzy’s jack van de stoel en klopte het af alsof het vuil was. ‘Morgen.’ Ze legde een opgevouwen briefje van honderd dollar op het aanrecht. ‘Dit is ruimschoots wat je nog aan huur had betaald voor deze maand. Dan staan we nu dus quitte.’

‘Waarom doet u dit?’

Mevrouw Richardson liep naar de deur. ‘Vraag dat maar aan je dochter,’ zei ze, en ze trok de deur achter zich dicht.

19

Vrijdagmiddag, toen even na één uur de bel ging voor het zevende uur, ging Pearl zitten en zette haar tas op de stoel naast zich. Na school zou ze Trip bij zijn auto zien; hij had die ochtend een briefje in haar locker gedaan. Lexie had er ook eentje in geschoven, na de lunch: *Vanavond film? Deep Impact?* Ze zou bijna vergeten dat Moody niet meer haar maatje was. Ze zagen elkaar nog elke dag in de klas, maar meestal sprong hij op zodra de bel was gegaan en schoot de deur uit nog voordat zij de kans had om haar map dicht te slaan. Nu zat hij aan de andere kant van het gangpad over zijn exemplaar van *Othello* gebogen. Ze vroeg zich af of het ooit weer normaal tussen hen zou worden. Seks maakte alles anders, realiseerde ze zich – niet alleen tussen jou en de ander, maar tussen jou en alle anderen.

Ze zat nog te peinzen over dit inzicht toen de telefoon in het lokaal ging. Meestal was er dan een vraag van de administratie over een leerling – omdat de presentielijst kwijtgeraakt was, of over een smoes van iemand die te laat was – dus ze lette er verder niet op, totdat mevrouw Thomas opgehangen had en op haar hurken naast haar tafeltje kwam zitten.

'Pearl,' zei ze zachtjes, 'de administratie zegt dat je moeder hier is om je op te halen. Ze zeiden dat je je spullen moet meenemen.' Ze liep terug naar het bord, waar ze de derde akte van het stuk aan het samenvatten was, en Pearl pakte verwonderd haar boeken in. Was er soms een afspraak die ze was vergeten? Was er een of ander noodgeval? Automatisch keek ze Moody in het bankje naast het hare aan – het was voor het eerst in weken dat ze iets van contact hadden. Maar Moody leek al even onwetend als zij, en het laatste wat ze zich nog herinnerde van het moment dat ze de klas uit liep was zijn gezicht, hun moment van gedeelde verwarring.

Ze liep de gang bij de scheikundelokalen uit, ging naar buiten, en zag haar moeder aan de stoep geparkeerd staan. Ze stond met haar rug tegen de kleine beige Golf aan geleund op haar te wachten.

'Daar ben je,' zei Mia.

'Mam. Wat doe je hier?' Pearl keek over haar schouder, de universele reactie van pubers die in het openbaar met hun ouders worden geconfronteerd.

'Heb je nog iets belangrijks in je locker liggen?' Mia ritste Pearls boekentas open en wierp er een blik in. 'Je portemonnee? Documenten? Oké, dan gaan we.' Ze draaide zich om naar de auto en Pearl trok zich los.

'Nee mam, dat kan niet. Ik heb het volgende uur een biologieproefwerk. En ik heb afgesproken met... Ik heb na school met iemand afgesproken. Ik zie je thuis, oké?'

'Zo bedoel ik het niet,' zei Mia, en Pearl zag de rimpel tussen haar moeders wenkbrauwen die erop duidde dat ze zich heel erg zorgen maakte. 'Ik bedoel dat we weg moeten. Vandaag nog.'

'Wat?' Pearl keek om zich heen. Het gazon strekte zich stil en groen voor hen uit. Iedereen zat binnen, in de les, op een paar leerlingen na die – even buiten het terrein van de school – vlak bij het kruispunt in een groepje stonden te roken. Verder leek alles normaal. 'Ik wil niet weg.'

'Dat weet ik, lieveling. Maar het moet.'

Alle eerdere keren dat haar moeder had besloten dat ze weg moesten, voelde Pearl hooguit een lichte spijt – en altijd over onbenullige dingen: een jongen die ze van een afstandje had bewonderd, een bepaald bankje in het park of een stil hoekje of een bibliotheekboek dat ze niet graag wilde achterlaten. Maar de opluchting had altijd de overhand: dat ze van dit leven af kon en weer opnieuw kon beginnen, als een slang die zich van zijn huid ontdeed. Maar deze keer was het enige wat er in haar opwelde een mengeling van verdriet en woede.

'Je had beloofd dat we zouden blijven,' zei ze, en haar stem klonk gesmoord. 'Mam. Ik heb hier vrienden. Ik heb...' Ze keek om zich heen, alsof een van de Richardson-tieners opeens zou kunnen verschijnen. Maar Lexie zat in de kantine en was bijna klaar met haar lunch. Moody zat nog bij Engels over Othello te discussiëren. En Trip... Trip zou na school op haar wachten aan de andere kant van het gazon. Als ze niet kwam zou hij wegrijden. Ze had een krankzinnig idee: als ze naar het huis van de Richardsons zou rennen, was ze safe. Mevrouw Richardson zou haar helpen, dat wist ze zeker. De Richardsons zouden haar in huis nemen. De Richardsons zouden haar nooit laten gaan. 'Alsjeblieft, mam. Alsjeblieft. Laten we alsjeblieft niet weggaan.'

'Ik wil ook niet. Maar we moeten.' Mia stak haar hand uit. Heel even stelde Pearl zich voor dat ze in een boom veranderde. Dat ze ter plekke zo diep wortel schoot dat ze nooit meer weg kon.

'Pearl, lieveling,' zei haar moeder. 'Ik vind het ook heel erg. Het is tijd om te gaan.' Pearl pakte Mia's hand vast, raakte ontworteld en liep achter haar moeder aan, terug naar de auto.

Toen ze in het huis in Winslow Road kwamen, waren een paar van hun spullen al ingepakt: de geïmproviseerde bank was van zijn deken ontdaan, en was opgebroken in een stapel kussens. De diverse fotoafdrukken die Mia aan de muur had gehangen zaten in dozen. Mia kon snel inpakken, en kon een onwaarschijnlijke hoeveelheid spullen in een heel kleine ruimte krijgen. Maar tijdens hun jaar in Shaker hadden ze meer dingen vergaard dan ze ooit hadden gehad, en deze keer zouden ze veel meer moeten achterlaten.

'Ik had gedacht dat ik al klaar zou zijn,' gaf Mia toe en ze legde haar sleutels op tafel. 'Maar ik moest nog iets afmaken. Vouw je kleren maar op. Wat er in je reistas past.'

'Je had het beloofd,' zei Pearl. In de veilige cocon van hun huis – hun echte huis, zoals ze het was gaan zien – kwamen de tranen, samen met een verstikkende golf woede. 'Je zei dat we zouden blijven. Je zei dat het genoeg geweest was.'

Mia stopte waar ze mee bezig was en sloeg een arm om Pearl

heen. 'Dat weet ik,' zei ze. 'Ik had het beloofd. En het spijt me. Er is iets gebeurd...'

'Ik ga niet.' Pearl schopte haar schoenen uit en stampte de zitkamer in. Mia hoorde de deur van haar slaapkamer dichtslaan. Zuchtend pakte ze Pearls sneakers op bij de hielen en liep de gang in. Pearl had zich op haar bed laten vallen, met een wiskundeboek opengeslagen voor zich, en trok een schrift uit haar tas. Een woedend toneelstukje.

'Het is tijd.'

'Ik heb huiswerk.'

'We moeten inpakken.' Mia sloeg het boek voorzichtig dicht. 'En dan moeten we gaan.'

Pearl griste het schoolboek uit haar moeders handen en smeet het door de kamer. Het maakte een zwarte veeg op de muur. Haar schrift, haar pen, haar geschiedenisboek, een stapel studiekaartjes gingen er allemaal achteraan, tot haar boekentas ineengezakt op de grond lag als een afgedankte huid, en alles wat erin had gezeten lag verspreid over de hele vloer. Mia zat stilletjes naast haar en wachtte af. Pearl huilde inmiddels niet meer. Haar tranen hadden plaatsgemaakt voor een kil, uitgestreken gezicht en een vastberaden trek.

'Ik dacht zelf ook dat we konden blijven,' zei Mia uiteindelijk.

'Waarom dan niet?' Pearl trok haar knieën op tot haar borst en sloeg haar armen eromheen, terwijl ze haar moeder woedend aankeek. 'Ik ga niet mee totdat je me vertelt waarom.'

'Dat lijkt me redelijk.' Mia slaakte een zucht. Ze ging naast Pearl op bed zitten en streek de sprei onder hen glad. Het was middag. De zon scheen. Buiten koerde een droevige duif, steeg het zachte geronk van een grasmaaier op, wierp een voorbijdrijvende wolk heel even een schaduw over hen heen, om meteen weer weg te glijden. Alsof het een doodgewone dag was. 'Ik heb al heel lang zitten denken hoe ik je dit kon vertellen. Langer dan je je kunt voorstellen.'

Pearl werd nu heel stil en wachtte geduldig af, haar ogen strak op haar moeder gericht, zich bewust dat ze iets heel belangrijks te horen zou krijgen. Mia dacht aan Joseph Ryan, die die avond tegenover haar aan het tafeltje in het restaurant had zitten wachten op haar antwoord.

'Maar laat me je eerst vertellen over je oom Warren,' zei ze en ze haalde diep adem.

Toen Mia uitverteld was, zat Pearl stilletjes met haar vinger het stiksel na te trekken dat in spiralen over de sprei liep. Ze had Pearl de korte versie van het hele verhaal verteld, al wisten ze allebei dat het nog lang zou duren tot ze alle details wist. Die zouden met horten en stoten komen, herinneringen die plotseling weer bovenkwamen dankzij de geringste aanleiding, zoals dat vaak gaat met herinneringen. Jaren later, als Mia onderweg een geel huis zag, of een aftandse wegenwachtauto, of twee kinderen die een heuvel beklommen, zou ze zeggen: 'Heb ik je ooit verteld over...' en dan was Pearl een en al oor, klaar om weer een glinsterende scherf van haar geschiedenis in ontvangst te nemen. Het hele verhaal, had ze begrepen, zou ongeveer een eeuwigheid in beslag nemen. Ze zouden er misschien nooit in de buurt komen, maar ze konden wel een punt bereiken waarop ze min of meer alles wist wat ze moest weten. Het zou alleen tijd kosten, en geduld. Voorlopig wist ze genoeg.

'Waarom vertel je me dit?' had ze haar moeder gevraagd. 'Ik bedoel, waarom kom je hier nú mee?'

Mia had nog eens diep ademgehaald. Hoe moest je iemand uitleggen – een kind, een kind van wie je hield – dat iemand die ze adoreerde niet te vertrouwen was? Ze deed een poging. Ze deed haar best om het uit te leggen, en ze zag eerst de verwarring zich meester maken van Pearls gezicht, en toen de pijn. Pearl snapte er niets van: mevrouw Richardson, die altijd zo lief voor haar was geweest, die zoveel aardige dingen over haar had gezegd. Wier glimmend gepoetste buitenkant Pearl had betoverd, omdat ze zichzelf erin weerspiegeld zag.

'Maar ze heeft wel gelijk,' zei Mia uiteindelijk. 'De Ryans zouden jou een geweldig leven hebben geboden. Ze zouden van je hebben gehouden. En meneer Ryan is jouw vader.' Ze had die woorden nog nooit hardop gezegd, ze had ze zelfs nooit mogen denken van zichzelf, en ze smaakten vreemd op haar tong. Ze zei het nog eens: 'Jouw vader.' Uit haar ooghoeken zag ze dat Pearl de woorden bij zichzelf herhaalde, alsof ze ze wilde uitproberen. 'Wil je ze ontmoeten?' vroeg Mia. 'We kunnen naar New York rijden. Ze zullen niet zo moeilijk te vinden zijn.'

Pearl dacht er heel lang over na.

'Nog niet,' zei ze. 'Misschien ooit. Maar nu nog niet.' Ze liet zich door haar moeder in de armen nemen, zoals vroeger, en ze kroop weg onder haar moeders kin. 'En jouw ouders?' vroeg ze ineens.

'Mijn ouders?'

'Leven die nog? Weet je waar ze zijn?'

Mia aarzelde. 'Ja,' zei ze. 'Ik geloof het wel. Wil je die dan ontmoeten?'

Pearl hield haar hoofd schuin, een beweging die Mia zo aan Warren deed denken dat haar adem stokte. 'Ooit,' zei ze. 'Misschien kunnen we er ooit een keer samen op bezoek.'

Mia hield haar nog even vast en begroef haar neus in de scheiding in Pearls haar. Telkens als ze dat deed, werd ze getroost door het feit dat Pearl nog precies zo rook als altijd. Ze rook, bedacht Mia zich ineens, naar thuis, alsof 'thuis' nooit een plek was geweest, maar altijd deze kleine mens die ze al die tijd naast zich had gehad.

'Nu moeten we echt gaan pakken,' zei ze. Het was halfvier. De school was uit, dacht Pearl terwijl ze haar kleren begon op te rollen. Moody zou nu zo'n beetje thuiskomen. Trips geduld was waarschijnlijk op... Of zou hij nog steeds op haar staan te wachten? Als ze niet kwam, zou hij dan naar haar op zoek gaan? Ze had haar moeder nog niet verteld over Trip; ze wist nog niet of ze dat ooit wel zou doen.

Er werd op de zijdeur geklopt. Pearl dacht dat ze Trip in gedachten hiernaartoe had laten komen, en ze keek Mia met grote ogen aan.

'Ik ga wel even kijken wie het is,' zei Mia. 'Blijf jij maar hier. En ga ondertussen door met inpakken.' Als het mevrouw Richardson was, dacht ze... Maar nee, het was Izzy, die perplex op de oprit stond.

‘Waarom zit de deur op slot?’ vroeg ze. Ze kwam al maanden elke middag om Mia te helpen en de zijdeur had nog nooit op slot gezeten. Die stond altijd voor haar open – voor alle Richardson-tieners, bedacht ze ineens – elk moment van de dag, wat ze ook nodig had.

‘Ik... Ik was ergens mee bezig.’ Mia was Izzy helemaal vergeten en ze probeerde een plausibel excuus te verzinnen.

‘Is Bebe er nog steeds?’ Dat was de enige reden die Izzy kon bedenken waarom Mia haar zou buitensluiten of wegsturen.

‘Nee, ze is naar huis. Ik... Ik was gewoon bezig.’

‘Oké.’ Izzy deed een halve stap naar achteren van de deuropening en de stormdeur, die ze met haar voet had opengehouden, kraakte een beetje. ‘Nou ja, is Pearl er? Ik... Ik wilde haar iets zeggen.’ Ze had al de hele dag naar Pearl gezocht; sterker nog, ze had geprobeerd om Pearl de vorige avond te bellen – maar ze kreeg steeds de ingesprekstoon: Mia had, terwijl ze Bebe aan het troosten was, de telefoon van de haak gehaald, en was vergeten om hem weer terug te leggen. Izzy had het eindeloos vaak geprobeerd, tot na middernacht, en uiteindelijk had ze besloten om Pearl de volgende ochtend op school op te zoeken. Ze vond dat Pearl moest weten dat haar moeder het wist, van Trip. Maar ze wist niet welke routes Pearl nam van het ene naar het andere lokaal – nam ze de grote trap, die altijd uitpuilde van de leerlingen, of het trappenhuis aan de achterkant, naar de vleugel met de lokalen van Engels? Zou ze in de kantine eten, of in de benedenzaal, of misschien buiten, ergens op het gras? Telkens gokte ze verkeerd en het frustreerde Izzy dat ze Pearl telkens misliep, en het frustreerde haar nog meer dat ze Pearl zo slecht bleek te kennen. Ze nam zich voor om meteen na school naar Pearl te gaan om haar alles te vertellen.

Maar nu ze oog in oog met Mia stond, voelde ze dat er iets aan de hand was, al wist ze niet precies wat. Wist Mia het al? Zat Pearl in de problemen? Was Mia om een of andere reden ook boos op háár, op Izzy zelf?

Mia keek naar Izzy’s gespannen gezicht en wist niet wat haar meer pijn zou doen: een leugen of de waarheid. Ze besloot om haar geen van beide te vertellen.

'Ik zal haar zeggen dat je bent geweest, oké?' zei ze.

'Oké,' zei Izzy. Met een hand op de deurknop keek ze door haar haren op naar Mia. Had ze soms iets verkeerd gedaan? Had ze Mia tegen het zere been geschopt? Lexie zei altijd dat Izzy geen pokerface had, en dat was ook zo: Izzy nam nooit de moeite haar gevoelens te verbergen. Ze zou ook niet weten hoe dat moest. Ze zag er zo jong uit, op dat moment, zo verward en kwetsbaar en eenzaam, en nog los van al het andere gaf dit Mia het gevoel dat ze haar tekortgedaan had.

'Weet je nog wat ik laatst zei?' zei ze. 'Over de prairiebranden? Over dat je soms iets tot de grond moet afbranden om opnieuw te beginnen?' Izzy knikte. 'Nou,' zei Mia. Er ontspon zich een lange stilte tussen hen. Ze kon geen manier bedenken om afscheid van Izzy te nemen. 'Onthou dat nou maar gewoon,' besloot ze. 'Soms moet je helemaal opnieuw beginnen. Begrijp je dat?' Izzy wist niet zeker of ze het wel begreep, maar ze knikte weer.

'Zie ik je morgen?' vroeg ze, en Mia's hart brak. In plaats van te antwoorden trok ze Izzy in haar armen en kuste haar boven op haar hoofd, op dezelfde plek als waar ze Pearl zo vaak kuste. 'Tot snel,' zei ze.

Pearl hoorde de deur dichtgaan, maar het duurde een paar minuten voordat Mia weer bovenkwam, haar voeten traag en zwaar klossend op de traptreden.

'Wie was het?' vroeg ze, hoewel ze inmiddels wel zo'n idee had.

'Izzy,' zei Mia, 'maar ze is weer weg.' En ze liep naar haar eigen slaapkamer om door te gaan met inpakken.

Ze hadden dit al zo vaak gedaan: twee gestapelde glazen met wat bestek erin gepropt, die glazen op hun beurt in kommen, die kommen in een pan, de pan in een koekenpan, en het geheel in een papieren boodschappentas gestopt en gestut door houdbare etenswaren: een pak crackers, een pot pindakaas, een halfje brood. In een andere tas zat de shampoo, een stuk zeep, een tube tandpasta. Mia propte hun reistassen voorin in de auto, in de voetruimte op de vloer, en legde er een stapel dekens overheen. Haar camera's en benodigdheden gingen in de achterbak, met het servies en de toiletspullen. Alle andere spullen – de oude klaptafel die ze blauw geschilderd hadden, het ratjetoe aan stoelen, Pearls bed en Mia's matras, en het kluitje kussens, dat voor bank moest doorgaan – zouden ze achterlaten.

Het was bijna donker toen ze klaar waren, en Pearl moest steeds maar aan Trip en Lexie en Moody en Izzy denken. Die zouden nu allemaal thuis zijn, in dat prachtige huis. Trip zou zich afvragen waarom ze niet naar hem toe gekomen was. Ze zou hem nooit meer zien, dacht ze, en die gedachte deed pijn in haar maag. Lexie zou op het aanrecht zitten, met een lok haar om haar vinger gedraaid, zich afvragend waar Pearl uithing. En Moody – ze zouden nooit meer de kans krijgen om het bij te leggen.

'Het is niet eerlijk,' zei ze toen haar moeder de laatste spullen in een papieren tas stopte.

'Nee,' beaamde Mia. 'Dat is het ook niet.' Pearl wachtte op een ouderlijke platitude zoals 'Het is leven is nu eenmaal niet eerlijk' of 'Wat eerlijk is, is niet altijd wat goed is'. In plaats daarvan hield Mia haar eventjes vast, drukte een kus op de zijkant van haar hoofd en gaf haar toen de tas aan. 'Ga deze maar even in de auto leggen.'

Toen Pearl terugkwam zag ze dat haar moeder een bruine envelop op het aanrecht zette.

Pearl kon zich niet inhouden: 'Wat is dat?'

'Iets voor de Richardsons,' zei Mia. 'Een afscheidsgroet, zeg maar.'

'Een brief? Mag ik hem lezen?'

'Nee. Wat foto's.'

'Laat je die gewoon hier achter?' Pearl had nog nooit meegemaakt dat haar moeder iets van haar werk achterliet. Als ze uit een appartement trokken, namen ze alles wat werkelijk van hen was mee – en Mia's foto's waren daarbij het belangrijkst. Een keer, toen ze niet genoeg ruimte in de kofferbak van de Golf hadden, had Mia de helft van haar kleren weggegooid.

'Ze zijn niet van mij.' Mia pakte haar sleutels van het aanrecht.

'Van wie kunnen ze anders zijn?' drong Pearl aan.

'Sommige foto's,' zei Mia, 'zijn van degene die ze gemaakt heeft. En sommige foto's zijn van de mensen die erop afgebeeld staan. Klaar?' Ze deed de lichten uit.

Aan de andere kant van de stad zat Bebe op de stoep in de schaduw van een geparkeerde BMW te kijken naar het huis van de McCulloughs aan de overkant van de straat. Ze zat hier al een poosje, en het was inmiddels halfacht, en daarbinnen zou haar dochter nu waarschijnlijk in bad worden gestopt. Linda McCullough, wist ze, hield zich graag aan een vaste planning. 'Ik ben van mening dat regelmaat rust geeft in het leven,' had ze meer dan eens tegen Bebe gezegd, vooral op de dagen dat Bebe te laat kwam voor haar bezoekjes. Alsof, dacht Bebe, ze alleen haar eigen mening gaf over dit onderwerp, waardevrij, alsof ze zei dat ze liever appels at dan peren.

Het licht in de badkamer op de bovenverdieping ging aan, en Bebe zag het voor zich: May Ling die zich vasthield aan de porseleinen rand van de badkuip, haar ene handje naar het water reikend dat borrelend uit de kraan stroomde. Het was nu stil in de straat, en in de zitkamers gloeide zacht licht, met hier en daar wat blauw geflikker van een televisie, maar als ze haar ogen dichtdeed kon ze haar dochter bijna horen lachen als een regen aan fijne druppeltjes haar gezicht bespikkelde. May Ling was altijd al dol op water geweest; zelfs in die hongerige dagen kon Bebe haar rustig krijgen door haar te badderen in de gootsteen, en toen Bebe zelfs daar geen energie meer voor had – bang dat de baby zich uit haar handen zou wurmen, bang dat ze in slaap zou vallen op het aftandse linoleum en May Ling onder water zou laten glijden – was May Ling nog harder gaan huilen dan ooit. Ze wist zeker dat mevrouw McCullough een heel scala aan badproducten tot haar beschikking had: al die lotionnetjes en zeepjes en crèmes speciaal voor baby's, rijk aan karitéboter en amandelolie en lavendel. Ze zouden in een rijtje langs de rand van de badkuip opgesteld staan – nee, op een chic glazen rekje, veilig buiten bereik van onderzoekende handjes – en er zouden ook speeltjes zijn, emmers vol, niet alleen een leeg yoghurtbakje om haar haartjes mee te spoelen, maar eendjes en opwindkikkers. Dolfijnen. Boten en vliegtuigen. Miniatuurversies van het geweldige leven dat May Ling bij de McCulloughs zou hebben.

Na het badje zou mevrouw McCullough een donzige witte

handdoek om May Ling heen slaan, zo dik dat er een perfecte afdruk van een klein meisje in zou staan als ze de handdoek losmaakte, tot en met het kuiltje waar haar navel had gezeten. Ze zou May Lings haar borstelen – dat steil was als het droog was, maar golvend als het nat was, net als dat van haar moeder – en haar nog wat vochtige armpjes en beentjes in haar pyjama wurmen. En dan zou ze May Ling haar flesje geven en in bed stoppen. Bebe zag het licht in de badkamer uitgaan, en zag het licht aan de achterkant van het huis – May Lings kamer – aangaan. May Ling zou in slaap vallen, verzadigd van de melk en warm, in dat heerlijke bedje, lekker ingestopt onder een met de hand gebreid dekentje, met een muur van wiegkussentjes die haar beschermden tegen de harde spijlen aan de zijkanten. Ze zou in slaap vallen en mevrouw McCullough zou het nachtlampje aan doen, de deur dichttrekken en zelf naar bed gaan, en ze zou zich al verheugen op de volgende ochtend, als ze het kamertje weer in zou lopen, waar Bebe's dochter op haar lag te wachten.

Bebe liet haar hoofd tegen de BMW rusten en wachtte tot de lichten in haar dochters kamertje uitgingen.

Izzy kwam thuis van Mia in een leeg huis. Haar ouders waren natuurlijk nog aan het werk, maar meestal was er wel een broer of zus thuis. Waar was Lexie? vroeg ze zich af. Waar was Moody? Trip, besloot ze, zou wel met Pearl zijn – ze hoopte dat ze Pearl nog kon spreken voordat haar moeder thuiskwam.

In werkelijkheid waren Trip en Moody eerder die dag tegelijk thuisgekomen – Moody meteen na school en Trip, onverwacht, iets later. Trip leek chagrijnig en niet in zijn hum en Moody vermoedde – terecht – dat hij van plan was geweest om Pearl te zien en dat er iets misgegaan was.

'Rotdag?' Trip gromde. 'Ze heeft je laten zitten,' ging Moody verder, en hij klakte met zijn tong. 'Vervelend, man. Ik bedoel, wat had je dan gedacht?'

'Waar heb je het over?' zei Trip, en eindelijk keek hij Moody aan, en het gaf Moody een vals soort kick.

'Dacht je soms dat je de enige was?' zei hij. 'Jij denkt zeker dat iedereen zo stom is om exclusief voor jou te gaan? Niet te geloven dat je dat nu pas doorhebt.' Hij lachte, en dat was het moment waarop Trip boven op hem dook. Ze hadden al in geen jaren meer zo geknokt, niet meer sinds ze jonge jongens waren, en Moody lachte van de plotselinge opluchting, ook al stompte Trip hem in de maag en vielen ze op de grond. Ze lagen even te matten op de grond, waarbij hun schoenen strepen op de keukenkastjes trokken. En toen nam Trip Moody in een hoofdklem en was het gevecht voorbij.

'Je moet je muil houden, jij,' siste Trip. 'Gewoon bek dicht.' Voor het eerst sinds hij Pearl had gekust vroeg hij zich af wat ze in hem zag, en of ze – vroeg of laat – zou denken dat het een vergissing was om hem te kiezen. Het was alsof Moody zijn gedachten had kunnen lezen en al zijn angsten hardop uitgesproken had.

Moody sputterde en trok aan Trips arm, en Trip liet hem uiteindelijk los en stormde het huis uit. Na anderhalf uur doelloos te hebben rondgereden, reed bij naar het huis van Dan Simon. Voordat hij met Pearl ging, hingen hij en Dan en nog een paar van de jongens uit hun ijshockeyteam uren voor Dans Nintendo om GoldenEye te spelen, en hij hoopte dat deze middag een potje doelloos gamen hem zou afleiden van wat Moody had gezegd, en de vraag of het misschien echt waar was. Moody ging ondertussen naar Horseshoe Lake, waar hij nadacht over alle dingen die hij tegen zijn broer had willen zeggen, vandaag en door de jaren heen.

Izzy, die alleen thuis was, dacht steeds weer aan Mia's woorden. *Soms moet je gewoon opnieuw beginnen.* Om vijf uur was Mia er nog niet om te koken en diep vanbinnen begon de ongerustheid te broeien. Toen haar moeder om halfzes belde werd het alleen nog maar erger: 'Mia kan vandaag niet komen,' zei ze. 'Ik haal wel Chinees op weg naar huis.'

'Waar is iedereen?' wilde ze weten.

Moody had zijn flanellen overhemd uitgetrokken en op de bank gegooid. Hij had urenlang bij het meer gezeten, steentjes in het water zitten gooien en nagedacht over Pearl en zijn broer. Moet je zien wat je haar hebt aangedaan, dacht hij woedend. Hoe durf je? Hij had alle stenen die hij kon vinden weggegooid, en het was nog niet genoeg geweest.

'Hoe moet ik dat weten,' had hij tegen Izzy gezegd. 'Lexie zit waarschijnlijk bij Serena. En waar Trip zit, mag Joost weten.' Hij zweeg even. 'Wat kan jou dat trouwens schelen? Ik dacht dat je zo graag alleen was.'

'Ik was op zoek naar Pearl. Heb jij haar vandaag nog gezien?'

'Ja, bij Engels.' Moody ging naar de keuken om wat frisdrank te halen, en Izzy liep achter hem aan. 'Maar sindsdien niet meer. Ze is eerder de klas uit gegaan.' Hij nam een slok.

'Misschien is ze bij Trip?' opperde Izzy. Moody slikte en bleef stil. Izzy, die zag dat hij haar niet tegensprak, drukte door. 'Is het echt zo, wat je gisteravond zei, over Pearl en Trip?'

'Blijkbaar.'

'Waarom heb je dat nou aan ma verteld?'

'Ik wist niet dat het een geheim was.' Moody zette het blikje op het aanrecht neer. 'Ze deden er ook niet bepaald subtiel over. En het is niet mijn taak om voor hen te liegen.'

'Ma zei...' Izzy aarzelde. 'Ma zei dat Pearl abortus had laten plegen?'

'Dat zei ze, ja.'

'Pearl heeft helemaal geen abortus gehad.'

'Hoe weet jij dat nou?'

'Dat weet ik gewoon.' Izzy kon het niet uitleggen, maar ze wist zeker dat ze gelijk had. Trip en Pearl – dat geloofde ze best. Ze had al maanden gezien hoe Pearl naar Trip zat te kijken, als een muis naar een kat, verlangend om te worden verslonden. Maar Pearl, zwanger? Ze dacht terug. Had Pearl dan zo vreemd gedaan?

Izzy verstijfde. Ze herinnerde zich de dag waarop ze naar Mia's huis was gegaan en Lexie daar was. Wat had Lexie toen ook alweer gezegd? Dat ze voor Pearl was gekomen, dat Pearl haar hielp met een essay. Lexie, die altijd zo tot in de puntjes verzorgd was, zag er slonzig en bleek uit, met haar haar in een uitgezakte paardenstaart, en Mia was er als de kippen bij geweest om Izzy het huis uit te werken. Ze dacht nog dieper na. Lexie die de volgende middag thuiskwam in Pearls favoriete groene T-shirt, dat met John Lennon erop. In haar ene hand droeg ze een plastic tas met iets erin. Ze was de hele avond in haar kamer gebleven en had het avondeten overgeslagen – nogmaals, heel ongebruikelijk voor Lexie, want die was dol op eten – en was weken erna in een rothumeur. Haar zus was nog steeds niet zo bruisend, zo uitbundig als eerst, dacht Izzy, alsof er een klep dichtgegaan was. En het was uit tussen haar en Brian.

'Waar is Lexie?' vroeg ze nog eens.

'Dat zei ik toch. Volgens mij zit ze bij Serena.' Moody pakte Izzy bij de arm. 'Je houdt je bek over Trip en Pearl, oké? Volgens mij weet Serena het niet.'

'Wat ben jij toch een domme idioot.' Izzy schudde zich los. 'Pearl was helemaal niet zwanger. Snap jij eigenlijk wel dat ma en Pearls moeder haar nu helemaal voor niks op haar donder gaan geven?'

Moody trok wit weg, maar het duurde niet lang. Toen schudde hij zijn hoofd. 'Boeit me niks. Ze heeft het verdiend.'

'Ze heeft het verdíénd?' Izzy gaapte hem aan.

'Ze deed stiekem met Trip. Uitgerekend met Tríp, Izzy. Het maakte haar helemaal niets uit dat...' Hij zweeg, alsof hij te hard op een verse blauwe plek had gedrukt. 'Luister, zij wilde zo nodig met iedereen naar bed. Dus dan is dit haar verdiende loon.'

'Niet te geloven.' Izzy had haar broer nog nooit zo meegemaakt. Moody, die altijd de meest bedachtzame van het gezin was geweest, die altijd partij voor haar had gekozen, ook al volgde ze zijn advies niet op. Moody, degene in het gezin die, daar kon ze van op aan, de dingen altijd scherper zag dan zij.

'Je snapt toch zeker wel dat mama waarschijnlijk Mia hier allemaal de schuld van geeft,' zei ze.

Moody schuifelde wat. 'Nou ja,' zei hij. 'Dan had ze haar dochter maar beter in de gaten moeten houden. Dan had ze haar misschien maar wat verantwoordelijkheidsbesef moeten bijbrengen.'

Hij wilde zijn blikje frisdrank pakken, maar Izzy was hem te snel af. Het koude metaal ketste tegen zijn jukbeen, en een regen bubbels en schuim raakte hem vol in het gezicht. Toen hij weer iets kon zien, was Izzy verdwenen, en was hij alleen, op het blikje na, dat langzaam over de natte keukenvloer rolde.

Serena's huis was aan Shaker Boulevard, naast de middenschool, bijna vier kilometer verderop. Veertig minuten later deed Serena de deur open en zag Izzy hijgend op de stoep staan.

'Wat doe jij hier, debiel?' zei Lexie, die achter Serena aan de trap af kwam.

'Ik moet je iets vragen,' zei Izzy.

'Ooit van de telefoon gehoord?'

'Kop dicht. Dit is belangrijk.' Izzy trok haar zus bij de arm de zitkamer in, en Serena, die de dynamiek binnen de familie Richardson wel kende, trok zich terug in de keuken om hun wat privacy te gunnen.

'Wat is er nou?' zei Lexie toen ze alleen waren.

'Heb jij een abortus gehad?' vroeg Izzy.

'Wat?' zei Lexie ineens fluisterend.

'Toen ma de stad uit was. Nou?'

'Dat gaat jou verdomme geen ene moer aan.' Lexie draaide zich om en wilde weglopen, maar Izzy zette door.

'Het is zo, hè? Die dag dat je bij Pearl bleef slapen.'

'Het is geen misdrijf, Izzy. Er zijn zoveel mensen die het laten doen.'

'Is Pearl toen met je mee geweest?'

Lexie slaakte een zucht. 'Ze heeft me gereden. En voordat je met je moralistische zelfingenomen...'

'Wat jij doet moet je zelf weten, Lex.' Izzy veegde ongeduldig haar haren uit haar gezicht. 'Ma denkt dat Pearl degene is die abortus heeft laten plegen.'

'Pearl?' Lexie schoot in de lach. 'Sorry hoor, maar dat is echt té grappig. Die maagdelijke, onschuldige Pearl.'

'Er moet een reden zijn waarom ze dat denkt.'

'Ik heb die afspraak toen onder Pearls naam gemaakt,' zei Lexie. 'Nou en? Ze vond het niet erg.' Ze draaide zich om en wilde weglopen, maar keerde zich toch weer om. 'Waag het niet om dit aan iemand te vertellen. Niet tegen Moody, niet tegen ma, tegen niemand. Gesnopen?'

'Wat ben jij toch verdomd egocentrisch,' zei Izzy. Zonder afscheid te nemen stormde ze langs Lexie heen de hal in, waar ze, op weg naar de voordeur bijna Serena omverliep.

Ze moest nog eens veertig minuten lopen naar het appartement in Winslow Road, en toen ze daar aankwam wist ze meteen dat er iets mis was. Boven waren alle lichten uit en de Golf was nergens te bekennen. Ze aarzelde even bij het pad en prikte wat in de perzikboom, waarvan de bloesem inmiddels verschrompeld was en bruin werd. Toen liep ze naar de zijkant van het huis en belde aan tot meneer Yang opendeed.

'Is Mia er?' vroeg ze. 'Of Pearl?'

Meneer Yang schudde zijn hoofd. 'Ze zijn vijf, misschien tien minuten geleden vertrokken.'

De schrik sloeg Izzy koud om het hart. 'Hebben ze toevallig gezegd waar ze naartoe gingen?' vroeg ze, hoewel ze al wist hoe het zat: ze was hen misgelopen, en ze waren weg.

Weer schudde meneer Yang zijn hoofd. 'Dat hebben ze niet tegen me gezegd.' Hij had net op tijd een blik om de gordijnen geworpen om Mia en Pearl voorzichtig van de oprit te zien rijden, de Golf bomvol met tassen en dozen, en om hen vervolgens in de schemering te zien verdwijnen. Het waren goede mensen, dacht hij mismoedig, en hij wenste hun een behouden reis, waar ze ook maar naartoe gingen.

Een briefje, dacht Izzy verbouwereerd; er moest een briefje liggen. Mia zou niet weggaan zonder afscheid te nemen. 'Mag ik nog even naar boven om daar iets op te halen?' vroeg ze. 'Ik beloof dat ik verder geen troep maak.'

'Heb je een sleutel?' Meneer Yang deed open en liet Izzy de trap op stampen. 'De deur zit misschien op slot.' Dat was ook zo, en Izzy klopte een paar keer aan en rammelde aan de deurknop voor ze de moed opgaf en weer naar beneden kwam.

'Ik heb ook geen sleutel,' zei meneer Yang. Hij hield de stormdeur open terwijl Izzy naar buiten rende. 'Vraag je mama anders of die hem heeft.'

Het kostte Izzy vijfentwintig minuten om naar huis te lopen waar – al zou ze dat nooit weten – Mia en Pearl net nog de sleutels in de brievenbus hadden gedaan. Het zou nog een halfuur kosten voordat ze haar moeders reservesleutels voor het huis in Winslow Road had gevonden in de rommella in de keuken. Ze deed stil, liet het halve bakje lo mein met sinaasappelkip dat voor haar op het aanrecht stond links liggen, en zorgde ervoor dat ze haar broers en ouders, die zich inmiddels al in de diverse uithoeken van het huis hadden teruggetrokken, niet stoorde. Tegen de tijd dat ze weer terug was in Winslow Road was het halftien, en meneer Yang, die door de week al om kwart over vier opstond om naar zijn vaste busroute te gaan, en die van regelmaat hield – was al naar bed. Dus was er niemand die Izzy via de zijdeur hoorde binnenkomen, de deur van het appartement van Mia en Pearl hoorde opendoen, of hoorde dat ze uiteindelijk naar binnen ging, ook al wist ze diep vanbinnen al dat ze te laat was, dat ze voorgoed verdwenen waren.

De volgende ochtend rond negenen was het huis van de Richardsons ook praktisch verlaten. Meneer Richardson was naar kantoor om werk in te halen, wat hij op zaterdagochtend zo vaak deed. Vanwege de recente ontwikkelingen in de zaak van de McCulloughs was hij achteropgeraakt met de rest van zijn werk. Lexie lag aan de andere kant van de stad in Serena's gigantische bed te slapen. Trip en Moody waren allebei weg: Trip zocht afleiding in een potje basketbal in het buurtcentrum, en Moody was op zijn fiets naar Pearls huis gegaan, waar hij zijn excuses wilde gaan aanbieden, maar – tot zijn ontsteltenis – voor een dichte deur kwam te staan en waar geen Volkswagen te bekennen was. En op zaterdagochtend, wist Izzy, ging mevrouw Richardson altijd baantjes trekken in het zwembad van het recreatiecentrum. Haar moeder was zo'n gewoontedier dat Izzy niet eens de moeite had genomen om in haar slaapkamer te gaan kijken. Ze wist zeker dat ze het huis voor zichzelf had.

Het was allemaal zo verschrikkelijk oneerlijk: dat was de enige gedachte die de hele nacht door Izzy's hoofd pulseerde. Dat Mia en Pearl hadden moeten vertrekken, dat ze eindelijk een thuis hadden gevonden en nu verdreven waren. De aardigste mensen die ze kende, de zorgzaamste, de meeste oprechte, waren door haar familie weggejaagd. In gedachten zette ze al het verraad op een rijtje. Lexie had gelogen; ze had Pearl gebruikt. Trip had misbruik van haar gemaakt. Moody had haar opzettelijk verlinkt. Haar vader was een babydief. En haar moeder: nou ja, haar moeder was de wortel van al die dingen.

Ze dacht aan Mia's huis, goud-gloeiend en warm. Haar hele leven was ze hard en boos geweest; haar moeder deed niet anders dan haar bekritiseren, Lexie en Trip dreven altijd de spot met haar. Mia was niet zo. Bij Mia was ze heel iemand anders dan ze altijd had gedacht: in Mia's niet-veroordelende aanwezigheid was ze nieuwsgierig en vriendelijk en open geweest, alsof Mia haar had betoverd. Eindelijk had ze het gevoel gehad dat ze iets kon zeggen zonder meteen tegen de harde schil van haar beschermde leventje op te botsen, alsof ze ineens kon zien dat die stevige muren om haar heen in feite tralies waren, en dat er genoeg ruimte tussen zat om te kunnen ontsnappen. Izzy probeerde zich in te denken hoe het zou zijn om weer terug te keren naar het leven van hiervoor: het leven in hun prachtige, volkomen ordelijke huis met zijn overdaad aan meubels, waar het gras altijd gemaaid was en de bladeren altijd aangeharkt en waar je nooit ook maar iets van afval zag liggen. Hun huis in hun prachtige, volkomen ordelijke buurt, waar op elk gazon een boom stond, en de straten afbogen zodat niemand te hard zou rijden en waar elk huis keurig afgestemd was op het huis ernaast. Hun huis in hun prachtige, volkomen ordelijke stad, waar iedereen met elkaar kon opschieten en iedereen zich aan de regels hield en alles mooi en perfect moest zijn aan de buitenkant, al was het binnen nog zo'n puinhoop. Ze kon niet doen alsof er niets was gebeurd. Mia had een deur binnen in haar geopend die niet meer dicht kon.

En toen dacht ze aan de dag dat ze Mia voor het eerst had ontmoet, aan wat Mia haar toen had gevraagd: 'Wat ga je eraan doen?' Het was de eerste keer dat Izzy het gevoel had gehad dat ze er ook inderdaad iets aan kón doen. En nu dacht ze aan wat Mia tegen haar had gezegd toen ze elkaar voor het laatst zagen, de woorden die al die tijd al door haar hoofd spookten: dat je soms helemaal opnieuw moest beginnen. Verschroeide aarde, had ze gezegd. En toen wist Izzy ineens wat ze moest doen.

Ze had de hele nacht zitten plannen, en nu het zover was dacht ze nauwelijks nog na. Het was alsof ze buiten zichzelf getreden was en iemand anders al deze dingen zag doen. Hun vader had altijd een jerrycan met benzine in de garage staan, voor de sneeuwblazer, en voor de generator, mocht de stroom uitvallen tijdens een storm. Izzy maakte een keurige cirkel uit de jerrycan op het bed van haar zus, en vervolgens op de bedden van haar broers. De benzine liet een donkere, olieachtige vlek op Lexies gebloemde dekbedhoes achter, op Trips kussen, op Moody's geruite lakens. Toen ze klaar was in Moody's kamer was de jerrycan leeg, dus liet ze hem maar voor de dichte slaapkamerdeur van haar ouders staan. Vervolgens legde ze de reservesleutels van het huis in Winslow Road terug in de rommella en haalde er het doosje lucifers uit.

'Onthou goed,' had Mia gezegd, 'Na een brand is de grond vruchtbaarder en kunnen er allemaal nieuwe dingen op groeien. Mensen zijn ook zo. Ze beginnen opnieuw. Ze vinden wel een manier.' Ze dacht aan Mia en haar ogen begonnen te branden en ze streek de eerste lucifer langs de zijkant van het doosje. Aan haar schouder hing haar boekentas, waar ze een setje schone kleren in had gestopt en al het geld dat ze bezat. Ze konden nog niet zo ver gekomen zijn, dacht ze. Er was nog tijd om hen te vinden. Het schuurpapier knarste onder de kop van de lucifer als nagels op een schoolbord en toen rook ze even de zwavel. De lucifer brandde fel en Izzy liet hem op het gebloemde dekbed van haar zus vallen en rende de slaapkamer uit.

20

Toen de brandweerwagens weg waren, en het skelet van het huis van de Richardsons gapend en zwartgeblakerd zachtjes stond na te dampen, trok mevrouw Richardson haar badjas strak om zich heen en nam de situatie in zich op. Daar stond meneer Richardson op wat hun tuinpad was geweest te praten met de brandweercommandant en twee agenten. En daar zaten Lexie en Trip en Moody op het dak van Lexies auto aan de overkant van de straat naar hun ouders te kijken, in afwachting van instructies. Het was mevrouw Richardson niet ontgaan dat Izzy ontbrak en dat – zo wist ze zeker – dit precies was waarover haar man op dat moment met de agenten aan het praten was. Hij zou hun een omschrijving geven en hun vragen om te helpen haar te vinden. Isabelle Marie Richardson, dacht ze met een mengeling van woede en schaamte. Wat heb je in godsnaam gedaan? Ze had het ook tegen de politieagenten gezegd, tegen de brandweerlieden, tegen haar kinderen en haar beschaamde echtgenoot. 'Roekeloos,' had ze gezegd. 'Hoe kon ze dit nou doen?' Achter haar plaatste een van de brandweermannen de verkoolde resten van de jerrycan in de wagen – om naar de verzekering te sturen, daar twijfelde ze niet aan. 'Als Izzy terugkomt,' zei Lexie zachtjes tegen Trip, 'dan maakt ma haar áf!'

Pas toen de brandweercommandant vroeg waar ze zouden overnachten, zag mevrouw Richardson de voor de hand liggende oplossing.

'In het huis dat we anders verhuren,' zei ze. 'In Winslow Road, vlak bij Lynnfield.' Tegen haar verwonderde man en kinderen zei ze alleen: 'Dat is gisteren weer vrijgekomen.'

Het was wat gemanoeuvreer om drie auto's op de smalle oprit geparkeerd te krijgen bij het huis in Winslow Road, en toen Lexie haar Explorer uiteindelijk aan de stoep zette, was mevrouw Richardson ineens bang dat het appartement toch nog niet leeg zou zijn: dat ze misschien naar boven zouden gaan en de deur zouden openen, en dat Mia en Pearl er dan nog steeds waren. Of misschien zou Mia wel een of ander statement hebben gemaakt: een troep hebben achtergelaten die ze eerst nog moesten opruimen, of gebroken ruiten of ingeslagen muren, als een laatste middelvinger naar haar huisbaas. Maar toen de Richardsons eindelijk alle vier de auto's ergens hadden neergezet en de trap op marcheerden – tot meneer Yangs verbijstering – was er boven niemand te bekennen en stonden er alleen wat afgedankte meubels. Mevrouw Richardson knikte goedkeurend en opgelucht.

'Het ziet er zo anders uit,' zei Lexie zacht. En dat was ook zo. De drie overgebleven Richardson-tieners stonden bij elkaar in de deuropening tussen de zitkamer en de keuken, zo dicht opeen dat hun schouders elkaar bijna raakten. De keukenkastjes waren leeg en de twee niet bij elkaar passende stoelen waren keurig onder de gammele tafel geschoven. Moody dacht aan alle keren dat hij naast Pearl aan die tafel had gezeten om huiswerk te maken, of een kom cornflakes te eten. Lexie scande de zitkamer: er lagen alleen nog een paar kussentjes in een stapeltje op het kleed en de muren waren kaal, op hier en daar een punaisegaatjes in het stucwerk na. Trip keek naar de slaapkamer, waar hij door de open deur Pearls bed zag, zonder lakens en dekens, gereduceerd tot een kaal matras en frame.

Dit kon er prima mee door, dacht mevrouw Richardson. Twee slaapkamers, een voor de volwassenen en een voor de jongens. De meisjes – want ze was er nog altijd zeker van dat Izzy binnenkort weer terug zou komen – konden in de erker slapen. Anderhalve badkamer – nou ja, die zouden ze dan maar moeten delen. Het zou maar voor heel even zijn, totdat ze iets geschikters hadden gevonden, tot hun huis was hersteld.

'Ma,' riep Lexie vanuit de keuken. 'Ma, moet je kijken.'

Op het aanrecht lag een grote bruine envelop, met een dikke

stapel papier erin. Die was vast per ongeluk achtergebleven – wat van Mia's paperassen of Pearls schoolwerk misschien, over het hoofd gezien tijdens hun haastige vertrek. Maar nog voordat mevrouw Richardson de envelop aanraakte, wist ze dat dat niet het geval was. Het papier voelde als satijn onder haar vingers en de flap was zorgvuldig dichtgemaakt met een sluitpen, niet met gom, en toen ze de pen voorzichtig verwijderde met een nagel en de envelop opende, kwam de rest van de Richardsons om haar heen staan om te zien wat erin zat.

Er was er eentje voor ieder van hen. Mia had ze keurig opgestapeld: half portretten, half wensen, op papier gevangen. Toen mevrouw Richardson de foto's naast elkaar op tafel legde, wist iedereen meteen welke voor wie bedoeld was. Ze herkenden het onmiddellijk, zoals ze hun eigen gezicht zouden herkennen. Voor de anderen was het maar gewoon een foto, maar voor hen was het ondraaglijk intiem, alsof je een glimp van je naakte lijf ziet in een spiegel.

Een vel papier dat in luciferdunne strookjes was gesneden, die op hun beurt tot een net geweven waren. En in dat net hing een ronde, zware steen. De tekst was in onleesbare stukjes opgedeeld, maar Lexie herkende het zachtroze meteen: het ontslagformulier van de kliniek. Op een van de strookjes was de onderste helft van haar handtekening te zien – nee, haar verválste handtekening: Pearls naam in haar handschrift. Ze had het formulier bij Mia achtergelaten en Mia had het voor haar getransformeerd. Toen Lexie de foto aanraakte zag ze dat het fijnmazige net doorzakte onder het gewicht van de steen, maar dat het niet brak. Het was iets wat ze met zich zou moeten meedragen, had Mia tegen haar gezegd, en voor het eerst had ze het gevoel dat ze dat misschien zou kunnen.

Een borstbeschermer van een ijshockeyer lag in de modder, met een barst in het midden en overal gaten. Mia had een hamer gebruikt en een handvol dakspijkers die ze als pijlen door het dikke witte plastic had gejaagd, om ze er vervolgens weer uit te wrikken. Het is oké om kwetsbaar te zijn, had ze gedacht bij het maken van elk gat. Het is oké om de tijd te nemen en zien wat er kan groeien. Ze had Trips borstbeschermer gevuld met potgrond en had er toen zaadjes overheen gestrooid die ze een week lang geduldig water had gegeven totdat uit elk gat een glimpje groen tevoorschijn was gekomen: dunne rankjes, kleine opgerolde blaadjes die zich een weg naar het licht baanden. Zacht, breekbaar leven dat uit de harde schil naar boven kwam.

Een vlucht origamivogels, de grootste zo groot als een open handpalm, de kleinste zo groot als een nagel, allemaal vaag dooraderd van het lijntjespapier uit een schrift. Moody herkende het meteen, nog voordat hij de lichte kreukels zag die elke vogel zijn textuur gaf: de bladzijden uit Pearls kleine notitieboekje dat hij haar gegeven, en toen weer teruggenomen had, dat hij kapotgemaakt had, en verfrommeld en weggegooid. Hoewel Mia de bladzijden had gladgestreken, liepen de kreukels nog over de vleugels van de vogels alsof de wind erdoorheen blies. De vogels lagen als rondgestrooide bloemblaadjes op een foto van de lucht, en stegen op van een hobbelige leren ondergrond naar een hogere, mooiere bestemming. Net als jij, had Mia gedacht toen ze de vogels een voor een in hun papieren lucht had neergezet.

De volgende foto was begonnen toen Mia tijdens het vegen een van meneer Richardsons kraagbaleintjes had gevonden onder de kast. Ze had het bewaard: hij had er meer dan genoeg, een hele doos vol, boven op de ladekast. Elke dag stopte hij er eentje in de punten van zijn kraag om die stijf te houden. Terwijl ze het kleine stalen strookje eindeloos tussen haar vingers liet ronddraaien, dacht ze aan een experiment dat ze als kind tijdens natuurkunde had gedaan. Ze had er met een magneet overheen gewreven en het toen in een schaaltje met water laten drijven, waar het alle kanten op draaide tot het tot stilstand kwam, met de punt naar het noorden. De lange sluitertijd had een strikvormige waas gevangen, als de spookachtige vleugels van een vlinder, en toen de heldere lijn van het kraagbaleintje op het moment dat het zijn plek vond en stilviel. Meneer Richardson keek naar het zilveren pijltje, gericht en glimmend en zeker van zijn zaak in het gewolkte water, en terwijl hij even de kraag van zijn overhemd aanraakte vroeg hij zich af welke kant hij nu op ging.

En tot slot, en wat mevrouw Richardson betrof het schokkendst van alles: een papieren knipsel van een vogelkooi, helemaal in stukken, alsof er een enorme kracht van binnenuit was losgebarsten. Toen ze beter keek zag ze dat de kooi van een krantenartikel was gemaakt. Mia had alle woorden er netjes een voor een uit gesneden met een scheermesje om zo de gaten tussen de spijlen te vormen. Het was een van haar eigen artikelen, dat wist mevrouw Richardson zeker, al kon ze door al die ontbrekende woorden niet precies zeggen welk artikel het was: een verslagje van een benefietbijeenkomst voor het Nature Center, een stuk over het nieuwe openluchttheater, de voortgang van het buurtpreventieproject, of een willekeurig ander stukje dat de afgelopen jaren plichtsgetrouw uit haar vingers was gekomen, een willekeurig verhaal dat, in weerwil van wat ze eigenlijk van plan was geweest, onderdeel vormde van wat haar carrière was geworden. Elke versplinterde tralie was gracieus naar buiten gebogen, als de blaadjes van een chrysant, en in het midden van de lege kooi lag een kleine gouden veer. Er was iets uit deze kooi ontsnapt. Iets had zijn vleugels gespreid. Toen ze deze foto samenstelde kon Mia zich niets beters wensen voor mevrouw Richardson.

Ze realiseerden zich pas dat er een foto ontbrak toen mevrouw Richardson een bundeltje negatieven uit de envelop haalde. De boodschap was duidelijk: Mia zou ze niet proberen te verkopen. Ze zou ze met niemand delen en had ze niet bewaard als wisselgeld voor de toekomst. 'Deze zijn van jullie', leek het stapeltje negatieven te zeggen. 'Dit zijn jullie. Doe ermee wat je wilt.' De negatieven toonden hun portretten, maar dan omgekeerd; al het donker was licht en al het licht was donker. Maar een ervan paste bij geen van de foto's uit de doos: die afdruk had Izzy er de avond ervoor uit gehaald, toen ze in het lege appartement kwam en had gezien dat Mia en Pearl vertrokken waren en alleen de envelop met foto's hadden achtergelaten ten afscheid. Ze had meteen geweten dat hij voor haar was: een zwarte roos die op een gebarsten stoeptegel was gevallen, de blaadjes uit het leer van een zwarte schoen geknipt – haar geliefde Doc Martens, waar ze zich zo stoer in voelde, en die haar moeder had weggegooid – de buitenste blaadjes uit de sleetse neuzen, de binnenste, donkerste blaadje van de tong. Een veter met een rafelig uiteinde vormde de langgerekte stengel. Kleine stukjes geel stiksel, losgetornd van rond de zool om als de fijne meeldraadjes in het hart van de bloem dienst te doen. Stoerheid die omgevormd was tot tederheid, tot schoonheid zelfs. Izzy had hem in haar tas laten glijden voordat ze de envelop weer dichtmaakte, het licht uitdeed en de deur achter zich op slot draaide. Haar familie, die alleen het negatief nog had, kon nu alleen het piepkleine omgekeerde beeld zien: een bleke bloem, tot maanwit vervagend in het midden, met erachter een donkergrijze vlek, als een bewolkte, nachtelijke hemel.

Pas laat die middag luisterde meneer Richardson zijn voicemail af op zijn mobieltje en hoorde hij het nieuws. Op de statische opname huilde Mark McCullough zo hard dat meneer Richardson hem nauwelijks kon verstaan. De avond ervoor hadden Linda en hij, allebei doodmoe van de uitspraak, de persconferentie, het eindeloze spitsroeden lopen, geslapen zoals ze al in maanden niet meer hadden geslapen: diep, droomloos, en ononderbroken. In de ochtend werden ze groggy wakker, dronken van zoveel rust, en mevrouw McCullough had op de wekker op haar nachtkastje gekeken en gezien dat het al halfelf was. Mirabelle maakte hen meestal al bij zonsopgang wakker, huilend om ontbijt, een schone luier, en zodra ze de rode cijfers op de klok zag wist ze meteen dat er iets heel erg mis was. Ze was uit bed gesprongen en naar Mirabelles kamer gerend, zonder zelfs maar haar pantoffels en haar badjas aan te trekken, en Mark McCullough – die nog met zijn ogen lag te knipperen vanwege het felle ochtendlicht – had haar horen schreeuwen in de andere kamer. Het bedje was leeg. Mirabelle was weg.

Het zou een hele dag kosten voor de politie uit de aanwijzingen kon opmaken wat er was gebeurd: de schuifdeur naar de achtertuin die niet op slot was – dit was zo'n veilige buurt, hier was dat niet nodig; de klink aan de binnen- en buitenkant, onder de vingerafdrukken. Bebe's afwezigheid op haar werk; Bebe's lege appartement; en tot slot een ticket, geboekt op Bebe's naam, voor een vlucht naar Kanton, om 11:20 de vorige avond. De kans dat ze haar nu nog zouden traceren, werd de McCulloughs verteld, was heel erg klein. China was een groot land, zei de rechercheur tegen hen zonder een spoortje sarcasme. Bebe zou inmiddels aangekomen zijn in Kanton, en wie weet waar ze vervolgens naartoe zou gaan. Een speld in een hooiberg. Het zou je al je geld kosten als je zou proberen om hen te vinden.

Bijna een jaar later – toen het nieuwe huis van de Richardsons bijna klaar was, en de McCulloughs niet ál hun geld, maar wel tienduizenden dollars hadden uitgegeven aan detectives en diplomatiek getouwtrek, zonder veel resultaat – zaten mevrouw Richardson en mevrouw McCullough samen te lunchen in de Saffron Patch. Ze hadden elkaar de afgelopen bewogen maanden gesteund zoals ze elkaar al tientallen jaren bij alle ups en downs hadden bijgestaan, en zoals ze elkaar ook over alle toekomstige pieken en door alle toekomstige dalen tot steun zouden zijn. 'Mark en ik hebben een aanvraag ingediend om een kind uit China te adopteren,' vertelde mevrouw McCullough aan mevrouw Richardson, terwijl ze tika masala op een berg rijst schepte.

'Wat fantastisch,' zei mevrouw Richardson.

'Het adoptiebureau zei dat we de perfecte kandidaten zijn. Ze denken dat ze binnen een halfjaar een match voor ons hebben.' Mevrouw McCullough nam een slokje water. 'Ze denken dat, aangezien het kind uit China wordt gehaald, de kans vrijwel nihil is dat de familie van de baby later zal proberen om de voogdij terug te krijgen.'

Mevrouw Richardson leunde over tafel en gaf haar vriendin een kneepje in haar hand. 'Dat kindje heeft dan heel erg veel geluk,' zei ze.

Wat mevrouw McCullough het meest zou achtervolgen was dit: dat Mirabelle niet had gehuild toen Bebe haar handen in het wiegje had gestoken en haar opgetild en meegenomen had. Ondanks alles – ondanks het zelfbereide eten en de speeltjes en de lange nachten en de liefde, zoveel liefde, meer liefde dan mevrouw McCullough voor mogelijk had gehouden – ondanks dat allemaal, had ze nog steeds het gevoel gehad dat ze veilig was in Bebe's armen, dat het een plek was waar ze thuishoorde. De volgende baby, zei ze bij zichzelf, kwam uit een weeshuis, en zou dus nooit een andere moeder hebben gekend. Die zou zonder meer van hen zijn. Mevrouw McCullough was nu al duizelig van de liefde die ze voelde voor het kind dat ze nog moest leren kennen. Ze deed haar best om niet meer aan Mirabelle te denken, de dochter die ze kwijtgeraakt waren, en die nu ergens een ander, vreemd leven leidde.

Die laatste avond, toen ze bij het huis van de Richardsons wegreden, had Pearl de sleutels kletterend in hun brievenbus laten vallen, was weer in de auto gestapt en had eindelijk de brandende vraag gesteld die ze de hele tijd al wilde stellen.

'Wat nou als dat de foto's waren waarmee je beroemd had kunnen worden?'

Dat waren ze niet – dat zou het idee worden dat net pas, toen Mia de koplampen aandeed, in haar hoofd was gaan glinsteren, een nog ongrijpbaar idee, waar nog geen beeld bij hoorde, laat staan woorden. De Richardsons zouden de foto's nooit verkopen. Ze hielden ze en ze kregen de status van ongemakkelijke erfstukken, iets waar latere generaties zich over zouden verwonderen als ze die stoffige doos op zolder zouden vinden en openmaken: waar die foto's vandaan kwamen, wie ze had gemaakt, wat ze betekenden.

Maar nu zette Mia de auto in de eerste versnelling. 'Dan ben ik ze veel verschuldigd. Veel meer dan de prijs van die foto's.' Ze stuurde de Golf langs de eendenvijver, over de Van Aken Boulevard en de Rapid Transit richting Warrensville Road, die hen naar de snelweg zou leiden, Cleveland uit, en verder.

'Ik wou dat ik afscheid had kunnen nemen.' Pearl dacht aan Moody, aan Lexie en aan Trip, de draden die haar nog steeds met ieder van hen op een andere manier verbonden. In de loop der jaren, in de loop van haar leven, zou ze een paar keer proberen die draden los te halen, maar elke keer zou ze merken dat ze een hopeloze kluwen vormden. 'En Izzy. Ik wou dat ik haar nog één keer had kunnen spreken.'

Mia was stil en dacht ook aan Izzy. 'Arme Izzy,' zei ze uiteindelijk. 'Ze wil daar zo graag weg.'

Er begon zich een idee te ontspinnen in Pearls hoofd, in wilde, gouden kronkels. 'We kunnen terug, om haar te halen. Ik zou over de schutting kunnen klimmen en op haar raam kunnen kloppen en...'

'Liefje,' zei Mia. 'Izzy is pas vijftien. Er zijn regels, zoiets kan niet.'

Maar toen de auto over Warrensville Road naar de I-480 reed, stond Mia zichzelf een kleine fantasie toe. Ze zouden over een tweebaansweg rijden, een of andere provinciale weg, waar Mia het liefst reed: zo eentje die langs kleine plaatsjes voerde, waar je een winkel en een café en een pompstation had. Als ze voorbijreden zou het stof achter hen opwaaien in gouden wolken. Ze zouden een bocht omgaan en uit die glinsterende mist zagen ze dan een silhouet opdoemen, met een arm opgestoken, een duim omhoog. Mia zou langzamer gaan rijden en als het stof neerdaalde, zou ze eerst haar haren zien, een goud-op-gouden wolk, en dan zou ze die woeste bos herkennen, de schitterende woestheid, nog voor ze het gezicht zou zien, nog voor ze zouden stoppen en het portier wijd open zouden gooien om haar te laten instappen.

Op zaterdagochtend, toen Mia en Pearl Iowa in reden, stapte Izzy – de geur van rook hing nog vaag in haar haar – in een Greyhound op weg naar Pittsburgh. Aan de andere kant van de stad kwam haar familie samen aan de oever van de eendenvijver om te kijken naar hoe de brandweer het huis van de Richardsons vlam na vlam bluste. In haar achterzak zat een adres dat ze in haar moeders papieren had gevonden, waar ze tot laat de vorige avond in had zitten zoeken, nadat ze haar tas had gepakt. George en Regina Wright, Bethel Park, Pennsylvania. Er stond ook een telefoonnummer bij, maar Izzy wist dat een telefoontje haar niet de antwoorden zou opleveren die ze nodig had. De map op haar moeders bureau – waar MW op stond in haar moeders keurige handschrift – was behoorlijk vol, en ze had alles gelezen in het licht van de bureaulamp, zittend in haar moeders stoel, terwijl iedereen boven rustig lag te slapen. Onder het adres van de Wrights noteerde ze nog een ander adres: Anita Rees, the Rees

Gallery. Het was ergens in New York City. Ze wist dat Mia daar was begonnen toen ze niet veel ouder was dan Izzy. Ze vroeg zich af hoe dat zou zijn.

Misschien zou een van deze mensen haar helpen om Mia te vinden, waar die dan ook maar naartoe op weg was. Misschien zouden ze haar terugsturen naar haar ouders. En wat dan? Dan zou ze weer weggaan. Ze zou steeds weer weggaan, tot ze oud genoeg was en niemand haar nog terug kon sturen. Ze zou blijven zoeken, tot ze had gevonden wat ze wilde vinden. Pittsburgh riep haar, en daarna New York: Mia's verleden, maar haar toekomst. En op een of andere manier zouden die steden haar naar Mia leiden.

Nu ze in haar stoel ging zitten en haar hoofd tegen het raam legde, stelde ze zich voor hoe dat zou zijn. Ze zou Mia eerst van achteren zien; maar ze zou haar natuurlijk meteen herkennen. Izzy kende haar contouren als een vorm die ze zo vaak had getekend dat ze hem uit haar hoofd kende. Ze zou Mia vinden en als Mia zich omdraaide, zou ze haar armen spreiden, en dan zou ze Izzy omhelzen en haar met zich meenemen, naar wat haar volgende bestemming ook maar zou zijn.

Die avond, toen mevrouw Richardson voor het eerst in bed kroop in Winslow Road, begon ze aan haar jongste kind te denken, en ze zou dat nog heel lang blijven doen. Ze kende de geluiden in het huis niet – gezoem van de koelkast, het vage gerommel van de cv-ketel beneden, het gepiep van een tak die over de leistenen dakpannen schraapte – en ze stond weer op en ging naar buiten, waar ze op de stoep van de kleine duplexwoning ging zitten, met haar badjas stevig om zich heen geslagen. Onder haar voeten voelde de betonnen traptrede koel en een beetje vochtig aan, alsof de mist net was opgetrokken.

De hele dag was ze woest geweest op Izzy, zowel inwendig als hardop. Ondankbaar nest, had ze gezegd. Hoe kon ze dit nou doen? Als ze haar vonden, nou, dan zwaaide er wat. Ze zou de rest van haar leven huisarrest krijgen. Ze zou haar naar een internaat sturen. Een militair internaat. Een klooster. Ze zou haar misschien wel aan de politie overleveren: dan moest ze in de gevangenis maar eens voelen wat de consequenties waren. Haar man en kinderen, die gewend waren aan haar op Izzy gerichte woede-uitbarstingen, knikten stil en lieten haar razen. Maar dit was anders dan al die andere keren. Deze keer had Izzy alle grenzen overschreden, en nu – zo begon iedereen binnen het gezin zich langzaam te realiseren – kwam ze misschien nooit meer terug.

De politie was naar Izzy op zoek, uiteraard; ze hadden haar gemeld als wegloper en kind dat mogelijk in gevaar was, en in de daaropvolgende dagen zou mevrouw Richardson foto's aan hen geven voor bulletins en posters, zou ze Izzy's vrienden en klasgenoten stuk voor stuk ondervragen, op zoek naar aanwijzingen voor waar ze naartoe zou kunnen zijn. Maar degenen die het hadden kunnen weten, waren al weg, realiseerde ze zich. Alle huizen in de straat leken precies op elkaar; maar binnen woonden mensen die misschien gelukkig waren, of er toevlucht zochten, of zich schrap zetten om de buitenwereld in te gaan, op zoek naar iets beters. Zoveel levens waar ze nooit iets van zou weten speelden zich achter die deuren af.

Het was bijna middernacht, en er reed een auto met hoge snelheid over Winslow Road, met groot licht aan, alsof hij op weg was naar iets belangrijks, om vervolgens weer in het donker te verdwijnen. De buren zouden haar waarschijnlijk gek vinden, dacht ze, dat ze hier zo in het donker op de stoep zat, maar dat kon haar voor de verandering niets schelen. De woede die ze de hele dag had opgestookt was opgebrand, zoals de hitte van een middag uitdooft als de avond valt, en ze had nog maar één gedachte, koud en kristalachtig en priemend als een ster: Izzy was weg. Alles aan Izzy wat haar zo woest maakte, zelfs nog vóór Izzy's eerste ademteug, was geworteld in die ene angst: dat ze haar zou kunnen verliezen. En nu was dat gebeurd. Er ontsnapte een ijle kreet aan haar keel, zo scherp als het lemmet van een mes.

Voor het eerst begon haar hart te breken bij het idee van haar kind, ergens daarbuiten in de wereld. Izzy: het kind dat haar zoveel problemen had bezorgd, om wie ze zich zoveel zorgen had gemaakt, om wie ze zich altijd zorgen zou blijven maken en die haar altijd zorgen zou geven, wier rusteloze energie haar uiteindelijk op de vlucht had doen slaan. Het kind van wie ze steeds had gedacht dat ze het tegenovergestelde karakter had van het hare, maar die diep vanbinnen die vonk had geërfd en gekoesterd die haar moeder al heel lang geleden had uitgedoofd, dezelfde brandende zekerheid dat ze wist wat goed is en wat fout. Ze dacht, zoals ze vanaf dat moment nog jaren zou doen, aan de foto van die dag: met dat ene gouden veertje. Was het een portret van haarzelf, of van haar dochter? Was zij de vogel die zich een weg naar buiten had gevochten, of was ze de kooi?

De politie zou Izzy wel vinden, hield ze zichzelf voor. Ze zouden haar vinden, en dan zou ze het goed kunnen maken. Ze wist niet precies hoe, maar ze wist zeker dat het kon. En als ze politie haar nou niet vond? Dan zou ze zelf naar Izzy op zoek gaan. Voor zo lang als het moest, voor eeuwig, desnoods. Er zouden misschien jaren voorbijgaan en ze zouden misschien veranderen, allebei, maar ze wist zeker dat ze haar eigen kind altijd zou herkennen, zoals ze ook zichzelf kende, hoe lang het ook geleden was. Dat wist ze zeker. Ze zou maanden, jaren, de rest van haar leven op zoek gaan naar haar dochter, de gezichten van iedere jonge vrouw die ze tegenkwam onderzoekend aankijken, zo lang als het nodig was, op zoek naar een sprankeltje vertrouwdheid in de gezichten van vreemden.

Dankwoord

Toen ik op tournee was met mijn boek *Wat ik nooit eerder heb gezegd*, vroeg iemand in het publiek me een keer: 'Ik heb ze geteld, en in je dankwoord bedankte je vijfenzestig individuele mensen – waarom wilde je zoveel mensen bedanken?' Ik heb toen uitgelegd dat mijn naam weliswaar de enige naam op de kaft is, maar dat ik tijdens het hele proces door heel veel mensen ben geholpen, en dat het boek zonder hen nooit was verschenen. Voor dit tweede boek geldt dat nog veel sterker.

Dank als altijd aan mijn superagente Julie Barer en iedereen bij The Book Group – ik ben zo blij dat ik bij de Barer Nation mag horen. Onder de deskundige leiding van mijn niet gek te krijgen redacteur, Virginia Smith Younce, is dit een beter, rijker boek geworden, en Jane Cavolina heeft met zeer veel geduld gezorgd dat de chronologie en italics kloppen. Juliana Kiyan, Anne Badman, Sarah Hutson, Matthew Boyd, Scott Moyers, Ann Godoff, Kathryn Court, Patrick Nolan, Madeline McIntosh en het hele team bij Penguin Press en Penguin Books hebben geweldig werk verzet zodat dit boek het licht kon zien – bedankt dat jullie er weer voor me waren.

Mijn trouwe schrijfgroep, de Chunky Monkeys (Chip Cheek, Calvin Hennick, Jennifer De Leon, Sonya Larson, Alexandria Marzano-Lesnevich, Whitney Scharer, Adam Stumacher, Grace Talusan en Becky Tuch) waren de eerste lezers van dit boek; hun aanmoedigingen hielpen me om het af te maken en onze mailwisselingen waren soms mijn redding. Ayelet Amittay, Anne Stameshkin en mijn MFA-groep: jullie laten me zien waar het naartoe moet, zoals altijd. Jes Häberli en Danielle Lazarin, ik stuur jullie een bestelbus vol donuts. En mijn niet-schrijvende vrienden hebben me tijdens dit hele, krankzinnige proces met beide voeten aan de grond gehouden; ongelofelijk dat jullie nog zin in me hadden, Katie Campbell, Samantha Chin en Annie Xu.

Enorm veel dank aan mijn lezers – zowel van deze roman als van mijn vorige. Aan alle mensen die me hebben gemaild, brieven hebben gestuurd, me briefjes overhandigden tijdens een lezing, of die een praatje kwamen maken tijdens signeersessies: ontzettend bedankt. Jullie hebben geen idee hoe blij ik ermee ben. Veel dank ook aan mijn Twitter-vrienden: jullie herinneren me er elke dag weer aan hoe slim en geestig en aardig mensen kunnen zijn.

En tot slot gaat mijn allergrootste dank uit naar mijn familie. Naar Lily en Yvonne die me al van jongs af aan stimuleerden iets te doen met mijn schrijfgewoonte. Zonder jullie zou ik hier – letterlijk en figuurlijk – niet zijn. Mijn man, Matt, geloofde al dat schrijven mijn beroep was lang voor ik dat zelf geloofde, en hij heeft me daar steeds aan helpen herinneren. Dank je voor alles wat je doet. En mijn zoon, nog steeds mijn beste werk: *This be the verse,* maar ik doe mijn best.